꽃의 이름을 물었더니

일러두기

1. 모본의 발간 당시의 내용을 그대로 살리되 편집상의 오류를 바로잡고 기본 맞춤법은 오늘에 맞게 수정했다.

2. 인명·지명·서명·식물명 등은 원문의 것을 그대로 살리되, 독자의 이해를 위해 현대식으로 표기하거나 현대식 표기를 병기한 경우도 있다.

이병주 장편소설

꽃의 이름을 물었더니

이병주 지음

바이북스
ByBooks

왜 지금 여기서 다시 이병주인가

탄생 100주년에 이른 불후의 작가

백년에 한 사람 날까 말까 한 작가가 있다. 이를 일러 불세출의 작가라 한다. 나림 이병주 선생은 감히 그와 같은 수식어를 붙여 불러도 좋을 만한 면모를 갖추었다. 그의 소설은 『관부연락선』, 『산하』, 『지리산』, 『그해 5월』 등을 통하여, 한국 현대사를 매우 사실적이고 설득력 있게 문학이라는 그릇에 담아낸다. 동시에 「소설·알렉산드리아」, 『행복어사전』 등을 통하여, 동시대 삶의 행간에 묻힌 인간사의 진실을 '신화문학론'의 상상력을 활용하여 문학의 그물로 걸어 올린다.

그의 소설이 보여 주는 주제 의식은 그야말로 백화난만한 화원처럼 다양하게 펼쳐져 있다. 『예낭 풍물지』나 『철학적 살인』 같은 창작집에 수록되어있는 초기 작품의 지적 실험성이 짙은 분위기와 관념적 탐색의 정신으로부터, 시대와 역사 소재의 작품에서 볼 수 있는 숨겨진 사실들의 진정성에 대한 추적과 문학적 변용, 현대사회 속에서의 다양한 삶의 절목(節目)과 그에 대한 구체적 세부의 형상력 등을 금방이라도 나열할 수 있다.

더욱이 현대사회의 삶을 주된 바탕으로 하는 작품들에서는, 천차만별의 창작 경향을 만날 수 있다. 1980년대 이후에는 『허망의 정열』, 『그 테러리스트를 위한 만사』 등의 창작집에서 역사적 사건과 현실 생활을 연계한 중편이나 함축성 있는 단편들을 볼 수 있는데, 여기에까지 이르면 이미 그의 작품에 세상을 입체적으로 바라보는 원숙한 관점과 잡다한 일상사에서 초탈한 달관의 의식이 깃들어 있다.

이병주는 분량이 크지 않은 작품을 정교한 짜임새로 구성하는 능력이 뛰어나지만, 그보다 부피가 장대한 대하소설을 유연하게 펼쳐 나가는 데 훨씬 더 탁월하다. 일찍이 그가 도스토옙스키의 『죄와 벌』을 읽고 그 마력에 사로잡혔다고 고백한 것도 이 점에 견주어 볼 때 자못 의미심장하게 여겨진다. 길다면 길고 짧다면 짧은 한국 현대문학사에서 이병주와 같은 유형의 작가는 좀처럼 다시 발견되지 않는다.

그 자신이 소설보다 더 파란만장한 생애를 살았던 체험의 역사성, 박학다식과 박람강기를 수렴한 유장한 문면, 어느 작가도 흉내내기 어려운 이야기의 재미, 웅혼한 스케일과 박진감 넘치는 구성 등이 그의 소설 세계를 떠받치고 있다면, 그에게 '한국의 발자크'라는 명호를 부여해도 그다지 어색할 바 없다. 발자크가 19세기 서구 리얼리즘이 대표 작가일 때, 이병주는 20세기 한국 실록 대하소설이

대표 작가다. 그가 일찍이 책상 앞에 "나폴레옹 앞에는 알프스가 있고 내 앞에는 발자크가 있다"고 써 붙였던 사실은 널리 알려져 있다.

거기에다 그가 남긴 문학의 분량이 단행본 1백 권에 육박하고 또 이들이 저마다 남다른 감동의 문양(紋樣)을 생산하는 형편이고 보면, 이는 불철주야의 노력과 불세출의 천재가 행복하게 악수한 사례에 해당한다. 그럼에도 불구하고 그는 우리 사회의 고질적인 학연이나 지연, 그리고 일부 부분적인 '태작(馱作)'의 영향으로 정당한 평가를 받지 못했다. 요컨대 그는 그렇게 허망하게 역사의 갈피 속에 묻혀서는 안 될 작가이며, 그에 대한 정당한 평가는 한 작가가 필생의 공력으로 이룩한 문학적 성과를 올곧게 수용해야 마땅한 한국문학의 책무이기도 하다.

그래서 지금 여기서, 다시 이병주인 것이다. 마치 허만 멜빌의 『모비딕』이 그의 탄생 1백 주년 기념행사를 통해 다시 세상에 드러났듯이, 우리는 그가 이 땅에 온 지 꼭 100년, 또 유명(幽明)을 달리한 지 29년에 이르러 그의 '천재'와 '노력'을 다시 조명해 보아야 한다. 진보와 보수의 이념적 성향이나 문학과 비문학의 장르적 구분, 중앙과 지방의 지역적 차이를 넘어 온전히 그의 문학을 기리고 사랑하는 마음을 앞세워서 '이병주기념사업회'가 발족 되었던 것은, 바로 이러한 당위적인 일들을 감당하기 위해서였다.

미상불 그의 작품세계가 포괄하고 있는 이야기의 부피를 서재에 두면, 독자 스스로 하루의 일을 마치고 귀가하는 발걸음을 재촉할 것이다. 더 나아가 물질문명의 위력 앞에 위축되고 미소한 세계관에 침몰한 우리 시대의 갑남을녀(甲男乙女)들에게, 그의 소설이 거대담론의 기개를 회복하고 굳어버린 인식의 벽을 부수는 상상력의 힘, 인간관계의 지혜와 처세의 경륜을 새롭게 불러오리라 확신하는 바이다.

2021년 나림 탄생 100주년 기념사업의 일환으로 지난해 7월부터 진행해온 '이병주 문학선집' 발간 준비작업이 여러 과정을 거쳐 작품 선정 작업을 완료하고 대상 작품에 대한 출간 작업에 들어갔다. 작품 선정은 가급적 기 발간된 도서와 중복을 피하고, 재출간된 도서들이 주로 역사 소재의 소설들임을 감안하여 대중성이 강한 작품에 중점을 두기로 했다. 이를 위해 한길사 전집 30권, 바이북스 및 문학의숲 발간 25권을 기본 참고도서로 하여 선정 및 편집을 진행했다.

그동안 지원기관인 하동군의 호응과 이병주문학관의 열의, 그리고 편찬위원 및 기획위원들의 적극적인 작품 추천 작업 참여, 유족 대표인 이권기 교수 및 기념사업회 운영위원 고승철 작가 등 여러분의 충심 어린 조언과 지원에 힘입어 이와 같은 성과를 얻게 되었다. 역사 소재의 작품들에 이어 대중문학의 정점에 이른 작품들을 엄선한 '이병주 문학선집'이 독자 제현의 기대와 기쁨이 되기를 기원한다.

이병주기념사업회에서는 이 선집 발간을 위하여 〈편찬위원회〉를 구성하고 편찬위원장에 임헌영(문학평론가, 민족문제연구소 소장) 씨를 모시고, 편찬위원으로 김인환(文學評論家, 전 고려대 교수), 김언종(한

문학자, 전 고려대 교수), 김종회(문학평론가, 전 경희대 교수), 김주성(소설가, 이병주기념사업회 사무총장), 이승하(시인, 중앙대 교수), 김용희(소설가, 평택대 교수), 최영욱(시인, 이병주문학관 관장) 제 씨를 위촉했다. 이와 함께 기획위원으로 손혜숙(이병주 연구자, 한남대 교수), 정미진(이병주 연구자, 경상대 교수) 두 분이 참여했다.

이 선집은 모두 12권으로 구성되어 있으며, 선정 작품 목록은 다음과 같다. 중·단편 선집 『삐에로와 국화』 한 권에 「내 마음은 돌이 아니다」(단편), 「삐에로와 국화」(단편), 「8월의 사상」(단편), 「서울은 천국」(중편), 「백로선생」(중편), 「화산의 월, 역성의 풍」(중편) 등 6편의 작품이 실려 있다. 그리고 장편소설이 『허상과 장미』(1·2, 2권), 『여로의 끝』, 『낙엽』, 『꽃의 이름을 물었더니』, 『무지개 사냥』(1·2, 2권), 『미완의 극』(1·2, 2권) 등 6편 9권으로 되어 있다. 또한 에세이집으로 『자아와 세계의 만남』, 『산을 생각한다』 등 2권이 있다.

이병주기념사업회와 편찬위원들은 이 12권의 선집이 단순히 한 작가의 지난 작품을 다시 볼 수 있도록 재출간한다는 평면적 사실을 넘어서, 우리가 이 불후의 작가를 기리면서 그 작품을 우리 시대에 좋은 소설의 교범으로 읽고 즐거워할 수 있는 하나의 본보기가 되었으면 한다. 역사적 삶의 교훈과 더불어 일상 속의 체험들에 의미를 부여할 수 있는 유익한 길잡이로서의 문학이 되었으면 하는 것이다. 이 선집이 발간되기까지 애쓰고 수고한 손길들, 윤상기 군수

님을 비롯한 하동군 관계자들, 특히 이 일이 진행될 수 있도록 막후에서 모든 지원을 아끼지 않으신 이병주기념사업회의 이기수 공동대표님, 어려운 시절에 출간을 맡아주신 바이북스의 윤옥초 대표님께 깊이 감사드린다.

2021년 나림 탄생 100년의 해에
이병주 문학선집 편찬위원회 일동

정신은 시련을 요구한다,

그 시련은 물질에 있다.

정신은 위신을 요구한다,

그 위신은 형식에 있다.

지금 만나지 않는 나의

마음은 다신 이별 없는

만남을 바라기 때문입니다.

- 본문 중에서-

분열된 민족! 비극이다.

분단된 국토! 비극이다.

원래 인생은 비극의 빛깔을 지니고 있다. 그런데 거기에다 분열과 분단의 비극마저 겹치면 인생은 어떤 양상으로 되겠는가.

어떤 인생은 양지바른 초과 안전지대를 골라 살아가기도 하고 어떤 인생은 태풍의 회오리 속에 말려들어 꺾이기도 하고 짓밟히기도 한다. 까닭에 이 땅에 있어서의 인생의 의미는 특히 암울한 것이다.

『꽃의 이름을 물었더니』의 주인공들은 역사의 비극, 민족의 비극이 엮어낸 숱한 불운 가운데 하나의 불운이다. 너무나 순수하기에 그들은 타협도 못하고 체관도 못한다. 너무나 정직하기에 스스로의 감정을 속이지도 못하고 남을 속이지도 못한다. 운명과의 거래에 있어서 에누리를 할 줄도 모른다. 그렇게 해서 이윽고 좌절하고 마는 것이다.

나는 무슨 까닭으로 이러한 슬픔으로부터 눈을 떼지 못하는 것일까. 그런 상처를 새삼스럽게 들춰낼 것이 아니라 차라리 망각(忘却)의 먼지 속에 묻어버리는 것이 낫지 않을까.

그러나 이러한 비극에서 외면할 수 없는 것은 그것이 우리의 삶의 일부이기 때문이다. 그러한 한(恨)에서 벗어날 수 없기 때문이다. 그러한 운명에 눈물지을 수 있다는 것이 우리의 생(生)에 대한 인식이며, 겨레의 공감이며, 그 인식과 공감의 토대 위에서 우리는 서로의 운명을 슬퍼하고 서로의 용기를 북돋우며 살아가야 하기 때문이다.

이 소설에 적힌 이야기는 태반이 픽션에 속하지만 인물들에겐 각각 모델이 있다. 나는 그 사람들을 만나 얘기를 듣고, 만일 내가 그런 운명이 되었더라면 어떻게 했을까 하고 전율한 적이 있다.

그런데 그것이 곧 남의 운명이 아니라는 것을 곧 깨닫게 되었다. 그리고 그것이 또 특수한 운명이 아니란 것도 알았다. 그들이 겪은 운명 가운데의 얼마쯤은 바로 나의 운명이기도 했던 것이다. 그래서 이 소설을 썼다.

「소설 이용구(小說 李容九)」는 한말의 역사를 뒤지다가 발견한, 특이하면서도 역시 우리와 공통분모(共通分母)를 가진 어떤 운명을 써보고자 하여 촉발을 받은 결과의 작품이다. 『꽃의 이름을 물었더니』나 「소설 이용구(小說 李容九)」는 전연 다른 국면을 소재로 한 것이지만 우리 민족이 겪어야 했던 운명의 역정(歷程)에서 어떤 관련이 있는 것이 아닌가 싶었다. 그것이 같이 묶은 이유이다.

1985년 1월

李 炳 注 (이 병 주)

차례

어떤 정사(情死)

"독약을 먹었다는 사실을 알았다고 했죠?"

"예."

"그런데 왜 병원에 연락하지 않았소? 앰뷸런스를 부르든지, 이웃 집에 도움을 청하든지 했어야 옳았을 것 아뇨?"

"……."

"당신은 그의 죽음을 바랐던 거죠?"

"예."

"그 이유를 말해 보시오."

"……."

"죽길 바랐다면 무슨 이유가 있었을 것 아뇨?"

"……."

"분명히 죽길 바랐다는 말은 하면서, 어째서 그 이유를 밝히지 못한단 말이오?"

"……."

"정직하게 마음에 있는 대로 말씀하시면 됩니다. 말해 보시오."

"……"

심문은 언제나 여기서 정돈되어 버린다. 일곱 번째인 그날의 심문도 이 대목에서 벽에 부딪치고 말았다.

전번까지만 해도 장익진 검사는,

"돌아가서 잘 생각해 보시오."

하고 교도관을 불러 데려가라고 해 버렸지만 그날은 그럴 수가 없었다. 구속기간 만료가 박두하고 있었기 때문도 있었지만 이런 사건을 질질 끌고만 있을 순 없었다.

창밖엔 가을비가 내리고 있었다. 장 검사는 빗방울로 흐려진 맞은편 유리창으로 시선을 돌리며 담배를 피워 물었다. 주먹으로 책상을 치고, '빨리 대답을 하라'고 으름장을 놓아볼까 하는 충동이 일지 않는 바는 아니었지만 너무나 청정하고 너무나 슬퍼 보이는 그 여인을 함부로 다룰 수가 없었다.

반쯤 태워진 담배를 비벼 끄고 장 검사는 시선을 그 여인에게로 돌렸다. 경찰에서의 구류를 합치면 스무 날 가까운 구속생활을 했는데도 불구하고 단정하게 빗어 넘긴 머리칼엔 한 오라기의 흐트러짐이 없었고, 옷고름이 핀으로 바뀌었을 뿐 옷매무새에 조그마한 구김도 없었다. 빈발에 가끔 흰빛이 보이는 것이 53세의 나이를 짐작하게 할 뿐 얼굴엔 아직 젊음의 흔적마저 있는 것이다.

"부인."

장 검사는 부드럽게 입을 열었다. 여인이 살금 얼굴을 들었다. 단아한 얼굴에 소녀를 닮은 큰 눈동자, 그러나 그 빛은 바래져 있었다.

"몇 번이나 하는 말입니다만 솔직하게 대답을 해야 합니다. 자살 방조의 최악의 경우 살인죄와 꼭 같은 겁니다. 단순한 실수로 자살 방조의 결과가 되었다는 것하고 고의로 사람을 죽게 하기 위해서 자살을 도왔다고 하는 것하곤 엄청나게 다릅니다. 나는 부인이 고의로 자살을 도왔다고는 생각하기 싫습니다. 그러나 부인이 입을 다물고 말을 하지 않는 이상 어떻게 할 도리가 없지 않습니까? 부인은 그 사람이 죽길 바랐다고 했는데, 사람에겐 간혹 어떤 사람의 죽음을 바라는 그런 심정이 될 경우도 있는 겁니다. 그러나 그런 심정을 가졌다는 것만으로 사람을 벌할 수는 없는 것 아니겠습니까? 부인이 그 사람의 죽음을 바라고 고의로 자살을 방조한 것이라면 물론 벌을 받아야죠. 하지만 그렇지도 않는데 벌을 받는다고 해서야 될 말이 아니지 않습니까? 속시원하게 말씀을 하시오, 부인."

그래도 여인은 눈을 아래로 깐 채 말하려 하지 않았다.

장 검사는 다시 담배에 불을 붙였다가 얼른 꺼버렸다. '당신 담배가 너무 심해요' 하는 아내의 말이 귓전을 스친 듯했기 때문이다.

"꼭 말을 하지 않겠다면 이대로 매듭을 지어도 좋습니다."

하고 장 검사는 옆에 앉은 서기를 돌아다보았다. 서기가 서류를 정돈하기 시작했다.

자살방조의 혐의로 기소할 수 있는 조건은 이미 갖추어져 있었던 것이다. 상황증거에 관한 방증도 충분히 수집되어 있었고 짤막했지만 기소를 뒷받침할 수 있는 본인의 진술도 받아놓고 있었기 때문이다.

문제는 장 검사의 마음에 있었다. 기소를 하든 불기소를 하든 여인의 마음을 열어보고 싶었다. 마음의 문을 닫고 있는 얼음덩어리 같은 것을 녹여보고 싶었다. 그렇게만 하면 여인의 어떤 진실을 캐낼 수 있을 것이란 믿음 같은 것이 있기도 했다. 그것을 캐내지 못한 채 요식이 갖추어졌다고 해서 재판부에 돌려버린다는 것은 장 검사로선 안타까운 일이었다.

'검사는 기계가 아니다.'

여하간 장 검사는 다시 시작해 보기로 했다. 어떤 계기를 잡기 위해서도 처음부터 따져 들어갈 필요가 있다고 생각한 장 검사는 서기로부터 신문조서를 넘겨받곤 묻기 시작했다.

"이름 백정선 틀림없죠?"

"예."

"나이는 53세."

"예."

"출생지는 함경남도 원산."

"예."

"남편 이름 양치호."

"　　."

"틀림없죠?"

"예."

"슬하에 아들이 둘, 딸 하나."

"……."

"학력, 원산고녀 졸업."

"……."

"C동 시민 아파트 403호실에 간 것이 지난 10월 23일 오후 3시로 되어 있는데 틀림없죠?"

"예."

"왜 그 시간에 그곳으로 갔습니까?"

"전화를 받았습니다."

"제또분이란 여자로부터 전화를 받았다고 했죠?"

"예."

"무슨 전화였습니까?"

"그이가!"

"그이란 박태열을 말하는 거죠?"

"예."

"그래 다시 한 번 더 말해 보시오. 무슨 전화였소?"

"제또분 씨의 말은 그이가 앞으론 자기한테 오지 말라고 나에게 전하라고 하더란 거였습니다."

"오지 말라고 하더란 소릴 듣고 갔다, 이거지요?"

"예."

"오지 말랬는데, 왜 갔습니까?"

"오지 말라고 하는 그이의 말투가 어쩐지 이상하더란 또분 씨의 말이어서 가보기로 한 겁니다."

"그래 갔더니?"

"문이 잠겨 있었습니다."

"잠겨 있었는데 어떻게 들어갔습니까?"

"문을 열라고 했습니다."

"그러니까 열어 주었어요?"

"열지 않았습니다."

"그래 어떻게 했어요?"

"몸통으로 밀었습니다."

"그러니까 열리던가요?"

"질러 놓은 빗장이 약한 것이라서……."

"들어갔을 때 그 사람, 박태열 씨는 어떻게 하고 있습디까?"

"베개를 높이 베고 누워 있었습니다."

"그때 약을 먹었다는 것을 눈치챘다는 거죠?"

"예."

"얼굴에 무슨 변화가 있었소?"

"예."

"어떤 변화였소?"

"얼굴이 흙빛깔로……."

"그때 무슨 말이 없었소?"

"오지 말았어야 할 걸, 하고 한마디 있었을 뿐입니다."

"부인께선 뭐라고 했소?"

"아무 말도 하지 않았습니다."

"아무 말도 하지 않고 죽어가는 사람을 지켜보고만 있었단 말입니까?"

"예."

"박태열 씨완 같은 고향이라고 했죠?"

"예."

"언제부터 알았습니까?"

"여학교 시절에 알았습니다."

"그때 그 사람은?"

"동경의 대학에 다니고 있었습니다."

"조서에 보니 부인은 해방 직전에 월남한 거로 되어 있는데 그 사람도 그때 월남했나요?"

"아닙니다."

"그럼 언제?"

"원산 철수 때 월남한 것으로 알고 있습니다."

"언제 재회하게 된 겁니까?"

"1950년의 겨울, 부산에서 만났습니다."

"그 이후 쭈욱 교제가 있었던가요?"

"예."

"박태열의 나이는 몇 살입니까?"

"56세로 알고 있습니다."

"그 사람, 뭣하고 살았습니까?"

"중고등학교의 교사도 하고, 대학의 강사도 하고……."

"최근엔?"

"실직하고 있었습니다."

"뭘 먹고 살았습니까?"

"……."

"저축이 있었던가요?"

"……."

"참, 그 시민 아파트의 명의가 부인 이름으로 되어 있었는데 부인이 그걸 사준 겁니까?"

"그분의 것을 제 이름으로 해둔 것뿐입니다."

"왜 그랬습니까?"

"그분은 사회와 접촉하길 싫어했습니다. 아파트를 자기 이름으로 해 놓으면, 자연 관청과 상관할 일이 생기게 된다고 저더러……."

"그 사람은 독신으로 있었던 모양인데, 혹시 그 사정을 아십니까?"

"세 번쯤 결혼한 것으로 알고 있습니다만 모두 실패한 모양입니다……."

"그 이유는?"

"……."

"부인은 1주일에 한 번꼴로 박태열을 찾아갔다고 하는데 그것도 사실이죠?"

"예."

"도대체 어떻게 된 사입니까. 부인과 그 박태열과의 사이는……."

"……."

"부인의 남편은 그런 사실을 몰랐겠죠?"

"남편을 배신한 불륜행위라고 생각하진 않습니까?"

"……."

"부인은 박태열이란 사람을 사랑하고 있었죠?"

"……."

"그런 문제는 집어치웁시다. 아무튼 매듭을 지어야겠으니 다시 한 번 묻겠습니다."

장 검사는 담배를 피우려다가 말고 식은 보리차를 한 모금 마시고 은단 몇 알을 입속에 털어 넣었다.

"박태열이 독약을 먹었다는 사실을 알았다고 했죠?"

"예."

"그런데, 왜 병원에나 이웃에 도움을 청하지 않았죠?"

"……."

"당신은 그의 죽음을 바랐죠?"

"예."

"그 이유를 말해 보라는 것 아닙니까?"

"……."

"대답하지 않을 거요?"

"한 번 더 묻겠소. 꼭 대답하지 않을 작정입니까?"

"……."

"대답을 안 한다고 해서 숨겨질 아무것도 없습니다. 20년 동안 숨겨온 비밀이 전부 폭로되었으니까요. 사회 전체에 알려진 건 물론이고, 부인의 남편, 아들딸도 죄다 알게 되었소. 그런데도 말하지 않겠소?"

"……."

"말을 안 했기 때문에 손해 볼 사람은 오직 부인 하나뿐이란 걸 아시오."

"그렇다면 할 수가 없소. 20수년 동안 불륜관계를 지속해 오다가 남자가 병들어 그 존재 가치가 없어져 차차 부담스럽게 된 데다 비밀이 언제나 탄로날지 모르니까 교묘한 수단으로 박태열을 자살케 유도했다. 이렇게 결론을 지을 수밖에 없는데 그래도 좋습니까?"

"……."

"그럼 여기 지장을 찍으슈."

하고 서류를 돌려놓으려다가 장 검사는 다시 한 번 여인을 바라보았다.

경험이 모자란 탓일까. 젊은 사람이 빠지기 쉬운 센티멘털리즘 탓일까. 장 검사는 그 여인의 모습에서 죄의 내음을 맡을 수조차 없었다. 자살을 방조한 여자가 어떻게 이처럼 청정할 수 있을까. 티 없이 아름다울 수가 있을까. 아슴푸레 어느 책에서 읽은 한 대목이 기억 속에 떠올랐다.

'외면여보살 내면여야차(外面如菩薩 內面如夜叉)'

그렇게 쳐버리면 간단한 일이었다. 그러나 장 검사는 '검사의 양심'이란 것을 생각했다. 편리주의(便利主義)에 편승해선 안 된다는 자각도 있었다. 구속기일 만기까지는 아직 3일이 남아 있다는 계산을 했다.

아연한 표정인 입회 서기엔 아랑곳하지 않고 교도관을 불렀다.

"데리고 가시오."

그리곤 포승에 묶이고 있는 백정선에게 나지막이 일렀다.

"애써 비극을 자초하지 맙시다. 쓸데없는 고집으로 당신이나 당신 가족들을 더욱 불행하게 할 게 뭐 있습니까. 오늘밤 한번 잘 생각해 보시오. 내일 또 만납시다."

백정선을 보내놓고 장익진 검사는 부장검사실로 갔다.

자초지종의 얘기를 주의 깊게 듣고 있더니 부장검사는,

"여자란 건 모르는 거요. 파리 한 마리 죽일 수 있을 것 같지 않은 여자가 예사로 살인을 한 사건이 있으니까요. 얼굴이나 태도나 인상만으로 사람을 판단해선 안 됩니다. 어쩌면 그 여잔 자살을 방조한 것이 아니라 사나이를 독살했을지도 모릅니다. 그런 점의 수사는 철저히 했겠죠?"

하고 심각한 표정이 되었다.

"자살이란 건 확실합니다. 그 단정엔 빈틈이 없습니다. 박태열이 백정선에게 오지 말라는 전화를 하라고 제또분에게 일렀을 때 그는 자살할 각오를 한 겁니다. 그리고 백정선이 그 아파트에 간 것은 3신데 감정 결과 약물을 먹은 추정 시간은 그보다 30분 내지 1시간쯤 전으로 나타나 있으니까요. 제가 궁금하게 여기는 것은 백정선이 분명히 박태열의 죽음을 바랐다고 하면서도 그 이유를 밝히지 않는 점입니다."

장 검사가 이렇게 말하자 부장검사는,

"무슨 이유를 말하건 자기에게 불리할 게 뻔하니, 그따위 묵비권을 쓰는 게 아닐까?"

했다.

"묵비권 행사라곤 말할 수도 없습니다. 고분고분 대답한 부분도 있으니까요."

"장 검사."

하고 부장검사는 웃음을 섞으며 말했다.

"유리한 질문엔 고분고분 대답하고, 요긴한 점에 가선 입을 다물어 버리는 그런 것이 교묘한 묵비권 행사란 걸 알아야 하오,"

"그러나 저러나 묵비권 행사라고까진 할 수가 없습니다."

"장 검사는 그 여자에게 대단히 동정적인 것 같은데."

"저도 인간이니까요."

"검사와 인간, 장 검사는 어려운 문제에 말려들었군."

"그러나 부장님, 도저히 그 여자를 죄인으로서 취급할 기분이 안 되는 것을 어떻게 합니까?"

그러자 부장 검사는 회전의자를 돌리다가 말고 정색을 했다.

"그 여자는 20년 동안이나 남편의 눈을 속여 자살한 남자를 만나고 있었다고 하지 않았소. 만일 남편이 고소를 제기한다면 그 사실만으로도 간통죄가 성립될 여지가 있는 거요. 우선 가정 부인의 도리를 짓밟았다는 것만으로도 죄인이 되는 거요. 그런데 어째서 그런 여자를 죄인 취급할 수 없다는 거요?"

"그건 제 심경이 그렇다는 얘길 뿐입니다. 뭔가 숨겨진 진실이 있는 것 같아요. 그래서 구속기간을 연장해서, 좀 더 여유를 두고……."

"장 검사는 지금 그처럼 수월한 입장에 있소? 그런 사건으로 시간을 낭비할 만큼. 빨리 결단을 내려요. 기소를 하든 안 하든."

"알겠습니다."

하고 장 검사는 부장실에서 나왔다. 그리고는 후회했다. 애당초 부장실을 찾았을 땐, 그런 정도의 얘기가 아니라 좀 더 델리케이트한 의논을 하려고 했었던 것인데 그 목적이 빗나가 버린 것이다.

맑게 개인 하늘이었다.

어제 소조히 비에 젖어 있던 나무들이 맑게 개인 하늘 아래 햇빛을 담뿍 받으며 얼마 남지 않은 푸른 생명을 다소곳이 달래고 있는 것처럼 보였다.

완연히 가을의 하늘, 가을의 빛, 가을의 나무, 가을의 푸르름이었다.

이 계절 마지막의 화려한 풍경이라고나 할까.

장익진 검사는 창가에 서서 창밖의 풍경에 마음을 빼앗기고 있다가 백정선이 들어오는 것을 보자 자기 자리에 가서 앉았다. 그러면서 잠깐 생각한다.

이 계절, 오늘과 같은 날씨에 잘 어울리는 여자라고.

장 검사로 하여금 그런 생각을 하게 할 만큼 백정선에겐 가을의 풍정이 있었다. 단풍이 들기 얼마 전의 나무를 연상하게 하는 청춘의 황혼과 쇠락 직전의 우아함이 청아한 국화 향기처럼 그 여자의 얼굴과 몸매에 서려 있는 것이다.

'이 여자에게 악이 있을 까닭이 없다.'

장 검사의 가슴 속에 이런 속삭임이 있었다.

오라를 풀고 교도관이 구석진 자리로 물러갔다.

장 검사는 할 말을 마음속에서 정돈해 보았다.

"밤사이 잠은 잘 주무셨소?"

여자는 살큼 눈썹을 치켰을 뿐이다.

"오늘은 꼭 바른대로 대답을 해 주어야겠습니다. 죄가 없으면 하루 빨리 풀려 나가야 하지 않겠습니까. 죄가 있으면 벌을 받아야 하구요. 그런데 가장 중요한 질문에 답을 하지 않는다는 것은 어느 편으로 보나 비열한 일입니다. 비록 죄인일망정 비열하기까지 해서야 되겠습니까?"

하고, 장 검사는 여자를 노려보는 얼굴이 되었다. 그런데 그 입속엔 못 다한 말 한 구절이 남아 있었다.

'당신처럼 우아하고 아름다운 분이 말입니다.'

숙인 여자의 머리칼 위로 한줄기 햇빛이 비쳐, 그것은 나뭇잎 사이로 스며들어온 것인데 보일 듯 말 듯 황금색 광훈을 만들고 있었다.

그러나 감상적일 수만은 없다고 마음을 다진 장 검사는,

"오늘은 여러 말 묻지 않겠소. 남자가 독약을 먹었다는 것을 알면서 왜 병원이나 이웃에 연락하지 않았는지 그것만 대답하시오."

하고 약간 거칠게 나왔다. 그리고는 대답이 없을 경우 책상을 칠 작정으로 긴장하고 있었는데 여자는 조용히 얼굴을 들었다.

"나도 죽을 작정을 했습니다."

억양이 없는 단조로운 말이었다.

"뭐라구요?"

깜짝 놀라 장 검사가 되물었다.

"나도 같이 죽을 작정을 했습니다."

여자는 꼭같은 말투로 되풀이했다.

장 검사는 본능적으로 그 말이 유죄의 근거가 된다는 것을 깨달았다.

"그랬다면 왜……."

죽지 않았느냐는 말은 차마 할 수가 없었는데 여자는 그 뜻을 알아차렸다.

"정신을 채 차리지 못하고 있었는데, 아줌마가 뛰어들어 왔어요. 그리고는 소동을 벌인 겁니다. 이웃 사람들이 몰려 들어오구요. 행동할 겨를이 없었습니다."

"아줌마란 제또분 씨를 말하는 건가요?"

"예."

장 검사는 담배를 피워 물었다. 유죄의 확증을 잡았다는 것이 그를 당황하게 했다. 이와 같은 감정은 정말 검사로선 있을 수 없는 것이었다.

서기가 사인을 보냈다. 조서를 꾸밀까, 어쩔까 하는 물음이었다. 장 검사는 손을 저어 가만있으라고 해 놓고 담배를 비벼 끄며 물었다.

"그런데 왜 그 말을 여태껏 하지 않았습니까?"

"남편과 아이들이 받을 충격이 두려워서 차마 말할 수 없었습니다."

장 검사는 그 심리를 분석해 보는 마음이 되었다.

'아내가 자살한 사람과 같이 죽을 작정을 했었다고 들으면 남편이나 아들딸은 적잖이 충격을 받을 것이다. 왜 자살자 옆에 있었느냐는 의혹만으로도 충격적인데 게다가 아내가 다른 남자와 같이 죽을 작정이었다는 걸 들으면? 충격이 크겠지…….'

그래 장 검사는 그 대답을 진지한 것이라고 인정했다. 자연히 다음과 같은 심문으로 되었다.

"남편을 사랑하고 있습니까?"

"남편은 좋은 사람입니다."

이건 약간 빗나간 대답이었지만 따지고 드는 건 가혹하다는 생각이 들었다. 장 검사는,

"박태열을 사랑했다, 이 말이군."

하고 중얼거리며 반응을 기다렸다. 그러나 여자의 반응은 없었다.

드디어 장 검사는 결심했다. 구속기간을 연장해서 기소, 또는 불기소의 결정은 열흘 후쯤으로 미루어야 하겠다는 마음이 된 것이다.

기소, 불기소를 문제로 하기 전에 이 사건이 나게끔 된 인생의 내막을 알아봐야 하겠다는 마음이 솟은 때문이었다. 다시 말하면 불륜관계(不倫關係)가 빚은 사건이 아니란 심증 같은 것을 얻었다는 것이다.

그런데 지금 단계로서 결정을 짓는다면 부득이 불륜관계를 음폐하기 위한 자살방조로써 취급해야 하는 것이다.

장 검사는 백정선을 구치소로 돌려보내고 제또분을 불러 볼 예정을 세웠다.

제또분은 남의 집 식모살이를 하는 여자라기보다 중하층 가정의 주부라는 것이 알맞는 인상을 가진 여자였다. 세파에 시달린 흔적은 있어도 누추한 얼굴은 아니다.

"나이가 42세라고 했죠?"

이미 만들어 놓은 조서를 뒤지며 장 검사는,

"우리 처음부터 다시 시작하기로 합시다."

하며 미리 양해를 구했다.

"박태열 씨 집의 식모로 들어간 것이 5년 전이라고 했죠?"

"예."

"그 집으로 간 동기가 뭡니까?"

"사모님의 부탁으로 간 겁니다."

"사모님이란 백정선 씨 말인가요?"

"예."

"백정선 씨완 어떻게 알았습니까?"

"소개소에서 알았습니다."

"식모를 소개하는 곳 말입니까?"

"아닙니다."

"중매하는 소개소?"

"그렇습니다."

"그렇다면?"

"사모님은 처음 나른 바 선생과 견혼 시킨 자정이었던가 봅니다.

33

박 선생이 혼자 살고 계시니 그 집에 가서 살림을 돌봐주고 있다가 마음이 맞으면 결혼하는 것이 어떻겠냐는 얘기였어요. 싫으면 언제 이건 나와도 좋다는 조건이었구요. 그래 그때 난 참으로 딱한 처지에 있었거든요. 결혼하게 되면 더 이상 바랄 것이 없고 안 하면 안 하는 대로 손해볼 것 또한 없다고 생각한 겁니다. 그래 그 집으로 갔어요."

"결국 식모살이를 하게 됐다, 이 말이군요."

"예."

"같은 집에서 박씨와 단둘이 살았습니까"

"예."

"그런데도 결혼할 단계까진 가지 못했습니까?"

"선생님이 원하지 않는 것을 어떻게 해요."

"그 이유가 어디에 있었다고 생각했어요?"

"제가 그걸 어떻게 알았습니까. 짐작컨대 선생님은 평생 결혼할 생각이 없었던 것이 아닌가 해요."

"전에도 결혼한 일이 없었던가요?"

"잘은 모릅니다. 전에도 두세 사람 동거한 여자는 있었던 모양이지만 결혼은 하지 않았나 봐요."

"백정선 씨는 가끔 왔습니까?"

"일주일에 꼭 한 번, 토요일엔 빠짐없이 왔습니다. 시간도 오후 두 시부터 네 시 반까질 정해놓구요."

"백 여사가 왔을 때 당신도 같이 그 방에 있었나요?"

"있기도 하고 없기도 했어요."

"와서 대강 무슨 얘길 했습니까?"

"옛날 얘기도 하고 꽃 얘기도 하고 알아들을 수 없는 어려운 얘기가 많았지만 두 분 얘기를 듣고 있으면 꼭 어린애들 노는 것 같았어요."

"얘기만 했어요?"

"사모님이 오시기만 하면 꼭 트럼프를 하셨어요. 트럼프를 하시면서 어린애들 같은 얘기만 하는 거예요."

"예를 들면?"

"개구리 배엔 왜 배꼽이 없느냐, 발은 왜 앞으로 뻗어 있나. 듣고 있으면 웃음이 저절로 나오는 그런 얘기뿐예요. 아니면 하늘이 어떻구, 별이 어떻구 하는 어려운 얘기구요."

"솔직하게 말해서 두 사람 사이는 어떤 관계 같았어요?"

"그럴 수 없이 다정한 친구였다고나 할까요. 잘 지내는 오빠와 누이, 그런 것보다도 더 친한…… 뭐라고 할까요. 토요일이 되면 선생님은 목욕을 가셔요. 이발도 하시구요. 방에 있으면서도 와이샤쓰를 입고 넥타이를 매고 정장을 하셔요. 사모님이 오실 때가 되면 아무리 추운 날이라도 창을 열어 놓고 창가에 서 계셔요. 돌아가실 때는 창을 열어 놓고 택시가 사라질 때까지 보고 계셔요."

"두 분 사이에 혹시, 남녀 사이에 있을 수 있는 그런 관계는 없었나요?"

"절대로 그런 건 없어요. 사모님이 계시는 동안엔 선생님은 넥타이도 풀지를 않으셔요."

"그건 당신이 보고 있을 때만 그렇게 했던 것이 아닐까요?"

"천만에요. 여자라는 것은 그런데 대한 눈치는 빨라요. 그리고 만약 두 분 사이에 그런 관계가 있다고 보았으면 제가 그 집에 있지 않았을 거예요. 나더러 선생님의 색싯감이 되라고 데려다 놓고 그런 짓을 하는 여자를 그냥 보고 있겠어요?"

"당신이 그 집엘 가기 전에 혹시 그런 일이 있었는지 모르는 일 아닐까요?"

"그야 안 봤으니까 무어라 장담을 못하지만 아마 전에도 그런 일은 없었을 거예요. 그런 일이 있는 남녀는 설혹 그게 10년 전에 있었던 일이라도 동작에 나타나고 냄새로 나타나는 거예요. 헌대 두 분에겐 전연 그런 낌새가 없었으니까요."

장 검사는 제또분이 거짓말을 하고 있는 것이라곤 생각할 수가 없었다. 왠지 마음이 놓이는 풍요한 기분이 되었다.

눈을 들었다.

청명한 가을 하늘이 창밖에 그 무한한 깊이의 빛깔로서 떨쳐져 있었다.

"헌데, 죽은 박태열이란 사람의 성격은 어땠습니까?"

"어린아이 같은 어른이었어요. 세상 물정이란 조금도 몰라요. 그저 순진하기만 했어요. 아무리 배가 고파도 상에다 차려 대령하지 않

으면 먹지 않는 그런 분예요. 일본에서 제일 큰 대학교를 다녔다는
분이 어떻게 그럴 수가 있을까 싶어요."

박태열은 동경제국대학 문학부 철학과 중퇴란 학력을 가지고 있
었다.

"아파트 사람들은 선생님이 얼이 빠져 있는 사람이라고 보고 있
었으니까요."

하고 제또분은 한숨을 쉬었다.

"당신이 그 집에 들어갔을 무렵 박씨는 뭘 하고 있었소?"

"어느 대학의 선생님으로 나가고 있었어요. 그런데 대학선생님
월급이 그렇게 적은 건 정말 뜻밖이었어요."

"대학선생님이라도 강사였겠죠. 헌데 그 수입 갖고 어떻게 생활
을 했을까요?"

"사모님이 오실 때마다 돈을 주셨어요. 아마 아파트도 사모님이
산 것이 아닌가 해요."

"당신 생각으론 박씨가 왜 자살을 했다고 봅니까?"

"내가 그걸 어떻게 알겠어요."

"대학을 그만둔 게 언제였죠?"

"한 3년 돼요."

"대학을 그만두고 난 뒤엔?"

"처음엔 가끔 바깥에 나가시기도 하시더니만 어느 때부터인가 출
입을 통 하시지 않게 됐어요. 그리고는 자꾸 소주만 사가지고 오라

는 거예요. 몸에 해로우니 그만두시라고 하면 그 순하디 순한 선생님이 성을 버럭 내는 거예요. 하는 수 없이 사다드렸죠. 사모님도 술을 많이 하시지 말라고 권하데요. 그때였어요. 두 분이 처음으로 싸움을 하셨어요. 사모님께선 참 많이 우셨어요. 그후부턴 술 적게 마시란 말도 안 하시게 되었는데 작년부터 건강이 급속도로 나빠졌어요. 의사를 데리고 오면 근처에 있는 건 뭣이건 집어던지고 야단을 하니 진단도 받지 못 했구요. 그런데 돌아가시기 10일 전부터 술을 딱 끊으시고 바깥으로 매일처럼 나가셨어요. 그러나 그땐 벌써 여윌 대로 여위어 보행도 겨우겨우 했었거든요. 그런데 돌아가신 그날 점심때쯤 절 부르시더니, 그날은 참 토요일이었어요. 전화번호를 주시며 사모님께 전화를 하라는 거였어요. 오늘은 오실 필요가 없다고 하라구요. 절대로 오실 필요가 없다, 지금 어딜 나갔다가 밤늦게야 돌아오게 돼 있다는 거예요. 그리곤 내가 방에서 나오자 문 잠그는 소리가 들리지 않겠어요? 그래 사모님께 전화를 한 거예요."

"그때 전화를 하신 그대로를 말해 보시오."

"꼭 그대로야 어찌…… 대강 말씀드리면…… '사모님, 선생님께서 오늘은 오시지 말라고 하셨어요. 그런데 선생님의 태도가 이상해요. 바깥에 나가셔서 밤늦게야 돌아오신다고 해 놓고서 문을 잠그셨어요. 그리고 나가실 기미도 보이질 않아요. 왠지 가슴이 두근거려요. 선생님은 그렇게 말씀하시지만, 사모님 빨리 와보세요.' 아마 그렇게 말했을 겁니다."

장 검사는 눈을 감았다. 사건의 맥락이 아슴푸레 잡히는 것 같았다. 들을 금 지어 가던 길이 시내에 이르러 징검다리가 되었다가 다시 살아나서 산허리를 기어올라 솔밭 사이로 사라지는 몇 토막의 풍경화처럼 눈앞에 전개되는 느낌이었다.

장 검사의 뇌리를 선뜻 스치는 것이 있어 물었다.

"당신은 백 여사의 가족을 만난 적이 있소?"

"없습니다."

"그 집은 아시오?"

"모릅니다."

"전화번호는 아시겠죠?"

"그때의 쪽지를 어디에 어떻게 했는지…… 지금은 전화번호를 모르겠습니다."

"내가 알아주죠."

하고 장 검사는 말했다.

"아주머니, 지금 당장이 아니라도 좋습니다만 언젠가는 아주머니가 백 여사의 가족을 만나 모든 이야기를 해야 할 필요가 있을지 모릅니다. 아시겠죠?"

"예."

"그 아파트엔 언제까지 있을 작정입니까?"

"사모님께서 그 아파트는 제게 주시겠다고 했으니 쭈욱 거기 있을 겁니다."

"좋습니다. 만일 거처를 옮길 때는 나에게 연락해 주십시오."

"예."

장 검사는 창밖 가을 하늘처럼 청명한 기분이 되었다.

불기소 결정을 내릴 각오를 한 것이다.

그런데 막상 그 이유서를 쓰려고 하니 복잡한 난관에 부딪쳤다.

누가 뭐라고 하든 자기의 판단을 관철할 자신은 있었지만 일단 문서를 남기려고 하면 그 문서 자체가 충분한 설득력을 가지고 있어야 하는 것인데 문서를 그렇게 꾸민다는 일이 결코 수월하지가 않았다.

그것은 오히려 당연한 일인지 모른다.

장 검사의 불기소 결정을 누가 읽어도 지당한 것으로 하려면 줄 잡아 한 여인의 생애를 망라한 긴 스토리가 필요한 것인데 검찰관이 작성하는 문서가 그렇게 될 순 없는 것이다. 설혹 그에게 문장력이 있다고 해도 검찰관으로서의 직책이 갖는 약속이 그런 것을 허용하지 않는다.

장 검사는 간단하게 불기소 결정의 이유를 조목별로 메모해 놓고 창밖으로 시선을 보냈다.

감색이 더욱 짙어가는 느낌인 것을 보면 해가 저물고 있는 것인지 몰랐다.

장 검사는 백정선이 검찰에 있어서 불기소 처분을 받을 것만이 아니라 인생에 있어서도 불기소 처분을 받아야 한다는 마음으로 기울어들었다. 뿐만 아니라, 자칫하면 오랜동안의 불륜관계를 매듭짓고 은폐하기 위해 이제 쓸모없이 되어 버린 남자의 자살을 정사(情死)라는 꾀임으로 유도하고 방조한 여자로서 낙인찍힐 뻔했던 여자를 무구하고 순수한 그대로 구출할 수 있다는 안도감이 그를 흐뭇하게 했다. 그러나 아직 궁금증은 남았다.

'도대체 백정선은 어떤 역정을 걸어온 여자일까' 하는.

무지개를 건너는 청년

여학교 시절의 여름방학!

공기는 보랏빛으로 물들어 있고 시간은 음악의 선율을 닮아 있는 계절이다.

백정선이 금강산을 찾은 것은 여학교 4학년 때의 여름방학이었다. 일행은 같은 반의 학우 윤미화와 최정원.

유점사에서 점심을 먹었다. 그리고 비로봉을 향해 오르기 시작했다. 계곡의 물은 맑고 가끔 불어오는 훈풍이 땀을 식혔다. 오르는 고비마다에 전개되는 기막힌 경관! 도중에 세 여학생은 문득 걸음을 멈췄다. 계곡을 사이에 두고 건너편 벼랑에 황금색 찬란한 꽃무리가 정교하게 짜놓은 태피스트리처럼 드리워져 있었기 때문이다.

"아아, 저것 좀 봐!"

"어쩌면 저렇게!"

"아름답기도 해라."

"눈이 부시는 것 같잖아."

"눈이 부셔."

세 여학생은 너무나 화려한 경치에 넋을 잃고 말았다.

"저 꽃 이름이 뭘까?"

백정선이 중얼거렸다.

"글쎄 뭘까?"

한 것은 윤미화.

"계곡 사이라서 꺾을 수도 없구."

한 것은 최정원.

이때였다. 비로봉에서 한 청년이 내려오고 있었다. 하얀색 니커
보커에 배낭을 메고 등산모를 쓴 스포티한 차림의 청년이었다.

"저분에게 꽃 이름을 물어볼까."

문득 백정선이 한 말이다.

"저분이 알기나 할까?"

윤미화가 고개를 갸웃했다.

"모른다고 해도 손해될 건 없잖아."

최정원의 말에 윤미화는,

"그건 그래."

하고 웃었다.

"정선아, 그럼 네가 물어봐."

최정원의 말이었다.

"나 싫어."

하고 백정선이 얼굴을 붉혔다.

"꽃 이름을 알고 싶어 한 건 너 아니니?"

윤미화가 정선의 옆구리를 찔렀다. 청년이 가까이에 왔다.

그 순간을 놓치면 청년이 지나가 버릴 찰나였다. 백정선이 얼굴을 청년에게로 돌렸다.

"저어 실례입니다만……."

하고 정선이 망설였다.

청년이 발을 멈췄다. 등산모 밑으로 보이는 눈이 맑았다. 콧날은 곧고 단정했다. 조금 상기된 듯한 얼굴, 자연스럽게 다물어진 부드러운 입언저리, 젊음이 빛나고 있는 몸매, 스무 살이 되었을까 말까. 불러 세우기만 해놓고 망설이고 있는 여학생이 이상했던지 수줍은 웃음을 띠고 청년이 물었다.

"뭡니까?"

"저 꽃 이름을 알고 싶어요."

하고 정선은 시선을 벼랑의 꽃으로 돌렸다.

"저 꽃 말씀이군요. 기막히게 아름답군요."

하고 청년은 벼랑 가까운 곳까지 나가서 한참을 쳐다보고 있었다. 그리고는 얼굴을 돌리며 말했다.

"저건 기린초란 꽃입니다."

"기린초"

하고 백정선이 조용하게 입에 올리자,

"꽃 이름을 알아 두려는 마음은 좋은 겁니다."

하는 말을 남겨 놓고 청년은 빠른 걸음으로 내려가 버렸다.

차차 멀어져 가다가 모퉁이를 돌아 사라져 버린 청년의 모습은
사라진 것이 아니라 백정선의 가슴 속 어느 곳을 찾아드는 느낌이었
다. 맑은 그의 눈과 미소와 더불어 나타난 새하얀 이빨이, 부드러운
그의 음성과 함께 정선의 가장 깊은 곳에 새겨지는 듯했다. 정선은
또한 그가 '금강산에서 만난 청년'이란 영상으로 영원히 잊히지 않으
리란 예감을 갖기도 했다.

"야, 그 사람 참 잘생겼더라."

윤미화의 감탄 섞인 말이 있었다.

"그런 미남 처음 봤다."

한 것은 최정원이었다.

"미남이란 말이 그분에겐 불필요하잖아?"

백정선이 문득 말했다.

사실이었다. 백정선은 흔하게 쓰이는 '미남'이란 어휘를 그 청년
에게 사용하는 건 모독 행위처럼 느껴졌던 것이다.

"정선의 말을 듣고 보니 그렇기도 해."

윤미화가 먼저 맞장구를 쳤다.

"미남자란 말이 어울리지 않으면 뭐라고 해야 되지?"

"총명스러운?"

"건아한?"

"고귀한?"

세 여학생은 각기 적당한 형용사를 생각해 내려고 했지만 모두가 모두 조금씩 부족한 기분이었다.

"아무려나 오늘은 좋은 수확이 있었어. 꽃의 이름은 기린초."

하며 백정선이 앞장을 서서 걷고 있었으나 벌써 마음은 경치로부터 떠나 있었다. 그 청년의 모습을 좇고 있었다. 윤미화도 최정원도 꼭 같은 기분이었다.

얼만가를 갔는데 갑자기 소나기를 만났다. 얼른 동굴을 찾아 그 어귀에서 비를 피했다. 비를 피하고 있으면서도 화제는 그 청년이었다.

잠깐을 기다리니 소나기는 거짓말처럼 지나갔다. 다시 푸른 하늘과 눈부신 양광이 넘쳤다.

"무지개다!"

하고 소릴 지른 것은 윤미화였다.

선명한 빛깔의 무지개가 이 봉우리에서 저 봉우리에 걸쳐 화려한 곡선을 그렸다. 백정선은 친구들의 환성을 귓전으로 흘려들으며 그 눈은 무지개를 타고 하늘을 오르고 있는 청년의 모습을 보았다. 백정선이 기적을 느껴본, 일생의 첫 경험이었다. 그런 만큼 소중한 비밀로써 간직해야만 했다. 백정선은 그 얘기는 친구들에게 하지 않았다.

집으로 돌아간 백정선이 그 일기에 다음과 같이 썼다.

"금강산에서 어떤 청년을 만났다. 그 청년은 무지개를 건너 하늘을 오르고 있었다. 그러나 그 무지개는 내 가슴에 걸려 있는 것이나 다를 바가 없었다. 그러나 그 무지개를 타고 그 청년은……."

처녀의 수줍음으로 못다 쓴 부분은 응당 다음과 같을 것이었다.

"그 청년은…… 나를 향해 걸어오고 있었던 것이다."

방학의 남은 나날은 그 청년의 이미지와 더불어 지냈다고 해도 과언은 아니다. 기린초의 꽃무리로 배경을 하고 청수한 얼굴에 띤 부드러운 웃음, 기린초라고 말할 때의 새하얀 이빨, 초가을의 하늘만큼이나 맑은 눈동자, 그리고 무지개를 건너고 있는 모습…….

그런데 9월 1일의 등교일.

조례장에 학생들을 모아놓고 제2학기의 시업식(始業式)이 있었는데 단상에 선 교장선생이 안 포켓으로부터 한 장의 편지를 꺼내며 다음과 같이 말을 시작했다.

"여러분, 건강한 모습을 한 여러분을 다시 만나게 되니 반갑다. 헌데 여러분을 위한 선물을 준비해 놓고 있으니 내 마음의 기쁨 한량이 없구나. 선물이란 다름이 아니라, 한 장의 편지다. 한 장의 편지이긴 하나 소중하기 짝이 없는 것이다. 인간의 성실이 어떠한 것인가를, 인간의 진실이 어떠한 것인가를, 인간의 성의 호의가 어떠한 것인가를 가르쳐 주는 기막힌 교훈이다. 내가 읽어 볼 테니 잘 들어 보아라."

그리고는 교장이 편지를 읽어 내려갔다.

아무리 생각해도 교장선생님께 직접 편지를 올리는 것이 적당할까 하여 외람함을 무릅쓰고 이 편지를 씁니다. 사연인즉 다음과 같습니다. 지난 방학 동안 저는 금강산을 찾았었는데 도중, 복색으로 보아 귀교의 학생이라고 판단되는 젊은 숙녀들을 만났습니다. 그 숙녀들은 비로봉으로 가는 도중에 있는 벼랑에 만발하고 있는 꽃의 이름을 저에게 물었습니다. 아름다운 꽃을 보고 그 꽃 이름을 알고자 하는 마음이 갸륵하다고 느꼈습니다. 그래 계곡 건너편에 있는 벼랑이었습니다만 되도록이면 가까운 곳으로 가서 그 꽃을 관찰해 본 결과 그것이 기린초라는 것을 알고 그렇게 답을 해주고 그냥 헤어졌던 것입니다. 그런데 집에 돌아와서 생각해 보니 돌연 자신이 없어졌습니다. 내가 언뜻 보기엔 기린초 같았지만 기린초가 아닐지 모른다는 생각이 든 것입니다. 만일 그것이 기린초가 아니라면 저는 큰 실수를 저지른 것으로 됩니다. 모처럼 순진한 여학생의 질문인데 틀린 답을 했으면 어쩌나 하는 생각으로 밤잠을 자지 못할 초조감에 사로잡혔던 것입니다. 그래 하는 수 없이 사흘 후 저는 다시 금강산으로 가서 계곡의 길을 잡아 그 벼랑까지 가 보았던 것입니다. 그랬더니 거기에 만발해 있는 꽃은 기린초가 아니고 꿩의 비름이란 것을 알았습니다. 기린초와 꿩의 비름은 같은 돌나무과에 속하는 것이어서 꽃의 형상이나 빛깔이 비슷한 데가 있는 것입니다만 분명히 다른 꽃입니다. 저는 그 사실을 확인하고 무척 고민했습니다. 학생들의 이름도, 주소도 알 수 없어 통지할 수단이 없었으니 말입니다. 교장선생님께 부탁하고자 하는 것은 바로 이 사실입니다. 학생 전부에게 그 꽃은 기린초가 아니고 꿩의 비름이라고 말씀해 주시면 제가 그릇 가르친 학생들이 들을 수 있으리라고 믿습니다. 저는 동경제국대학 문학부 철학과에 다니는 학생입니다만 이름은 밝히지 않겠습니다. 그릇 가르쳤다는 것이 부끄러워서만이 아니라 사실을 알렸으면 그만이라고 생각하기 때문입니다. 교장선생님, 저의 외람함을 용서하시고 저의 부탁을 들어주시길 간절히 바라마지 않습니다.

교장은 이 편지를 읽은 후에도 그 청년에 대한 칭찬을 장황하게 하곤 그 편지를 게시판에 붙여 놓을 것이니까 참고로 하라고 했다.

방과 후 백정선은 그 게시판 앞으로 갔다. 많은 학생이 그 앞에 모여 있었다. 정선은 학생이 흩어지길 기다려 경건한 마음으로 그 편지 앞에 섰다.

또박또박 정자로 쓰인 그 편지의 청결한 문장과 필체에서 맑은 청년의 눈, 새하얀 청년의 이를 보는 듯했다. 그러나 백정선의 마음엔 풍파가 일고 있었다. 그 청년이 동경제국대학의 학생이란 사실을 알자, 한없이 먼 거리를 느낀 것이다.

'동경제국대학의 학생이 나 같은 시골 학교의 학생을 상대로나 할까' 하는 마음이었다.

그런데도 백정선은 마음의 한구석에선 '언젠가 만날 날이 있으리라'는 바람을 지워버릴 수가 없었다.

백정선의 바람이 현실로 화한 것은 그해의 겨울이었다. 겨울방학이 시작된 며칠 후 백정선은 볼 일이 있어 서울에 가 계셨던 아버지가 돌아오시는 것을 마중하기 위해 원산역에 나갔다. 아침 열 시에 도착하는 기차를 기다리기 위해서였다.

기차가 도착했다. 정선은 아버지를 곧 찾을 수 있었다. "아버지!" 하고 달려가서 트렁크를 받아들었을 때였다. 그 옆으로 사각모를 쓴 대학생이 눈에 띄었다. 보니 여름방학에 만난 그 청년이었다.

청년도 정선의 얼굴을 기억하고 있었던 모양으로 뜻밖이란 표정을 일순 짓더니 정선의 아버지에겐 싸늘한 시선을 보낸 채 지나가 버렸다. 정선은 이상하다고 생각했다. 정선의 아버지는 원산에서 유지(有志)에 속했다. 상공회의소의 부회두(副會頭)를 하고 있었기 때문이다. 누구나 아버지와 마주치면 인사를 하게 마련이었다. 그날의 역두에서도 정선의 아버지는 사람들로부터 인사를 받기에 바빴다. 그런데 그 청년이 정선의 아버지를 보는 눈초리는 싸늘했다. 정선의 처녀다운 육감이 그것을 놓칠 까닭이 없었다. 정선을 보았을 때의 놀란 표정은 무구하고 순수한 것이었는데 정선의 아버지에게 시선을 옮았을 땐 돌연 그 표정이 싸늘하게 변했던 것이다. 그 사실은 백정선의 가슴을 무겁게 했다. 왠지 불길한 예감이 들었다. 그 예감을 뒷받침이나 하듯 아버지는 마중을 나와 있던 상공회의소의 사무국장에게 다음과 같이 말을 걸었다.

"저기 나가고 있는 대학생이 박 진사의 손주이지?"

"그런 것 같습니다."

하는 사무국장의 답이었다. 아버지의 말은 단번에 거칠게 나왔다.

"건방진 놈"

"무슨 일이 있었습니까?"

사무국장이 당황하며 물었다.

"서울에서 여기까지 줄곧 한 차간에 타고 왔는데 내가 누군 줄 뻔히 알고 있을 것인데두 인사말 한 마디 없었던 놈야."

"대학생이란 대개 건방진 것 아닙니까."

사무국장이 영합하듯 웃었다.

"건방진 게 아냐. 그놈의 사상이 불순해. 그놈 애빈 만주에 가서 독립운동을 하고 있다는 얘기가 아닌가."

"시국을 분별 못하는 머저리들이지, 별 수 있겠습니까."

또 누군가가 인사를 하러 가까이 왔기 때문에 그 청년에 관한 얘기는 거기서 중단되고 말았지만 백정선은 플랫폼을 정신없이 걸어 역사를 빠져 나왔다.

아버지의 말투로 보아 그 청년과 자기와는 천체를 달리하고 살고 있을 정도로 거리가 멀다는 것을 뼈저리게 인식하지 않을 수 없었다. 그 인식이 정선을 슬프게 했다.

정선의 아버지는 대단히 자존심을 상했던 모양으로 자동차에 타기가 바쁘게 사무국장을 상대로 그 청년의 얘기를 또 꺼냈다.

"동경제국대학이라고 했지?"

"그렇습니다."

"사상이 불온한 자의 아들을 그런 대학이 어떻게 입학을 시켰을까."

"동경제대는 그런 문제에 관해선 비교적 관대한 것 같습니다."

"그게 어째서 관대인가, 소홀이지."

"예, 대단히 소홀한가 봅니다."

"무슨 학과인가?"

"그것까진 잘 모르겠습니다."

"설마 법과는 아니겠지."

"그럴 겁니다."

"아무튼 용서할 수가 없어. 원산 출신의 학생이 백재성을 무시하는 행위를 하는 것을 보고만 있을 순 없어."

"경찰에 연락을 하겠습니다."

"그럴 것까지야 없지. 하찮은 놈을 잡는다고 해서야 내 위신이 어떻게 되겠나."

"영감님 이름을 내세우기야 하겠습니까. 간접적으로 주의 보고를 해두는 정도라도 경찰에선 적당히 조처할 겁니다. 더욱이 요즈음은 비상시국 아닙니까."

"생각해보라구, 7, 8시간이나 같은 기차간에 타고 있었는데 모르는 척하니…… 불쾌해서 원."

"그 사람 아버지하곤 잘 아는 사이 아닙니까?"

"동문학일세. 사상이 달라 헤어지기는 했어도 동문학한 사이야. 그걸 그놈이 또 모를 리가 없거든……."

이런 말 저런 말을 듣고 있으니 백정선은 불안해서 견딜 수가 없었다. 그 청년에게 행동을 조심하라는 말을 전하고 싶었다.

그러자 백정선은 다소곳한 희망이 살아나는 느낌으로 되었다. 그 청년을 위해 할 일이 생겼다는 의식은 곧 그 청년과 교통을 하는데 구실이 마련되었다는 의식에 통하는 것이었다. 그 의식은 또한 '나는 그 청년을 위해 필요한 사람이 되리라, 그 청년을 도우리라' 하는 사명감으로 발전하기도 했다.

집으로 돌아온 백정선은 윤미화와 최정원을 불러 모았다. 그리고는 아버지와 사무국장 사이에 있었던 얘기는 빼버리고 그 청년이 경찰의 주목을 받게 되리라는 사실을 강조했다. 그 말을 듣고 미화도, 정원도 아연 긴장했다.

"그분은 박 진사의 손주래. 그러니까 성이 박씨 아니겠어? 빨리 이름과 주소를 알아야 해. 그래야만 그분에게 위급한 상태에 있다는 걸 가르쳐 줄 수 있을 것 아냐?"

정선이 이렇게 말하자 미화는,

"서울 김 서방 집도 찾는다는데 원산에서 제국대학 학생 집을 찾지 못 할라구."

하며 자신만만했다.

눈 위에 쓴 편지

청년의 이름은 곧 알 수가 있었다. 박태열이란 이름이었다.

집은 시심에서 십 리쯤의 상거에 있는 원부락이란 데 있다고 했다. 그 부락은 원산이 개항(開港)하기 훨씬 전부터 있었던 동네였다. 속칭 향교마을로도 불리고 있었다.

이름과 집의 소재를 알아낸 그 이튿날 점심때를 조금 넘긴 무렵 백정선은 그 마을을 찾아 나섰다.

처녀의 몸으로 젊은 남자를 찾아간다는 것은 점잖지 못한 행동으로 될 것이지만 한시 바삐 그의 신변이 위험하다는 것을 알려줘야겠다는 이유만으로 백정선은 대담할 수가 있었다.

박태열의 집은 깊은 골목의 안쪽에 산을 배경으로 하고 있는 꽤 큰 기와집이었으나 기와 틈엔 듬성듬성 마른 풀이 있었고 흙 담장 이곳저곳에 퇴락한 흔적도 있어 몰락해가는 집이란 인상이 짙었다.

백정선은 세월의 이끼가 끼어 거무스레한 빛깔로 변색되어 있는 대문 앞에까지 갔으나 굳게 닫힌 그 대문을 두드릴 용기는 없었다.

혹시 집안으로부터 사람이 나오지 않나 하는 마음으로 서성거렸다.

그러나 박태열의 집은 무인(無人)의 집처럼 침묵해 있었고, 가끔 회오리바람이 일기도 하는 골목길에도 사람의 흔적이란 없었다.

쓸쓸한 마을의 겨울 풍경은 백정선의 마음을 더없이 황량하게 그리고 두려운 감정으로 물들게 했지만 백정선은 청년의 그 해맑고 지혜로운 얼굴을 눈앞에 그려봄으로써 견뎌내었다.

그러나 언제까지나 그러고만 있을 수가 없었다. 30분쯤을 서성거리고 있다가 뒤돌아섰다. 겨울의 들길을 걸어 얼어붙은 시내를 건너 시가로 돌아왔을 땐 백정선은 허전해서 견딜 수가 없었다.

"너 어딜 갔다 인제 오니?"

어머니가 걱정스럽게 물었지만 대답하지 않고 자기 방으로 들어가버렸다.

알아온 주소로 편지를 쓸까 하는 생각으로 책상 앞에 앉았으나 편지를 어떻게 써야 할지 대중을 잡을 수도 없었다.

그 이튿날은 눈이 내렸다. 눈보라 속의 십 리 길을 걸어갈 자신이 없었다. 편지를 써야겠다는 생각을 다시금 해 봤다. 지금 당장이라도 그 청년이 경찰에 붙들려 갈 것 같은 강박관념이 백정선을 불안하게 했다. 백정선은 자기 아버지의 성미를 잘 알고 있었다. 그는 자기를 무시하거나 모욕하는 사람은 절대로 용서하지 않는 성미를 가지고 있었다.

나는 일본인과 한국인은 일체가 되어야만 한다는 신념을 갖고 사는 사람이다. 두고 봐라, 일본은 앞으로 세계를 지배할 것이다. 만주도 이미 일본의 수중에 들어갔다. 지나(支那)도 그 3분의 2는 일본의 수중에 있다. 장개석은 오지에 몰려 그 잔병은 얼마를 남기지 않았다. 우리 조선인은 일본과 일체가 됨으로써 장차 세계에 큰 소리를 할 수 있는 거다. 그런데 조선 독립을 해야겠다는 잠꼬대 같은 소리를 지껄이고 있는 놈이 있으니 그게 사람이냐? 어림도 없는 일! 일본에 반역하는 놈은 곧 우리를 반역하는 놈이며, 나를 적대시하는 놈이다. 즉 나를 적대시 하는 놈은 일본에 반역하는 놈이다. 일본에 반역하지 않는 놈이 나를 무시할 까닭이 없다. 나는 그런 놈을 용서하지 않는다…….

백정선은 언젠가 사랑에다 손님들을 모셔놓고 아버지가 이런 기염을 토하는 것을 들은 적이 있었다. 그리고 백정선은 아버지의 말을 그저 당연한 것으로 알고 있었다.

백정선이 다니고 있는 원산고등여학교는 일본 여학생을 위해 만들어진 학교였는데 자기가 왜 하필이면 그런 학교에 다니고 있는가에 관해서 이상하게 생각한 적도 없었다. 그러니 독립운동을 하는 사람이 있다고는 들었지만, 아버지의 말 따라 그들은 지각이 모자라는 사람이 아니면 특별히 나쁜 사람들일 것이라고만 알고 있었던 것이다.

그런데 독립운동가라는 것이 새로운 빛을 내고 백정선의 가슴에 와 닿았다. 박태열의 아버지가 독립운동가라고 들었기 때문이다.

그러나 지금에 있어서의 백정선에겐 그런 것이 문제될 것이 없었고 다만 박태열의 안위가 문제였던 것이다.

백정선이 두 번째로 박태열의 집을 찾아 나선 것은 그로부터 1주일쯤 후의 일이다.

그 전날 정선의 오빠가 서울에서 돌아왔다. 정선의 오빠는 그때 경성고상의 2학년이었다.

저녁식사 때 반주를 하며 부자간에 다음과 같은 응수가 있었다.

"시국(時局)을 철저하게 인식해야 한다. 아예 불온한 언동이 없도록 삼가해야 한다."

하고 나서 정선의 아버지가 물었다.

"너희들 학교는 괜찮겠지. 원래 질이 좋은 학생들만 들어가는 데니까……."

"그렇지도 않습니다. 머잖아 일본이 패망할 것이라고 말하는 학생들도 있습니다."

정선의 오빠는 아무렇지 않게 이렇게 대답했다.

그러자 아버지는 숟갈을 떨어뜨릴 정도로 흥분했다.

"너 그것이 무슨 소리냐 그런 말을 하는 놈을 학교 당국이 가만뒀어?"

"학교 당국이 어떻게 합니까? 가만가만 그들끼리 얘기하는 것을 말입니다."

"글쎄 네놈도 그럼, 그런 얘기 하는 놈들 가운데 끼어 있었단 말이냐?"

"듣지 않으려 해도 들려오는 걸요……."

"안 된다, 그따위 말하는 놈도 경을 쳐야 하지만 듣고만 있는 놈도 안 돼. 너 조심해야겠구나."

"경제학을 배우고 있으면 하는 수가 없어요. 수학적으로 답이 나옵니다. 지금의 전쟁은 물량 전쟁 아녜요? 아무리 야마또타 마시히 (大和魂 대화혼)가 우수하다고 해도 대포와 비행기로써 싸우는 거지 맨주먹 가지고 싸우는 게 아니니까요. 그럴 때 계산상 일본의 패망이 환하다는 건데, 즉 객관적인 사실이 그렇다는 건데 어떻게 합니까."

"점점 큰일 날 소리만 하는구나. 그렇다면 너도 그런 생각을 하고 있다는 얘기가 아니냐?"

"그러나 전 누굴 보고 그런 소릴 하진 않습니다."

"그런 소릴 하진 않지만 생각은 그렇다, 이 말이지? 헌데 그건 하나를 알고 열을 모르는 소리다. 만주와 지나의 재원이 얼마나 풍부한가를 모르고 하는 소리야, 그건. 만주엔 무진장의 광물이 있다. 지나에도 그렇구. 게다가 동남아를 점령했으니 석유니 고무니 하는 물자에도 부족이 없어……."

정선의 오빠는 그 이상 응수하지 않았다. 아버지의 성격을 잘 알고 있는 그는 무슨 소릴 해보았자 아버지와 평행선을 이룰 뿐이며, 그것이 감정의 대립으로 번져 소동만 일으킬 뿐이란 사실을 잘 알고 있었던 것이다. 그런데 정선의 아버지는 뜻밖의 결론을 내렸다.

"질이 좋은 학생만 들어갈 수 있는 너의 학교 학생이 그런 꼴이라면 다른 학교 학생의 동향은 불문가지로구나. 원산만 해도 전문대학 학생이 상당수가 될 텐데, 그들이 허무맹랑한 소릴 퍼뜨리게 되면 인심을 불안하게 하겠구나. 내일이라도 경찰 간부들과 의논해서 학생들의 단속을 철저하게 하라고 일러야겠다. 그러니 넌 꼼짝 말고 집안에 처박혀 있거라. 아주 괘씸한 놈이 있어. 즈그 아비 친구인 줄을 번연히 알면서 날 본 척 만 척한 놈까지 있으니 말야. 그놈은 필시 불온사상을 가진 놈일 거라. 애비가 독립운동을 한다고 날뛰고 있으니 그놈의 속은 뻔하지."

"누구 말씀입니까?"

하고 정선의 오빠가 물었다.

"박 진사의 손주놈 말이다. 동경제국대학에 다닌다나? 어쩐다나……."

"아, 그럼 박태열 씨 말이군요."

"네 그놈을 아니?"

"제 중학 2년 선배입니다."

"그놈 어떤 놈야?"

"수재라고 해서 소문난 사람입니다 동경제대가 문제가 아니라 중학 4학년에 천하의 수재 가운데서도 수재만이 들어간다는 일고(一高)에 조선인으로서 입학한 사람이니까요."

"그런 놈일수록 위험 사상을 가지고 있을 것 아닌가."

"잘은 모르겠습니다만 성격이 너무 온순하고 사람 사귈 줄도 잘 모르는 사람인데 위험 사상을 갖겠습니까?"

"모르는 소리 말아라. 겉 다르고 속 다른 게 사람이란 게다. 만일 네 말 따라 그놈이 얌전하다면 왜 나를 보고 인사를 안 해. 경성서 원산까지 줄곧 같은 차간에 타고 있으면서⋯⋯."

정선의 아버지는 생각할수록 부아가 난다는 듯 술잔을 번쩍 들어 마셨다.

"아무튼 제 생각으론 그 사람은 속엔 어떤 사상을 가졌을망정 행동은 못할 그런 사람입니다. 그러니 아버지, 괜히 그런 사람 괴롭히지 않도록 하십시오."

"간섭 말어, 내 할 일 내가 알아서 할 테니까."

정선의 아버지는 버럭 화를 냈다.

"⋯⋯."

이러한 옹수를 듣고 그날 밤 백정선은 내일은 어떤 일이 있더라도 박태열을 찾아야 하겠다고 결심한 것이다.

아버지가 사무소에 나간 직후 백정선은 집을 나섰다.

내린 눈이 시가에선 대부분 녹았으나 들과 산엔 녹지 않고 하얗게 얼어붙어 있었다. 검은 외투에 연지색 머플러로 얼굴을 두르고 정선은 들길을 걸었다.

마을은 1주일 전과 다름없이 하얀 적막에 싸여 있었다. 정선은 눈이 얼음이 되어 미끄러운 긴 골목을 조심조심 걸어 올라가 박태열 집 대문 앞에 섰다. 대문은 여전히 굳게 닫혀져 있었다. 정선의 가냘 픈 주먹으로 두들겨 보았자 무슨 소리가 날 것 같지도 않았다. 고함 을 지르자니 너무나 경망할 것 같았다. 어쩌나 하고 시려오는 발로 제자리걸음을 하고 있는데,

"누구시죠?"

하는 소리가 뒤에서 났다.

정선이 소스라치게 놀라며 뒤를 돌아보았다. 털모자를 눌러 쓰고 스케이트를 멘 청년 바로 박태열이었다.

"당신은……."

하더니 박태열이 곧 알아차린 모양으로

"금강산에서 만난 여학생?"

하고 묻는 얼굴이 되었다.

"예, 그렇습니다."

부끄럼에 정선이 얼굴을 숙이며 말했다.

"어떻게 여기까지……."

박태열이 물었다.

"선생님을 뵈오려."

"나를요?"

"예."

"그럼 어떻게 한다?"

중얼거리며 박태열이 주변을 두리번거렸다. 집으로 데리고 들어갈 수도 없었고 그렇다고 해서 달리 데리고 갈 만한 곳도 없는 것이다.

"어떻습니까. 우리 걸으면서 얘기할까요?"

"그렇게 해요."

박태열이 앞장서서 걸어 내려갔다. 서너 걸음 떨어져 백정선이 뒤따랐다.

"사실은 스케이트 타러 가려는 참이었는데……."

그리고 조금 사이를 두고 중얼거렸다.

"앞으로 나와 보길 잘했지. 하마터면 헛걸음을 시킬 뻔했잖아."

골목을 빠져나와 마을이 멀어진 들 가운데 왔을 때 백정선이 물었다.

"아까 그 집 선생님 댁 아니세요?"

"그게 제 집입니다."

"그런데 선생님은 어딜 갔다 오시는 길이었어요?"

"아닙니다. 스케이트나 탈까 하고 나오는 길이었습니다."

"대문 말고 또 드나드는 데가 있으세요?"

"그렇습니다. 대문은 할아버지가 나들이 하실 때 또는 할아버지의 친구 분들이 오실 때나 쓸까, 평상시엔 쓰질 않습니다. 우리가 드나드는 문은 남쪽 담으로 나 있죠. 전 그 문을 나서서 곧바로 호수 쪽으로 가려다가 오늘은 동구(洞口)로 해서 갈까 하고 골목길로 빠진 겁니다. 그랬더니 대문 앞에 사람이 서성거리고 있지 않겠소. 그래서 와봤더니…… 정말 다행이었어요."

바람이 횡횡 불어왔다.

"이거 난처하네요. 전부가 눈밭이라서 앉을 데도 없고. 손님을 이렇게 모셔선 안 될 텐데."

하고 박태열은 정말 딱한 표정을 했다.

"걸으면서 얘기하죠. 걱정마세요."

"추우시지 않으세요?"

"조금 춥지만 도리가 없잖아요?"

"그럼 시가까지 열심히 걸읍시다. 시가에 가면 다방이라도 있을 테니까요."

백정선이 고개를 끄덕이었다.

여학생이 다방 출입하는 것을 들키기라도 하면 큰일이 나는 것이다. 교복을 입지 않았다고 하지만 원산은 좁은 바닥이다. 그러나 그런 사정을 말할 경황이 없었다.

하얀 눈이 끝나 있는 곳에 파란 바다가 시작되어 있었다. 눈에 덮인 들과 산은 태양을 받아 눈부실 만큼 찬란한 경색을 펼치고 있었다.

파란 바다를 멀찌감치 위편으로 보고 찬란한 설경 속을 박태열과 같이 걷고 있다는 생각이 들자 백정선은 추위도 잊었다. 누군가에게 들키지 않을까 하는 두려움도 잊었다.

새로운 인생을 열기 위한 모험을 하고 있는 것이란, 그렇게까지 의식이 명백했던 것은 아니지만, 이에 유사한 마음의 고양(高揚)을 느끼기조차 했다.

그리고 '이 눈길을 영원히 잊지 않으리라' 하는 다짐을 하기도 했다.

스케이트복 차림의 박태열이 외국의 그림엽서에서 튀어나온 왕자를 닮았다는 환상은 백정선을 황홀하게 했다.

'아아, 나의 18년의 생애는 이분을 만나기 위한 준비였던가' 하는 엉뚱한 흥분마저 솟았다.

한 시간 넘어 걸린 길을 걸으면서도 박태열이 한 마디의 말도 없었던 것은 그도 역시 형언하기 어려운 감동에 사로잡혀 있었기 때문이었다.

'인생이란 살아볼 만한 것이다. 어느 날 돌연 이런 천사가 나를 찾아오니 말이다.'

시가를 향하고 있는 도중 그의 가슴 속엔 이런 속삭임이 단속되고 있었던 것이다.

시가 들머리 어느 밀크 홀에 자리를 잡았다. 왕자와 공주가 랑데부할 자리치곤 너무나 빈약하고 누추했지만 청춘은 그런 배경쯤은 무시하고 찬란할 수가 있다.

콩을 볶아 커피처럼 만들어 놓은 액체를 앞에 두고 왕자와 공주의 대화는 시작되었다. 왕자의 첫말은.

"실례가 될까 모릅니다만, 이름부터 알았으면 합니다."

"백정선이에요."

"원산고녀?"

"4학년입니다. 지난 여름방학 때 금강산선 참으로 고마웠어요."

"그 말씀하면 얼굴이 붉어지는데요. 꿩의 비름을 기린초라고 아는 척을 했으니……."

"그러나 정정하신 편지를 보내주시지 않았어요? 교장선생님이 크게 감동하셔서 조례 때 읽어주셨어요."

"그때 일, 지금 생각해도 식은땀이 납니다. 헌데 저의 집은 어떻게 아셨습니까?"

이 질문에 답하기란 어려웠다.

백정선이 다음과 같이 간추렸다.

"경찰에서 선생님을 주목할지 몰라요. 그래 갖고 무슨 트집을 잡을지 몰라요. 그 말씀 드리려고 선생님을 찾은 거예요."

이 말에 박태열은 놀라지 않았다. 너무나 태연한 그를 보고 정선은 괜히 자기만 들뜬 것이 아닌가 하는 부끄럼을 느꼈다.

그러나 다음 순간 박태열은 눈물이 글썽해진 눈으로 정선을 바라본 다음 고개를 숙이며 속삭이듯 말했다.

"고맙습니다. 정선 씨, 나는 항상 경찰의 감시를 받고 있습니다.

그러니 그런 건 두려울 것이 없습니다. 다만 그런 일을 걱정하고 나를 애써 찾아주신 정선 씨의 마음씨가 고마울 뿐입니다. 내일 내가 어떻게 된다고 해도 천사와도 같은 정선 씨의 호의를 받았다는 그 사실, 그 사실의 기억만으로도 나는 행복하게 죽을 수가 있겠습니다.”

백정선은 가슴이 떨리는 것을 어떻게 할 수가 없었다.

박태열의 말투가 너무나 침통한 때문도 있지만 처음의 만남에 ‘죽음’이란 단어가 나타났다는 그 사실이 소녀의 마음을 슬프게 했던 것이다.

백정선은 조용히 말했다.

“그러니까 조심히 살아가시면 될 것이 아니겠어요?”

“조심?”

하고 박태열은 쓸쓸하게 웃었다.

그리고는 자조적으로 다음과 같이 말을 이었다.

“조심한다는 점에 있어선 아마 나 이상 가는 사람 없을 겁니다.”

그는 회고하는 눈빛이 되었다.

“어릴 때 울지도 않았으니까요. 울면 순사가 나타날지 모른다는 본능적인 공포가 있었기 때문이었겠죠.”

백정선은 탁자 위의 찻잔을 만지작거리며 귀를 기울였다.

“자라면서도 난 장난 한번 못했어요. 집안을 둘러싸고 있는 공기가 너무나도 무거웠기 때문입니다……”

“학교에 가서도 마찬가지였죠. 구석진 곳에 가만 앉아 있는 겁니다. 가끔 선생님이 아는 사람 손을 들라고 할 때, 난 한 번도 손을 들어본 적이 없어요. 그래도 알 것은 다 알고 있었죠……."

"애들허고 어울려 놀지도 않는다. 장난도 안 한다. 그러니까 공부나 할 밖에요. 성적은 언제나 1등, 조행은 언제나 갑……."

백정선은 성적이 1등이고 조행이 갑이란 얘기를 박태열이 자랑하고 있는 것이 아니란 사실을 알았다. 무슨 큰 잘못이나 한 것처럼 말하고 있었던 것이다.

아니나 다를까 다음과 같은 얘기가 있었다.

"내가 소학교 3학년 되던 해였습니다. 그땐 아버지가 집에 와 계셨는데 우연히 내 통신부를 보았던 모양입니다. 아니 어머니께서 자랑삼아 내보였는지 모르죠. 그 통신부를 보고 있더니 아버지가 날더러 가까이로 오라는 겁니다. 갔지요. 그랬더니 조행이 언제나 갑으로 되어 있는데 그것이 무슨 뜻이냐고 묻는 겁니다. 옆에서 어머니가 행실이 좋으니까 조행이 갑이 아니겠느냐고 내 대신 말씀하시더군요. 그랬더니 아버진, 어머니를 보고 당신은 가만있으라면서 내게 다시 물었소. 어떻게 했길래 행실이 좋다는 것으로 선생님께 보였느냐는 질문이 있었습니다. 난 학교생활을 하고 있는 그대로를 말했습니다. 아버지의 얼굴에 분노가 솟았습니다. 그리고는 나직했으나 거친 목소리로 이 뼈다귀도 없는 낙지 같은 놈을 어디다 써먹겠느냐면서 통신부를 집어 던졌습니다. 그리고 또 묻는 말이 학교에서 선생이나 친구들이 말하는 것이나, 행하는 것이 인인이 네 마음에 드느냐는 겁니다. 마음에 안 들 바도 아니란 답을 했죠. 그랬더니 아버지는 정말 화를 냈습니다. 마음에 안 드는 일이 있어도 참는다면 또 모르되 도통 마음에 안 드는 일이 없다는 것은 내가 뱀이 없는 증거라는 겁니다. 뱀이 없는 놈은 남의 종놈이 되기에 알맞다나요. 이러다간 일본 놈 종을 만드는 꼴이 되겠다면서 학교엘 가지 못하게 했습니다……."

백정선은 태열의 이야기를 듣고 있는 도중 이상한 것을 느꼈다. 전연 다른 세계의 얘기를 듣고 있는 느낌이었다. 정선은 성적이 1등인 데다가 조행이 갑이라는 통신부를 받아오기만 했더라면 큰 경사나 난 것처럼 웃음꽃이 필 자기 집과 대비해 보는 기분이 된 것이다.

"쓸 데 없는 얘기만 한 것 같습니다. 아까 내 걱정을 하시기에 괜히 센티멘털한 기분이 돼서……."

하고 박태열은 부끄러운 듯 웃었다.

"아닙니다. 선생님의 얘기를 듣는 것, 전 좋아요. 얼마든지 듣고 싶어요. 그래 학교를 못 가게 해서 어떻게 하셨죠?"

"아버지의 뜻이라면 학교엘 가지 않아도 좋다고 난 생각했죠. 아버지의 말마따나 내겐 뱀이 없었던 모양입니다. 지금도 마찬가지지만. 그런데 어머니가 가만있지 않았습니다. '애를 학교에 보내지 않고 어떻게 할 거냐'구. 그랬더니 아버진 날 만주로 데리고 가겠다는 거였습니다. 만주에 가서도 교육은 시킬 수 있다면서……."

여기서 박태열은 말을 끊었다.

누추한 밀크 홀에 좁은 탁자를 사이에 놓고 말없이 앉아 있기란 정선에겐 고통이었다.

"왜 얘기를 중단하세요?"

하고 어름어름 말했다.

"말을 너무 많이 한 것 같습니다, 내가."

박태열이 고개를 돌려 창밖을 보았다.

그 시선을 정선이 좇았다. 지붕엔 눈이 있고 길바닥의 눈은 녹아 질퍽한 벌판이 되어 있는 거리로 툭툭하게 옷을 껴입은 사람들이 간혹 지나가는 을시년한 풍경이 거기에 있을 뿐이었다.

정선은 박태열의 다음 얘기가 궁금하기 짝이 없었다.

"꼭 하기 싫으시면 할 수 없지만, 전 선생님 얘기가 듣고 싶어요."

"정선 씨를 만난 첫날부터 내 과거를 고백하는 셈으로 되었네요."

하고 태열은 식은 차를 한 모금 마시고 얘기를 계속했다.

"어머니가 할아버지에게 간청을 한 모양이었습니다. 그날 밤 할아버지가 아버지를 불렀습니다. 난 그때 할아버지 방에 있었죠. 할아버지는 아버지에게 다음과 같은 말을 했습니다. '나는 네 행동에 간섭하지 않았다. 지금도 그렇거니와 앞으로도 그럴 참이다. 나라의 독립을 찾겠다는 데 내가 무슨 말을 하겠나. 그렇다고 해서 의견이 없는 바는 아니다. 독립을 해서 어떤 나라를 만들 것이냐 하는 데도 의문이 있고, 독립운동을 하는 사람들이 백 갈래 천 갈래로 분열되어 싸우고 있었다니 그런 꼴로 과연 독립을 쟁취할 수 있을 것인지도 의문이고, 모사(謀事)는 재인(在人)이되 성사(成事)는 재천(在天)이라고 했는데, 재천이면 대세(大勢)를 뜻하는 것이 아닌가. 그 대세에 관해서도 의문이 있다. 그러나 나는 아무 말도 안 했다. 그것은 내 생각이 네 생각일 수 없고, 네 생각이 내 생각일 수 없기 때문이다. 그와 마찬가지로 너도 네 아들에게 대해서 심한 간섭을 말라. 결정적으로 인도(人道)에 어긋나는 짓을 하면 모르되, 아직 네 아들은 어리다. 제 운명을 제가 가지고 있고, 제가 개척해 나갈 터인즉 당분간이라도 간섭을 말라. 지금 네가 하고 있는 독립운동이 네겐 지상의 길인지 모르지만, 네 아비인 내가 볼 때에도 완전한 길이 아닌데 어찌 네 아들에게까지 그 길을 강요할 수가 있는가. 이 애가 커서 애비의 길을 따르겠다고 나설지도 모르고, 그와는 다른 길을 걸을지도 모르는 일 아닌가. 그런데 이 아이는 아직 어리다. 어릴 땐 어미 옆에 있어야 하고 할애비 옆에 있어야 한다. 여기 있을 바엔 학교에 그냥 다니도록 해둬야 한다. 같은 나이 또래의 아이들이 학교에 다니는데 저만 집에 있을 수도 없는 일이고 남의 눈에 뜨이는 짓을 해서 좋을 까닭도 없다. 넌 이 아이가 일본식 교육을 받는 것이 탐탁스럽지 않은 모양이다만, 그 문제는 이 아이 본인에게 맡겨둬라. 서양에서 배우건 만주에서 배우건 일본에서 배우건 지(知)는 한가지고 지각이 들면 각기 나름에 좇아 그것을 활용할 것이니라.' …… 이렇게 해서 학교엘 그냥 다니게 되었죠. 그런데 조행만은 병으로 만들어 보려고 했지만, 역시 내겐 밸이 없는 모양이라 그게 그렇게 되지 않데요."

"선생님은 철학과에 다니신다고 하셨죠? 철학과에선 어떤 것을 공부하시는가요?"

정선이 긴장이 풀린 기분으로 물었다.

"간단하게 말해 인생을 공부하는 거죠. 내가 철학과로 간 동기는 인생은 과연 살아볼 만한 것인가, 굳이 살 필요가 있는 것인가를 살펴보아야겠다는 충동을 느낀 데 있습니다. 가령 내겐 할아버지가 계십니다. 할아버지는 한말(韓末)에 조그마한 벼슬을 했다는 경력 밖엔 가지고 있지 않습니다. 그 기초만으로 얼마간의 소작료를 받아 아무 것도 안 하고 반세기를 살아오셨습니다. 관념상으론 어떻게 지내시고 계신지 모르지만 현실적으론 증류수(蒸溜水)와 비슷한 생활을 하고 계십니다. 나는 그러한 삶이 어떤 의미를 가지고 있는질 알고 싶은 겁니다. 아버지가 계십니다. 아버지는 조국의 독립이란 목적만 추구하고 자기의 생활을 불구화(不具化)했을 뿐만 아니라 가족 전체를 불구적 상황(不具的狀況)으로 몰아넣고 있습니다. 과연 그러한 인생이 어떤 의미를 가지고 있는지도 알고 싶은 겁니다. 그리고 나, 나는 할아버지처럼 체관(諦觀)의 생활을 할 수도 없고 아버지처럼 행동인으로서도 살 수가 없습니다. 동시에 어떻게 살아야 하느냐도 대중을 잡을 수가 없고요. 그것이 잡히질 않는 한 난 이렇게도 저렇게도 살 수 없다는 것을 느낀 거죠. 철학을 한다고 해서 나아진 건 아무것도 없습니다. 다만 보다 참된 것, 보다 착한 것, 보다 아름다운 것을 향해 반 치, 한 치씩이라도 전진하려고 노력하는 곳에 인생의 보람이 있지 않은까 하는 신념 같은 것이 형성돼 가고 있다는 마음만이 나의 유일한 터전이죠."

이렇게 말하고 박태열은 돌연 어조를 바꾸었다.

"나만 지껄인 꼴이 되었는데 이젠 정선 씨가 말할 차례입니다."

"제겐 이야기할 건덕지가 없어요."

"누군 건덕지가 있어서 얘기한 겁니까?"

"그래도."

"아버지께선?"

정선은 당황했지만 사실을 사실대로 알렸다. 그리고 말해 보았다.

"아버진 좀 지나치게 친일파인 것 같아요."

그런데 이에 대한 박태열의 답은 뜻밖이었다.

"비극이죠. 그러나 누구도 나무랄 수가 없는……."

"친일파의 딸이라고 해서 절 경멸하시진 않겠어요?"

정선이 대담하게 물었다.

"독립파라고 해서 자랑스러울 것도, 친일파라고 해서 부끄러워할 것도 없다고 생각해요 난."

박태열의 말은 조용했다.

정선이 그 말뜻을 묻는 표정이 되었다.

"2천만의 거의 3분의 2가 친일파 아니 일본 국민이 되겠다고 매일 아침 황국신민의 서사(皇國臣民의 誓詞)를 외고 있는 판국에 새삼스럽게 친일파가 뭡니까?"

"그러나 선생님 같은 처지에서 보면……."

"내 처지란 별게 아닙니다. 독립파가 될 용기도 없고 친일파가 되기엔 어색한 그런 어중간한 처지일 뿐입니다. 그러나 이런 얘기 그만합시다."

하고 태열이가 물었다.

"운동은 어떤 것을 좋아하십니까?"

"전 테니스부에 있어요. 선생님은?"

"나는 혼자서 하는 운동엔 뭐든 취미가 있습니다. 스케이트, 스키, 철봉, 등산…… 단체로 하는 것, 상대가 있어야 하는 운동은 전연……."

"그건 왜 그러시죠?"

"나와 같이 놀면 그 사람들에게 피해가 되는 거죠. 중학생 시절, 친하게 지낸 친구가 있었는데 뒤에야 안 일이지만 나와 놀았던 그날엔 반드시 형사가 무슨 얘길 했는지 꼬치꼬치 캐묻는다는 겁니다. 그래서 이편에서 교제를 끊어 버렸죠. 그 친구를 위해서. 그리고는 일체 친구와 어울리지 않도록 마음을 썼죠. 그렇게 되니 자연 혼자서 할 수 있는 운동만 하게 된 거죠."

"쓸쓸하시지 않으세요?"

"버릇이 되었는 걸요."

한동안 또 침묵이 흘렀다. 그 침묵이 힘겨웠던 모양으로 태열이 먼저 입을 열었다.

"지금 몇 학년이죠?"

"4학년입니다."

"그럼 후명년이 졸업이군."

"아녜요. 여학교는 5학년에서 4학년으로 단축했어요."

"그랬던가요? 그렇다면 이번 봄에 상급 학교로 가야 하지 않습니까?"

"아마 그렇겐 안 될 것 같아요."

"왜?"

"아버지가 진학시켜 줄 생각을 가지시질 않아요. 계집애는 여학교 정도이면 그만이라구요."

"특별히 하고 싶은 학과 같은 건 없습니까?"

"그런 것이 있다면 아버지께 졸라도 보겠지만 그런 것도 없으니……."

"겸손이겠죠. 여하튼 한 2, 3년쯤 학교를 더 다녀 볼 필요가 있을 겁니다."

"……."

"이왕이면 동경으로 오시면……."

하는 태열의 눈엔 정열의 불이 켜진 것 같다.

정선의 가슴이 울렁거렸다.

"동경에 제가 다닐 만한 학교가 있을까요?"

"있다마다요."

"입학시험이 너무 어렵지 않을까요?"

"그다지 어렵지 않은 학교도 있을 겁니다. 우선 가정과쯤을 택해 갖고 학교를 다니다가 보면 자기의 지망을 새로 발견할 수 있을지도 모르죠."

정선은 가슴이 부풀어 오름을 느꼈다. 상급학교에 간다는 것 자체가 문제인 것이 아니라 동경에 가서 박태열과 자유롭게 만날 수 있는 기회를 가질 수 있다는 생각이 그 원인이었다.

"아버지께 의논해 보십시오. 정선 씨가 원하는 것을 거절이야 안 하시겠죠."

"글쎄요."

하면서 정선은 오늘 밤에라도 아버질 졸라 보아야겠다고 마음을 다졌다. 그리고는 들뜬 기분으로 말했다.

"아버지가 용서하신다면 동경에서의 일은 선생님이 지도해 주셔야 해요."

"여부가 있겠습니까."

하고 태열은 돌연 음울한 표정이 되더니 물었다.

"참, 아까 나더러 조심해야 한다는 말씀이 있었는데 구체적으로 무슨 소릴 들었습니까?"

정선은 망설이지 않았다.

"제 아버지의 직업이 그런 까닭으로 가끔 저의 집엔 경찰관들이 드나들어요. 며칠 전에도 누가 왔댔어요. 그때 하는 말을 들으니 요즈음 귀성한 대학생들의 행동을 철저히 살펴보아야겠다는 거였어요. 그리고 만일 불미한 점이 있기만 하면 가차없이 처단하겠다는 말도 있었구요."

"그 정도의 말입니까."

"예."

"그렇다면."

하고 태열은 활짝 웃었다.

"그 정도의 시찰은 항상 당하고 있는 거니까 걱정 없습니다. 게다가 전 아무도 만나질 않으니까요. 그런데 참⋯⋯."

하며 박태열은 눈을 밖으로 돌렸다.

"혹시 날 만났다는 게 탄로나면 정선 씨가 난처하게 되는 것 아닙니까?"

"난처하게 되어도 좋아요. 선생님만 좋으시다면."

정선의 말은 활달했다.

"난 상관없습니다."

태열의 말도 명랑했다.

정선과 태열은 다음 다음날 원산 앞 등대가 있는 곳에서 만나기로 하고 헤어졌다. 그날 밤 정선의 일기엔 다음과 같은 구절이 있었다.

⋯⋯ 보이지 않는 운명의 쇠사슬이 눈에 보이는 쇠사슬보다 강하게 작용한다는 것을 나는 느꼈다. 그분은 신이 내게 보낸 섭리의 사

신일 것이다. 나는 그분을 잊지 못한다. 영원히 잊지 못할 것이다. 아아 그도 나와 같은 마음을 가져 주었으면! 하나님! 이 소녀의 마음을 보살펴 주옵소서.

박태열도 그날 밤 일기를 썼다.

돌연 내 앞에 소녀가 나타났다. 청초한 맑은 얼굴을 하고, 따뜻한 마음을 안고 돌연 내 눈앞에 나타났다. 언제나 납빛으로 짓눌린 하늘 아래 꽃도 없고 새소리도 없는 황량한 들길을 걸어야만 할 것이라고 생각하고 있었던 내 앞에 꽃과 새소리가 어울려 하나의 소녀가 된 모습으로 내 눈앞에 그녀가 나타났다. 굳이 나는 행복을 바라지 않는다. 그 소녀가 같이 있는 길이라면 폭풍우가 불어제끼는 어떠한 험로라도 좋다. 나는 당당히 걸어갈 수 있을 것이다…….

겨울 바다

겨울의 바다는 톱니(鋸齒 거치)같은 이빨을 세운다.

겨울의 바다는 성난 짐승 같은 파도소리를 낸다.

겨울의 바다는 사람을 거절하는 차가움으로 빛난다.

겨울의 바다 빛은 공포의 빛깔이다.

……

그러나 박태열의 옆에 서서 바라보는 겨울의 바다는 여느 봄날의 바다보다 더 화창하게 느껴지는 건 어찌된 까닭일까. 차가움도 그냥 그대로 있는데도, 두려움도 그냥 그대로 있는데도 이 겨울의 바다 속에 박태열과 같이라면 뛰어들 수 있으리란 확신은 어디서 오는 것일까.

그것은 아마 사랑의 확신일 것이었다.

가슴의 그 깊은 곳으로부터 활활 타오르는 사랑이 있기 때문에 겨울의 해풍이 고통으로 느껴지지 않는 것이다.

거칠고 찬바람으로 얼굴의 잔털을 세우고 있으면서 저 멀리를 바라보는 박태열의 눈이 늠름한 것은 그도 역시 백정선과 같이 그 자리에 서 있다는 황홀한 의식 때문일 것이다.

항구가 한 장의 그림엽서 같아 보이는 지점, 동해를 향한 등대를 등에 하고 아무도 그곳을 찾는 사람이 없다는 이유만으로 그 곳에 와 있는, 두 남녀의 마음을 그림으로 그려볼 수 있다면 렘브란트의 자상하고 화려하고 섬세하고 신비로운 터치의 풍경화를 방불케 할는지 모른다. 그리고 그 남녀의 교감(交感)을 음악으로 번역한다면 틀림없이 그것은 모차르트의 주피터를 닮아 장엄하고 우아하고 현란한 음향의 파도를 이룰지 모른다.

이날 따라 하늘은 쾌청.

백정선은 거기에 축복을 느꼈다.

"수평선은 왜 있는 걸까요."

정선의 말이 약간 들떴다.

"지구가 둥그니까."

"지구가 둥글다는 건 실감이 나질 않아요, 전."

"실감이 나지 않아도 지구가 둥근 걸 어떻게 하겠소."

"학교에서 지구가 둥글다는 걸 아무리 배워도 납득할 수가 없거든요."

"그렇게 쉽게 지구가 둥글다는 걸 납득할 수 있다면 왜 지동설(地動說)을 주장한 사람들이 혹독한 해를 받았겠소."

"……"

"지구가 둥글다는 걸 안 것은 수억 년 지구의 역사 속에서 불과 엊그제의 일이니까요. 실감을 갖지 않는 것도 당연한 일이지."

"그런데 선생님께서 지구가 둥글다는 실감을 가지고 계세요?"

"그렇습니다. 나는 지구가 둥글다는 걸 실감하죠."

"어떻게요?"

"밤이 오고 또 날이 밝고……."

"그게 실감으로 되나요?"

"되죠."

하고 박태열이 몇 마디의 설명을 했다. 그것은 어떻게 해서 지구가 둥그냐는 설명이 아니라 지구가 둥글지 않아선 이렇게 될 수 없다는, 결과로부터 원인을 찾아오는 방식이었다.

"이를테면 지구가 둥글지 않아선 정선 씨가 내 옆에 서서 이렇게 저 수평선을 볼 수 없다는 얘기죠."

하는 말로써 끝난 박태열의 해석은 명쾌했다. 명쾌한 만큼 정선은 일시에 그 원리를 납득할 수 있었다. 정말 놀랄 일이었다.

"오늘부터 제게도 지구가 둥글어요."

정선이 자신 있게 말하고 박태열을 쳐다봤다. 수재라는 것이 어떤 재능인가를 안 것만 같았다.

"놀라운 일예요."

정선이 중얼거렸다.

"뭣이 놀라운 일?"

"누구의 어떤 설명을 들어도 납득하지 못했던 것을 선생님의 몇 마디 말씀으로 납득할 수 있었으니까요."

"그래요?"

하며 태열은 수줍은 듯 얼굴을 돌렸다.

"선생님은 아마 천재이신 모양이죠?"

정선이 정직한 감정을 이렇게 토로했다.

"처, 천만에요."

태열은 몹시 당황했다.

그 당황하는 모습이 또한 정선의 가슴에 새겨졌다.

"천재가 아니고서 어떻게 그 어려운 문제를 그처럼 간단하고도 쉽게……."

"아닙니다. 정선 씨가 납득하셨다면 정선 씨의 바탕이 그렇게 되어 있었기 때문이죠."

"뿐만 아니라, 일본인 친구들이 말하는 걸 들으니 동경제국대학엔 여간한 수재가 아니면 들어가지 못한다고 하대요. 더욱이 일고라는 학교는 수재 중의 수재, 천재만 들어가는 학교라고 들었어요."

"당치도 않은……."

하고 태열이 더듬더듬 말을 이었다.

"그런 인식이야말로 당치도 않은 겁니다. 입학시험이란 것은 인간에 있어서의 능력의 극소수의 부분과 관계가 있을 뿐입니다. 그리고 일본 학교에 있어서 이 시험이란 요령이 좋은 사람만 합격할 수 있게 돼 있는 겁니다. 난 말하자면 친구가 없었지 않습니까. 엊그제 말씀드린 대로. 그러니까 혼자만 있게 되니까 학교 공부나 할 수밖에 없었던 거죠. 학교 교과서 이외의 책을 보면 수시로 집안을 뒤지러 오는 형사들에게 트집잡힐 재료를 주게 되는 거니, 자연 그런 책들을 멀리하게 된 거죠. 그러니 친구도 없이 밤낮 학교 공부만 하게 되었다, 이거죠. 입학시험 문제란 그 범위에서만 나는 겁니다. 그런데도 입학시험에 낙방한다면 말도 안 되는 거죠. 나 같은 처지에서 나처럼 공부한 사람이 말입니다."

"조선인이 들어가기란 하늘의 별따기와 마찬가지라고……."

"그것도 아닙니다. 어느 중학교나 자기 학교의 학생이 고등학교에 들어가는 것을 자랑으로 압니다. 고등학교에 들어간 수로써 그 학교의 격(格)을 정하는 그런 풍조란 게 있는 거죠. 다행인지 불행인지 내가 다니는 중학교의 그때의 상황에선 내가 고등학교 입학시험에 걸린 후보자 가운데 뽑혀 있었던 겁니다. 그러니 조선인이든 몽고인이든 학교의 체면을 위해선 나를 도와야 할 사정에 있었던 거죠. 아버지가 독립운동자라고는 하나 내 조행은 언제나 갑(甲)이었고 위험사상을 가진 것 같지도 않았으니 조선인을 차별하지 않는다는 증거로 하기에도 적당했다 이 말입니다. 다시 말하면 같은 성적이면 나를 입학시키게 한 것이 정책적으로 유리한 입장에 있었던 겁니다. 그러니 무슨 학교에 들어갔으니 어떻다는 따위의 말은 똑바로 말해서 넌센스에 불과한 거죠."

태열이 그런 소릴 할수록 정선은 태열을 돋보았다. 수재인 데다가 겸손한 마음까지 겸했구나 하는 감탄이었던 것이다.

바람이 세지 않는 양지바른 언덕을 찾아 앉았다.

정선이 외투 호주머니에서 종이뭉치를 꺼냈다. 생과자와 비스킷이 담뿍 들어 있는 뭉치였다.

"이런 게 어디……."

하고 태열이 놀란 눈빛이 되었다.

물자가 궁핍하여 바닥이 나 있을 무렵, 비스킷과 생과자를 볼 수 있다는 것만으로도 대단한 일이었다.

그러나 원산 상공회의소 부회두의 집에선 그런 것이 대단할 것이 없었다. 그런 짐작은 해 보았지만 박태열은 내색을 않도록 마음을 썼다. 정선의 모처럼의 마음이 상할까 보아서였다.

태열은 맛있게 과자를 먹으며 콩깻묵(大豆粕)으로 끼니를 이어가고 있는 대중들의 처지를 얼핏 생각했다.

멀리 바다 위로 철선 두 척이 지나가고 있었다. 수송선일 것이었다. 태열은 갑자기 우울해졌다.

흐려진 얼굴을 들여다보듯 하며 정선이 물었다.

"왜 그러시죠?"

태열이 얼른 대답할 수가 없어 바다 위로 지나가고 있는 철선을 가리켰다.

"저게 어쨌어요?"

정선이 묻는 눈빛이 안타까웠다.

"저걸 보니 전쟁 생각이 나서 그래."

"그래요. 전쟁은 언제 끝이 날까요?"

정선도 우울한 표정으로 되었다.

"끝장이 날 날이 있겠지. 그런데 끝장이 날 때까진 내 운명에 무슨 변동이 있고 말 것 같아."

"무슨 변동인데요?"

"몰라, 그걸 알면 불안하지도 않지. 바로 이곳이 전쟁터가 될지도 모르고."

"여기가 전쟁터로 돼요?"

"막연히 그런 예감이 든다는 거요."

"일본이 이기는 건 확실하겠죠?"

"글쎄요."

하고 태열이 입을 다물어버렸다.

"일본이 전쟁에 진다는 건 상상도 못하겠어요."

정선이 말에 힘을 주었다.

그러한 정선을 태열이 쓸쓸한 눈빛으로 바라보았다.

"전쟁이 언제 끝나건 전……."

정선이 말을 도중에서 끊었다.

"전쟁이 언제 끝나건?"

"전 선생님을 만나 볼 수만 있으면 좋겠어요."

"아닌 게 아니라 나도 그런 생각을 하고 있었소."

"그래요? 그 말씀 들으니 기뻐요."

정선이 구김살 없이 웃었다.

"그러나 그렇게 안 될지 몰라. 시국이 급박해도 우리의 마음만 굳게 되어 있으면……."

"그게 그렇게 안 될지 모른다니까요."

"왜요?"

"막연히 그런 생각이 들어요."

"전 세계가 부서지려는 판인데 우리만 온전할 수가 있겠소?"

"조심조심 살아가죠, 뭐."

"개인이 아무리 조심한다 해도 대세를 이기진 못하는 법예요."

"……."

"정선 씨에게만 하는 말이지만, 정선 씬 일본이 이길 것이란 생각에 고집해선 안 돼요. 내가 보기엔 만에 하나 일본이 이길 것 같지 않소."

박태열의 이 말은 벼락과 같았다.

돌연 박태열이 위험인물로 보였다. 그러나 곧 아무리 위험한 인물이라고 해도 나는 이 사람에게 매달려 있어야겠다는 생각으로 바뀌었다.

"일본이 지면 어떻게 되죠?"

정선이 떨리는 소리로 물었다

"혹시 조선이 독립할 수 있는 기회를 가질는지 모르죠."

정선이 본능적으로 주위를 살폈다. 그런 말씀 그만하라고 막고 싶었다. 그러나 가까스로 다음과 같이 물었다.

"독립이 되면 선생님은 좋으시겠죠?"

"독립이 되면 정선 씨는 좋지 않겠소?"

"저도 물론."

했지만 허겁지겁한 기분이었다.

"그러나 설혹 독립의 기회가 온다고 해도 그때까지 우리가 온전할 수 없을 거란 불안이 있다, 이겁니다. 일본은 져도 그냥은 지지 않을 테니 말이오. 조선이 독립할 기회를 맞는다고 해도 그땐 아마 황무지가 되어 있을 걸요. 일본 사람들이 호락호락 이 땅을 내놓고 가진 않을 테니까요. 내가 걱정하는 건 그거요. 일본이 패배한 연후엔 독립의 기회가 있을 것도 확실한데 그때까지가 문제란 말입니다. 심지어 나는 일본이 마지막 판이 되었을 땐 조선의 젊은 남자는 모조리 죽고 없어져 있지 않을까, 하는 생각을 하기도 해요."

"그런 무서운 말 그만 하세요."

"아무려나 사태를 본다는 건 무서운 일입니다."

태열의 말은 조용했다.

백정선은 대꾸할 말을 잃었다.

그러자 추위가 견디기 어려울 만큼 엄습해 왔다. 정선이 목도리를 다시 매면서도 와들와들 떨었다.

떨고 있는 정선을 꼭 안아 따뜻하게 해 주고 싶은 충동이 태열에게 없었던 바는 아니었겠으나 그는 그렇게 하질 못했다. 소녀의 몸에 손을 댄다는 것이 신성모독처럼 느껴졌던 것이다.

"추우신 모양인데 일어서서 걸읍시다."

하며 태열은 외투에 묻은 마른 풀을 털고 일어섰다. 정선도 따라 섰다.

사이를 10센티쯤 띄우고 나란히 비탈을 걸어 내려오며 정선이 물었다.

"어디 안전한 곳이 없을까요?"

"……?"

"전쟁의 화를 입지 않을 그런 곳 말예요."

태열이 '핫하하'하고 짧게 웃었다.

"지구 전체에 불이 붙어 있는데 어디로 피하겠습니까?"

그 대답에 정선은 다시 할 말을 잃었다.

태열은 단속적으로 세계정세 이야기를 했다. 프랑스는 독일군이 점령하고 있지만 저항운동이 만만찮게 진행되고 있다는 얘기가 있었다. 스탈린그라드에선 목하 독일군과 소련군 사이에 사투가 전개되고 있었다. 태평양에서의 일본의 해군 전력은 거의 전멸 상태가 되어 있는 것이 아닐까 하는 말도 있었다.

"그런 걸 어떻게 아셨어요?"

"동경에 있으면 자연 알게 됩니다. 단파방송을 듣는 사람이 꽤 많으니까."

"참 동경엔 공습이 있었다구요?"

"지난 5월, 그러나 그 뒤론 없습니다만 태평양의 섬들이 미국의
수중으로 들어가면 공습이 본격화 될 것이란 말은 퍼지고 있습니다."

"그럼 위험하게 될 텐데 그런 곳으로 가서……."

정선의 말은 끝을 맺질 못했다.

'선생님 가지 마세요' 하며 매달리고 싶은 충동이 솟았기 때문
이다.

"공습이 있게 되면 이곳은 안전할 줄 아십니까. 어디나 마찬가
지겠죠."

이때 정선이 비틀했다. 하마터면 넘어질 뻔했다. 태열이 정선의
어깨를 붙들려다가 주춤하는 것을 정선이 보았다. 정선의 얼굴이 빨
갛게 되었다. 깊게 두른 머플러 덕분으로 빨갛게 된 얼굴이 보이지
않는 것이 다행이었다. 정선은 일순 자기의 어깨가 태열에게 안겼더
라면 하는 바람 같은 것을 느꼈던 것이다.

들길을 내려섰을 때였다.

태열의 말이 있었다.

"나는 정선 씨를 알게 된 것을 이만저만한 다행으로 생각하지 않
습니다. 내가 외롭게 큰 사람인 탓으로 그렇기도 합니다만, 앞으로
혹시 만나뵐 수가 없더라도, 내 마음 속에 정선 씨를 영원히 간직할
작정입니다."

"만나뵐 수 없다니, 그건 무슨 말씀이시죠?"

정선은 쏟아질 뻔한 눈물을 가까스로 참았다.

"솔직하게 말씀드리면 경찰이 귀찮게 굴어 집에 있을 수가 없습니다. 그제 정선 씨를 만나고 집으로 돌아가니 원산서의 형사, 일본인 하나, 조선인 하나가 날 찾아왔어요. 그리곤 어딜 가서 누굴 만나고 왔느냐는 겁니다. 아마 먼빛으로 정선 씨와 같이 있는 걸 본 모양입니다. 누구냐고 묻는 거예요. 그러나 난 대답하지 않았습니다. 말 못하겠다고 했죠. 그들도 하는 수 없이 돌아갑디다만 어떻게라도 정선 씨를 알아내고야 말 겁니다. 그렇게 되면 여러 가지로 시끄러운 일이 생길 것 아니겠소."

"전 좋아요. 학교 퇴학을 당해도 좋고, 아버지의 꾸지람을 들어도 좋아요. 제 걱정은 마세요. 그러니……."

정선은 '당신만, 선생님만 좋으시다면 어떤 일도 참을 수 있다'는 말을 하고 싶었다. 그런 용기도 있었다. '이 분을 위해서, 이 분과 같이 있기 위해선 무슨 일을 못 하리' 하는 용기가 솟았다.

"아무튼 전 내일 모레 동경으로 갈 작정입니다."

태열이 힘없이 말했다.

"방학이 남았는데요?"

"방학 동안 동경서 어학 강습회에나 나갈까 합니다. 괜히 고향에 머물러 있다가 형사와 충돌하는 게 싫으니까요."

정선은 무뚝히 고개를 떨구고만 있었다.

'나를 위해 그만한 고통쯤은 견디어 줄 수 없느냐'는 마음이었지만 입 밖에 낼 순 없었다.

"1주일에 한 번쯤 이곳으로 찾아가 보실 수 없을까요?"하며 태열이 종이쪽지를 내밀었다. 어떤 주소와 어떤 사람의 이름이었다.

"이게……."

하자 태열이 설명했다.

"나의 이모 집입니다. 괜찮다면 이리로 정선 씨에게 편지를 보내겠습니다. 괜찮겠죠?"

"괜찮고 말고요."

정선의 눈에 눈물이 고였다.

"그럼 이 길로 곧바로 가시오. 나는 한 시간쯤 뒤에 갈 테니까."

정선이 두어 발 떼어놓다가 뒤돌아서서 물었다.

"언제 떠나실 작정이세요?"

"모레 아침 기차로."

태열이 짤막하게 대답했다.

암울한 계절

그날도 원산역두는 출정(出征)하는 군인들을 전송하기 위해 모여든 사람들로 붐비고 있었다.

'축 출정(祝 出征) ○○군'

'무운장구(武運長久)를 빈다.'

이런 따위의 큼직큼직한 글자를 새겨 넣은 기치(旗幟)들이 임립(林立)한 채 바람에 펄럭이고 있었다.

'이기고 돌아오리, 맹서를 하고……'

운운하는 노래에 섞여 이곳저곳에서 만세소리가 간헐적으로 일고 있었다.

박태열은 검은 방한모에 검은색 외투를 입고 붐비는 인파를 누벼 간신히 차간으로 들어가서 겨우 빈자리를 잡았다. 태열의 맞은편 자리엔 농부로 보이는 노인 부부가 앉아 있었고 옆자리엔 말단 관리로 보이는 남자가 국민복 차림으로 앉아 있었다.

기차가 움직이기 시작하자 플랫폼에서 만세소리가 왁자지껄 있었다. 박태열은 그 광경을 을씨년스런 기분으로 바라보았다. 노인 부부의 눈엔 표정이란 게 없었다. 희로애락의 구분이 없이 무표정하게 주름살로 굳어져 있는 그들의 얼굴을 보는 것은 오랜 역사를 지녔다고 하는 반도의 슬픔을 보는 느낌이라서 박태열은 시선을 차창 밖으로 돌렸다.

그날 따라 흐린 하늘이 납빛으로 드리워져 있었다. 지붕마다 매연에 그을린 눈을 인 불결한 백색이 한동안 계속되었다. 시가를 벗어나자 순백(純白)의 들이 나타났다.

국민복 차림의 사나이가 입을 열었다.

"노인은 어딜 가시오?"

"경성엘 가오."

"경성엔 뭣 하러 가오?"

노인은 말이 없었다. 조금 있다 할머니의 들릴랑 말랑한 소리가 있었다.

"아들 땜에 가오."

"아들이 경성에 있소?"

"야."

"경성서 뭣 하오?"

"지원병 훈련소에 있는데…….''

까지 하곤 할머니는 할아버지의 얼굴을 살폈다.

"훈련소에 있는 아들 면회하러 가는 거로구먼요."

국민복 사나이는 지레짐작을 한 듯 고개를 끄덕거리더니 박태열을 향했다. 그리고는

"당신은 어딜 가시오?"

하고 일본말로 물었다.

하필이면 일본말을, 싫었지만 이 사람이 나를 일본인으로 알았는가 보다 하는 생각이 났기 때문에 박태열은 공손히 조선말로 대답했다.

"나도 서울 갑니다."

"헌데 당신은 뭘 하는 사람이오?"

하고 여전히 일본말로 물었다.

"별로 하는 것도 없습니다."

박태열은 계속 조선말로 말했다.

국민복의 사나이는 박태열을 이모저모 훑어보더니 일본말로 계속 물었다.

"지금이 어떤 시국이라고 아무 일도 안 하고 놀고 있단 말이오. 징용영장을 받은 적이 없소?"

"……."

"그것 이상한데…… 앞에 앉은 노인들 아들 얘기 듣지 못했소? 지원병으로 가 있다고 하지 않소. 그런 마음씨를 배워야 하는 거요."

박태열은 그자를 상대할 자가 못된다고 생각하고 시선을 다시 차창 밖으로 돌렸다.

"내 말이 듣기 싫단 말인가?"

국민복의 사나이가 거칠어진 소리를 했다. 박태열은 들은 척을
안 했다.

"이 사람이……"

하고 국민복의 사나이가 발끈 화를 냈다. 그래도 박태열은 들은 척
만 척했다.

국민복의 사나이는 흥분한 말투로

"시국을 인식하지 못한 사람을 그냥 둘 수 없어. 당신 이름이 뭔
가?"

하며 포켓에서 수첩과 연필을 꺼냈다.

박태열은 그래도 그를 돌아보지 않았다. 그러자 국민복의 사나이
가 연필로 태열의 옆구리를 꾹 찔렀다.

"갑자기 벙어리가 됐어? 당신 이름이 뭔가?"

박태열은 터지려는 분통을 가까스로 참았다. 그리고 한 마디 했다.

"남의 참견은 마슈."

"뭣? 참견 말라고? 시국인식이 부족한 놈을 가만둬?"

"시국을 인식한다면 어쩌란 말이오."

태열의 말도 거칠게 되었다.

"징용으로 나가 일은 하든지 지원병으로 나가든지 해서 황국을
위해 일을 해야지."

"징용영장도 나오지 않았는데 징용을 가요?"

"그렇다면 지원병에라도 가야지."

국민복의 사나이가 이번엔 조선말로 호통을 쳤다.

그때 건너편에 앉아 있던 노인이 번쩍 손을 들어 흔들었다.

"지원병엔 가지 마시오, 지원병엔. 내 아들은 지원병에 가서 죽었다오. 나는 지금 죽은 아들 뼈다귀 찾으러 가는 길이오. 지원병엔 가지 마시오."

노인의 멍청한 눈엔 눈물이 고였다. 할머니는 털목도리의 가장자리로 눈물을 닦았다.

국민복의 사나이는 자세를 바로 하더니

"그러시다면 삼가 애도의 뜻을 표하겠습니다. 그러나 영감님, 아드님의 죽음을 영광으로 알아야 합니다. 아드님은 천황폐하를 위해서 죽은 거니까요. 아아 명예로운 일입니다. 명예로운 일이고 말고요."

하고 점잖게 지껄였다.

그 일이 있자 얼마 동안 가만있던 국민복의 사나이는 한 시간쯤 지난 뒤 다시 박태열을 들볶기 시작했다.

"당신의 이름이 뭔가?"

"내게 이름을 바로 대지 않으면 당신 신상에 해로울 걸."

"……."

"꼭 이름을 밝히지 않겠다는 건가? 그런걸 보니 필히 징용 기피자거나 아니면 사상이 불온한 자임에 틀림없어 나중 내릴 때 보자."

하고 국민복의 사나이는 박태열의 옆얼굴을 쩨려보더니 수첩과 연필을 호주머니에 도로 넣었다.

그 거동이 밉살스러웠든지 통로를 사이에 두고 건너편 좌석에 앉았던 중학교 상급생인 양 싶은 정복을 입은 학생이 국민복 차림의 사나이를 보고 물었다.

"미안합니다만 아저씨는 무엇을 하시는 분입니까. 혹시 경찰이십니까?"

"경찰은 아니다."

"경찰도 아닌데 남의 이름을 캐물을 권한이 있습니까?"

"시국을 인식 못하는 사람을 챙기는 것은 국민된 자의 의무다."

"그것도 정도 문제 아니겠습니까?"

"나라를 위하는 일에 정도가 어딨어."

국민복의 사나이는 돌연 음성을 높였다. 중학생도 지지 않았다.

"무슨 근거로 그처럼 당당한지 나는 아저씨의 직업을 알아야겠습니다."

"꼭 알고 싶다면 가르쳐 주지. 그 대신 학생의 이름과 학교명도 내게 가르쳐 줘야 해."

"어려울 것 없습니다. 나는 원산 상업학교의 이광민입니다."

"이광민? 그럼 창씨개명을 안 했단 말인가?"

"그건 우리 집안 사정이니까 아저씨완 무관한 일이 아닙니까. 아저씨 직업하고 이름이나 압시다."

"나는 총력연맹(總力聯盟) 원산지부의 간사 니시하라 에이꼬라는 사람이다. 알았나? 이만하면."

"잘 알았습니다."

했을 때의 학생의 입언저리엔 냉소가 있었다. 그 냉소를 눈치 챈 국민복의 사나이는 수첩을 다시 꺼내 학생의 학교명과 이름을 적으며

"자네 학교의 교장허구 얘기를 한번 해 봐야겠어."

하고 중얼거렸다.

'흥' 하는 표정으로 학생은 시선을 저편으로 돌려 버리고 말았다. 그 태도가 아니꼬웠던 모양이다. 국민복의 사나이가 뇌까렸다.

"내가 총력연맹의 간부라는 것을 알고도 불손한 태도를 취했다는 것은 용서할 수가 없어. 너의 교장에게 어떤 교육을 시켰기에 그따위 학생이 있게 되었는가를 따질 참이다."

학생의 성미를 짐작컨대 이런 말을 듣고 가만있을 것 같지 않았지만 역시 뒤탈이 두려운 때문인지 굳은 옆얼굴의 표정을 보이며 입을 열지 않았다.

태열은 자기 때문에 생긴 일이라 가만있을 수가 없었다.

"이광민 씨라고 하셨죠?"

하고 부드럽게 말을 보냈다.

"네."

"만일 이 사람이 있는 소리 없는 소리 말을 보태 이광민 씨를 끄

롭히는 경우가 있거든 제게 연락을 하십시오. 증인이 되어 드릴 테니까요. 내 이름과 주소는 뒤에 알려드리겠습니다."

박태열의 이 말이 니시하라라고 한 그 충력연맹의 간시를 자극하지 않았을 까닭이 없다.

"저 학생을 위해 증인이 되겠다고?"

니시하라의 얼굴은 벌겋게 되어 있었다.

"당신 하는 짓을 보니 무슨 엄청난 계교를 꾸밀지 모르겠단 생각이 들었소. 그래 만일의 경우 저 학생을 위해 증인을 서 주겠다는 거요. 사실을 그대로 알리기 위해서."

박태열은 나직한 목소리로, 그러나 또박또박 말했다.

"걱정없습니다. 이런 사람이 무슨 소릴 한다고 해서 넘어갈 그럴 교장선생이 아니니까요."

이광민은 활달하게 말했다.

"둘이서 짜고 나를 모욕하는군. 그렇다면 나도 가만있을 수 없어. 내 직업과 이름을 알았으면 당신도 이름을 밝혀야 할 것이 아닌가?" 하고 국민복의 사나이가 덤볐다.

"무슨 대단한 이름을 알았다고 내 이름까지 댈 필요가 있겠소?"

박태열이 싸늘하게 말했다.

"뭐라고? 뭐? 대단한 이름이 어쩌고 어째?"

국민복 사나이의 흥분이 절정에 달했을 무렵 기차는 안변역에 도착했다.

국민복의 사나이는 형사를 불러올 기세를 보이며 기차가 멈추자마자 플랫폼으로 뛰어 내려갔다.

기차가 움직이기 시작했을 때 국민복의 사나이는 허둥지둥 돌아오더니 자리에 앉으며

"어디 두고 보자."

고 중얼거렸다. 낌새로 보아 이동경찰에게 귀띔이라도 해 놓은 눈치였다.

국민복의 사나이는 그때부터 줄곧 이웃 차량과의 사이에 있는 문을 지켜보기 시작했다. 박태열의 시선도 자연 그리로 쏠리게 되었다. 이광민은 반대방향을 보고 앉아 있었기 때문에 가끔 박태열과 시선을 맞추곤 웃기도 했다.

안변역을 떠나 4, 5분 지나서였다.

이웃 차량과의 사이에 문이 열렸는데 뜻밖에도 거기서 백정선이 나타났다. 한복 두루마기를 입고 머리를 빨간 숄로 싸고 있었지만 그것은 분명 백정선이었다.

'안변에 와 있었던가? 아니 사람을 잘못 본 것이 아닌가' 하고 있는데 백정선은 똑바로 박태열을 향해 오고 있었다.

그런데 정선이 가까이 오자 벌떡 일어선 것은 옆에 앉은 니시하라였다.

"아이구, 시라까와(白川 백천) 상의 따님이 아닙니까."

"에."

하고 고개를 숙였다.

"나는 니시하라입니다. 총력연맹의 니시하라. 아버님으로부터 각별한 총애를 받고 있는 절 아시겠죠?"

정선을 보일 듯 말 듯 고개를 끄덕였다.

"그런데 어떻게 된 일입니까. 경성 가시는 길입니까?"

"……."

"진즉에 알았더라면 원산서부터 제가 모시고 올 건데. 시라까와 상에겐 제가 경성 간다는 보고를 그제 올렸는데…… 왜 말이 없으셨을까, 참 이리로 앉으십시오."

"아닙니다. 제 자리는 저 차 칸에 있습니다."

"그런데 여긴 어째……."

국민복의 사나이가 수선을 피우고 있어서 태열은 정선에게 인사할 수가 없었다. 정선도 꼭 같은 사정인 것이었다.

그때였다.

이제 막 백정선이 나타난 그 뒤로부터 일견해서 사복형사로 보이는 중년의 사나이가 나타났다. 그리고는 국민복의 사나이에게 다가와서 눈짓을 했다.

'아까 당신이 보고한 그자들이 어디에 있느냐?'고 묻는 것이 분명했다.

니시하라는 그보다도 먼저 백정선을 형사에게 소개했다.

"이분은 시라까와상의 따님입니다. 원산고녀의 4학년이죠."

"오오 그렇습니까. 댁의 아버님으로부턴 이만저만 도움을 받고 있는 처지가 아닙니다. 그런데 시라까와 부회두님께 이런 미인인 따님이 있다는 것은 미처 몰랐습니다. 헌데 왜 통로에 서 계십니까. 앉으시질 않고……."

형사의 백정선에 대한 태도는 은근하기 짝이 없었다.

정선에게 대한 아첨이 끝나자, 형사는 니시하라에게 노골적으로 물었다.

"아까 말한 그 사람들은 어디에 있소?"

니시하라는 턱으로 박태열과 이광민을 가리키며 말했다. 물론 일본말로.

"시국의 인식이 전혀 돼있지 않아. 이런 치들이 총후(銃後)에서 노닥거리고 있다는 건 정말 한심한 일이야."

백정선은 박태열에게 눈으로 신호를 보내 놓고 다음 차간으로 돌아서려다가, 니시하라가 하는 말을 듣고는 조금 비낀 자리에 멈춰 섰다.

형사가 물었다.

"당신의 이름은?"

"박태열이오."

"직업은?"

"학생이오."

"학생?"

하더니 형사는 박태열이 정복을 입고 있지 않다는 게 의아하다
는 듯

"어느 학교요?"

"동경제국대학이오."

박태열의 이 말에 니시하라는 소스라치게 놀랐다. 그 다음으로
놀란 것은 이광민이었다. 형사도 적이 놀란 모양이었다.

"학생증 가지고 있소?"

형사의 말은 부드러웠다.

"가지고 있소."

하며 박태열이 호주머니에서 학생증을 꺼내 형사에게 건넸다.

형사는 그 학생증을 자세히 살펴보고 도로 돌려주며 물었다.

"학생이면 정복을 입어야 할 것 아닙니까?"

"……."

"정복을 입지 않은 덴 무슨 이유가 있는 것 아뇨?"

"별다른 이유란 없소. 대학의 모자가 유달리 남의 눈에 띄게 돼 있
어서 방한모를 썼을 뿐이오. 이렇게 옷은 교복이오."

하며 박태열은 외투 앞을 열어 금단추가 달린 교복을 보였다.

"듣건대 아까 당신은 시국을 전연 인식하지 못하는 언동을 했다
는데……."

형사의 말이 약간 거칠어졌다.

"이 사람 왜 징용에 안 갔느냐, 지원병에 안 갔느냐 하고 따지고

들기에 나는 상대를 하지 않았소. 그것뿐이오."

박태열은 어이가 없다는 듯 웃으며 말했다. 그러나 형사는 묘한 웃음을 띠고 니시하라와 눈을 맞추더니

"그럴 리가 없지."

하곤

"수고스럽지만 저리로 좀 같이 갑시다."

고 했다.

"왜 내가 저리로 가야 합니까. 얘기라면 여기서도 얼마든지 할 수가 있는데."

"대중이 있는 곳은 우리가 해야 할 문답을 위해선 부적당한 곳이오."

"대중이 들어 곤란한 문답이란 게 있을 까닭이 없잖소?"

하고 박태열이 버텼다.

"잠깐 가서 얘기하자는 건데 왜 그러우."

형사가 신경질적으로 말했다.

이어 이광민이 나섰다.

"나는 아까부터 이 자리에 쭈욱 앉아 있었습니다만 박태열 씬 한마디도 불온한 말씀을 했거나 한 일이 없습니다."

"너는 뭐냐?"

하고 형사가 이광민을 노려봤다.

"이자두 불온한 녀석입니다. 이자와 저자 둘이서 시국인식을 계

103

몽하려고 하는 나를 모욕한 겁니다."

니시하라가 한 말이었다.

"갑시다. 둘 다."

형사는 사나운 표정을 지었다.

파랗게 질린 얼굴로 와들와들 떨고 서 있던 백정선이 형사 앞으로 다가와서 울먹거리며 말했다.

"저분은 제가 잘 아는 학생입니다. 절대로 나쁜 분이 아닙니다. 제 아버지 체면을 봐서 넘겨주십시오."

형사와 니시하라는 서로 이상한 웃음을 교환했다. 박태열은 그것이 메스꺼웠다. 선뜻 자리에서 일어섰다.

"갑시다. 어디라도."

박태열은 백정선이 형사 앞에 애원하는 그 장면이 견딜 수 없었던 것이다.

"박 선생님 참으세요."

해놓고 백정선은 형사에게 매달리듯 애원했다.

"그저 보아 넘겨주세요, 형사님."

박태열이 통로로 나서며 굳은 표정으로 말했다.

"정선 씨, 비굴하게 그러지 마시오. 내겐 아무런 잘못도 없소."

그리고 앞장을 섰다.

"자 갑시다."

정선이 뭐라고 말하려고 하자 태열이 무서운 표정으로 정선의 입을 막았다.

형사가 데리고 간 곳은 차장실이었다.

"무슨 말을 했는가, 순순히 말하라."

는 형사의 질문에 대해서 박태열은

"니시하라라는 자의 질문과 태도가 불순해서 그를 상대도 하지 않았다."

고만 답했다. 구체적인 설명은 이광민이 했다. 그러자 형사는 질문을 바꾸었다.

"니시하라상이 총력연맹의 간부인 줄 알고 모욕한 것이 아닌가. 총력연맹의 간부를 모욕하는 것은 곧 불온사상을 가졌기 때문이 아닌가."

"총력연맹의 간부이면 아무나 붙들고 경찰관이 불심검문을 하는 것처럼 꼬치꼬치 캐물을 수가 있는 겁니까? 대학생을 보고 왜 징용엔 안 갔나 지원병엔 왜 안 갔나 하고, 시비를 벌인 사람이 나쁘지 잠자코 있었던 박태열 씨가 어째서 나쁘단 말입니까?"

이광민은 조리가 있게 따지고 들었다. 일제 때의 형사가 가장 싫어하는 것은 이와 같은 조리 있는 반항이다. 그들의 태도엔 원래 조리가 없었기 때문에 조리 있게 반문하기만 하면 생리적으로 증오를 느끼는 것이다. 그 형사도 예외는 아니었다.

"이 학생, 이유가 많구먼. 이유 많은 놈치고 사상이 건전한 놈은 없어. 맛을 부야야 알겠나?"

하고 형사는 금방이라도 수갑을 채울 듯 으스댔다.

'이유가 많다'는 말투는 일제 말기 흔히 쓴 것으로 원래의 뜻인 이유가 이론, 또한 주장이란 뜻으로 쓰였다.'

옆에 있던 니시하라는 자기 나름대로의 해석을 붙여 박태열과 이광민을 불온사상의 소유자로 몰려고 했으나, 전후,좌우의 사정이란 것도 있는 것이니 그처럼 함부로 다룰 수는 없는 것이다. 한 시간 동안쯤 옥신각신하다가 박태열과 이광민이 차장실에서 풀려 나왔다.

바로 그 가까이에 백정선이 창백한 얼굴로 서 있었다. 박태열은 이광민을 먼저 가라고 해 놓고 정선을 데리고 차량과 차량의 연결 부문에 섰다.

"정선 씨, 어떻게 된 거요?"

"저도 같이 경성엘 가려고?"

"경성에?"

"경성에 이모 집이 있어요. 방학을 이용해서 놀다 오겠다고 졸랐더니 어머니가 허락해 줬어요."

"나는 안변에서 타신 줄 알았지."

"안변까진 너무 아는 사람이 많을 것 같아서요. 안변을 지나고 나서 선생님을 찾을 요량을 했어요. 그건 그렇고 별 탈은 없었어요?"

"탈이 있을 리 있소. 아무 짓도 한 것이 없는데."

"그만한 정도로서 다행이었어요."

"다행? 미친개에게 물릴 뻔했다가 벗어난 게 다행인가?"

하고 태열이 쓸쓸하게 웃었다.

"물린 데 비하면 다행 아니겠어요?"

정선도 살큼 미소를 띠었다.

"아닙니다. 우리는 미친개에게 이미 물려 버렸는지도 모르죠. 지금 피는 흐르지 않지만……."

"우울한 말씀 그만하시고……제 좌석 있는 곳으로 가시지 않겠어요? 어떻게 그런 사람허구 경성까지 같은 자리에 앉아 가실 수 있겠어요?"

"그건 그렇습니다. 헌데 자리가 있어요?"

"자리 하나를 확보해 두었어요."

"그럼, 내 가서 짐을 가지고 올게요."

태열과 정선은 차간으로 들어왔다. 거기서 둘째 차간에 백정선의 자리가 있었다. 그 자리를 눈여겨 보아두고 태열은 먼저 자리로 돌아왔다. 국민복의 사나이가 앉았던 자리가 비어 있었다. 어떻게 된 일인가 하고 두리번거리며 트렁크를 내리려고 하는데 이광민의 말이 있었다.

"그자는 짐을 갖고 다른 데로 가버렸습니다."

"그럼 이 자리가 비어 있는 셈이군요."

"그렇습니다."

하는 이광민의 말을 듣곤, 그 자리를 뜰 수가 없었다. 트렁크를 도로 얹어 놓고, 백정선을 데리러 갔다.

기분 나쁜 일이 있었던 직후라서 한동안 묵묵해 있다가 박태열,
이광민은 얘기를 시작했다. 이광민은 서울로 취직시험 보러 가는 도
중이라고 했다.

"어떤 곳에 취직할 작정입니까?"

"신탁은행으로 내정이 되었는데 형식적인 면접시험이 있다고 해
서." 하고 이광민은 우울한 표정을 지었다.

"은행에 취직하시면 평생의 생활 보장은 되는 셈 아닙니까?"

박태열이 의례적으로 한 말이었다.

"저도 상급학교에 가고 싶었지만 가정사정이 여의치 않아서……."
하는 이광민의 말투로 보아, 은행에 취직했다는 사실이 달갑지 않
은 모양이었다.

"상급학교에 간들 무슨 소용이 있겠습니까?"

박태열의 말에

"그래도"

하고 이광민은 부러운 표정을 했다.

"어디에 있으나, 무얼 하나 자기를 소중하게 할 줄만 알면 그것이
최선의 생활 태도가 아니겠습니까?"

"그야 그렇겠지만 한참 배워야 할 나이에 직장에 매달려 있어야
한다고 생각하니 우울합니다."

"우울한 거야 매일반이죠. 나는 이렇게 명색이 대학이란 델 다니
고 있습니다만 앞으로 뭘 해야 할까 하고 생각하면 눈앞이 캄캄한 기

분입니다. 희망이란 게 있을 것 같지 않으니까요."

"멀잖아 반도에도 징병제가 실시될 모양이죠?"

이광민의 말이 불안한 빛깔을 띠었다.

"글쎄요."

하고 박태열은 눈을 감았다.

두 청년이 주고받고 있는 이야기를 듣고 있으니, 백정선의 마음
도 우울하게 물들어갔다.

철원역을 막 지났을 무렵이었다. 앞좌석의 노파가 돌연,

"으윽."

하며 울음을 터뜨렸다.

"할머니 왜 그러시죠?"

백정선이 이렇게 말을 걸었으나, 노파는 대답을 않고 울기만 했다.

"잘 참고 있더니만, 이 할망구가."

하고 노인이 혀를 찼다.

"서울이 가까워진다 싶으니 가슴이 터지는 걸 어떻게 해요."

노파는 질펀히 눈물을 때 묻은 수건으로 닦으면서 중얼거렸다.

"참!"

하고 이광민이 물었다.

"아까 할아버지, 할머니의 아들이 지원병엘 가서 죽었다고 하던
데 어떻게 된 겁니까?"

"……."

"아파서 죽은 겁니까. 혹은……."

"내가 어찌 그런 걸 알겠소. 죽었다니까 죽은 줄만 아는 거지. 시체를 찾아가라고 하니 찾으러 가는 거지."

노인은 묵직하게 한숨을 쉬었다.

"아들이 몇이시죠?"

한마디 말로서나마 위로하고 싶은 마음으로 정선이 물었다.

"셋이었소."

할머니의 대답이었다.

"남은 아들은 모두 집에 계십니까?"

정선이 묻는 말에,

"아들이 집에 있으면 어쩌자고 우리 늙은 사람들이 시체 찾으러 가겠소."

한 것은 할아버지였고,

"큰놈은 북간도에 있고 다음 놈은 북해도로 징용 갔소."

한 것은 할머니였다.

그 정도만으로도 노인 부부의 정황을 짐작하기엔 충분했다.

박태열은 아까 니시하라란 놈과 형사로부터 시달린 일쯤은 분격할 거리도, 개탄할 거리도 못 된다는 감회를 되씹고 있었다.

청량리역에서 이광민과 헤어지고 박태열과 정선만 남았다.

"친척댁이 어디라고 했죠?"

박태열이 물었다. 바래다 줄 요량으로서였다.

그런데 백정선은 박태열과 헤어지기가 싫었다. 그래서 답을 하지 않았다.

　전차길로 나와 다시 박태열이 물었다.

　"경성의 지리는 내가 대강 알고 있습니다. 바래다 드리겠소. 이모님댁이 어디죠?"

　"선생님은?"

　"난 적당한 여관을 찾아들 참입니다."

　"전 선생님과 같이 가겠어요."

　박태열이 멈칫 하는 것 같더니

　"그럴 순 없죠, 그럴 순 없죠."

하고 중얼거리며 걸었다.

　"그럼 선생님, 숙소를 정하는 것을 보고 전 이모님 댁을 찾아가겠어요."

　정선이 속삭이듯 말했다.

　전차를 탔다. 전차 칸까지 차가운 바람이 사정없이 불어 들어왔다. 등화관제를 한 밤거리는 어두컴컴한 거리에 보일락 말락 비치고 있는 가등을 누비며 전차는 금속성 요란하게 달리다간 멈추고 멈추었다간 달리고 했다.

　태열과 정선은 종로 2정목에서 내렸다. 거기에 박태열이 서울에 오면 단골로 드는 장춘 여관이 있었다.

　"너는 여기서 묵을 참인데……."

하고 박태열이 여관 문간 앞에 섰다.

"저도 여기서 묵겠어요."

말하면서도 백정선은 스스로의 용기에 놀랐다. 그 마음의 가닥을 살피면, 내일을 기약할 수 없는 어려운 처지이니, 가능한 같이 있는 시간을 많이 갖자는 심정이 나타난 것이었다.

"내 방을 정해 놓고 짐도 갖다놓고 나와 바래다 드릴 테니, 잠깐 기다려요." 하고 박태열이 여관 안으로 들어갈 때, 백정선도 따라 들어갔다. 박태열이 방을 정하고 있을 때 정선도 방을 정했다. 박태열의 바로 옆방이 비어 있다는 것이라서, 그 방에 묵겠다고 했다. 여관의 종업원의 앞에서 시비할 수도 없다는 생각이 되었던지 박태열이 아무 말 하지 않고 종업원이 이끄는 대로 방으로 들어갔다. 백정선도 그렇게 했다.

"시장한데 식사가 안 될까?"

박태열이 물었다. 여관에선 식사를 제공할 수 없다고 했다. 그리고는 근처의 음식점을 가르쳐 주었으나 지금쯤은 아마 먹을 것이 없을 것이란 종업원의 말이었다.

"그렇다면 굶어야 하는 게 아닌가?"

하고 박태열이 중얼거렸다.

"카스테라를 조금 싸가지고 왔어요. 그걸로 요기나 하죠, 뭐."

정선이 약간 들떠 있는 투로 말했다.

박태열의 곤경을 조금이라도 덜어주는 입장이 된 것이 기뻤던 것이다.

방 안은 휭하니 추웠다.

"헌데 이 방은 왜 이렇게 춥지?"

태열이 얼굴을 찌푸렸다. 자기 때문의 걱정이 아니고 정선을 위한 걱정이었다.

"군불을 약간 지폈는데요."

종업원은 대단찮게 변명했다.

"불을 지핀 방이 이 모양인가?"

"시국이 시국 아닙니까요. 연료를 절약 해야죠."

종업원의 말은 뻔뻔스러웠다.

정선이 5원짜리 한 장을 꺼내 종업원을 주며 말했다.

"이걸로 좀 더 따숩게 불을 지펴줄 수 없나요?"

"분부대로 하옵죠, 뭐."

하고 종업원은 얼굴을 활짝 폈다.

종업원이 나가고 난 뒤 박태열이 차디찬 방바닥에 퍼져 앉으며 중얼거렸다.

"식량도 없다, 연료도 부족이다, 이런 꼴로 얼마를 지탱할 수 있을지."

"그러나 전 기쁜걸요. 이렇게 선생님과 같이 있을 수 있으니까요."

하고 백정선은 태열 옆에 무릎을 꿇고 앉았다.

소녀의 꿈

끓인 보리차를 얻어 와서, 몇 조각 카스테라를 먹었다. 요기도 되고 이한도 되었다. 그러나 조금 지나자, 방은 도로 차갑게 되었다.

여관 종업원이 불을 지핀다고 수선을 떨고 있었지만, 방 안엔 좀처럼 온기가 전달되지 않았다.

하는 수 없이 침구를 깔고 옷을 입은 채로 이불을 덮고 앉아 있을 수밖에 없었다.

"정선 씨도 가서 주무시지."

"추위는 혼자 견디는 것보다 둘이서 견디는 게 나을 거예요."

하고 정선은 묻지도 않고 자기 방의 침구를 날라와서 윗목에 폈다.

"정선 씨, 이래선 안 돼요."

태열이 정색을 했다.

"제 걱정 마세요, 선생님. 모든 책임은 내가 다 질 테니까요."

정선이 당당하게 말했다.

"책임의 문제가 아니고 도의의 문제입니다."

"도의보다 더 중요한 게 있어요."

"……."

"선생님은 모르시겠어요?"

"……."

"도의보다 더 중요한 건 사랑이에요."

"사랑?"

했을 때의 태열의 눈이 반짝했다.

"선생님은 어떻게 생각하셔도 좋아요. 저는 선생님이 있고 제가 있다고 생각하니까요."

정선의 그 말은 너무나 강렬한 빛깔을 지니고 있었다. 세상을 알고 있을 것 같지도 않은 이 소녀의 어느 곳에서 이런 말이 나올까 싶도록 강렬하고도 심각했다.

그런 만큼 박태열은 책임을 느꼈다. 남자와 여자와의 사랑을 문제로 하기에 앞서 나이가 든 사람이 나이 어린 사람을 지도해야 하는 입장에 서야 한다는 자각이기도 했다.

박태열이 차분하게 말했다.

"정선 씨."

"예?"

"정선 씬 지금 몇 살이죠?"

"……."

"지금 몇 살이죠?"

"왜 그런 걸 물으시죠?"

"하여간 대답해 보세요."

"나이가 무슨 관계가 있어서요."

"난 알고 싶소."

"전 어린애가 아녜요. 그것만 알면 되잖아요?"

"그것 가지곤 모자라."

"어린애가 아니란 것 이외에 또 무엇이 알고 싶어서 그러세요?"

"진짜 어린애도 자길 어린애라곤 생각하지 않아. 어른만 못하다고 생각하지도 않아. 나름대로 알 것 다 안다고 생각하고 있어. 그러나 어린애인 건 어쩔 수 없는 게요."

"절 꼭 어린애라고 보아야 할 까닭이 어디에 있죠?"

"어린애로 보는 건 아니지. 나이를 묻고 있는 거요."

"이해가 지나면 열여덟 살이에요."

"열여덟 살이면!"

"열여덟 살이면 어른이죠? 우리 엄마는 열여덟 살 때 시집을 왔대요."

"열여덟 살이면 시집도 갈 수 있겠지. 그보다 더한 일도 할 수 있겠지, 그러나……"

"그럼 그만이지, 그러나가 또 무슨 필요 있겠어요."

"그러나 기다려 보아야 할 나이란 말입니다."

"그건 무슨 말씀이죠?"

"열여덟 살이면 여자가 할 수 있는 짓은 뭣이든 다 할 수가 있다, 이거요. 그러나 한 1, 2년은 기다려 볼 필요가 있다는 얘기요."

"뭘 기다린다는 거예요?"

"사랑이니, 결혼이니 하는 문제를 말이오."

"무슨 뜻인지 못 알아듣겠어요."

박태열은 낭패를 당한 표정을 지었다. 그리고 중얼거렸다.

"뭐라고 설명해야 할까……."

"설명하시기 어려우면 굳이 설명할 필요가 없어요. 솔직하게 말씀하세요. 제가 선생님껜 어울리지 않는단 말씀인가요? 물론 그럴 거예요. 선생님은 대학생이구, 전 중학생에 불과하구, 선생님은 수재이시고, 전 겨우겨우 낙제를 면하는 열등생이구, 선생님은 유식하구, 전 무식하구, 그러니까 선생님의 상대가 안 된다는 건 너무너무 뻔해요. 그러니까 선생님은 절 어떻게 생각하셔도 좋고 어떻게 취급하셔도 좋아요. 저만은 선생님을 선생님 있고서야 제가 있다, 이렇게 생각할 거란 말예요……."

정선은 드디어 울먹거리기 시작했다. 태열은 난처한 표정으로 듣고 있다가 다음과 같이 말했다.

"기다려 보아야 할 나이라는 것은 다른 뜻으로 한 말이 아니오. 나이 열여덟이면 급히 서둘 필요가 없다는 뜻이오. 열여덟 살에 결혼할 수 있겠지만 한두 해 기다렸다가 하는 것이 무방하지 않을까. 그렇게 하는 것이 현명하지 않을까 하는 정도의 얘길 뿐이오. 사람도 마찬가지요. 마음속에 사랑을 가꾸는 것은 좋다고 합시다. 그러나 그 사랑을 나타내는 건 한두 해 기다렸다가 하는 것이 건전하지 않을까요? 열여덟 살 땐 최고로 보였던 것이 스무 살이 되고 보니 하찮게 보일 그런 게 있을 테니까요. 그래서 열여덟 살을 기다려 볼 만한 나이라고 한 것입니다."

"선생님의 말씀엔 일리가 있어요. 그러나 기다릴 필요가 전연 없는 그런 일도 있는 것 아녜요?"

하는 정선의 눈은 젖어 있었다.

"있겠어, 있겠지만……."

박태열은 정선의 어깨라도 안아보고 싶은 마음의 의욕을 완강하게 거절하며 이렇게 물었다.

"정선 씬 『로미오와 줄리엣』을 읽어 보았소?"

"읽지는 않았지만 그 얘긴 들었어요."

"얘길 들었으면 내 말을 이해하겠군, 그 얘기 슬프죠?"

"너무너무 슬퍼요."

"정선 씬 그런 사랑을 원하나요?"

"그런 사랑을 원해요."

"그럼 다시 묻겠소. 그처럼 아름다운 사랑이 비극으로 끝나지 않고 행복하게 끝났으면 좋지 않겠소?"

"물론이죠."

"로미오와 줄리엣은 비극으로서, 즉 연극이나 소설로서 보거나 읽기 좋은 것이라도 현실적으로 바람직하지 않는 게 아니겠소?"

"그렇습니다. 그러나 그런 사랑을 할 수만 있다면 비극으로 끝나도 좋아요."

"하는 수 없이 비극으로 끝나게 되는 것은 어쩔 수 없다고 치더라도 그 외에 방법이 있는데도 굳이 비극으로 끝나야 할 건 없지 않을까요?"

"그렇습니다."

"그런데 로미오와 줄리엣이 조금의 지각이 들어 있었더라면 그런 비극으로 그들의 사랑을 끝내지 않아도 되었을 것이라고 생각지 않습니까?"

"……."

"로미오는 열다섯 살인가? 열네 살이고, 줄리엣은 열세 살? 아니 열네 살이었던가? 만일 그들이 그처럼 어리지 않았더라면, 기다릴 줄을 알았다면, 그들의 사랑은 꽃피우는 동시 양쪽 집안의 화합을 이룰 수가 있었을 것이라고 가정해 볼 순 없습니까?"

"그런 상상은 할 수가 있죠."

"그것 보세요. 나는 로미오와 줄리엣의 비극을 그들의 어린 나이 탓으로 봅니다. 사이가 나쁜 집안과 집안의 아들딸이 서로 사랑하게 되었다는데 비극이 있는 것이 아니고, 이게 일반적인 해석이기도 합니다만, 그것은 제2의 문제로 칠 수가 있고 비극의 제1원인은 그들의 나이가 너무나 어렸다는 데 있었다 이겁니다 어때요 내 의견이?"

"선생님의 말씀, 알 것 같아요. 알 것 같지만……."

"한번 생각해 봐요. 그들이 그처럼 서둘지 말고 로미오가 스무살쯤 될 때까지 기다렸다고 합시다. 그리고 그동안 양쪽 집안의 불화를 해소하려고 노력했다고 합시다. 그들의 사랑은 해피엔드로 될 수 없었다고 해도 자살까지 할 단계엔 이르지 않았을지 모를 일 아닙니까?"

"전 자살을 나쁘다곤 생각하지 않아요. 이루지 못할 사랑이면 죽어야 해요. 그게 깨끗하지 않아요? 구질구질하게 사는 것보다요."

"연극을 비극적으로 꾸미기 위해 셰익스피어는 로미오와 줄리엣을 죽이지 않을 수가 없었겠지만 살아있는 우리들의 현실 문제로선 절대적으로 자살을 긍정해선 안 되는 겁니다. 자살 이상으로 비겁한 행동은 없다고 나는 생각하니까요."

그 말을 전부 알아들을 순 없었지만 박태열의 조용조용 엮어가는 말에 정선은 도취하고 있었다. 큰 눈을 말똥말똥 뜨고 자기를 바라보고 있는 정선의 아름다움은 박태열의 감동 그것이다.

"정선 씨는 참으로 아름다워!"

저도 모르게 태열의 입에서 미끄러져 나온 말이었다.

정선이 부끄럽게 고개를 숙였다.

"그러니까 정선 씨, 우리도 기다릴 줄을 알아야 합니다. 정선 씨가 스무 살쯤 될 때까지, 내가 대학을 졸업할 때까지."

"선생님!"

하고 정선은 팔을 이불 위로 내어 뻗었다. 그러나 태열은 그 팔을 잡으려고 하지 않았다. 태열은 그런 충동에 지지 않으려고 안간힘을 썼다.

"선생님은 절 기다려 주시겠어요?"

"기다리고 말고."

"거짓이 없겠죠?"

"어떻게 내가 거짓을 말할 수가 있겠소."

"그러니까, 우리는 앞으로 결혼할 수도 있는 거죠?"

"물론."

"선생님의 할아버지나 아버지가 반대하면 어떻게 해요?"

"할아버지와 아버지에게 간청을 해야지."

"그래도 듣지 않으면?"

"들어주실 때까지 간청해야지."

"그건 너무 약해요. 할아버지와 아버지가 반대해도 결혼하겠다고 약속해 주시지 않으면."

"내 마음만 든든하면 그만 아닐까?"

"아녜요. 그 정도론 안 돼요."

"그럼 정선 씬 부모가 반대하면?"

"부모님이 반대할 수 없도록 하겠어요."

"어떻게?"

"제 몸과 마음을 송두리째 선생님께 바칠 각오를 하고 있어요."

121

"……."

"아까 선생님이 로미오와 줄리엣 얘기를 하셨죠? 그 얘길 들으면서 생각했어요. 선생님 집안과 우리 집안은 그와 비슷하다고요. 독립운동을 하시는 어른이 친일파 딸을 며느리로 삼겠어요? 친일파 아버지가 독립운동자의 아들을 사위로 삼으려고 하겠어요? 그러나 전 걱정하지 않아요. 누가 반대하건 선생님이 있고서야 내가 있다는 각오를 굽히지 않을 테니까요. 그런데 선생님의 각오는 저처럼 강하진 않은 것 같아요."

"정선 씨!"

하고 박태열이 나직이 불렀다.

"예?"

하고 정선이 고개를 들었다.

"내 각오를 말하지. 나는 비로봉에서 내려올 때 정선 씨를 보고 하느님, 아니 섭리의 신(神)이 내게 선보인 여인이라고 생각했어. 그러니 틀림없이 언젠가는 내 앞에 다시 나타나는 일이 있을 것이라고 믿었어. 그랬는데 과연 정선 씨가 나타났어. 짧은 동안의 교제이긴 했지만 정선 씨의 마음씨에 나는 감복했어. 하나의 사나이가 살아가는 데 꼭 여자가 필요하다고 하면 내게 있어서 여자란 정선 씨밖에 없다고 나는 생각하게 되었어. 내게 있어서 여자란 정선 씨뿐이다. 나는 앞으로 그렇게 살아갈 참이오. 어떤 방해가 있어 정선 씨와 결혼하지 못하면 나는 혼자서 살 작정이야. 이건 틀림없는 명령이며 신념이오. 아마 내 일생을 지배하는 철칙이 될 거요. 정선 씨는 내가 있고서야 정선 씨가 있는 것이라고 생각하겠다고 했는데 내 각오도 그와 꼭 같습니다."

정선은 행복의 구름에 싸여 추위를 잊었다.

"그렇다면 기다릴 필요가 없는 것 아녜요?"

"그럴수록 기다려야 하죠. 사랑에도 질서가 있어야 하는 거니까. 주위의 사람들로부터 존경을 받는 그런 사랑이어야 하니까."

이렇게 말하면서도 태열의 가슴은 두근거리고 있었다. 뜨거운 피가 소용돌이치고 있었다. 정선도 태열에게 안기고 싶은 열정으로 해서 몸이 부들부들 떨릴 지경이었다.

이러한 긴박하고 숨막히는 상황을 벗어나려는 듯 태열은,

"우리의 사랑을 지고지순(至高至順)하도록 가꾸어야 할 거요. 이이상 높고 순결한 사랑이 있을 수 없다는 최고의 사랑으로 말입니다."

하고 플라톤의 철학을 설명하기 시작했다.

"인간이란 지고지순한 이데아의 세계에서 현세로 타락한 존재란 거죠. 그러니까 인간에겐 지고지순한 것에 대한 동경을 향수(鄉愁)처럼 지니고 있는 겁니다. 이 향수를 잃을 때 인간은 완전히 타락하는 거죠. 반면 그러한 동경으로 스스로를 지고지순한 상태로 끌어 올리는 데 인간의 승리가 있는 겁니다. 승리를 바라지 않고 인간이 존재할 수 있겠습니까? 이 최후의 승리를 향해 우리는 손잡고 같

이 걸어가자는 겁니다. 그런 뜻에서 나는 플라톤의 철학을 신봉하고 있는 겁니다."

태열의 이 말은 정선에게 플라톤 철학을 설명하려는데 목적이 있었다기보다 육체의 유혹에 기울어들려는 스스로의 감정을 질타(叱咤)하기 위한 노력에 그 목적이 있는 것이었다.

태열의 그런 태도에 정선이 불만을 느꼈다. 정선에겐 감정을 제어(制御)할 아무런 조건도 없었다. 사랑하는 남자에게 모든 것을 맡겨버리고 싶은 결심과 정열이 있었을 뿐이니까. 그러나 정선은 태열의 그런 태도에 숭고(崇高)함을 느꼈다. 그녀의 어림짐작으로도 한사코 모든 것을 제공하겠다는 여자, 더욱이 사랑을 느끼고 있는 여자를 밀실에 두고 태열처럼 처신할 수 있다는 것은 여간 고상한 인격이 아니란 사실쯤은 알 수 있었던 것이다.

밤이 깊었다.

긴 시간 동안 기차를 타고 왔으니 지쳐 잠이 올 것도 같았지만 전연 그렇지가 않았다. 그러나 내일이란 날이 있었다.

"밤이 깊으니 눈을 붙이는 게 어떻겠소?"

하고 태열이 정선의 눈치를 살폈다.

"고단하시면 선생님 먼저 주무세요."

정선은 움직이려고 하지 않았다.

태열은 바로 옆방이라고는 하나 처녀를 여관방에 혼자 재울 수는 없었다.

"그쪽으로 침구를 펴고 자기로 해요."

하고 태열은 상의만을 벗고 입은 옷 그대로 자리에 드러누워 눈을 감았다. 그랬대서 잠이 오는 건 아니었지만 억지로 잠을 청할 참이었다.

정선도 자기 자리에 들었다. 눈을 감아보았으나 역시 잠이 올 것 같지가 않았다.

살큼 눈을 떠보았다. 태열의 이불과 자기의 이불 사이에 을씨년한 빛깔의 장판바닥이 차갑게 부각되어 있는 것이 견디지 못하게 정선의 가슴을 설레게 했다.

'저 비좁은 공간을 넘어서면…… 저 공간을 태열 씨가 넘어오면……'

이런저런 공상으로 정선의 머릿속은 자꾸만 카랑해지기만 했다. 하는 수 없이 낮은 소리로 불러보았다.

"선생님."

"예?"

"잠이 올 것 같아요?"

"아아뇨."

"저도 잠이 올 것 같지 않아요."

"나도 그렇소."

"그럼 우리 얘기나 해요."

"그렇게 합시다."

125

"선생님 얘기하세요."

"글쎄요."

"선생님 여자와 같이 한방에 자보신 일이 있으세요?"

"없소. 정선 씬 남자와 같은 방에 자본 일이 있소?"

"없어요, 그런 일."

"그렇다면 우리는 이 세상에 나고 처음의 경험을 하는 셈 아뇨?"

"그래요. 처음 경험이에요." 하고 정선은 만일 이런 일을 부모가 알면 어떻게 하나 하는 생각을 해보았다.

"오래오래 기념이 될 것 같애."

태열이 중얼거렸다.

"평생 잊지 못할 거예요."

"참 정선 씬 동경 유학하는 일 부모님께 의논 드려봤소?"

"아녜요."

"왜?"

"미리 의논했다가 퇴짜를 맞으면 이리도 저리도 못할 테니 최후의 순간에 가서 통고를 하고 동경으로 도망칠 거예요."

"대단한 용기로군. 그러나 그런 건 좋지 않습니다. 어디까지나 부모님께 간청을 해서 동의를 얻으셔야죠. 무난히 할 수 있는 일을 어렵게 만들 필요가 없잖을까요?"

"최후까지 그렇게 해볼 작정이에요. 그러나 부모님이 허락하시지 않으면 비상수단을 써야지 별수 있어요? 그래서 몰래 용돈을 저

축하고 있어요."

"내 꼬임에 빠졌다는 걸 알게 되면 내가 혼나겠구먼."

"그거 겁나세요?"

"천만에."

"선생님이 그곳에 계시니까 동경으로 간다는 거지. 막상 제가 동경에 간다고 해도……."

"동경에 간다고 해도?"

"학교에 입학도 못할 거고."

"무엇을 공부하느냐가 문제이지, 다닐 학교는 많아요."

"선생님은 제가 무슨 공부를 하면 좋을 거라고 생각하세요?"

"내가 어떻게."

"그래도요."

"어때요, 정선 씨는 화학에 흥미가 없어요?"

"흥미가 없진 않아요. 머리가 나빠 잘은 못하지만요."

"그렇다면 약학 관계의 학교에 가시는 게 어떨까?"

"약제사 되게요?"

"약제사가 된다는 것보다 기본적인 위생학은 마스터하지 않을까 해서입니다. 우리의 위생관념은 말이 아니니까요."

"약학 전문학교는 어렵지 않을까요? 입학하기가."

"중간쯤의 성적이면 들어갈 수 있는 모양입니다."

정선은 한동안 생각에 잠기는 것 같더니 물었다.

"선생님은 제가 약제사가 되었으며 해요?"

"그런 건 아닙니다."

"그러시다면 제가 선생님의 부인이 되었다고 치고 무슨 공부를 했으면 좋겠어요?"

이번엔 태열이 생각에 잠길 차례였다. 태열은 한참만에야 대답했다.

"내 희망대로 되는 것이라면, 정선 씨는 스페인어나 러시아어를 마스터해 갖고 나 대신 그런 책을 읽을 수 있었으면 해요. 내 형편으론 러시아어나 스페인어를 공부할 여가가 없을 것 같아서요."

곧 정선의 응답은 없었다.

그런데 이윽고 있은 답은,

"제겐 외국어에 대한 소질이 전연 없어요. 어떡하죠?"

태열이

"핫하."

하고 웃곤 덧붙였다.

"괜히 해본 소립니다."

불을 꺼달라는 소리가 바깥에서 났다. 태열이 일어서서 불을 껐다. 그리고 도로 자리에 누웠다. 말똥말똥한 눈으로 천정을 바라봤다.

어둠 속에서 정선의 말이 있었다.

"선생님은 학교를 졸업하시고 무엇을 하실 작정이세요?"

"원래의 희망은 유럽에 나가서 공부를 더 할 작정이었지만……"

"……."

"그건 불가능하게 되었고, 시골에서 농사나 지으며 책이나 읽고 지낼까 하는데 그것도……."

"농사를 지으며 책 읽는 일이 무엇이 어려워서 한숨을 쉬세요?"

"그것도 어려워 가능할 것 같지가 않습니다."

"왜요?"

"세상 되어가는 꼴이 심상치가 않아요."

"전쟁 때문인가요?"

"그 때문만은 아니죠. 그러나 저러나 한치 앞을 가늠할 수가 없으니 장래를 설계한다는 건 허무해요."

"선생님이랑 저랑, 무인도에서 가서 살았으면 해요."

"그것도 어디 쉬운 일이겠습니까."

"그렇다면 아무런 희망도 없다는 얘기가 아녜요?"

"그렇죠. 그런데 내겐 요즈음 희망이 하나 생겼어요."

"무슨 희망예요?"

"말해 드릴까?"

"예."

"백정선이란 이름의 희망이 생겼단 말입니다. 그 희망을 지켜보고만 있으면 평생을 의미 있게 살아갈 수 있을 것 같아요."

바깥엔 바람이 일었다. 그 바람 사이로 야경꾼이 치는 타목(打木) 소리가 들려왔다.

사흘을 같이 지냈다. 그러니 사흘 밤을 같은 방에서 지낸 것이다.

정선은 모든 운명을 박태열에게 맡겨 버릴 각오였으니 사랑의 표시에서도 적극적이었다. 이를테면 원산 여성 특유의 기질을 발휘한 것이었다. 원산의 여성은 자기의 마음이 동하지 않을 때는 어떠한 압력에도 굴하지 않는다. 그 대신 자기가 일단 결심한 일이면 만난(萬難)을 배제하고 나갈 의지를 가지고 있다. 백정선은 전형적인 원산 여성이었다.

어느 날 밤엔 이런 대화가 있었다.

"굳게 사랑을 맹세할 수 있다면 다가 아녜요?"

한 것은 백정선.

"그렇죠. 사랑이 모든 문제의 근본이죠."

한 것은 박태열.

"그렇다면……."

"그렇다면?"

"절 원하지 않으세요?"

"원합니다."

"그런데?"

하고 백정선은 몸부림쳤다.

박태열이 조용히 달랬다.

"나는 사랑을 위해서 어려운 길을 걸을 작정입니다. 모든 조건을 다 갖추어 놓고, 말하자면 만전의 준비를 다 해놓고 정선 씨를 받아들일 작정입니다."

"선생님은 정신이 제일이라고 하시지 않았어요? 선생님이 지금 말하는 건 물질적 조건, 형식적 조건 아녜요? 정신이 제일이라면, 선생님의 정신이 확실하다면 물질적인 것, 형식적인 것은 문제될 게 없잖아요?"

"그건 아닙니다. 정신은 정신으로서 증명되지 않습니다. 시간을 시간으로써 나타내지 못하듯이, 시간은 공간을 척도로써 이용하고 공간은 시간을 척도로 해서 표현합니다. 이와 마찬가지로 물질적인 시련을 이겨냄으로써 정신력은 발현되는 겁니다. 형식적인 절차를 고집하는 것은 정신이 요구하는 위신 때문입니다. 정신은 시련을 요구합니다. 그 시련은 물질에 있습니다. 정신은 위신을 요구합니다. 그 위신은 형식에 있는 겁니다."

"선생님의 말씀은 너무 어려워요."

"어려울는지 모릅니다. 그러니까 어려운 길을 가려는 겁니다. 우리의 사랑을 알차게 하기 위해서, 우리의 사랑을 보다 빛나게 하기 위해서 나는 그만큼 정선 씨를 소중히 한다는 얘깁니다."

"이러나저러나 전 선생님의 정선인데요. 선생님의 것이 될 텐데요 뭐."

"그렇게 말한다면 나도 정선 씨의 것이오."

"그런데 주저할 뭣이 있다는 거예요?"

"서로를 소중히 하기 위해 순간적인 유혹에 이겨보자는 얘기지요."

"……."

케케묵은 도덕이나 인습을 들먹였더라면 그런 장벽을 뚫는 것이
젊은 사람이 할 짓이 아니겠느냐고 반박도 해보겠지만, 박태열의 말
은 그보다 높은 차원에 있었다. 처녀인 백정선이 그 이상으로 적극
적일 순 없었다.

그래서 무구할 뿐만 아니라 순수하게 사흘 밤을 여관에서 같이
지내게 된 것이다.

사흘 후 박태열이 경성역에서 부산으로 떠났다. 연락선을 타는
데까지 따라가고 싶다고 백정선이 보챘으나 박태열은 단호히 거절
했다. 그렇게 하면 앞으로 교제를 끊어야겠다고까지 강경했다. 백정
선은 스스로의 감정에 제동을 걸지 않을 수가 없었다.

이모 집을 찾아간 백정선은 사흘 전에 서울에 왔다는 얘기를 털
어놓고 부모님에겐 절대로 비밀을 지켜달라고 부탁했다. 이모는 사
정 얘기를 듣고 나서야 결정하겠노라고 했다. 당연한 말씀이었다.

"이모, 나 연애해요."

정선이 솔직하게 말했다. 이것 역시 원산 여성의 기질을 그냥 그
대로 나타낸 행동이었다. 원산 여성은 거짓말을 꾸며댈 줄을 모른다.
그만큼 활달하고 개방되었다고 할 수도 있는 것이다.

이모는 정선의 말을 끝까지 듣더니,

"그 학생은 우리 정선의 사랑을 받을 만한 인물이구나."

하고 기뻐하며 만사가 원만하게 해결될 것을 기대하는 뜻으로 비밀을 지켜 주겠다고 약속했다. 정선의 이모 역시 원산의 여자였던 것이다.

정선은 서울의 이모 집에서 1주일을 놀다가 원산으로 돌아갔다.

이모 집의 안부를 묻고 난 후 아버지가 물었다.

"너 기차간에 박태열이란 학생과 같이 있었다며?"

"예."

"대단히 친한 모양 같더라고 하던데 어떻게 된 거냐?"

"아무런 죄도 없이 형사한테 끌려가는데 가만있을 수 있어야죠. 아버지 힘을 믿고 한마디 형사에게 간청을 해 본거죠."

"그럴 만큼 잘 아는 사이냐?"

"예."

"어떻게 알게 되었느냐?"

정선은 꽃의 이름을 물은 얘기로부터 교장선생이 읽어준 편지 얘기까지 하고 우연히 거리에서 만나기도 했는데 기차간에서도 우연히 만났다고 했다.

"너 그 사람이 좋으냐?"

"아주 훌륭한 분예요."

"어떻게 알았느냐, 훌륭하다는 것을……."

"기차간에서 그분의 말씀을 들었어요. 아버지가 하시는 교훈 이

133

상으로 준절하고 깊이가 있었어요."

"무슨 얘긴데?"

정선은 태열이 여관방에서 한 정신력 얘기의 무난한 부분만을 말했다.

정신은 시련을 요구한다, 그 시련은 물질에 있다. 정신은 위신을 요구한다, 그 위신은 형식에 있다는 말은 아버지를 감동시킨 모양이 었다. 몇 차례 그 말을 되풀이하고 있더니,

"너 그 사람과 별일 없었지?"

하고 눈을 번득였다.

"아까의 말씀으로 알 수 있듯이 도덕군자 이상으로 점잖은 분예요. 성실한 분예요. 그런 분과 무슨 일이 있었겠어요."

"흠."

하고 생각하는 빛으로 아버지가 덧붙였다.

"그러나 앞으로 조심해."

그리고 그 이상의 말은 없었다.

정선은 아버지의 그런 유순한 태도의 원인이 박태열이 동경제국 대학의 학생이란 사실에 있을 것이라고 짐작했다. 그런 대학의 학생이 아니었다면 벽두부터 벼락을 내려 정선의 말을 차분히 들어 주지도 않았을 것이다. 뿐만 아니라 "그따위 불온사상을 가진 집안의 아들하고 앞으로 교제를 했다간 봐라, 다리뼈를 분질러 놓을 거다"고 호통을 쳤을지도 모른다.

이와 같은 짐작은 정선을 기쁘게 했다. 자기 집안에선 박태열과의 사랑이 별다른 장애에 부딪치지 않을 것 같아서였다.

'문제는 박태열의 집안이다. 독립운동을 하시는 어른이라면 보통이 아닐 텐데 그런 분이 친일파의 딸인 나를 며느리로 맞아들일까' 하는 마음은 정선을 우울하게 했다.

그러나 박태열의 성실한 태도엔 강철 같은 의지력을 느끼게 하는 그 무엇이 있었다. 오직 그 의지력을 믿을 뿐이었다.

백정선이 원산으로 돌아온 지 3일이 되던 날 그녀는 등대에서 써주던 주소를 갖고 박태열의 이모 집을 찾았다.

'이편저편 이모님들이 우리 사랑의 중계자가 되어주는 셈이로구나' 하고 생각하니 이상한 감동이 있었다.

박태열의 이모 집은 원산만이 환히 내려다보이는 언덕의 윗켠에 있는 양철지붕의 초라하다고 할밖에 없는 집이었으나, 문을 밀고 뜰에 들어섰을 때 집주인의 기품을 느꼈다. 초라한 외관과는 달리 짜임새 있게 조도가 놓여지고 말끔히 소제되어 있는 품이 좋았다.

뜰 한가운데 서서,

"저어."

하고 말하려고 하자 큰방 문이 열렸다. 반백의 머리를 곱게 빗어 넘긴 우아한 중로의 여성이 털받침의 마고자를 입은 모습으로 나타났다. 마고자의 겉은 초록색 양단이고 치마는 회색 세루였다.

"저 배정선이라고 합니다."

우물우물 말하자,

"추운데 어서 들어와요."

하고 정선의 손을 끌듯이 하여 방안으로 맞아들였다.

적당한 온기가 감도는 방엔 해묵은 의롱이 서쪽 벽을 채워 있고 산수화에 글을 곁들인 병풍이 북쪽 벽을 막고 있었다. 남향 벽엔 뒤주와 경대가 있었다. 세심한 노력으로 궁색을 면하고 사는 얌전한 가풍(家風)같은 것이 느껴졌다.

"학생이 우리 태열이가 말한 아가씨로구먼요."

노녀는 조용하게 웃으며 정선의 인사를 받았다.

"전연 그런 일이라곤 없던 아이가 돌연 찾아와서 어떤 처녀가 찾아올지 모르니 대접을 정중하게 해달라고 부탁하는 바람에 어찌나 놀랐는지."

하고 노녀는 경대 서랍에서 봉서(封書)를 꺼내 놓았다.

"백정선이라고 씌어 있으니 아가씨에게 온 편지겠지."

"감사합니다. 아주머니."

백정선은 그 편지를 집어 들고 가슴에 안았다. 그 동작을 보며 노녀는 미소를 지우지 않은 채 말했다.

"우리 태열은 재주도 높거니와 눈도 높아. 난 출입이 없어 잘은 모르지만 원산에선 제일가는 미인이 아닐까 싶은데."

"그렇진 않아요."

"아냐, 나도 나이를 먹은 덕분에 사람 볼 줄은 다소는 안다오. 하여간 우리 태열이 눈이 높아."

"아녜요. 태열 씨한텐 너무나 부족한 여자예요."

"우리 태열에게 견준다면야 부족하지 않을 여자가 그리 쉬울라고. 그런데 아가씨 그렇지 않아. 곱기만 하고 품위가 없던가, 품위는 있는데 덜 곱다던가 한 게 여자의 몸매이고 얼굴인데 아가씬 정말 요조숙녀요."

정선은 부끄러움을 견딜 수가 없었다. 태열의 편지를 읽고 싶었다. 그래서 일어설 계기를 찾고 있는데

"빨리 편지를 읽고 싶지? 내 잠깐 부엌에 나갔다 올 터이니 그동안에 읽어. 혹시 그 가운데 내게 전할 말이 들어 있을지도 모르고." 하고 일어서서 바깥으로 나갔다.

정선은 봉투를 소중하게 뜯으려는데 손으로선 만만치 않았다. 두리번거렸다. 경대 앞에 바느질고리가 있었다. 그 속에서 가위를 꺼내 조심스럽게 봉투를 잘랐다. 떨어져 나간 부분이 실오라기처럼 가늘었다. 떨리는 손으로 편지를 꺼내 읽기 시작했다.

지금쯤 원산으로 돌아가 계시겠죠. 나는 황홀한 기분으로 경성에서의 사흘 밤을 회상하고 있습니다. 지금 회상하니 황홀한 기분이지만 그 사흘 밤은 나에겐 정말 모든 정신력을 동원하고서야 겨우 감내할 수 있었던 시련의 밤이기도 했습니다. 헌데 그 시련을 이겨냈으니 흐뭇합니다. 순간간은 닮은 감동이기도 합니다. 나는 그 사흘

밤 동안 마음속에서 다음과 같이 싸웠습니다.

'내가 만일 정선 씨를 하늘처럼 사랑하고 있다면 나는 이 시련을 견디어 낼 수 있으리라!'

'시련에 이기는 것만이 사랑의 증명이 될까? 사랑의 증명은 다른 방도로써도 할 수 있지 않을까?'

'아니다. 정선 씨를 이 순간 순수하게 받드는 것만이 사랑의 증명이 된다. 절대적인 사랑의 증명이 된다……'

'그렇다. 시련을 견디어 내는 건 어렵고 시련을 포기하는 것은 용이하다. 어려운 것하고 쉬운 것하고 어느 편이 사랑의 증명으로서 떳떳할 것인가. 어려운 것이 떳떳하다……'

'시련이니 사랑의 증명이니 하는 이런 생각부터가 케케묵은 도덕과 인습에 사로잡힌 탓이 아닐까. 자연스럽게 감정의 충동대로 행동하는 것도 무방하지 않을까?'

'아니다. 감정적 충동을 분석하면 반드시 거기엔 불순한 인자(因子)가 있다. 그 불순한 인자는 예의를 갖추는 절차에 의해서만 불순하지 않는 것으로 변용할 수가 있다. 그렇지 않고서야 충동을 합리화할 도리가 없다.'

'아니 감정에 따른 것이 보다 순수한 노릇이 아닌가. 합리성의 탐구가 왕왕 순수성을 파괴하는 경우가 있다. 사랑이란 연꽃과 같다. 그 뿌리는 더럽다고도 할 수 있는 진흙 속에 있고 꽃은 태양 아래 아름답다. 그러니 겁낼 필요가 없지 않은가……'

'그러나 안 된다. 우리의 사랑은 미학적(美學的)으로도 승인을 받아야 한다. 뭇사람이 자고 간 침구, 볼품없는 방, 남의 이목에 신경을 써야 할 그런 환경에선 어떤 이유를 붙여도 미학적 승인을 얻을 수가 없다. 그러니 이 시련을 스스로에게 과하고 이 시련을 이겨야만 한다. 정선 씨를 진정 사랑한다면, 나는 이 시련을 포기해서도 안 되며 이 시련에 져서도 안 된다. 이 경우에 있어서의 정선 씨에게 대한 내 사랑의 증명은 이 시련에 이기는 길밖엔 없다⋯⋯.'

정선 씨, 나는 이처럼 스스로의 내부에서 싸우고 있었던 것입니다. 그리곤 드디어 이겼습니다. 지금이야말로 떳떳하게 나는 정선 씨에 대한 사랑을 운운할 수 있는 자격을 얻었습니다. 어떠한 난관에 봉착하더라도 운명의 절대적인 방해가 없는 이상 우리는 결합될 수 있으리란 신앙을 동시에 얻었습니다.

정선 씨, 나는 방학 동안을 이용하여 희랍어와 라틴어 강습에 나가고 있습니다. 희랍어, 라틴어는 대강의 경우 죽은 말이라고들 생각합니다. 전문적인 직업으로 택할 것이 아니라면 현대어의 번역으로서 희랍과 라틴의 고전을 읽을 수 있으니까 그렇게 말할 수도 있겠죠. 그러나 나는 사어(死語)를 나의 내부에서 활어(活語)로 만드는 노력을 통해서만이 나의 인간 형성을 위한 기초를 닦게 되는 것이라고 스스로 과제(課題)하고 있습니다. 그리고 나면 플라톤의 세계가 나의 세계로 되는 것입니다. 삼천 년 전의 그 청량한 세계만이 이십세기의 이 호탁한 세계를 정화하여 인간의 지복(至福)을 마련할 수 있

139

다고 나는 믿고 있습니다.

정선 씨, 나의 할아버지는 광풍노도를 보기는커녕 그 소리조차 듣지 않기 위해 바위 속에 굴을 파고 그 속에서 은거하고 계십니다. 그 근기(根氣)는 실로 대단하다고 하겠습니다. 나의 아버지는 광풍노도를 겁내기는커녕 그 광풍노도에 일엽편주를 타고 덤벼들어 그 거리조차 측정할 수 없는 아득한 대안(對岸)에 이르려고 혼신의 노력을 다하고 있습니다. 실로 대단한 용기라고 하겠습니다.

그런데 내겐 할아버지의 근기도, 아버지의 용기도 없습니다. 다만 청랑한 세계의 동경이 있을 뿐입니다. 이 동경이 지향하는 곳엔 국경이 없습니다. 물질에 의한 오염(汚染)도 없습니다. 문명이 그 자체를 시험하기 위해 범하는 과오도 없습니다. 자칫 코스모폴리탄이라는 무중력(無重力)의 진공에 표류할지도 모릅니다. 보상도 없는 개인주의(個人主義)로 질식할지도 모릅니다.

그러나 35억의 인간 가운데서 누군가는 이러한 세계를 탐색하는 역할을 맡아야 하지 않겠습니까. 극동의 반도에 생을 받는 사람이니 더욱 이 세계를 등한히 할 수 없다는 생각조차 해 봅니다. 인간이란 보다 고귀해야 합니다. 인간이란 보다 선량해야 합니다. 인간이란 보다 평화적이라야 합니다. 인간이란 보다 아름다워야 합니다. 그런데 어찌 의식적으로 타락해야 할 필요가 어디에 있습니까. 타락까지 하고 살기엔 우리의 인생은 너무나 짧습니다……

정선 씨, 이러한 지고지선의 목표를 향해 우리는 최선을 다합시다. 그러기 위해 나는 정선 씨를 필요로 하는 것이며, 정선 씨는 나를 필요로 하는 것이란 사실을 굳게 다짐합시다.

열흘쯤 후에 또 편지를 쓰겠습니다.

정선 씨의 편지도 기대하겠습니다.

추신: 나의 이모님을 만나셨겠지만 나의 이모님은 참으로 훌륭한 분입니다. 나는 어머니에게 대한 공경과 똑같은 공경을 그분에게 드리고 있습니다. 직접적인 혈연이 없으니까 공경심이 어머니에게 대해서보다도 더 순수할는지 모릅니다. 가끔 놀러 가셔서 말동무가 되어 주시기 바랍니다.

편지를 다시 읽기 시작하고 있는데 태열의 이모가 들어왔다. 조그마한 상을 들고 있었다.

"식혜를 끓였소. 먹어 봐요. 이건 며칠 전에 만든 떡인데…… 태열의 편지가 왔기에 귀한 손님이 오실 줄 알고서, 같이 먹읍시다."

노녀는 정선을 어색하게 하지 않기 위해서 자기가 먼저 떡을 집어들었다.

정선이 떡을 씹고 식혜를 마셨다. 먹기에 알맞도록 따끈한 식혜의 달고 부드러운 맛에 정선은 노녀의 정을 느꼈다.

"맛이 어떤가?"

"맛이 좋아요."

하는 확인을 받자 노녀는 물었다.

"태열이 편지 속에 내게 전한 말이 없던가요?"

"있었어요. 있었어요."

하고 정선은 저도 모르게 어리광을 섞어 재잘거리기를 시작했다.

현해탄과의 밀어(密語)

백정선은 이 세상에 나고 처음으로 긴 편지를 썼다.

며칠 동안 모질게 추웠습니다. 북극에서의 바람이 툰드라(凍原 동원)의 냉기를 몰고 온 탓이라고도 합니다. 요 삼십 년 동안 이렇게 추워본 적이 없다고도 합니다. 평균 영하 24도, 한창 추울 때는 영하 40도까지 내려갔으니까요. 오죽하면 원산 앞바다가 얼었겠습니까.

동경은 어떠하옵니까. 동경엔 온돌이 없고 다다미방이라고 하셨는데 엄동설한에 화로 하나로 지내신다니 걱정이옵니다. 부디 옥체의 건강에 유의하소서.

그런데 선생님! 소녀는 그렇게 추운 기후인데도 춥지 않으니 참으로 이상해요. 외투를 입지 않고 나들이를 해도 춥지 않단 말예요. 집안사람들은 물론 친구들도 놀라고 있습니다.

"정선이 너 혹시 산삼을 삶아 먹은 건 아니니?" 하고 마구 놀려대기두 한답니다.

143

그런데 역시 저의 가장 친한 친구들의 눈치는 매서워요. 그들은 내가 추위를 타지 않는 비밀을 안 것 같아요.

"태양이 가슴 속에 있으니 추울 게 뭐 있담."한 것은 윤미화이구요,

"아무리 추운 날씨도 불타는 정열엔 대항하지 못할 거야." 한 것은 최정원이었답니다.

윤미화와 최정원은 금강산에서 선생님이 꽃 이름을 가르쳐 주실 때 같이 있었던 친구들이에요.

그래선 전 선생님의 말씀에 더욱 더 감동했답니다. 이 세상에 뭐니뭐니해도 정신이 가장 중요하다는 그 말씀이 새삼스럽게 생각나곤 한답니다.

정신, 사랑으로 충만한 정신은 두려울 게 없을 것 같아요. 그러나 소녀의 수양은 모자랍니다. 언제 선생님과 같은 정신력을 가지게 될지…….

그런데 걱정이 있습니다. 소녀가 동경으로 공부하러 가겠다고 하니까 그 원칙엔 찬성했지만 아마 올봄 신학기쯤엔 동경에서 사람이 살지 못하게 될 것이란 오빠의 말예요. 오빠는 경성고상(京城高商)에 다니고 있습니다만 시국을 보는 눈은 아버지보다도 월등합니다. 그런 오빠가 하는 말예요.

"정선이 공부를 하고 싶다면 동경이든 북경이든 개의치 않고 보내줘야 하지만 오는 봄엔 전쟁이 치열해져서 동경 같은 대도시에

선 소개소동(疎開騷動)이 벌어질 거니까 그다지 기대하지 않는 게 좋을걸."

이 오빠의 말에 어머니는 동조하고 있습니다. 남자도 곤란할 테네 여자를 먼 곳으로 보낼 수 있느냐는 겁니다.

그래도 전 선생님이 계시는 곳이면 어디라도 갈 참입니다. 그러니 선생님 자신이 동경에 있을 수 없게 될 것이 아닌가, 그게 우선 걱정입니다.

부끄러운 말이오나 전 잠이 들 땐 언제나 선생님의 꿈을 꾸었으면 합니다. 어떤 날 밤엔 선생님의 모습을 생시에서처럼 봅니다. 그러한 날의 아침은 너무나 기뻐 들뜬 기분이 된답니다. 꿈속에서도 보지 못한 밤을 지낸 아침엔 슬프고요. 그런데 요즈음은 매일 밤처럼 선생님의 꿈을 꿉니다. 그 비결은 선생님의 어느 때의 모습을 눈을 감은 채 망막에 새겨 두는 겁니다. 그리고 나면 그것이 잠을 들어도 사라지질 않아요. 그러니 전 언제나 선생님의 모습을 안고 자는 셈이지요.

학교에선 요즈음 나기나따 훈련(薙刀訓鍊)이 한창입니다. 긴 몽둥이 끝에 덜 휘어진 낫을 붙인, 어설프게 된 창(槍) 같은 것 말입니다. 그걸로 상륙해 오는 미영병(米英兵)을 쳐서 눕힌다는 겁니다. 대단히 용감한 구상입니다. 그런데 요즈음 소녀는 전날처럼 신나게 그 훈련을 할 수 없게 되었답니다…….

미음이 가 있는 곳이면 내가 가 있는 곳이라고 생각하면 전 항상 선생님과 같이 있는 셈입니다. 그런데도 어떤 때는 허전함을 느낍니다. 지금 내 눈 바로 앞에 계시는 선생님을 보고 싶어지는 겁니다. 선생님의 말씀을 직접 귀로 듣고 싶어지는 겁니다.

선생님! 언제 또 만날 수 있을까요? 이번 봄방학엔 꼭 나오시는 거죠? 정선의 진학문제를 같이 의논하고자 하니 봄방학엔 꼭 나오셔야 해요.

편지를 부쳐 놓기가 바쁘게 답장이 기다려졌다. 답장 오길 기다리는 마음이 될 때마다 가슴이 두근거렸다.

열흘을 겨우 참다가 정선은 박태열의 이모 집을 찾았다. 그 무렵엔 한기도 누그러들어 아직 아득하긴 했으나 봄소식이 들릴락 말락 하고 있었다.

대문을 들어서자 태열의 이모가 반겼다.

"영험스럽기도 해라. 어쩌면 이처럼 맞추어 오나, 태열의 편지가 바로 어제 왔는데."

정선은 노녀에게 대한 인사를 갖추고 바쁘게 봉투를 열었다. 그러나 아무리 바빠도 봉투를 마구 여는 법은 없었다. 가위를 달래서 실오라기만한 폭으로 봉투에 가위질을 하는 것이다. 태열의 이모는 정선의 그런 동작을 더욱 귀엽게 보았다.

태열의 편지는 다음과 같았다.

그 무서운 추위를 춥지 않게 넘겼다는 사연을 듣고 나는 크게 감동했습니다. 그것도 일종의 기적인데 사람에겐 그런 기적을 만들어 내는 자질이 있다는 증거가 아니겠습니까. 성실한 정신은 두려움을 모릅니다. 빛나는 정열은 추위를 모릅니다. 인간을 소우주(小宇宙)라고 하지만 이 소우주는 대우주(大宇宙)를 관념 속에 포용할 수 있는 엄청난 가능성을 지니고 있습니다. 다시 말하면 우주의 크기에 비하면 현미경적인 존재밖에 안 되는 인간이 광활한 천체를, 그 무수한 별들과 더불어 소유하고 있다는 얘깁니다.

정선 씨, 나는 플라톤의 이데아를 정선 씨의 모습에서 발견했습니다. 지고지순(至高至純)한 이데아가 백정선의 모습을 닮아 내 마음 속에 있는 것과 동시에 이 지구 어느 곳에 엄연한 생명체로서 존재하고 있다는 것을 인식할 때가 최고로 행복할 때입니다.

정선 씨, 페넬로페를 아십니까. 알고 계셔도 나는 페넬로페 얘기를 내 마음대로 하겠습니다. 페넬로페는 이타카의 성주 오디세우스의 부인입니다. 오디세우스는 트로이 전쟁에 참가해 큰 공을 세웠습니다. 오디세우스의 공로로 아테네가 승리를 얻었다고 할 수 있는 정도였으니까요. 그런데 오디세우스는 개선(凱旋)하는 도중 풍랑을 만나 방향을 잃게 되었습니다. 그렇게 해서 표랑하길 13년간, 그 동안 몇 번인가 죽을 고비를 넘겼습니다. 많은 부하를 잃기도 했습니다.

한편 페넬로페도 죽을 고생을 하고 있었습니다. 당시는 약탈결혼 (掠奪結婚)의 시대입니다. 집을 떠난 지 오래된 남편을 기다리는 여자를 태평하게 두어둘 까닭이 없는 시대였습니다. 사방에서 무기(武技)에 출중한 기사(騎士)들이 모여들어 페넬로페에게 청혼(請婚)했습니다. 그때쯤은 오디세우스가 죽었다는 소문이 널리 퍼지고 있었던 것입니다. 사실 죽지 않은 사람이 2년이고 3년이고, 5년이고 6년이 지났는데 돌아오지 않을 까닭이 있었겠습니까.

지금 같으면 주위의 눈이 있고 도덕이 있으니 기사들이 청혼하는 일이 있으면,

"제겐 남편이 있습니다. 아직은 돌아와 있지 않지만 언젠가는 돌아올 것입니다. 나는 내 남편을 기다릴 것입니다. 그러니 그런 무리한 요구는 하지 마세요." 해 버림으로써 일은 끝나는 겁니다.

그러나 당시는 그러한 답이 용납되질 않았습니다.

"기다리는 건 당신의 자유지만 약탈하는 건 우리의 자유다. 내 청에 응하지 않으면 납치하든지 강제로 복종케 하든지 할 거다."

이를테면 이런 말이 통할 때입니다. 그러니 페넬로페는 기사들이 납득할 만한 다른 이유를 찾아야 했던 것입니다. 남편을 기다린다고 했다간 되레 놈들의 질투심에 불을 붙이는 결과밖에 더 될 것이 없었던 겁니다.

페넬로페는 다음과 같은 제안을 했습니다.

"저는 짜기 시작한 베가 있습니다. 모처럼 짜기 시작한 것이니 이 짜는 게 완성되었을 때 여러분의 청을 듣겠습니다. 그때 여러분은 무기를 겨루도록 하십시오. 승리한 자의 말을 들을 테니까요."

아무리 경우 없는 놈들이라도 우아한 페넬로페의 이 정도의 제안 마저 들어주지 못하겠다고 버틸 순 없었습니다. 그들은 페넬로페의 제안을 받아들였습니다.

그러고 나서, 페넬로페는 매일 베틀 위에 있었습니다. 낮엔 열심 히 베를 짰습니다. 그리고는 밤이 되면 낮에 짠 베를 풀어 버렸습니 다. 낮엔 짜고 밤엔 풀고 하는 나날이 계속되었습니다. 기사들이 가 끔 와서, 베가 짜인 진도를 챙겨보았지만 완성되지 않은 베는 어쩔 수가 없었습니다. 또한 그들은 여자와 한 약속을 지킨다, 또는 지켜 야 한다는 것을 기사로서의 본질적인 에티켓이라고 생각하고 있었 던 터였습니다.

그렇게 하길 13년을 페넬로페는 오디세우스가 돌아올 때까지 버 텼던 것입니다. 그런 까닭으로 서양에선 페넬로페, 또는 페넬로페의 베틀이라고 하면 정절(貞節)의 거울로 치고 있는 것입니다.

그런데 내가 말하고자 하는 것은 이 얘기를 들먹이는 사람 대부 분은 페넬로페가 아주 힘겨운 일을 했다, 하기 어려운 일을 했다, 그 래서 정부(貞婦)다, 하는 해석을 하는데, 나는 그렇게 생각하지 않는 다는 것입니다.

페넬로페의 기쁨은 그렇게 버티어 나가는 과정에 있었던 것입니 다. 바꾸어 말하면 뭇 사나이의 유혹을 물리치기 위해 짠 베를 풀고 있을 그때가 페넬로페에겐 가장 흐뭇했을 것이란 얘깁니다. 페넬로 페에게 걱정이 있었다면 남편의 신상에 탈이 있지 않을까 혹시 죽은 것이나 아닐까 하는데 있었지 사내들의 짓궂은 유혹이나 강압에 있었던 것은 아닙니다. 아까도 말했듯 그따위 유혹이나 강압은 겁낼 건덕지도 아니었던 것입니다. 베를 짜고 풀고 하는 행위는 남편을 기다리기 위해, 연명(延命)해야겠다는 수단일 뿐, 페넬로페에겐 최악의 경우는 죽음이란 확고한 신념이 있었던 겁니다.

정선 씨! 내가 이런 얘길 한다고 해서 정선 씨더러, 나를 위한 페넬로페가 되라는 뜻을 말하는 게 아닙니다. 페넬로페의 13년 동안은 결코 불행한 세월이 아니었다고 말한데 불과합니다. 요는 정신이고 사랑이다 이겁니다. 사랑의 눈으로써 볼 때, 꽃이 얼마나 아름답습니까. 사랑의 눈으로 볼 때, 별이 얼마나 다정합니까. 내게 사랑이 없었을 때, 동경은 적막이었습니다. 남의 도시의 남의 거리에 외톨박이가 되어 있는 고독한 그림자에 불과했습니다. 플라톤의 이데아는 흐린 밤의 하늘에 보일 듯 말 듯한 별처럼, 나의 초조(焦燥)를 반영한 외로운 빛이었을 뿐입니다. 그런데 사랑을 만난 이제의 나에겐 플라톤의 이데아는 태양의 광휘와도 맞먹는 위대한 광망입니다. 수천만 톤을 재어놓은 휘발유 창고도 거기에 불을 붙이는 발화의 계기가 없을 땐 바위의 무기성(無機性)이나 다를 바가 없습니다. 이와 반대로 발화의 계기만 있으면 무심한 돌도 생명의 비약을 강행하는 기적을 낳기도 하는 것입니다.

정선 씨! 정선 씨로 인해 살아가는 것이 이처럼 즐겁습니다. 정선 씨로 인해 내 주변에 죽어 있던 모든 물건들이 생생한 생명의 노래를 부르게 되었습니다. 그런데 정선 씨! 정선 씨의 동경 유학의 건은 확실한 전망이 설 때까지 그 계획을 당분간 보류하는 것이 현명할 것 같습니다. 그 이유는 정선 씨의 오빠가 하셨다는 말에 전적으로 동감하고 있기 때문입니다.

전쟁은 확대되고 시국은 차츰 가열의 도를 더해 갑니다. 파리는 이미 독일의 점령 하에 있고 런던은 연일 불바다가 되어 있고, 베를린 역시 아비규환의 소용돌이 속에 있다는 얘깁니다. 학문과 교육은 물론이요, 전쟁 이외의 모든 것은 전쟁에 양보해야 하는가 봅니다.

그러니 동경도 머잖아 전쟁에 양보해야 할 날이 오지 않을까 합니다. 그렇게 되면 정선 씨의 동경 유학도 전쟁에 양보해야 할지 모릅니다. 그러나 이러한 것이 어디 문제될 것이 있습니까. 내겐 정선 씨가 있고, 정선 씨에겐 내가 있다는 사실 이외의 무엇을 탐해야 한단 말입니까.

오직 나는 정선 씨만을 바라고, 정선 씨는 박태열을 바란다는 이런 에센스(本質 본질)만의 행복을 마련해 주었다는 의미로써 나는 되레 전쟁을 축복하고 싶은 마음마저 듭니다. 극한상황엔 오직 본질만이 문제가 되는 것입니다. 평화시엔 사랑을 증명하기 위해 다이아몬드가 혹시 필요할지 모릅니다. 그러나 이러한 극난의 시대엔, 서로 교차하는 눈빛 한 줄기로써 사랑의 증명은 되고도 남는 것이 아니겠습니까.

정선 씨, 지금 이 시간이야말로 가장 순수한 사랑이 가능하다 말입니다. 일단 이 순수한 사랑에 익숙해지면 앞으로 어떤 환경에 놓이더라도 불순한 사랑을 견디지 못하게 될 것입니다. 그러니 우리의 이 어려운 상황을 불평하지 말라는 얘깁니다.

정선 씨, 내가 열심히 희랍어를 공부하고 있다는 얘기를 했었죠? 지금 내가 배우고 있는 희랍어 교과서 안에 다음과 같은 글귀가 있었습니다.

'전쟁이 만물의 아버지며, 만물의 왕(王)이다. 전쟁은 어느 것을 신(神)으로서 나타내고, 어느 것을 인간으로서 나타냈다. 또 어느 사람은 노예로 만들고, 어느 사람은 자유시민(自由市民)으로 만들었다.'

이것은 헤라클레이토스의 말입니다.

여기 말하는 전쟁은 지금 우리를 둘러싸고 있는 바로 그 전쟁이라고 해도 좋고, 나날의 현상이 전쟁의 양상과 내용을 가지고 있다는 뜻으로 상징적인 전쟁이라고 해도 좋습니다. 요컨대 인간이 될 수도 있다는 얘깁니다. 전쟁의 결과로 노예로 전락할 수도 있고, 자유시민이 될 수도 있다는 얘깁니다.

옛날 희랍의 도시국가는 소수의 자유민과 다수의 노예민으로 구성되어 있었으니, 헤라클레이토스는 그런 사정을 감안하고서 한 말이겠지만, 희랍의 사정을 무시하고라도 이 말은 현실적으로 오늘날에도 통할 줄 압니다.

정선 씨, 우리는 이 전쟁으로 인해 노예로서 타락하진 말자는 겁니다. 나는 헤라클레이토스의 말을 그러한 계시로서 이해했습니다.

'어떠한 상황을 겪더라도 이 전쟁에 살아남아야 하는데 노예는 되지 말라고.'

정선 씨, 나의 편지를 읽고, 내가 지나치게 전쟁에 과민하다고 느끼실지 모릅니다만 결코 그런 것은 아닙니다. 쓰다가 보니까, 그렇게 된 것이라고 하기엔, 물론 절실한 데가 없지 않습니다. 나의 일본인 친구는 대부분 전쟁터로 나갔습니다. 그 가운데 이미 죽은 사람도 적지 않습니다. 이런 상황에서 어찌 내가 범연할 수 있겠습니까. 희랍어를 배우기 시작할 땐 9명이 있었는데 지금은 나 혼자 남았습니다. 다나까 히데나까(田中秀中)라고 하는 석학(碩學)이 선생님인데 며칠 전 나를 보고 이런 말을 했습니다.

"전쟁에 가기도 하고 탈락하기도 해서, 당초 9명이었던 것이 자네 혼자가 되었는데, 나를 슬프게 하지 않기 위해서라도 자넨 끝까지 남아라. 지금 하고 있는 텍스트가 끝나면 같이 투키디데스의 『역사』를 읽자꾸나. 펠로폰네소스 전쟁을 적은 기록 말이다. 그것을 읽으면서 어제의 전쟁과 오늘의 전쟁을 비교해 보자."

"끝까지 남겠습니다. 하고, 나는 단호하게 말했지만, 마음속엔 그걸 결정할 자는 내가 아니고 운명이란 중얼거림이 있었습니다. 그러나 노선생을 슬프게 하지 않기 위해서, 그 말을 입밖에 내진 않았습니다. 그러자 노선생은 다음과 같이 한마디 하셨습니다."

"모두들 오늘의 일로서 죽이고 죽고 야단인데 하늘 아래 자네와 나, 두 사람쯤은 3천 년 전의 일에만 관심을 쏟고 있어도 무방하지 않겠나."

나는 그 말에 눈물을 흘릴 뻔했습니다. 그래 1주일에 이틀 2시간 씩 하던 강습을 1주일에 3회로 늘리고, 매회 3시간씩 하기로 약속을 했습니다. 이미 고희(古稀)에 접어든 노선생의 지극한 정성인 것입니다.

정선 씨! 내가 봄방학에 돌아갈 수 없는 이유는 이로써 설명이 되었을 줄 압니다. 정선 씨를 향한 내 마음엔 다름이 없다는 것을 새삼스럽게 맹서할 필요가 있겠습니까. 당신이 내 가슴 속에 살고 있기에 다나까 선생(田中先生)과의 시간이 보람찬 축복으로 되기도 하는 것입니다.

멀지 않아 봄이 오겠지요. 전쟁 속에서도 봄은 봄이겠죠. 몸과 마음이 같이 튼튼하길 빌고 또 빕니다.

꿈꾸며 사는 소녀의 꿈보다 아름다운 것이 있을까.

사랑 속에 사는 소녀의 마음보다 안타까운 것이 있을까.

백정선의 그날은 아름다움과 안타까움의 두 빛깔로 꼬아 놓은 줄과 같은 시간이었다.

사랑은 백정선의 육체에 윤택을 더하는 것 같았다. 마른 나뭇가지에 봄철 물이 오르듯이 말이다. 사랑은 백정선의 정신에 빛을 더하는 것 같았다. 투명한 물에 뿌려진 한 방울 진홍의 피처럼 곱게 물들어 가는 기적 같은 것 말이다.

백정선은 사랑을 모르고 살았을 때의 자기의 생애는 회색의 종이나 다름없다고 생각했다.

사랑이 있고서야 비로소 인생은 시작되는 것이다. 행복은 사랑을 그 에센스로 해야 한다는 것을 깨달았다.

박태열에게도 사정은 마찬가지였던 모양으로 1주일이 멀다 하고 편지가 오고 백정선 또한 답을 했다. 이를테면 백정선의 생활은 박태열에게 쓸 편지의 내용을 생각하고 쓰기 위해 있는 시간처럼 되었다.

결국 눈으로 보고 귀로 듣고 가슴 속에서 우러나는 미묘한 마음의 움직임조차 세밀하게 관찰하여야만 박태열에게 보내는 편지의 내용을 만들 수 있었으니 그로 인해 정선의 내면생활은 확대되고 심화되어 갔다.

그러는 사이에도 세상은 자꾸만 변해 갔다. 1943년에 들어서면서부터 세상은 가혹한 빛깔을 더했다. 농부는 농사를 짓지만 그 곡식은 죄다 어느 곳으로 실어가 버리고 먹을 것이란 배급을 준 대두박(大豆粕)밖엔 없었다. 대두박이란 원래 비료로 하기 위해 만든 것인데 허기진 배를 채우기 위해선 그거나마 먹어야 했던 것이다.

어부들은 고기잡일 나가지 못했다.

바다도 육지 못지않은 전쟁터가 되어 어뢰(魚雷), 기뢰(機雷)가 언제 어디에서 터질지 몰랐던 것이다.

일을 할 만한 체력을 가진 사나이들은 태평양으로, 만주로, 북해두루 끌려 나갔다 징용이란 이름의 강제노동이었다,

20세 안팎의 청년들은 지원병이란 명목으로 끌려갔었는데 이젠 징병제가 실시되었다.

'반도의 청년들에게도 일시동인(一視同仁)의 혜택이 내려졌으니 그 거룩한 황은(皇恩)에 감사해야 한다'는 서두까지 붙은 어마어마한 법률이었다.

젊은 여자들은 정신대(挺身隊)란 이름으로 끌려 나갔다.

이처럼 결심한 소용돌이 속에서도 백정선이 행복할 수 있었다는 것은 죄스러운 일일까.

그러나 백정선은 문득문득 엄습해 오는 공포를 외면할 수 없었다. 그 공포란 박태열의 신상에 무슨 변화가 있을지 모른다는 불안이었다.

'모든 젊은 사람들이 수난 중에 있는데 우리 박 선생님만이 예외일 수 있겠는가' 하는 불안,

'그이에게 무슨 일이 있기만 하면 나도 같이 죽을 수밖에 없다'는 결연한 각오.

아닌 게 아니라 사랑을 하기엔 무척 곤란한 시기였고 시대였다.

그러니까 정선이 다음과 같은 편지를 쓰기도 했다.

사랑의 꽃이 견디어 내기 무척 어려운 때인가 합니다. 바람이 너무 거세니까요. 그러나 이건 남의 사랑에 대한 걱정이지 우리들의 사랑을 위한 걱정은 아니에요. 모진 광풍 속에서도 우리들의 사랑은 이

처럼 꽃피고 있으니까요. 머잖아 기막히게 알찬 열매를 맺을 것이니까요. 그런 뜻에서 전 강풍노도와 같은 이 세상을 환영합니다. 나의 사랑, 나의 믿음이 얼마나 강한가를 증거로 세울 수 있으니까요……

그러면 박태열로부터는 다음과 같은 편지가 오기 마련이었다.

……전쟁은 우리에게서 모든 것을 뺏어갈 수 있겠죠. 그러나 하나만은 뺏을 수가 없습니다. 우리말로선 다음과 같이 표현하고 있지요. 임 향한 일편단심이란 것입니다……. 사랑은, 지성은 어떠한 힘도 이를 침범할 수가 없습니다. 이건 영혼의 영역에 있는 것이니까요. 어떤 세위도 미치지 못하는 이데아의 세계에 속하는 것이니까요. 설혹 내가 죽는다고 해도 내 망막에 심겨진 당신의 모습은 지워버릴 수가 없을 겁니다. 내 망막은 육체의 일부분이니 언젠간 지워진다고 해도 내 영혼에 새겨진 당신은 나의 영혼과 더불어 영원한 별이 되어 이데아의 세계에서 찬가를 부를 것입니다…….

이 편지에 대해선 백정선이 맹렬한 반박을 했다.

왜 죽음을 들먹이죠? 우리에겐 죽음이란 없어요. 오직 사랑이 있을 뿐예요. 세계가 다 파괴되어도 우리의 죽음은 없어요. 우리의 의식 속에서 죽음이란 분길한 글자는 말쑥이 없애 버려야 해요. 아시겠죠?

그런데 상상도 못할 일이 생겼다.

어느 날 여느 때와 마찬가지로 백정선이 박태열의 이모 집으로
편지를 찾으러 갔다.

편지를 마저 읽길 기다리고 있던 박태열의 이모가 물었다.

"태열이 봄방학에 돌아오지 않겠다고 했지?"

"예, 그렇게 씌어 있어요."

이모님은 깊게 한숨을 내 쉬었다.

"왜 그러세요? 걱정이라도 있으세요?"

하고 정선이 물었다.

"아냐, 아무것도 아냐."

하고 고개를 젓곤 이모님이 되물었다.

"아가씨 졸업식 날이 다가오지?"

"예, 그래요."

"졸업하고 뭣을 하지?"

"상급학교에 갈 수도 없구."

"시집갈 준비를 해야 하지 않겠수?"

정선은 그건 박태열 씨의 의향이 결정할 문제라고 하고 싶었으나

"먼 훗날 얘기예요."

하고 웃고 말았다.

그랬더니 이모님은

"우리 태열이가 아가씨를 여간 좋아하지 않은가 본데……."

하고 또 한숨을 쉬는 것이 아닌가.

정선은 그 태도에 불길한 예감 같은 것을 느꼈다.

"아주머니 왜 그러시죠? 오늘은 참으로 이상해서."

박태열의 이모는 이 말엔 아랑곳 않고 중얼거렸다.

"난 아가씨가 좋아. 우리 태열의 색시가 되었으면 얼마나 좋을까……."

이때 정선이 단호하게 말했다.

"아주머니 걱정하지 마세요. 그렇게 될 테니까요. 더욱이 아주머님이 그렇게 생각해 주시는데 그렇게 안 될 까닭이 있겠어요?"

"그렇지, 그래. 그렇게 되어야 할 텐데……."

"그렇게 안 될 이유가 없잖아요?"

하면서도 정선의 마음은 불안했다.

무언가 자기가 모르는 일이 박태열의 주변에 일어나고 있다는 것을 아슴푸레 짐작할 수가 있었다.

그것을 알고 싶었다.

정선이 태열의 이모에게 매달려 보았다.

그러나 태열의 이모는 쓸쓸하게 웃기만 할 뿐 무슨 암시가 될 만한 말도 하질 않았다.

다만

"태열이 이번 봄방학에 돌아오지 않는 건 확실하지?"

하고 문곤,

"그렇습니다."

하는 대답을 받자,

"그럼 됐어, 그럼 됐어."

할 뿐이었다.

조카가 봄방학에 귀성(歸省)하지 않는다는데 무슨 까닭으로 '됐다'고 하는 것인지 알 수가 없었다.

불안이 남았다.

정선은 그 불안감을 그대로 편지에 적어 박태열에게 물어볼 작정을 하고 태열의 이모 집에서 나왔다.

그날따라 태열의 이모는 대문 밖까지 나와 정선을 전송해 주었다. 한참을 걸어내려 그 모퉁이를 돌면 그 집이 보이지 않을 지점까지 와서 돌아다보았더니 태열의 이모는 여전히 문밖에 서 있은 채 오른팔을 들어 흔들어 보였다.

정선도 무심코 팔을 들어 흔들곤 모퉁이를 돌았다. 불안이 좀 더 강한 빛깔을 띠었다.

그 길로 집엘 돌아갔다.

윤미화와 최정원이 기다리고 있다가,

"5분만 더 기다리다가 안 오면 돌아갈 참이었는데 마침 잘됐다."

며 정선을 따라 정선의 방으로 들어왔다.

그러더니 윤미화가 돌연 다음과 같은 말을 꺼냈다.

"정선아 너 원형숙이란 사람 아니?"

"원형숙?"

"국민학교 때 우리보다 두 반 위에 있었던 언니야."

"기억에 없어."

그녀들이 다닌 원산국민학교는 워낙 컸다. 같은 학년도 반이 다르면 누가 누군지 모를 정도였다.

"그런데 그 사람이 어쨌다는 거니? 넌 그 사람을 어떻게 알지?"

하고 정선이 물었다.

"바로 우리 집 가까이에서 살거든. 루시고녀(樓氏高女)를 재작년에 나온 사람야."

윤미화의 답이었다.

"그래, 그 사람이 어쨌다는 얘기야?"

정선이 재촉했다.

"그 사람이 말야……."

하고 최정원이 말을 받았다.

"다가오는 3월에 결혼을 한데……."

"내가 알지도 못하는 사람이 결혼하는 게 나와 무슨 상관이 있지?"

하면서도 정선은 일말의 불안을 가졌다.

"그 원형숙이란 사람을 넌 알지 못해두……."

윤미화가 우물쭈물했다.

"내가 안지 못해두?"

"그 사람이 결혼할 상대는 네가 아는 사람야."

"누군데?"

"박태연 씨."

"뭐라구?"

했을 땐 정선의 의식이 핑 돌고 있었다. 겨우 정신을 차리고 신음하듯 말했다.

"그럴 리가 없어."

"그럴 리가 없는 일이 나타났으니 우리도 기겁을 한 거야. 그래 널 찾아온 거야."

"결단코 그럴 리가 없어."

정선은 자신 있게 말했지만 마음은 이미 허공에 떠 있었다.

"미화야, 차근차근 얘기해 봐."

최정원이 걱정스런 얼굴이 되며 말했다. 윤미화는 정선의 눈치를 살폈다.

"무슨 일인지 말해 봐."

정선이 태연한 척 꾸몄다.

"바로 그제 얘기야. 어머니가 이웃 과부댁 따님이 곧 결혼식을 올린다는 데 가만있을 수가 없다며 옷감을 떠줄까, 돈을 얼마를 줄까 하고 걱정을 하시잖니. 그 과부댁이란 원형숙의 어머니야. 우리 집은 그 집의 신세를 많이 지고 있거든. 우리 집 옷은 전부 그 과부댁이 맡아서 해줘. 바느질 솜씨가 여간 좋지 않아. 여자는 나이가 차면 시집을 가게 돼 있는 거니 별반 놀랄 건 없었지만, 지나가는 말로 신랑은 누군가 하고 물어봤지. 그랬더니 어머니 말론 남의 집 사윗감이 누군 질 알 수 있느냐면서, 아마 굉장히 수잰가 보더라고 하잖아? 무슨 수 재냐고 했더니 동경제국대학을 다니는 학생이라니까 수재가 아니겠 느냐고 하시는 거야. 그 말을 듣고 난 깜짝 놀랐어. 동경제국대학 학 생이라니까 박태열 씨 생각이 문득 났거든…….”

“그래서?”

정선은 뛰는 가슴의 동계(動悸)를 억누르고 침착하게 태도를 꾸 몄다.

“이름을 알아보려고 해도 어머니가 들은 정보는 그것뿐야. 그래 내가 원형숙의 집으로 가봤지. 바느질감을 갖다 주기도 하고 다 된 옷을 찾아오기도 했기 때문에 자연스럽게 가볼 수 있는 집이거든. 그 집에 가서 먼저 축하의 뜻을 말했지. 그리고서 물었더니 신랑의 이 름이 바로 그 박태열 씨라고 하잖아? 얼마나 놀랐는지. 얘, 나 그때 기절할 뻔했어.”

정선이 미화의 말이 계속되길 기다렸으나 미화의 얘기는 거기 서 끝났다.

심장은 뛰고 머리는 욱신거렸으나 어쩐지 자신은 있었다.

‘그럴 리가 없지. 그럴 리가 없지. 무슨 착오일 거야’ 하고 정선은 박태열로부터 받은 편지의 내용을 뇌리에 펼쳐 놓고 마음속으로 이 렇게 중얼거렸다.

그런 태도를 태연하다고 보았던지 최정원의 말이 있었다.

"어찌 너 그처럼 태연할 수가 있니?"

"박태열 씨가 그 원형숙인가 하는 여자와 결혼할 리가 없어."

정선이 힘주어 말했다.

"그럼 너 내 말을 믿지 않는 거로구나."

윤미화가 눈을 동그랗게 뜨며 말했다.

"네 말을 믿고 안 믿고는 관계가 없어."

하며 정선은 문갑에서 박태열의 편지를 꺼내

'이번 봄방학엔 고향으로 돌아가지 않겠다.'고 적은 부분을 가리키며

"3월에 결혼이라며? 3월엔 박태열 씬 원산에 있지도 않아. 원산에 있지도 않은 사람허구 어떻게 결혼을 해?"

하고 단정적으로 말했다.

"그게 속임수일지도 모르지 않아. 내가 듣기론 결혼식은 박태열 씨 쪽에서 서둘고 있는 것 같애. 약혼은 벌써부터 되어 있었던 모양이구. 원형숙 씨 편에선 박태열 씨가 학교를 졸업하고 난 후쯤으로 결혼식을 생각하고 있었던 모양인데, 불같이 상대편이 서두는 바람에 당황할 지경이라고 말하던데. 세상이 하 수상하니 얼른 손주의 얼굴이라도 보겠다는 박태열 씨의 할아버지의 영향이 작용한 모양이야."

말을 듣고 나니 정선이 갑자기 불안해졌다. 정선이 물었다.

"원형숙이란 사람 예뻐?"

"예쁘다고까진 말할 순 없을지 몰라도 그냥 그대로 귀염성은 있는 여자지."

"루시고녀 출신이라구?"

"그래, 공부는 잘한 것 같애."

"아버진?"

"독립운동을 하시다가 돌아가신 분이래."

정선의 눈앞이 돌연 캄캄해졌다.

독립운동을 한 사람이라면 박태열 씨의 아버지와 동지인 것이다. 같이 독립운동을 하는 동안 피차의 아버지들이 서로 사돈이 되자고 약속했는지도 모를 일이다. 이런 생각이 들자 박태열의 결혼설을 전연 사실 무근이라고 할 수가 없게 되었다.

그래도 백정선은 되풀이했다.

"그럴 리가 없어. 박태열 씬 이번 3월 방학엔 고향에 돌아오지 않을 것이라고 했어."

"그런데 그게 술책인지 모르잖아. 널 따돌리기 위해 그렇게 꾸몄을지 모를 일 아냐?"

최정원의 말에 정선이 발끈했다.

"박태열 씬 그런 비겁한 사람이 아냐. 그런 비겁한 분이 아냐."

정선은 하마터면 눈물을 흘릴 뻔했다.

"네 기분은 잘 알아. 그러나 진행되고 있는 일을 어떻게 하니. 그런 자신만만한 소리 그만하고 무슨 수를 써야 할 것 아니니?"

윤미화가 타일렀다.

'그러나 무슨 수를 쓴단 말인가?'

박태열이 만일 그런 비겁한 사람이라면 무슨 수를 써도 소용없는 일인 것이다. 하지만 정선은 그렇게 생각하고 싶진 않았다. 박태열을 그런 사람으로 보고 싶지 않았다.

정선은 몽유병자처럼 일어났다.

"너 어디로 가려고 그러니?"

최정원과 윤미화는 당황해서 따라 일어서며 정선을 붙들었다.

정선은 정신을 가다듬으며 그리고는 친구들에게 말했다.

"무슨 일이 있었다는 걸 어머니께 눈치채선 안 돼. 아무 일 없었던 것처럼 집을 나서자. 느네 집에 놀러가는 척하구 말야."

백정선은 거울을 들여다보고 얼굴과 옷매무새를 고치고 친구를 따라 방을 나왔다.

"엄마, 나 미화 집에 잠깐 다녀올게."

하는 말을 남기고.

행길에 나서자 정선이,

"나중에 너희 집에 갈게."

하고 윤미화에게 말해 두고 두 친구와는 반대 방향으로 걷기 시작했다.

박태열의 이모 집을 찾아갈 작정이었다.

시련의 꽃

"아가씨 왜 그러세요?"

백정선의 얼굴을 근심스럽게 들여다보며 박태열의 이모가 물었다.

백정선은 침착해지려고 애썼다. 숙녀로서의 체신을 잃어선 안 된다는 것이다. 더욱이 태열의 이모 앞에선.

"박태열 씨가 결혼을 한다는 얘기 사실입니까?"

아무리 노력해도 말소리가 떨렸다.

노녀의 얼굴에 놀란 표정이 비쳤다.

정선의 가슴이 쿵 소릴 냈다.

'사실이었구나.'

사실이 아니고선 박태열의 이모가 그런 표정을 할 까닭이 없는 것이다.

"아가씬 그걸 어떻게 아셨수?"

노녀는 조용히 되물었다

'아아, 그럴 수가……' 하고 정선은 통곡을 터뜨리고 싶은 충동에 사로잡혔다.

'그러나 참아야지'

이를 악물었다.

"어떻게 알았느냐구요?"

정선의 말은 원망의 빛깔이었다.

"태열은 되도록이면 그런 일을 아가씨가 몰랐으면 하던데……." 하고 노녀는 한숨을 쉬었다.

"제가 몰랐어야 하는 건데……."

정선이 드디어 흐느끼기 시작했다.

"그러나 아가씨, 태열의 마음을 알아줘야 하오. 그런 사실을 숨긴 건 태열의 잘못이겠지만 모르고 지내는 게 약이 될 수 있다고 태열은 생각한 거요."

그녀의 말은 간절했다.

하지만 그 간절한 말투까지도 원망스러웠다.

"사람을 그처럼 속일수가. 몇 번씩이나 편지를 받았는데도. 결혼을 하겠다면 그런 편지는 쓰지 말아야 할 것 아네요? 이 세상엔 나밖엔 없다고 해놓고서……."

"태열은 정말 아가씨를 그렇게 생각하고 있는 거요."

"그런데 다른 여자허구 결혼을 해요? 그럴 수가 있어요?"

"결혼을 누가 한다고 해요? 태열은 결혼 안 합니다."

정선의 귀가 번쩍했다.

"결혼 준비를 하고 있다는데 결혼을 안 해요?"

"그렇소. 태열인 결혼할 의사가 없소. 그래 봄방학에 나오지 않겠다는 것 아뇨?"

정선은 뭐가 뭔지 모르게 되었다.

노녀는 다시 우울한 표정으로 돌아섰다.

"아가씬 알아도 설 알았구먼."

하고 다음과 같은 얘길 했다.

태열의 아버지는 만주서 독립운동을 할 때 한 사람과 친구가 되었다. 그런데 그 사람은 일본 놈의 총에 맞아 죽었다.

"태열의 아버지 말로는 자기가 죽었어야 할 것을 그 사람이 대신 죽었다는 얘기였다오."

그 친구가 죽고 난 후 태열의 아버지는 친구의 가족을 찾았다. 그 집에 딸이 하나 있었다. 태열의 아버지는 그 딸을 자기 딸처럼 돌보았다. 장차 자기 아들과 결혼을 시킬 작정까지 했다.

태열의 할아버지도 그걸 승인했다.

딸아이의 어머니도 승낙했다.

그렇게 해서 그 소년과 소녀는 박태열이 열다섯 살 때, 처녀 열세 살 때 약혼을 했다.

처녀는 얌전하게 곱게 자랐다.

태열의 아내로서 손색이 없을 것이라는 점으로 태열의 할아버지도 태열의 어머니도 대만족이었다.

태열의 아버지는 비록 처녀에게 부족이 있어도 도리가 없는 일이라고 결정하고 있기도 했었다.

태열의 결혼문제는 그 처녀가 루시고녀(樓氏高女)를 졸업한 해부터 제기되었다. 그 해는 태열이 대학에 입학한 해이기도 했다. 더욱 바쁘게 서둔 것은 태열의 조부였다. 얼른 손주를 보고 싶어 하는 심정이었을 것으로 짐작되었다.

그런데 태열은 대학을 졸업할 때까진 결혼하지 않겠다고 버텼다.

그런데 태열의 조부가 병석에 눕게 되었다. 집안에선 태열의 결혼을 서둘지 않을 수 없게 되었다. 그런 결과 이번 봄방학에 식을 올리도록 양가의 합의를 보았다.

"태열 씨도 그런 사정을 알고 계셨어요?"

"물론 알고 있었지. 그리고 반대를 했지. 태열이 겨울방학, 일찍 동경으로 떠난 것도 그런 까닭이 있었기 때문이었소. 얼른 동경으로 건너가 봄방학에 나가지 않겠다고 하면 결혼식을 연기할 수 있다고 생각했던 모양인데, 노인의 고집이 그걸 허락할 까닭이 있겠소."

"태열 씨가 안 오시면 할아버지가 대단히 노하시겠네요."

"할아버지뿐이겠어요? 그의 아버지는 태열을 용서하지 않으려 들 거요."

그녀는 한숨을 더욱 깊게 쉬곤,

"생각하면 그 집안의 일이 낭패요, 낭패라······."

하고 중얼거렸다.

정선은 기가 막힐 지경이었다.

할 말을 잃고 우두커니 앉아 있을 뿐이었다.

"당초 태열이 아가씨 얘길 해올 때 나는 당황했지. 이런 일이 있을 거라는 짐작을 못한 바 아니었으니까."

노녀는 시름없는 투로 말을 엮었다.

"태열 씬 그 약혼한 처녀를 좋아했어요?"

정선이 겨우 물었다.

"열다섯 살에 약혼한 처진데 좋아하고 어쩌고가 있었겠소만……."

"그 뒤로도 종종 만났던가요?"

"만난 적은 없을 거요. 혼전에 어떻게 교제할 수가 있었겠소. 그러나 아가씨가 나타나지만 않았더라면 태열이 이처럼 고집을 부리진 않을 거로구면."

"그래서 아주머닌 절 원망하세요?"

"원망은 안 해요. 하나 태열의 부탁이 있었을 때……."

하고 노녀는 머리를 숙였다.

정선은 큰 죄를 지은 사람처럼 멍청했다.

어색한 침묵이 흘렀다.

얼마간의 사이를 두고 노녀는 주저주저 입을 열었다.

"아가씨."

"예?"

"그 집안을 구할 수 있는 사람은 아가씨뿐이오."

"옛?"

하고 정선은 노녀를 쳐다봤다.

"아까도 말했듯 태열은 누구의 말도 듣지 않을 거요."

"⋯⋯."

"자기 할아버지의 말도, 아버지의 말도."

"그렇게 되면 그 집안의 꼴이 어떻게 되겠수?"

"⋯⋯."

"나는 태열이 부탁을 했을 때 딱 거절했어야 하는 건데⋯⋯."

"거절하다뇨?"

"아가씨에게 편지를 건네주지 말아야 했던 건데."

"⋯⋯."

"그런데 아가씨를 한번 보자 난 아가씨가 마음에 들어서⋯⋯."

"⋯⋯."

"이 주책없는 년이⋯⋯."

노녀는 모든 과실이 자기의 책임인 양 양심의 가책을 받은 게 틀림없었다.

말하자면 태열의 이모는 편지를 정선에게 건네주고 한 짓을 뉘우치고 있는 것이다.

"이 일을 어떡하면 되죠?"

정선은 태열의 집안에 생긴 일을 수습하기 위해선 무슨 일이라도 해야겠다는 심정이 되었다.

"아가씨."

"예."

"아가씬 우린 태열일 좋아하죠?"

"예, 그래요."

"그렇다면 태열의 집안일도 생각해 줘야 하지 않겠소?"

"제가 할 수 있는 일이라면 뭐든 하겠어요."

"아이구 고마워라."

하고 노녀는 정선의 손을 잡았다.

그리고 한다는 말이

"옛부터 여자는 슬픈 거라오. 사랑하는 사람을 먼 곳에 보내고도 살아야 하오. 죽음터로 보내고도 견뎌야 하오. 사랑으로 인해 돌아서야 하는 일도 있는 것이오. 눈물을 머금고 헤어져야 하는 일도 있는 것이오……."

노녀의 말은 흐느낌으로 변했다.

"여자는 그처럼 슬픈 것이오. 사랑하기 때문에 떠나야 한다는 게 얼마나 슬픈 일인지…… 나는 너무나도 잘 알고 있소. 내 운명이 그랬으니까. 그러나 사람의 도리를 위해서 여자의 도리를 위해선……."

"아주머니."

"예."

"제가 태열 씨의 할아버지를 만나 뵈면 어떨까요?"

"아가씨가?"

"예."

"만나서 어떻게 하려구……."

"태열 씨와 나 사이에 있었던 일을 죄다 털어놓고 용서를 빌었으면……."

"큰일 날 소리요, 그건."

"생각해 보우. 그 완고한 노인이 그런 말을……."

"그럼 어떻게 해요, 아주머니."

"아가씨가 우리 태열의 마음을 풀어 주는 수밖엔 도리가 없소."

"마음을 풀어 주다니요?"

"아가씨가 태열의 결혼을 권해 주는 겁니다."

"그 처녀와 결혼을요?"

"어렵겠지만, 아가씨가 진정 우리 태열이를 사랑한다면……."

"……."

"그 집안이 산산이 부서질 판인데…… 그걸 보고만 있다간 무슨 일이 또 일어날지…… 아가씨와 태열은 영영 결합되지 못하고 말거요. 집안을 파괴한 장본인이 아가씨란 걸 안다고 하면…… 어떻게 그 노인들이 아가씨를 용서할 수가 있겠수."

정선은 그녀가 하고자 하는 말을 알아차릴 수 있었다.

그렇다고 해서 어떻게 한단 말인가.

'어떻게 내가 태열 씨를 포기할 수 있단 말인가'

정선은 쏟아지는 눈물을 어떻게 할 수 없었다.

태열과 그 처녀와의 결혼을 승인해도 끝장이고, 태열을 자기 곁에 붙들어 두어도 끝장이라고 느껴졌다.

'아아, 절망이 이처럼 빨리 올 줄이야.'

정선은 그 자리의 분위기를 어떻게 할 수 없었다. 일어섰다.

노녀는 황급히 정선을 붙들었다.

"아가씨, 우리 태열이를 풀어줘. 알겠수? 내 심정……."

"알겠습니다."

하고 정선은 바깥으로 나왔다.

그리고 울먹이는 소리로

"제가 죽으면 해결이 날 일 아녜요?"

"아가씨."

노녀는 당황하며 정선의 옷자락을 붙들었다. 그리고는 다급하게 말했다.

"안 돼요. 안 돼요. 그런 마음을 먹어선 안 돼요."

그러나 정선의 가슴엔 무슨 각오 같은 게 고이기 시작하고 있었다.

'태열의 입장을 살리기 위해선 죽어도 좋다는.'

태열의 조부도, 아버지도, 어머니도, 그 이모도 자기가 죽은 사연을 알면 모두 후회하리라!

'그러나 해결의 방법이 꼭 그것밖엔 없는 일일까?'

정선은 긴 골목을 글썽한 눈물을 닦지두 않구 걸어 내려왔다 뒤엔 태열의 이모가 따라오고 있었다.

골목을 벗어난 지점에서 태열의 이모는 정선을 불러 세웠다.

첫마디가,

"숙녀가 이렇게 해선."

하고 얼른 소매에서 손수건을 꺼내 정선의 얼굴에 흥건한 눈물을 닦아 주었다.

"아무래도 내가 말을 잘못한 것 같애. 아가씨가 태열의 마음을 풀어 준다고 해도 태열의 마음이 풀릴 까닭이 없는데, 그러니 아가씬 가만히 기다리고만 있어요. 이미 일이 터진 건 어떻게라도 수습될 수가 있겠지. 모든 것이 팔자소관 아니겠소. 그러니 아가씬 침착하게 가만히만 있어 줘."

노녀는 정선에게 극단한 행동이 있을까 봐 그걸 겁내고 있는 것이었다.

정선은 노녀의 그 갸륵한 심정을 이해하지 못하는 바 아니라서

"제 걱정일랑 마세요. 아무 일 없을 테니까요."

하고 돌아섰다.

그래도 노녀는 미덥지 않았던지 다시 한 번 정선의 팔목을 잡고 속삭였다.

"무슨 일이 있어도, 누가 뭐라고 해도 난 아가씨가 좋아. 아가씨가 좋아서 태열의 부탁대로 한 거요. 내 마음에 들지 않았으면 어림이나 있는 얘긴가. 그러니 모든 일은 내게 맡겨두고 아가씬 절대로 경솔한

짓을 해선 안 되우. 알겠수?"

정선이 고개를 끄덕였다.

그러자,

"나는 아가씨 편이니까."

하고 노녀는 정선의 손을 놓았다.

집으로 돌아와 가까스로 마음을 진정시키고 나니 이래선 안 되겠다는 생각이 들었다. 박태열 씨가 지금 얼마나 고민하고 있을까 하는 생각에서였다.

정선은 누구보다도, 무엇보다도 박태열 씨를 위해 처신해야겠다고 다짐했다.

정선은 다음과 같은 편지를 썼다.

……그러하오나 우리는 이성(理性)에 좇아 행동해야 할 것입니다. 선생님은 할아버지와 아버지 그리고 어머니를 슬프게 해선 안 됩니다. 아버지가 생사를 같이 하고 같은 길을 걸으시다가 돌아가신, 아버지의 친구되신 분의 따님으로부터 나는 행복을 뺏을 생각은 없습니다. 사랑이 있으면 모든 것이 해결된다고 생각한 내가 어리석었습니다. 이 세상엔 사랑도 어떻게 할 수 없는 난관이 있다는 것을 비로소 알았습니다.

선생님 제 일엔 상관 마시고 그 아가씨와 결혼하셔서 부모님을 기쁘게 헤드리소서. 전 선생님을 위해서라면 무슨 일이라도 할 수가 있습니다. 어떤 고통이라도 참을 수가 있습니다. 그러나 나 때문에 남을 불행하게 할 순 없습니다. 이번 일에 있어서 저만, 아니 저 혼자만 슬픔을 견디면 만사는 그냥 풀려나갈 것인데, 저 혼자 행복하게 되려면 많은 사람을 슬프게 만들 것이란 사실을 알았습니다. 그것을 확신하고 전 선생님 앞에서 영원히 사라질 결심을 한 것입니다. 다신 찾지 말아 주옵소서. 이모님 댁으로 편지를 보내셔도 소용이 없을 겁니다. 제가 무슨 얼굴을 들고 다시 이모님 댁을 찾을 수 있겠습니까. 이모님은 참으로 좋은 분이었습니다. 제게 베푼 친절 이를 데가 없었사옵니다. 오늘도 헤어지며 이모님은 무슨 일이 있어도 내편이 되겠다는 고마운 말씀이 있었습니다. 그렇게 고마우신 분의 마음에 보답하기 위해서라도 전 다신 이모님 댁을 찾지 않을 것입니다…….

선생님 제 생각은 마시고 빨리 돌아오셔서 부모님을 안심시키는 동시, 선생님의 새 인생을 설계하옵소서. 짧은 동안이나마 전 선생님을 통해 사랑이 무언가를 알 것만 같고 행복의 환영(幻影)이나마 본 듯한 경험을 가졌습니다. 그 정도라도 제겐 다시 없는 은총이라고 생각합니다. 이제는 추억으로 해야 할 그 며칠의 낮과 밤! 그 소중한 기억을 간직하며 전 앞으로 떳떳하게 살아갈 것입니다.

이 편지를 우체통에 넣기가 겨우였다.

백정선은 병상에 눕고 말았다. 40도 가까운 열이 오르내리는 동안 정선은 혼수상태에 있었다.

그 혼수상태가 계속되는 동안 원산의 의사들은 정선의 병명을 알 수가 없었다. 그 열의 원인이 어디에 있는지를 알 수 없었기 때문이다.

그런 상태로 1주일이 계속되었으나 정선의 열은 조금도 내리지 않았다.

이런 상태로 자꾸 계속되면 뇌신경(腦神經)을 상하게 될 걱정이 있다는 의사의 말이 있었다.

그것은 아무래도 경성의 큰 병원으로 옮겨야 한다는 뜻이기도 했다.

사랑하는 딸을 위해 정선의 부모가 정선을 서울로 데리고 갈 준비를 하고 있을 때 우편배달부가 한 통의 편지를 놓고 갔다.

봉투의 표면은 백정선으로 되어 있었는데 보낸 사람의 이름은 없었다. 스탬프로 보아 동경에서 온 것만은 틀림이 없었다.

정선의 어머닌 그 편지를 들고 병실로 들어가 혼수상태에 있는 정선의 눈앞에 그 봉투를 보이며 말했다.

"동경에서 너한테 온 편진데 보낸 사람의 이름은 없구나."

이때 정선이 눈을 번쩍 떴다. 혼수상태에 있던 정선이 돌연 의식을 회복한 것이다.

백정선은 보낸 사람의 이름이 없는 그 편지가 박태열이 보낸 편지라는 것을 즉각적으로 알아차렸다. 아니나 다를까 필적이 그것을 증명하고 있었다.

정선은 얼른 그 편지를 베개 밑에 집어넣었다. 의식이 완전히 회복된 것이다. 그 편지가 뭔지 따지기 전에 집안에 활짝 화기가 돌았다.

"정선이 정신을 차렸어요"

하고 안방에선 누군가가 계속 전화를 걸고 있었다. 사무실에 있는 정선의 아버지를 비롯해서 일가 친척, 친지들에 전하는 기쁜 소식이었다. 그 반가운 바람이 일고 있는 분위기에 정선은 가족의 고마움을 느끼면서도 생각에 빠졌다.

'무슨 편질까, 어떤 내용의 편질까, 설마 나쁜 편지는 아니겠지'

아무튼 정선은 절망의 늪에서 언덕으로 기어나온 셈이었다.

정선은 마지막이라고 생각하며 태열에게 편지를 보내자마자 절망에 빠졌었다. 그 절망의 육체적인 표현이 곧 40도 가까운 고열이었고 혼수상태였다. 그런데 이제 희망을 찾은 것이다.

'그런데 왜 나는 그런 편지를 썼을까. 어쩌자고 마음에도 없는 편지를 썼을까. 그건 오로지 박태열 씨의 가정을 위해서, 그 가정의 붕괴를 막기 위해서, 박태열 씨의 할아버지와 아버지의 뜻을 존중하기 위해서…… 따지자면 박태열을 위해서가 아니었던가. 그런데 그 사정은 조금도 변동이 없는데 태열 씨로부터 편지를 받았다고 이처럼 기뻐한다면 결국 나는 거짓말쟁이가 아닌가……'

백정선은 편지를 읽을 기회만을 찾았다. 사람이 자꾸만 드나드는 바람에 좀처럼 기회를 잡을 수가 없었다. 밤이 되길 기다릴밖에 없었다.

기다리며 생각한 것이 줄리엣이다. 셰익스피어가 쓴 『로미오와 줄리엣』의 그 줄리엣 말이다.

그것을 처음 읽었을 때는 철이 없었다. 사랑의 속삭임이 시적(詩的)으로 되어 있는 게 좋았다. 한밤중에 만났을 때 주고받는 대사가 좋았다. 새벽, 헤어질 때의 대사도 좋았다.

두 번째 읽었을 때는 그들의 사랑에 동정했다. 그 아름다운 사랑을 방해하는 어른들이 밉살스러웠다.

그런데도 줄리엣의 죽음을 이해할 순 없었다. 사랑이 지극하기로서니 그처럼 간단하게 죽을 수가 있을까. 좀 더 참고 견디어 사랑이 결합되길 기다려야 하지 않았을까. 너무나 성급하지 않을까. 정선은 자기를 줄리엣의 입장에 놓고 생각했는데도 죽을 결심까지 할 수는 없었다.

그러나 이번에야 줄리엣의 죽음을 이해할 수가 있었다. 박태열이 원형숙이란 여자와 결혼식을 올리기만 하면 정선이 할 일은 하나밖에 없었다.

죽음!

박태열이 만일 원형숙과 결혼하기만 한다면, 정선이 갈 길은 오직 하나밖에 없었다.

죽음의 길!

정선은 스스로를 의심하지 않았다. 자기는 빈틈없이 줄리엣의 마음과 일치되어 있다는 것을 깨달았다

'죽음보다 강한 게 사랑이라더니! 아아 빨리 밤이 오질 않을까!'

모두들 잠이 들었다.

간호하기 위해 같이 자게 되어 있는 식모아이도 잠든 지 오래였다.

정선이 베개 밑에서 편지를 꺼냈다.

펴기가 바쁘게 번개처럼 눈을 쏜 것은

사랑하는 정선 씨! 그럴 수가 있소? 이 세상에서 가장 무서운 죄는 배신입니다.

배신! 그것은 모든 악(惡)의 근본이며 악의 극(極)입니다. 그런데 그럴 수가 있어요?

나더러 누구하고 결혼하란 말씀입니까. 내가 누구이길래, 내가 어떤 사람이기에, 내가 장차 무엇을 하려는 사람이기에 정선 씨에게 있어서 어떠한 사람이기에 감히 그런 말씀을 할 수 있단 말입니까.

차라리 날더러 죽으라고 하십시오. 그러면 기꺼이 죽어 없어지겠습니다. 나는 진실을 세계의 무엇보다도 소중히 하는 사람입니다. 나는 분명히 백정선 씨에게 사랑을 맹서한 사람입니다. 나는 장차 정선 씨에게 대한 사랑을 가꿈으로써 그 사랑을 핵(核)으로 하여 이 세계를 사랑의 세계로 인식하며 그것을 증거 세워 내 철학을 닦아 나갈 각오를 한 사람입니다. 나는 정선 씨에게 있어서 생명의 기둥임을 자처하고 있습니다. 그런 나를 향해 누구하고 결혼을 하란 말입니까.

원형숙 씨의 존재에 관해서 미리 알려드리지 않은 것이 혹시 실

수가 되지 않았나 하고, 정선 씨의 편지를 받자 한동안 고민했습니다. 다만 그것은 실수조차도 아니라는 것을 지금 떳떳이 말할 수가 있습니다. 원형숙 씨는 나와 정선 씨의 사이에 있어서 없는 것이나 다를 바 없는 존재이기 때문입니다. 그렇게 말한다고 해서 내가 원형숙 씨의 인격을 무시하거나, 매력이 없는 여자이며 정선 씨에 비해 열등한 여자라고 하려는 건 아닙니다. 원형숙 씨는 훌륭한 분입니다. 어느 누구와도 비교가 안 될 장점을 가진 분일지도 모릅니다. 그러나 나와 정선 씨와의 관계에서 생각할 땐 그 존재를 무시해도 무방하다는 것입니다. 나와 정선 씨와의 사이에 있어서라고 강조하는 나의 뜻을 짐작해 주십시오. 우리 사이의 사랑을 강조하는 나머지 남을 모욕하는 말은 쓰고 싶지 않습니다.

그래서 나는 정선 씨에게 그분의 존재를 얘기하지 않은 것입니다. 내 자신의 책임으로 충분히 처리할 수 있는 문제를 뭣 때문에 정선 씨 앞에 내놓아 일시나마 마음을 혼란케 할 필요가 있었겠습니까. 이런 일은 미연에 방지하기 위해서라도 말해 두는 것이 필요했다고 생각하실는지 모르지만 정선 씨가 원형숙 씨의 존재를 알게 되었다는 사실은 전혀 우연에 속하는 일입니다. 만에 하나의 경우 있을까 말까한 우연에 대비하지 않았다고 해서 그것이 실수라면 인간은 마침내 살아갈 수가 없는 일 아니겠습니까?

중요한 것은 우연에 미리 대비하는 일이 아니라, 어떠한 우연이 무슨 장난을 해두 휘둘리지 않을 굳건한 정신입니다. 내가 유감스럽게 생각하는 것은 정선 씨가 일시나마 그런 굳건한 정신을 잃었다는 사실입니다.

정선 씨, 이왕 문제가 되었으니 원형숙 씨와 나의 관계를 간단하게 적겠습니다.

원형숙 씨는 원광수 씨의 외딸입니다. 아버지와는 막역한 친구였던 모양으로 아버지는 원광수 씨가 불의의 죽음을 당하자 심히 애통하였다고 합니다. 그도 그럴 것이 원광수 씨는 나의 아버지의 생명을 구하려다가 자기가 죽은 것이니까요. 아버지는 친구에게 못 다한 우정을 원광수 씨의 딸을 며느리로 삼음으로써 다 하려고 생각했던 것입니다. 그래서 우리들은 나의 뜻도 아니고 황차 원형숙 씨의 뜻도 아니게 약혼까지 하게 된 것입니다. 중학교 2학년 때 있은 일이니 사전에 알기라도 했더라면 나는 미리 반대 의사를 표명했을 것입니다.

그런데 본인들이 없는 자리에 결정해 놓고 내게 그 사실을 알린 것은 내가 고등학교에 입학하기 위해 일본으로 건너가기 직전의 일이었습니다. 내겐 이미 약혼자가 있으니 집을 떠나 있다고 해도 함부로 연애 같은 것은 하지 말라는 뜻으로 비로소 그때 내게 말했던 것입니다.

아버진 화를 내어 옛날의 인연을 고려하지 않고 신부감을 구한다고 해도 그 이상 가는 규수는 구하지 못할 것이라며 재차의 의견을 봉쇄해 버렸습니다. 그러다가 지난 겨울방학 돌연 결혼문제가 대두된 것입니다. 나는 단호히 거절하고 다신 그 말을 듣지 않기 위해방학 기간이 남아 있었는데도 불구하고 동경으로 건너와 버린 것입니다.

그동안 집에선 혼인 날짜까지 정해 내게 통지해 왔습니다만, 나는 결혼하지 않을 것을 명백히 선언하는 동시 봄방학에 집엘 가지 않을 뜻을 밝혀 두었습니다. 그런데도 집에선 단념하지 않고 계속 귀향을 권고하고 있습니다만, 나는 재차 결혼하지 않겠다는 것과 돌아가지 않겠다는 뜻을 밝혀 두었습니다.

설혹 아버지 은인의 딸이라고 하더라도 나는 은혜를 그렇게 갚아선 안 된다고 생각하는 사람입니다. 은혜와 사랑은 다릅니다. 백보를 양보해서 은혜를 갚기 위해 결혼할 수 있다고 칩시다. 내 자신의 희생은 묻지 않겠습니다. 사랑이 없는 남편을 가지게 될 그분의 불행은 어떻게 합니까. 은혜를 갚겠다는 노릇이 상대방을 불행하게 하는 결과를 가져올 것이 명백한 이상 무슨 까닭으로, 어떤 명분으로 결혼을 해야 한다는 겁니까. 그분의 자유의사를 존중하여 그분에게 행복한 길이 트이도록 해드리는 것만이 옳은 도리가 아니겠습니까. 그래서 나는 이런 공상을 해봅니다. 먼 훗날 우리가 단란한 가정을 이루고 살 때 혹시 그분의 생활이 구차하다고 알면 성심성의로 도와드려야 하겠다고……

정선 씨, 이상으로 대강 내 마음을 아셨으리라고 믿습니다. 이렇게 말씀을 드렸는데도 정선 씨가 엉뚱한 생각을 하신다면 정말 나는 살맛은 잃게 된 것입니다. 다시 한 번 되풀이 하겠습니다. 원형수 씨는 나와 정선 씨와의 관계에 있어서 없는 존재나 마찬가지입니다. 이점 명념하시기 바랍니다.

마지막으로 나의 근황을 알리겠습니다. 나의 히랍어 실력이 예상 외로 진전되기 때문에 나의 주임교수는 장차 희랍·라틴어 교수 요 원으로 졸업 후 학교에 남으라는 권고를 했습니다. 그러나 나는 그 제안을 거절했습니다. 대학의 학생일 수 있다는 것하고 대학의 교수일 수 있다는 것은 다르다고 생각하기 때문입니다. 반도(우리나라) 에도 희랍어와 라틴어가 천주교 주변에선 성행되고 있는 모양입니 다만, 그 외의 분야에선 전혀 쓸모가 없다는 것이 내겐 섭섭합니다. 헌데 내가 지금 읽고 있는 투키디데스의 『역사』는 정말 흥미가 있 습니다. 2천 수백 년 전의 펠로폰네소스 전쟁에 관한 기록인데 어쩌 면 그처럼 그 속에 등장하는 인물들이 우리를 닮았는지 정말 놀랄 정도입니다…….

정선 씨! 자중자애 하소서.

앞으로 편지는 정선 씨 댁으로 내겠습니다. 이 편지를 받으셨는지 어쩐지 궁금하니 빨리 답장 주십시오.

○년 ○월 ○일 박태열

백정선은 그 편지를 꼬옥 안았다. 행복감이 온몸에 넘쳐날 듯한 기분이었다.

그 이튿날 윤미화가 찾아왔다.

"형숙 언니집의 결혼 준비는 지금이 한창이야. 도대체 어떻게 되는 일인지 몰라."

하고 근심스러운 표정을 하는 미화에게 백정선은 태열로부터 온 편지를 내밀었다. 자기에게 온 사랑의 편지를 서슴없이 읽어보라고 한 데는 두 가지의 이유가 있었다.

하나는 박태열의 자기에게 대한 사랑을 자랑하고 싶었고, 하나는 자기 일처럼 걱정해 주는 윤미화에게 위안을 주기 위해서였다.

편지를 읽고 난 윤미화는 활짝 웃는 밝은 얼굴로

"정선아 축하해."

하며 손을 잡았다.

그러자 갑자기 생각나는 것이 있었다.

"미화야."

"응."

"원형숙 씬가 하는 그분 박태열 씨를 사랑하고 있을까?"

"글쎄다."

"태열 씨의 편지에 보면 전연 직접적인 접촉은 없었던 것 같은데."

"직접적인 접촉이 없이도 사모할 순 있잖을까?"

"짝사랑?"

"짝사랑이라고 생각하지 않았겠지, 사모하는 마음이 있다면."

"그럴까?"

"사정이야 어떻건 약혼한 사이니까 나름대로의 사랑을 가꾸고 있

187

었다고 보아야 옳지."

"……."

"게다가 상대가 박태열 씨 아냐? 여자치고 호감을 안 가질 여자가 없을 텐데, 더욱이 약혼한 사이고 보면……."

윤미화의 이 말은 정선을 다시 불안하게 했다.

"원형숙 씨 요즘 행복하게 보이던?"

"그야 물론이지. 생기에 넘쳐 있어, 결혼 준비란 그처럼 재미나는 것인 모양이야."

하더니 윤미화가 돌연 얼굴을 찌푸리며 말했다.

"넌 좋지만, 아냐, 네가 좋아하는 걸 보니까 좋지만, 형숙 언니는 어떡하지? 박태열 씨의 진심을 안 그때, 형숙 언니는 어떡하지?"

그러나 그 태도가 밉진 않았지만 정선이 토라진 소릴 했다.

"그럼 미화는 박태열 씨가 원형숙 씨와 결혼하길 바라니?"

"아냐 아냐, 그런 건 아냐. 지금 한창 행복감에 부풀어 있는데 일에 파탄이 날 건 확실하니 괜히 동정심이 생겼다는 것뿐야."

"그 기분 나도 알겠어."

"아까 한 말은 괜히 해 본 것뿐야."

이런 저런 희비(喜悲)가 엇갈린 얘기를 주고받다가 윤미화는 돌아갔다.

미화가 돌아가고 난 후 백정선의 가슴은 불안에 떨었다.

'태열 씨는 그렇게 수월하게 생각하고 있지만 태열 씨의 집이나

원형숙 씨의 집의 사정은 결코 만만치가 않을 텐데……'

'내가 나타나지 않았더라면 태열 씨는 아무런 반발도 없이 원형숙과 결혼할 것이 아닌가……'

정선은 죄지은 사람 같은 기분이 되기도 했다.

박태열 씨의 가정을 평화롭게 하기 위해, 원형숙의 좌절을 막아주기 위해 홀연히 먼 곳으로 떠나는 스스로를 상상하고 정선은 눈물을 쏟을 뻔했다.

'그러나 태열 씨의 마음을 어떻게 할 수 없으니……' 하며 정선은 스스로를 달랬다.

정선은 태열에게 답장을 썼다.

편지 잘 읽었다는 인사와 우리들의 사랑은 영원할 것이라는 맹세와 일시나마 오해한 데 대한 사과와 그 때문에 열병을 앓았다는 사정을 적은 편지였다.

한 번쯤 더 원형숙과 결혼하라고 권하는 편지를 쓸까 하는 마음의 유혹이 없진 않았지만, 그런 마음에도 없는 편지를 쓰는 것이 죄스럽고, 그 편지를 보내고 난 뒤의 그 엄청난 고민은 상상하기도 지겨워 단연 그만두기로 한 것이었다.

3학기가 시작되었다.

스탈린그라드에선 소련군의 반격이 시작되어 독일군이 불리하다는 소식이 날아 들어왔다. 유럽에선 북아프리카에 상륙한 연합군에 밀려 독일군이 후퇴하고 있다는 얘기였고, 일본은 태평양 전역에서 심대한 타격을 받았다는 풍문이 나돌았다.

그러나 졸업식을 한 달쯤 앞둔 백정선에겐 그런 전황 같은 것이 문제될 리 없었다. 아무리 어려운 환경 속에서도 처녀들은 꿈을 꿀 수 있는 것이다. 그들의 관심은 어떻게 하면 얼마 남지 않은 학창시절을 재미나게 보낼 수가 있을까, 어떻게 하면 가장 멋진 졸업 앨범을 만들 수 있을까 하는 데 집중되었다.

피복공장으로 근로동원(勤勞動員)도 가고 출정하는 병사들을 전송하기 위해 원산역두(元山驛頭)에 나가는 일도 빈번했지만 뭐니뭐니해도 여자들에겐 시국의 바람이 남자들에게처럼 거칠진 않았다. 그러한 어느 날 앨범 위원인 백정선이 카메라맨을 데리고 교사 가운데 못다 찍은 부분을 챙겨 찍고 있는데 어떤 하급생이 달려왔다.

하급생은 백정선 앞에 서더니 공손히 인사를 하고 물었다.

"시라까와(白川) 언니시죠?"

"예, 그래요."

정선이 상급생다운 위엄을 보이며 말했다.

"교문에서 어떤 부인이 언니를 찾습니다."

"교문에서 누가?"

하고 정선이 교문 쪽을 보았다.

검은 두루마기를 입은 중년풍(中年風)의 여자가 서 있었다. 거리 때문에 얼굴은 보이지 않았다.

정선은 터무니없이 겁이 났다.

중년부인이 교문에 서서 불러내는 일이 예사로운 일이 아니라는 생각이 든 것이다.

'일가도 아닐 테구, 무슨 일일까?' 하고 계속 불안했지만 그리로 안 가볼 수가 없었다. 정선은 사진사더러 양지쪽에서 쉬고 있으라고 일러 놓고 교문 쪽으로 걸어 나갔다. 정선을 기다리고 있는 것은 정선의 짐작대로 중년부인이었는데 정선이 전혀 본 적이 없는 얼굴이었다.

졸업식이 끝나자 백정선이 아버지에게 간청을 했다.

"절 동경에 유학 보내 주세요."

뜻밖에도 아버지의 반응은 부드러웠다.

"너 동경에 가서 무슨 공부를 하려는 거냐?"

"여자대학에 가서 좀 더 높은 지식을 익히고 싶어요."

"높은 지식을 익히면 뭐 할 거냐?"

"같이 졸업한 일본인 동기생들보다 조금이라도 훌륭하게 되고 싶어요."

이 말이 백재성의 마음에 들었다. 내선일체(內鮮一體)를 주장하고 있는 그로선 항상 일본인에게 열등의식을 가지고 있는 터였다. 그런 만큼 자기의 딸이 동창인 일본인 여학생보다 우월할 수 있다면 그것만이라도 자부심을 더할 수 있는 것이다.

"이시하라(石原)상의 딸 요시꼬(好子)도 동경으로 간데요."

하고 백정선이 어리광을 부렸다.

이시하라란, 백재성이 부회두(副會頭) 노릇을 하고 있는 원산 상
공회의소의 회두(會頭)였다.

'회두가 딸을 동경으로 보낸다면 난들 못 보낼 턱이야 없지, 그러
나……' 하고 백재성이 생각한 것은 여자에게 공부를 너무 많이 시
켜 놓으면 사위 보기가 힘들다는 관념이었다. 자기 스스로 대학출신
의 며느리는 보기 싫은 것이었다. 여자의 교육은 고등여학교쯤이 적
당하다는 것이 그의 본래의 신념이기도 했던 것이다.

요컨대 백재성은 딸에 관해서는 일본인에게 우월하고 싶다는 생
각과 여자의 교육은 고등여학교 정도로서 족한다는 신념 사이에서
고민하지 않을 수 없게 되었다.

그러나 백재성은 딸을 너무나도 사랑하고 있었다. 사랑하는 딸
의 소원이면 자기의 신념을 굽히는 것도 사양하지 않았다. 그래서

"아버지의 승인 없는 결혼을 하지 않겠다고 맹서하라."

는 것과

"결혼 전엔 순결을 지키는 것을 지상과제로 하라."

는 조건을 내걸고 백정선의 동경 유학을 허락했다.

백정선의 동경 유학을 누구보다도 기뻐한 사람은 박태열이었다.
박태열은 백정선을 교양에 있어서나 행실에 있어서 한국 여성 가운

데의 제1류의 여성으로 가꿀 포부를 가졌다.

그는 먼저 백정선의 하숙을 자기 하숙 근처의 어느 미망인 집으로 정해 놓고, 칸다(神田)에 있는 예비학교를 선택하여 다니게 했다. 정선의 현재 학력으로선 좋은 학교에 들어갈 수 없었기 때문이다. 한편 백정선은 태열이 있는 동경에 같이 있는 것만으로도 흡족했다.

학문 같은 덴 관심이 없었다. 그러나 태열은 실망시키지 않도록 하기 위해 그의 지시에 순순히 따랐다.

정선의 불만은 태열이 서로가 만나는 날을 일요일로 정해 놓고 그 밖의 날엔 어떠한 일이 있어도 면회를 허용하지 않는 태도에 있었다.

"정열이 아름다울 수 있는 건 정열이 질서를 지킬 수 있을 때입니다. 정열이 질서를 지키지 못할 때, 그것은 인간을 동물로 타락케 하는 작용밖엔 되지 않는 겁니다. 우리가 1주일에 한 번만 만나자고 하는 것은 우리의 정열에 엄한 질서를 과(課)하자는데 목적이 있습니다."

박태열은 이렇게 선언하듯 말했다.

"선생님 너무해요."

하고 정선이 눈물을 보이기도 했다.

"뭣이 너무하다는 거죠?"

"산 설고 물선 곳에 데려다 놓고 1주일에 한 번밖에 뵈올 수 없다는 건 너무하지 않아요?"

"그걸 견디어야 하는 겁니다. 훌륭한 인간이 되기 위해선 정(情)의 흐름에 떠내려가지 않도록 해야죠. 어디까지나 사람은 이성적 인간이어야 하니까요."

"전 훌륭한 인간이 되기보다 행복한 인간이 되고파요."

"이성적이면 곧 행복하게 될 수 있지. 비이성적인 행복은 행복이 아니구요."

박태열의 이런 말을 들으면 백정선은 가슴이 답답했다. 박태열은 청년다운 성실로서 칸트의 자율적 윤리의 화신(化身)이 되려고 하고 있었다. 칸트의 자율적 윤리란 '너의 행동이 네 마음속의 도덕률에 합당하도록 하라'는 것이다.

정선은 그러한 박태열을 존경하긴 했다. 하지만 사람은 존경만으로 행복할 수가 없는 것이다. 정선은 영화에서 보는 것처럼 손을 맞잡고 공원을 산책하고 싶었고, 때론 억센 팔에 안기고 싶었다. 그러나 박태열의 태도는 언제나 냉엄했던 것이다. 그리고는 타이르는 말이

"우리의 사랑을 보다 크게 하기 위해서 우리의 사랑을 보다 신성하게 하기 위해서 우리는 기다려야 합니다."

5월에 접어든 어느 날이었다.

백정선은 윤미화로부터 편지를 받았다.

그 편지는 엄청난 대사건을 전하고 있었다. 간단한 안부 인사가

있은 뒤

…… 정선아, 큰일이 났구나. 원형숙 씨가 바다에 몸을 던져 자살을 했다. 아무런 유서를 남기지 않았으니 자살한 원인을 알 까닭이 없지만 대강 짐작할 수 있지 않니. 결혼 준비를 그처럼 기쁘게 서둘렀는데 박태열 씨는 나타나지 않고 뿐만 아니라 파혼의 편지를 보내왔으니 그 충격이 어떠했겠니. 이런 편지를 너에게 쓰는 것은 마음 내키지 않는 노릇이지만 알아둬야 할 것은 알려야 하지 않겠나 하는 의무감으로써 나는 이 편지를 쓰고 있단다. 파혼 이래 원형숙 씨는 두문불출 아무도 만나지 않고 있었는데 어쩌다 네가 일본으로 간 것을 알게 된 모양이야. 그것이 자살을 결행한 동기가 되었다고는 단언할 수 없지만 아무래도 그런 사정도 원인 가운데 끼어 있지 않나 싶구나. 그러나 어쩔 수 없는 일 아니니. 정선아, 너는 너의 사랑을 소중히 해야 한다. 그러한 희생을 치른 사랑인 만큼 더욱더욱 소중히 해야 한다. 박태열 씨와 너 사이의 사랑엔 어떠한 운명의 힘도 비집고 들어설 수 없을 만큼 굳어졌다고도 말할 수 있다. 그런 만큼 너의 사랑을 위해 희생한 원형숙 씨의 영혼 앞에 경건한 기도가 있어야 할 것이니라…….

백정선은 이 편지를 읽고 한동안 멍청히 앉아 있다가 박태열을 만나보아야 하겠다는 심정으로 일어섰다.

그날은 만날 수 없는 날로 되어 있었지만 이만한 대사건이면 만날 구실이 될 수 있다는 마음이었던 것이다.

전등이 꽃처럼 피어 있는 황혼의 거리를 백정선은 천천히 걸었다. 지난 3월, 여학교의 교정으로 자기를 찾아온 원형숙의 어머니 모습이 눈앞에 선하게 떠올랐다. 그때 백정선은, 아버지 없이 키운 딸의 결혼을 축복하는 마음으로 양보할 수 없겠느냐는 원형숙의 어머니의 말을 듣고

"그건 내가 결정할 문제가 아니고 박태열 씨가 결정할 문제예요." 하는 말만을 남기고 몸을 홱 돌려 달음질쳐 교실로 돌아와 버렸던 것이다.

'설혹 내가 양보한다고 해도 박태열 씨가 응하진 않았을 것이다'

'박태열과 원형숙은 원래 인연이 없었던 것이다……'

'그러니 원형숙의 자살은 결코 나에게 원인이 있는 것이 아니다……'

'운명이다, 운명. 모든 것이 운명이다.'

백정선은 박태열의 하숙집 앞에 서서 한동안 망설였다.

'그분을 만나, 나는 뭐라고 하지? 그분도 벌써 그 사실을 알고 있는 게 아닐까?'

정선은 용기를 내어 초인종을 눌렀다. 잠깐 시간을 두고 현관문이 열렸다. 하숙집 여주인이 나타났다. 정선과는 안면이 있는 사이라서 반갑게 인사를 했다.

"박 선생님 계십니까?"

정선이 물었다.

"계십니다. 통지를 해 드리죠."

여주인이 2층으로 사라졌다.

박태열은 정선을 자기 방에 들어오게 한 적이 없었다. 하숙집 주인에게도 그렇게 일러 놓은 모양으로 정선은 하숙집 주인으로부터 한 번도 들어오라는 권유를 받아 본 일이 없다.

박태열이 냉정한 얼굴로 나타나더니

"무슨 일로 왔느냐."

고 물었다.

정선은 갑자기 답을 하지 못하고 멍청히 태열을 쳐다봤다.

전등불 밑에서도 태열은 정선의 얼굴이 심상치 않다는 것을 느낀 모양이었다.

"정선 씨, 어디 아픈 것 아뇨?"

하며 황급히 내려서서 정선의 손을 잡았다. 냉엄한 척 꾸미려는 태도가 금방 무너지고 자상한 태도와 말로 변한 것이 가슴이 저리도록 고마웠다. 뜻하지 않게 눈물이 한줄기 뺨 위에 흘렀다.

"왜 그러지? 정선 씨."

태열은 신을 찾아 신고는 정선을 바깥으로 이끌었다.

"몸이 아프면 병원으로 가야지."

하숙에서 조금 떨어진 골목에 와서 태열이 한 말이다.

"몸이 아프진 않아요."

정선이 울먹거렸다.

"그럼 왜 그래. 진정하고 찬찬히 말해봐요. 걸으면서 애기합시다."

태열이 가볍게 정선의 어깨를 안아 흔들었다.

"어디 좀 앉았으면 해요."

"그럼 이 위에 있는 르나 파크로 갑시다."

하고 태열이 앞장을 섰다.

고대(高臺)에 있는 르나 파크에선 동경의 야경(夜景)이 한눈 아래 보인다. 5월의 훈풍이 싱그럽기도 했다. 그러나 그 아름다운 조망과 싱그러운 분위기도 정선의 마음을 가볍게 하진 못했다.

구석진 곳의 벤치에 두 사람이 자리를 잡고 앉았다. 정선이 입을 열었다.

"선생님."

"말해 봐요. 무슨 일인지."

"무슨 소릴 해도 놀라지 말기에요."

"당신이 이렇게 내 옆에 건전한데 놀랄 일이 어디 있겠소."

박태열이 달래듯 말했다.

백정선은 어떻게 말을 꺼내야 할지 망설이다가 이렇게 물었다.

"제가 나타나지 않았더라면 선생님은 원형숙 씨와 결혼하셨겠죠."

"……."

"결혼하셨겠죠?"

"그게 지금 무슨 문제가 되지?"

"문제가 돼요. 큰 문제예요."

"까닭을 모르겠군."

"전 꼭 그걸 알아야 해요. 제가 나타나질 않았더라면 선생님과 원형숙 씬 결혼하셨겠죠?"

태열의 답은 없었다.

태열은 정직한 답을 찾아내려고 애썼다. 백정선이란 존재만 없었더라면 할아버지의 명령을 군이 거역할 것까진 없었지 않았을까, 하는 마음이 들기도 했다. 그러나 한편 재학 중엔 결혼하지 않겠다는 다짐을 하고 있었던 것이니 원형숙과 결혼하지 않은 것과 백정선의 존재와는 무관하다고 말할 수 있는 심정이었다.

"왜 그런 걸 묻지?"

하며 박태열이 중얼거리듯 덧붙였다.

"이제 와선 아무런 일도 없는 것을."

"그러나 꼭 알고 싶어요."

"그렇다면 말하지. 백정선 씨가 나타나지 않았더라도 지난 3월엔 결혼하지 않았을 것이오. 원형숙 씨 말고도 누구하구도……."

"그럼 먼 훗날엔 혹시 원형숙 씨와 결혼할지 모른다는 얘기도 되겠네요."

"먼 훗날에 있을 일을 어떻게 미리 알 수가 있겠소. 요컨대 내게 백정선 씨가 있으니 그런 추측을 해 볼 필요조차 없는 게 아니겠소."

"아무튼 지난 3월에 선생님이 원형숙 씨와 결혼하지 않은 것은 나 때문만이 아니란 거죠?"

"그렇게 말할 수가 있지."

태열이 한참 동안 생각한 끝에 한 대답이었다.

이 말을 듣고 정선은 비로소 안도의 한숨을 내쉬었다. 그 숨소리가 역력하게 들렸다. 태열이 물었다.

"왜 그런 걸 물어야 했지?"

"선생님, 놀라지 마세요. 원형숙 씨가 죽었답니다."

박태열의 움찔하는 동작이 눈에 보이듯 했다. 그것도 일순 태열의 얼굴은 화석(化石)처럼 굳어졌다. 먼 가등의 빛으로 핏기를 잃은 얼굴을 정선은 읽을 수가 있었다.

정선의 가슴이 떨렸다.

한참만에야 태열의 말이 있었다.

"그걸 어떻게 아셨소?"

"고향의 친구로부터 편지를 받았어요."

"어떻게 죽었답니까?"

"원산 앞바다에 몸을 던졌답니다."

"……."

박태열은 다신 말이 없었다.

거의 한 시간쯤이나 지났는데도 그는 말이 없었다.

정선의 불안한 마음이 가슴의 고동으로 되었다. 촉촉한 이슬이 피부에 차갑게 느껴졌다.

"선생님."

하고 떨리는 목소리로 불렀다.

태열의 답은 없었다.

또 얼마간의 시간이 흘렀다.

정선이 따라 일어섰다.

태열이 걷기 시작했다. 그런데 그 걸음걸이는 몽유병자를 닮아 있었다.

'원형숙의 죽음이 저처럼 큰 충격이었을까' 하는 마음이 들었지만 그렇다고 해서 불쾌한 기분으로 되진 않았다. 그런 기분이 되지 않았다기보다 충격을 받은 태열의 태도에 정선이 충격을 받아 다른 감정이 개재할 여유가 없었기 때문이다.

태열은 정선의 하숙을 향하고 있었다. 그 사이 그는 한마디의 말도 없었다. 그러한 태열에게 정선이 말을 걸 수도 없었다.

하숙집 앞에 서자 태열이 턱으로 문을 가리켰다. 들어가라는 시늉이었다. 정선은 무슨 주박(呪縛)에 걸린 사람처럼 문 안으로 들어갔다. 그러자 태열은 등을 돌리고 멀어져 가기 시작했다. 정선에겐 그를 쫓아 갈 기력이 없었다.

그날 밤 정선은 얼키고설키는 복잡한 감회로 하여 잠을 이루지 못했다. 사람이 자살했다는 사실은 그 사람이 어느 누구이건 아는 사

람일 경우엔 충격이 아닐 수 없다. 더욱이 어려서부터 약혼한 사이
인 여자가 이편의 파혼선고로 해서 자살했다고 들었을 때 그 마음이
어떻게 되었겠는가, 이렇게 짐작할 수 있을 대 태열의 태도를 이해
할 수 없는 바는 아니었지만, 정선에겐 태열의 충격이 너무나도 지
나치다고 느껴졌다.

'우리는 서로 사랑하는 사이가 아닌가. 그렇지만 그 슬픔마저도
충격마저도 같이 나눠 해소하는 방향으로 노력해야 할 것이 아닌가.
그런데 그이는…….'

백정선은 한없이 울었다. 그것은 죽은 원형숙을 동정하는 눈물
이기도 했고 박태열의 마음을 이해할 수 없는데 따른 슬픔의 눈물
이기도 했다.

이튿날 아침, 정선은 박태열의 하숙집 앞에까지 갔다. 그런데 초
인종을 누를 용기가 나지 않았다. 그래서 골목길을 왔다 갔다 하며
서성거리고 있는데 보퉁이를 안고 바쁘게 나오는 그 집 여주인과 마
주쳤다. 여주인은 정선을 보더니

"마침 잘 왔군요. 우리 집 학생이 어젯밤 입원을 했다오. 그래 지
금 병원으로 가는 길예요. 같이 갑시다."

하며 반겼다.

"무슨 병으로, 어떻게요."

정선이 황급하게 물었다.

"무슨 병인지 아직은 몰라요. 어젯밤 신음소리를 듣고 가봤더니 온몸이 불덩어리 같았어요. 부랴부랴 의사를 불렀지. 의사가 말하길 빨리 입원시키라고 하데요. 그래 시립병원에 입원을 시켰죠."

정선은 여주인이 들고 있는 보퉁이를 뺏듯이 해서 자기가 들었는데 그렇게 할 의식만이 있었을 뿐 세상이 빙빙 도는 것 같았다.

병실에 들어서려고 하자 간호원의

"주사를 맞고 이제 겨우 잠이 들었으니 깨우지 않도록 조심을 하세요."

하는 주의가 있었다.

정선은,

"여기 일은 제가 맡아 할 터이니 아주머니는 돌아가세요."

하고 하숙집 여주인을 돌려보냈다.

정선은 발소리와 숨소리를 죽이고 병실로 들어가 침대 옆 둥근 의자에 앉았다. 박태열의 얼굴은 창백해서 종잇장 같았다. 앞이마에 헝클어져 내린 머리칼을 걷어 올릴까 하다가 말았다.

정선은 태열의 얼굴을 응시하며 움직이지 않았다. 태열이 잘생긴 얼굴이란 것은 여태껏 충분히 알고 있었던 터였지만 그처럼 단정하고 신성하리만큼 청결하다는 것은 처음 느낀 발견이었다.

정선은 어떠한 회오리바람, 어떠한 어둠, 어떠한 곤란 속에서도 나는 이 사람을 지켜보고 이 사람을 아끼고, 이 사람을 보호하고 가꾸어야 한다는 스스로의 사명을 다짐했다. 잠자코 있는 박태열은 이 세상의 조그마한 악도 감당하지 못할 어린아이와 같은 무구한 얼굴을 하고 있었던 것이다.

박태열이 겨우 눈을 떴다.

혼수상태에 빠진 지 사흘째 된 날이었다. 그땐 바깥에 어둠이 깔리기 시작하고 병실에 전등이 켜졌을 무렵이었다.

"선생님."

반가운 김에 불러본 정선의 말이었다.

태열은 힘없는 눈빛으로 정선을 바라보고 있더니 다시 스르르 눈을 감았다. 감은 눈, 속눈썹 사이에 맺힌 이슬이 있었다.

"선생님."

하고 다시 한 번 불렀다.

맺힌 이슬이 방울이 되어 창백한 뺨 위로 굴렀다. 그러나 말은 없었다.

원형숙의 죽음이 이처럼 큰 충격이었다면 태열의 가슴 깊은 곳에 그 여자에 대한 사랑이 간직되어 있었다는 뜻이 아니겠는가, 하고 고민도 했지만 사흘 밤 사흘 낮을 지켜보고 있는 가운데 그런 고민은 말쑥한 자취를 감추고, 이제 정선의 마음을 채우고 있는 것은 오직 안타까운 감정뿐이었다. 태열의 너무나 섬세한 신경, 너무나 순진한 심정에 대한 애처로움만이 남아 있는 것이다.

"정선 씨."

하고 태열이 입을 연 것은 밤이 꽤 깊어서였다.

"예."

하고 정선이 귀를 곤두세웠다.

"미안합니다. 정선 씨."

"별 말씀을……."

하마터면 흐느낄 뻔하다가 정선이 가까스로 참았다.

"불행한 인간은 주위의 사람을 불행하게 할 뿐입니다."

힘없이 태열의 말이 흘렀다.

정선은 대꾸도 않고 귀를 기울였다.

"나는 정선 씨에게 합당하지 않은 사람입니다."

들릴 듯 말 듯 태열이 말을 이었다.

"선생님, 왜 그런 말씀을 하세요."

침묵이 흘렀다. 그 침묵 속을 멀리서 들려오는 기적소리가 누볐다.

태열이 다시 말을 시작했다.

"나 때문에 사람이 죽었다, 나는 이 사실을 견딜 수가 없소. 나는 죄인이오. 사람을 죽인 죄인……."

"선생님은 죄인이 아녜요. 죄인이 아녜요."

"남을 불행하게 한 사람이 죄인이 아니고 뭐겠소."

"선생님께 무슨 책임이 있다고 그런 말씀을 하세요."

"책임이 없으니까 두려운 겁니다. 내게 책임이 있다면 그 책임을 지고 무슨 벌이라도 받겠소. 내 스스로 내게 형벌을 과해 그래서 부상의 길을 찾기라도 하겠소……."

태열은 잠시 말을 끊었다가 다시 이었다.

"그런데 내겐 아무런 책임이 없는데 그런 불행이 생겨났다는 그
자체가 두려운 겁니다.

그게 바로 내가 불행한 사람이란 낙인(烙印)과 같은 것이오."

"아녜요, 아녜요, 선생님."

"나는 알고 있소. 느끼고 있소. 존재하는 것만으로도 불행한, 그
리고는 주위의 사람을 불행하게 하는 그런 인간이 있는 것인데 그게
바로 나란 말이오."

"아닙니다, 선생님."

"그렇지 않고서야 어떻게 그런 끔찍한 일이 있을 수 있겠소. 나는
어릴 때부터 착하게만 살려고 애써 왔소. 정직하게 성실하게 살려고
했소. 누구의 불행도 원하지 않고 모든 사람들이 착하게 살 수 있는
사회가 이루어지길 바라왔던 사람이오. 그런데도 이런 일이 생겼소.
그러니까 운명을 생각하는 겁니다. 숙명을 생각하는 겁니다. 내게 추
호의 악의도 없었는데 나 때문에 자살한 사람이 생기다니, 참으로 무
서운 일 아닙니까. 노력을 하재도 할 겨를이 없었고……."

"선생님 왜 자꾸만 그런 말씀을 하십니까."

"나는 운명이란 게 겁난다는 얘기를 하고 있는 겁니다. 불행한 운
명을 타고난 놈은 어찌할 수 없다는 걸 말하고 싶을 뿐입니다…….
운명은 이에 순종하는 사람은 태우고 가고, 거역하는 사람은 끌고 간

다는 세네카의 말이 있습니다. 이것은 진리 이상으로 결정적인 말입니다."

"선생님 그만 하세요."

정선은 드디어 울음을 터뜨리고 말았다.

그 울음소리엔 아랑곳없이 태열이 말을 계속했다.

"그러니 정선 씨 내 곁을 떠나시오. 불행한 숙명을 지닌 놈이 어떻게 정선 씨를 행복하게 할 수가 있겠소. 행복하게 해드릴 자신이 없는 놈이 사랑한다는 이유만으로 당신을 붙들어 놓을 수가 있겠소."

이 말에 정선은 울음을 뚝 그치고 정색을 했다.

"선생님, 전 선생님과 더불어 불행하길 바랍니다. 선생님 곁을 떠나 행복하길 원치 않습니다. 선생님 곁을 떠나서 행복하게 될 까닭도 없구요. 그러니 그 말씀은 거둬주세요."

자연 단호한 말투로 되었다.

"정선 씨는 강해. 시간이 가고 세월이 흐르면 생각이 바뀔 거요. 이 불행한 놈 곁에서 허송세월 말고……."

"절대로 그럴 순 없어요. 선생님이 그러신다면 저도 죽을 수밖에 없어요. 그밖엔 제가 갈 길이 없어요. 이번엔 선생님께 책임을 지워 놓고 제가 죽죠."

정선은 당장에라도 죽을 수 있다고 생각했다. 그 생각이 강한 말투로 되고 태도로 옮겨졌다.

태열은 아연한 표정으로 정선을 보았다. 정선이 다그쳤다.

"선생님, 그 말씀 거두세요. 거두시지 않으면······."

금방이라도 일어서서 일을 결행할 듯이 정선이 몸을 사리고 표정을 가다듬었다.

태열은 다시 눈을 감아 버리고 입을 다물어 버렸다.

"더 말씀이 없으시면 선생님이 그 말씀을 거두신 걸로 알겠어요."

하고 정선은 침대에 이마를 대고 소리를 죽여 울기 시작했다.

박태열이 퇴원한 것은 그로부터 15일 후였다. 정체불명의 열이 간헐적으로 엄습하는 바람에 의사는 그 병명을 확인할 수조차도 없었다. 그것을 완쾌하길 기다리는 바람에 그처럼 늦어진 것이다.

퇴원할 때 정선에게 의사의 귀띔이 있었다.

"박 군의 체질은 아주 델리케이트합니다. 심성도 델리케이트하구요. 읽고 있는 책을 보았습니다만 철저한 정신주의자라고나 할까요. 그런 사람은 정신적인 쇼크에 너무나 민감합니다. 주위에 있는 사람이 조심을 해야 합니다. 또 무슨 충격을 받으면 이번엔 정신착란을 일으킬지 모릅니다. 얇은 유리그릇을 다루듯 신경을 써야 할 게요."

정선은 이 말을 평생 동안 자기가 박태열을 감싸고 보호해야 한다는 명령으로 이해했다.

어느덧 거리엔 여름의 열기가 피어오르고 있었다. 그 열기를 피해 산이나 바다로 태열을 데리고 가고 싶었으나 1주일에 1회의 만남밖엔 허용하지 않는 그의 태도를 굽힐 수가 없었다.

도리없이 반나절이면 갔다 올 수 있는 쵸오수 해변으로 가자고 정선이 졸랐더니 겨우 태열이 승낙했다.

쵸오시에는 이누보오사끼(犬吠崎 견폐기)란 등대가 있다. 그 등대 근처의 모래밭에 둘이는 나란히 앉았다.

눈앞엔 망망한 태평양이 있었다.

"원산 앞바다완 다르죠? 빛깔이 조금 부드러운 것 같아요."

정선이 아까부터 느끼고 있던 감상을 말했다.

"물론 다르겠지. 원산 앞바다는 시베리아에서 불어오는 거친 바람에 시달리는 바다니까."

태열은 이렇게 말하고 먼 눈빛이 되었다. 파도소리가 침묵을 누볐다.

"뭘 생각하고 계시죠?"

정선이 물었다.

"저 수평선 저편에 미국이 있어. 유럽도 있구."

태열이 중얼거렸다.

"미국에 가고 싶으세요?"

"가고 싶지만……."

지금, 미국과 일본 사이엔 전쟁이 한창인 것이다.

"이 전쟁 어떻게 될까요?"

"결과는 뻔하지."

"일본이 진다는?"

"……"

태열은 말하지 않았다. 일본이 패배하리란 얘기는 태열이 몇 번
이고 했던 것이니 새삼스러운 말이 필요 없었던 것이다. 그런데도 정
선은 꼭 같은 질문을 거듭하고 있었다. 일본이 전쟁에 진다는 사실이
실감으로 느껴지지 않기 때문이다.

"일본이 지면 이 일본 땅엔 일본인이 한 사람도 남지 않게 되겠
네요."

"그렇진 않겠지."

"최후의 하나까지 싸운다고 하잖아요. 죽창 들고 훈련하는 것 보
지 않았어요."

"일본인이 독하긴 하지. 그러나 대세라고 하는 건 그렇게 되진 않
을 거요."

"일본인이 항복할 것이라고 예상이라도 할 수 있어요?"

"그러나 언젠가는 항복하고 말겠지."

"그때 일본은 어떻게 될까요?"

"일본 걱정보다 우리 걱정이나 합시다."

태열이 씁쓸하게 웃었다. 씁쓸한 웃음일망정 실로 오래간만의 웃
음이었다. 정선의 마음이 누그러들었다.

"어떻게 되긴요. 전 선생님 곁에 꼬옥 붙어 있을 거고 선생님은 제
옆에 쭈욱 계실 거죠."

"그렇게 안 될지 모르지."

태열의 얼굴이 다시 침울하게 되었다.

"왜요? 우리가 같이 있고 싶으면 있는 거지 누가 우리 사이를 갈라놓겠어요."

"운명이."

"그런 말씀 싫어요. 운명도 우리 사일 갈라놓지 못해요. 그런 운명이 닥치면 전 죽을 거예요."

죽는다는 말을 해놓곤 정선이 당황했다. 태열의 충격이 되살아날까 해서다. 그래서 얼른 덧붙였다.

"운명 아니라, 운명보다 더한 것도 못해요."

"그렇게만 될 수 있으면야."

태열이 침통하게 중얼거렸다.

'이때다' 싶었다.

"선생님."

"응."

"우리 결혼해요."

"……."

"당장요."

"……."

"결혼하지 못할 까닭이 어딨어요. 어떠한 힘도 우릴 갈라놓지 못할 건데요. 안 그래요?"

";……."

"내일에라도 해요."

"……"

"아니 오늘 밤에라두요."

"……"

"아니 지금 이 자리에서요."

"……"

"선생님과 저와 저 바다를 증인으로 해서요. 태양을 증인으로 해서요. 이 등대를 증인으로 해도 되겠죠. 결혼이란 맹서 아녜요? 맹서만 하면 될 것 아녜요?"

정선은 어린애처럼 어리광을 부리며 태열의 팔을 잡고 흔들었다.

"나는 재학 중엔 결혼하지 않기로 했소."

태열이 괴로운 듯 입을 떼었다.

"그런 것쯤 마음 고쳐먹으면 될 게 아녜요?"

"나는 할아버지에게 그렇게 통고를 했어."

정선은 자기도 아버지로부터 엄한 명령을 받고 있다는 사실을 깨달았지만,

"비밀로 하면 될 게 아녜요? 언제 해도 할 결혼인걸요. 그런 약속보다 우리의 사랑이 더 중하지 않아요?"

하고 버텼다.

"안 됩니다. 정선 씨."

태열의 말이 단호했다.

"왜요? 왜 안 된다는 거죠?"

"우리의 결혼은 어디까지나 떳떳해야 합니다. 우리가 무엇을 잘못하기에 비밀로 결혼해야 합니까. 거짓말을 해야 합니까. 생각해 봐요. 재학 중엔 절대로 결혼하지 않겠다고 해놓고서 우리가 결혼하겠다고 하면 할아버지가 뭐라고 하시겠습니까."

"그럼 우리끼리만 지금 결혼을 하고 결혼식은 졸업 후 하면 될 게 아녜요?"

"뭣이 그렇게 급하지?"

하고 태열이 힘없이 웃었다.

"송두리째 선생님의 것이 되고 싶어서요."

"그렇지 않으면 내 것이 아니었던가요?"

"이미 선생님의 것이에요."

"그럼 됐지 않아."

"그래두."

"정선 씨, 가장 소중한 것은 정신입니다. 정신."

"그러나 왠지 불안해요."

"……."

"모든 걸 드리지 않고는요. 앞으로 어떤 일이 생길지도 모르구."

태열은 말없이 한동안 바다를 바라보고 있더니 조용히 다음과 같은 얘기를 시작했다.

"우리는 누구를 대해서두 떳떳해야 합니다 우리의 사이가 떳떳해야 합니다. 윤리적으로나 도덕적으로 추호의 하자도 없어야 합니다. 우리의 사랑이 순수하다는 걸 증거 세울 수 있어야 합니다. 그러기 위해선 우리의 육체에 도사리고 있는 욕망을 극복할 줄 알아야 합니다. 그런데 그게 굉장히 힘든 일이겠지요. 힘든 일이니 노력을 해야 합니다. 육체의 욕망을 넘어서는 데 비로소 인간의 의지가 빛나는 것입니다. 나는 정선 씨를 사랑하기 때문에 더욱 내 의지력을 굳세게 하려는 겁니다. 오늘 밤에라도 나와 정선 씨가 결혼하는 건 쉬운 일입니다. 그러나 그 욕망을 참고 견디는 것은 어려운 일입니다. 나는, 아니 우리는 어려운 일을 해내야 하는 것입니다. 우리의 사랑이 얼마나 고귀한 사랑인가를 증명하기 위해서도 우리의 정신이 우리의 육체를 이겨내도록 노력해야 하는 겁니다."

"정신과 육체의 합일이 사랑의 완성이라고 들었어요. 그걸 컨슈메이션이라고 한다데요. 전 우리의 사랑을 빨리 완성하고 싶어요. 앞으로 우리가 앉아 있는 이 땅이 폭발할지도 알 수 없잖아요? 불안해요. 전 정신이니 순수니, 고귀니 하는 따위의 것은 바라지 않아요. 정신적으로나 육체적으로 선생님과 결합되고 싶은 거예요."

이것이 처녀가 할 말이었던가. 그러나 정선은 낭떠러지를 뛰어내리는 기분으로 반쯤은 울부짖으며 이렇게 말했다.

"정선 씨."

태열의 부드러운 말이 있었다.

"정선 씨의 진심을 나는 잘 알고 있소. 그러나 생각해 보시오. 우리가 일시적인 정열에 이끌려 일을 저질러 놓고 어떻게 부모님 앞에 떳떳이 설 수 있겠소. 우리는 누구 앞에서보다도 부모님 앞에서 떳떳해야 합니다."

"선생님, 그건 케케묵은 말씀이에요. 지금은 자유연애의 시대 아녜요? 우리가 우리 행동에 책임지고 앞으로 서로 사랑하며 떳떳이 살아갈 수 있으면 그로서 부모님 앞에서도 떳떳할 것 아녜요? 부모님은 자식의 행복을 바라고 있지 않겠어요. 수속이 약간 어긋났다고 해서 그게 탈일 건 없지 않아요?"

"나는 결코 내 생각이 케케묵었다곤 생각하지 않습니다. 봉건적인 효도를 말하고 있는 것도 아닙니다. 부모에 대한 신의를 말하고 있는 겁니다. 부모님은 우리를 낳아 키워 학교에까지 보내주셨습니다. 그렇다고 해서 하나부터 열까지 부모의 말씀대로 할 수 없는 것은 시대의 변화가 있고 인생관의 차이가 있으니 어떻게 할 수 없는 것이지만 기본적인 신의만은 저버릴 수 없지 않겠습니까. 인륜지대사라고 할 수 있는 결혼에 있어서만은, 즉 내 몸을 주고받고 하는 기본적인 문제에서만은 부모님께 사전의 의논이 있어야 하겠다는 겁니다."

"그렇다면 부모님이 반대하실 경우는 어떻게 되나요?"

"정성을 다해 설득해야죠. 그래도 듣지 않으신다면 그건 부모님이 부모로서의 신의를 저버린 것으로 되니까 우리는 우리의 의사대로 행동한 수밖에 없어요. 정신에 있어서 이처럼 격화되어 있는 우리를 육체적으로 갈라놓는다는 건 어느 점으로 보아도 옳지 못한 일이니까요. 더욱이 부모님에 대한 신의를 위해서 우리가 순결을 지키는데 최선을 다하기도 했으니까요. 내가 존경하는 임마누엘 칸트는 자율을 가르치고 있습니다. 자율이 철저하면 거기 자유의사가 발현될 수 있는 겁니다."

정선은 뭐가 뭔지 속속들이 알아들을 순 없었으나 박태열이 자기를 지극히 사랑한다는 것과 철석같은 신념으로 뒷받침이 된 성실만은 확인할 수가 있었다.

"그럼 선생님 맹서해요."

하고 정선이 손을 내밀었다. 태열이 그 손을 잡았다.

"평생 동안 우리는 헤어질 수가 없죠?"

"그렇소. 만일 헤어지는 경우가 있어도 지구 끝까지라도 찾아 갈 거요."

태열의 맹서는 금강불괴(金剛不壞)의 맹서였다.

회오리바람

운명은 회오리바람처럼 닥쳤다.

임마누엘 칸트 철학의 독실한 신봉자 박태열은 언제나 그가 지녀온 불안한 예감이 드디어 적중되었다는 사실을 확인하지 않을 수 없었다. 그는 자기를 사로잡는 혹독한 운명의 회오리바람 속에 칸트 숭배자로서 어떻게 처신해야 할까 하고 고민했다. 물론 그를 사로잡은 운명의 회오리바람은 그만을 사로잡은 것이 아니었다. 일본인 학생도 한국인 학생도 다같이 운명의 포로가 되었다.

1943년 10월.

각 전선(各戰線)에 걸쳐 패색(敗色)이 짙게 되자 일본 정부는 학도동원령(學徒動員令)을 내렸다. 지금까진 전문학교 생도와 대학생에겐 징병연기(徵兵延期)의 특전이 부여되어 있었던 것인데 그 특전을 폐지하고 학업 중도에서 학생들을 전쟁터로 내몰게 된 것이다.

이때 박태열은 위기를 느꼈다. 위험을 피하기 위해선 어디론가 몸은 감추어야겠다는 생각까지 했다. 그러나

217

'어디로 간단 말인가?'

'어느 곳에 몸을 숨길 수 있단 말인가?' 하고 망설이고 있을 때 한국인 학생에게도 군(軍)에 복무할 수 있는 기회를 준다는 조처가 취해졌다. 이른바 학도지원병제도의 신설이었다.

내세운 명분은 그럴 듯했다. 내선인(內鮮人)을 일시동인(一視同仁)하는 천황의 각별한 은혜로써 한국인 학생에게도 대일본제국의 군인이 될 수 있는 특전을 베풀겠다는 얘기였으니 말이다. 그리고 어디까지나 지원병이란 명목을 내걸었다. 그러나 실상은 혹독한 강요였다. 민족의 지도자로 알려진 이광수, 최남선 같은 인사들을 동원하여 교언영색(巧言令色)으로 유혹하기도 하는 한편 만일 지원병에 응하지 않으면 뒷일이 좋지 못할 것이란 협박을 하기도 했다. 심지어는 사소한 이유를 트집잡아 부형들을 감금해놓고 효심이 있는 놈이면 지원할 것이다, 지원하면 풀어주겠다, 하는 약삭빠르고도 비겁한 수법을 쓰기도 했다.

박태열의 하숙에 경찰관이 드나들기 시작했다. 그리고는 때론 꼬시기도 하고 협박하기도 했다. 박태열은 생각해 보겠노라고 하는 말만으로 버티고 있었다.

백정선은

"우리 아무도 모르는 곳으로 도망을 쳐요."

하며 안달을 하는 것이었으나 식량배급표(食糧配給表)가 없으면 굶어 죽어야 하는 판국에 신분을 속이고 숨어 있을 수 있는 곳이란 일본 전국 아무 데도 없었다.

어느 날 경찰관이 찾아와서

"오늘은 최종적으로 담판을 해야겠다."

며 박태열의 방에 퍼져 앉았다.

그리고는 이곳저곳 서가를 두리번거리며 한다는 소리가

"당신은 칸트 철학을 전공하는 모양이죠?"

"그렇소."

"칸트 철학엔 조국에 충성하라는 말이 없습니까?"

"칸트 철학에서 그런 걸 읽은 적이 없소."

"그럼 칸트는 대일본제국에 대해선 위험한 철학자이군요."

"칸트는 자기 자신에게 충성하라고 가르친 철학자입니다."

"순전한 개인주의자이구먼."

"……."

"개인주의는 망국의 사상이란 걸 학생은 알고 있죠?"

"……."

"그러니까 당신은 그 망국의 사상 때문에 지원을 안 하는 모양이구료."

"……."

"사정이 그렇다면 나는 직권으로 당신을 구인(拘引)해야 하겠소."

"당신에게 그런 직권이 있다면 마음대로 하시오. 그러나 나는 동경에선 결단을 내리지 못하겠소. 나는 우리 집안에서 독자요 삼대독자(三代獨子)요. 그런 만큼 집에 돌아가 할아버지와 의논을 해서 결정해야 하겠소. 우리 조선에선 자식된 자는 죽음과 유관한 일을 혼자서 결정하진 못하게 돼 있소. 특히 독자는 그렇소. 그러니 나는 일단 고향으로 돌아가야 하겠소. 그런데 당신이 나를 고향에도 못 가게 하면 나는 당신한테 끌려가서 감옥에서 죽는 한이 있어도 지원할 수가 없소."

"할아버지와 의논해서 지원하겠다는 말인가?"

"지원을 하건 안 하건 할아버지와 의논을 해야겠다는 거요."

"지원 안 할 수도 있다, 이거지?"

"아무튼 할아버지와 의논을 해야겠다, 이거요. 내 몸은 내 것만이 아니라 내 집안의 것이니까요."

"나라보다 집안이 제일이란 사상이구먼."

"무엇이 무엇보다 제일이다, 아니다의 문제가 아니라 우리 집안의 법도가 그렇게 되어 있다는 얘길 뿐이오."

이렇게 말하는 것이 일본 경찰관에게 달가울 까닭이 없었다. 그들의 통념에 따르면 집안이건, 가족이건, 아니 어떤 것이건 나라를 위해선 희생해야 하는 것이고 천황을 위해 바쳐야 하는 것이었다. 그런 까닭에 일본 경찰관은 박태열을 일본의 국체(國體)를 무시하는 비국민(非國民)으로 몰아세울 수도 있는 것이었다. 시국을 인식하지 못하는 불온사상의 소유자로 몰 수도 있었다.

그러나 지금의 단계에선 한국인 한 사람이라도 더 많이 전선(戰

線)으로 보내야 하는 것이고 보니 일을 거창하게 만들 수가 없었다. 게다가 박태열의 학구적 태도와 인간으로서의 성실성만은 인정해 주어야 했다. 경찰관은 드디어 단을 내렸다.

"그렇다면 고향으로 돌아가시오. 돌아가서 가족과 의논을 해서 지원을 하도록 하시오. 경거망동이 있어선 안 될 것이오."
하고 경찰관은 박태열의 고향 주소를 적었다.

박태열이 니이가따에서 원산행 기선을 탄 것은 10월도 하순으로 접어들고 있을 때였다. 물론 백정선과 동행이었다. 그녀에게는 동경에 남아 있을 이유가 없어진 것이다.

어뢰(魚雷)와 비행기의 공습을 피하면서 해야 하는 항해였기 때문에 니이가따에서 원산까진 꼬박 이주야(二晝夜)가 걸렸다. 그 이주야야말로 박태열과 백정선의 사랑을 다짐하는 가장 압축된 시간이었으며 그들 생애에 있어서 하이라이트였다.

"신념이 있으면 불안이 없는 겁니다. 사랑이 있으면 불행이란 없는 겁니다."

이것은 박태열이 되풀이 한 말이다.

"전 언제나 선생님과 같이 있을래요. 어떤 운명도 우리를 갈라 놓지 못할 거예요."

이것은 백정선이 되풀이해서 다짐한 말이다.

"그렇소. 어떤 운명도 우리를 갈라놓을 수가 없지. 비록 육신은 떨어져 있더라도 내 마음은 언제나 당신 옆에 가 있을 것이니 우리는 언제나 같이 있게 되는 거요."

하고 박태열은 정신의 기막힌 작용을 설명하고 세계를 지배하는 것도 정신이며 인간을 지배하는 것도 정신이라고 힘주어 말했다.

"소크라테스는 죽어도 그의 정신은 오늘날에까지 살아 있는 겁니다. 육신은 몰탈(mortal), 즉 죽는 것이고 정신은 임몰탈(immortal), 즉 불사(不死)의 것이오. 인간이 동물과 다른 것은 인간에겐 위신이 있기 때문이며, 인간의 위신을 지켜나가는 그 신념과 노력에 인생의 보람이 있는 겁니다. 나는 우리의 사랑이 이 지상에서 가장 고귀하고 청결하고 우아한 것으로 되었으면 합니다. 말하자면 지상 최고의 사랑이 되어야 하는 겁니다."

하는 말도 있었다.

늦은 가을철의 동해의 파도는 거칠다. 배의 진동이 격심할 때도 있었다. 그런데도 박태열과 백정선은 멀미 한 번을 하지 않았다. 그럴 만큼 그들은 긴장해 있었던 것이다.

원산이 가까워졌을 때였다.

갑판에 나가 바람을 쏘이며 박태열이 처음으로 어깨를 살며시 안았다. 그리고는 다음과 같이 속삭였다.

"정선 씨, 우리가 원산에 도착하기만 하면 틀림없이 경찰이 나를 기다리고 있을 거요. 어쩌면 곧바로 경찰서로 끌려갈지 모르오. 일단 경찰에 끌려가면 내가 지원서에 도장을 찍지 않는 한 풀려나올 수가 없을지도 모르오. 나는 결단코 일본 학도병으론 지원하지 않을 테니까. 그러니 우리는 당분간, 아니 2, 3년 동안 서로 만날 수가 없을지도 모르오. 정선 씨, 마음을 단단히 가지셔야 합니다. 절대로 흥분하지 말고 침착해야 합니다. 경찰에 연행된다고 해서 울거나 애원하거나 해선 안 됩니다. 의연히 숙녀다운 태도를 지니고 대범하게, 당당하게 행동하셔야 합니다. 우리는 운명과 싸워 이기기로 작정한 것 아닙니까. 그런데 그 첫 시련에서 당황하여 쩔쩔매는 비굴하고 숙녀답지 못한 꼴이 되어서야 되겠습니까. 부디 부탁합니다. 내가 경찰에 연행되어 가거든 절대로 가까이도 오지 말고 먼빛으로 지켜보고 섰다가 태연하고 침착한 태도로 집으로 돌아가십시오."

정선의 가슴이 울렁거렸다. 그런 결과가 될 바에야 뭣 때문에 원산으로 돌아왔을까 싶었다. 그래서 물었다.

"경찰관이 선생님을 붙들어 갈까요?"

"십중팔구는 그럴 겁니다. 벌써 나를 붙들기 위해 경찰은 부두에 나와 있을 겁니다. 동경에서 벌써 연락을 해두었을 테니까요."

"그걸 알면서 돌아오자고 한 거예요?"

정선이 원망하는 말투가 되었다.

"이왕 붙들릴 바엔 정선 씨를 무사히 고향에 데려다 놓고, 그리고 나도 다시 한 번 고향을 보고 붙들릴 각오를 한 겁니다."

"선생님 너무해요. 죽어도 같이 죽고 살아도 같이 살아야 하는 우리들이 아녜요?"

정선이 몸부림치며 흐느꼈다.

"정선 씨."

박태열이 엄숙하게 불렀다.

"이러면 못써요. 첫 시련을 앞에 하고 벌써 이러면 나는 앞으로 불안해서 살아갈 수가 없을 거요. 우리 정선 씨가 침착하고 당당하게 살아가리란 믿음이 있어야만 나도 침착하고 당당하게 살아갈 수가 있는 겁니다. 정선 씨가 이러면 나는 앞으로 살 수가 없소. 어떤 운명의 시련도 견디려고 하는 내 용기가 시든단 말요. 자, 정선 씨 눈물을 닦고 웃음을 띠우고 나를 바라봐요. 내가 안심할 수 있게요. 우리 정선 씨는 당당하다, 당당하게 살아갈 거다, 하는 믿음을 내게 주도록 해봐요. 정선 씨!"

정선은 울음을 멈춘다. 그리고 눈물을 닦았다. 태연한 척 꾸미고 억지로 웃는 얼굴을 지어보였다.

"됐어요, 됐어. 어떤 일이 있어도 무슨 화를 당해도 그 표정을 잊지 마세요. 해풍에 머리칼을 날리며 지금 이 자리에서 지어보인 정선 씨의 얼굴을 나는 일생 동안 간직하리다."

하며 태열은 정선의 어깨를 안은 팔에 힘을 주었다.

'아아, 이대로 죽고 싶어' 하는 상념이 정선의 뇌리에 일순 비꼈다.

박태열은 포옹을 풀고 다시 정선이 앞으로 취해야 할 태도에 관해서 간곡한 부탁을 했다.

"숙녀답게 침착하게. 세계에서 최고일 수 있도록 위엄을 갖춘 태도라야 합니다."

그 말은 애원을 포함하고 있었다. 아니 박태열의 애원이었다.

박태열의 불길한 예감은 그냥 적중되었다. 경찰은 트랩 바로 아
래에서 기다리고 있었다.

"박태열 씨죠?"

이른바 국방복, 국방모를 쓴 사복형사가 물었다.

"그렇소."

태열의 대답은 퉁명스러웠다.

백정선이 서너 발자국 떨어진 곳에서 지켜보고 있었다.

"풍랑이 꽤 심한 모양인데 선상에서 고생은 안 했소?"

형사는 제법 친절하게 굴었다.

"별 고생 없었소."

"그것 다행이었군요."

하고 형사는

"저리로 좀 가실까요?"

하며 턱으로 기선 사무실 쪽을 가리켰다.

"좋소."

태열이 덤덤히 답했다.

그쪽으로 걸어가며 형사의 말이 있었다.

"아직 하드볜 지원은 안 하신 모양이죠?"

"안 했소."

"배 안에서도 권유가 있었을 텐데요."

"그런 일 없었소."

"그것 이상한데." 하며 형사는 고개를 갸웃했다.

태열도 일순 이상하다는 생각이 들었는데 당장 알 수가 있었다.
박태열이 탄 배까지 알고 있었던 동경의 경찰관이 박태열은 이러저
러한 사람이니 배 안에서 권유했다간 다른 학생의 태도에까지 영향
을 미칠지 모르니 가만두란 연락을 했음이 분명했다.

"그건 그렇구."

하고 형사는 상냥하게 말을 꾸몄다.

"지원하실 것은 물론 알고 있습니다만 빠를수록 좋지 않을까요?
내가 용지를 가지고 있어요. 추우시기도 하고 배를 타고 오시느라
고 피곤도 하실 텐데 얼른 도장이라도 찍어 놓고 빨리 집으로 돌아
가서 쉬시죠."

지원서에 도장을 찍으면 빨리 집으로 돌아갈 수가 있고 지원서에
도장을 찍지 않으면 집으로 보내주지 않겠다는 은근한 협박이었다.

박태열은 대꾸하지 않았다.

뒤에 백정선이 따라오고 있었다.

사무실 입구까지 가서 박태열이 뒤돌아보고 백정선 옆으로 갔다.

"집으로 가세요."

정선이 움찔하는 표정이었다.

"아까 말씀 드렸죠?"

태열의 눈에 불을 뿜어내는 듯했다.

"돌아서시오."

태열이 나직하게 독촉했다.

그리고 이어 말했다. 역시 나직한 소리로,

"안심하시오. 나는 죽지 않아. 당신을 다시 만나는 날까진. 그날은 꼭 있고야 말거요. 당신이 어디에 있건 나는 당신을 찾아갈 것이오. 맹서하오. 나는 당신 곁으로 가리다."

하고 박태열은 몸을 돌려 형사가 열어 놓은 문으로 해서 기선 사무소로 들어갔다.

백정선은 박태열이 들어간 문을 한참 동안이나 지켜보고 서 있었다. 다시 박태열이 그 문에서 나올 때까지 기다릴 참이었다.

울고 싶은 충동을 참았다.

'침착하게, 태연하게……'

정선은 태열이 한 말을 가슴 속에 되풀이 하며 침착한 자세, 태연한 얼굴, 당당한 모습을 꾸미려고 했다. 태열에게 그러한 모습을 보여주리라 마음을 먹기도 했다.

그러나 정선의 그 자리에서의 기다림은 무위로 끝났다. 거의 한 시간 동안 형사와 박태열이 옥신각신하다가 박태열은 반대편에 있는 문으로 해서 경찰에 연행된 것이다.

정오가 되었으니 기선이 도착한 지 네 시간이나 지나서였다. 나오지 않는 박태열을 기다리다가 정선이 태열이 들어간 입구로 해서 그 사무실에 들어가 보았다. 거기 태열은 없었다. 사무원에게 물었더니

"몇 시간 전, 저 구석에서 어떤 대학생과 형사가 무슨 말인가를 주고받고 있다가 저쪽 문으로 나가던데요."

하는 대답이 돌아왔다.

추위와 시장기도 거들어 그 자리에 쓰러져 버릴 듯한 상황이었는데 정선의 가슴 속에선 계속 다음과 같은 박태열의 말이 메아리치고 있었다.

'숙녀답게, 침착하게, 당당하게……'

정선은 혼신의 기력을 다하여 걷기 시작했다.

그 무렵.

할아버지와 의논하지 않고선 어떤 결단을 내릴 수 없다는 박태열의 태도가 여간 완강한 것이 아니란 사실을 확인하자 형사는 경찰서장의 동의를 얻어 박태열을 형사 대기실에 앉혀 두고 박태열의 할아버지를 데리러 갔다.

박태열의 할아버지가 연행되어 온 것은 오후 세 시 조손간(祖孫間)의 대면이 이루어진 것은 경찰서장실에서였다.

태열과 그의 조부를 서장실에 데려다 놓고 서장은 자리를 피해주겠다며 방을 나가면서 슬쩍 다음과 같은 말을 던졌다.

"박치우의 부친되시는 분을 만나뵙게 되니 영광입니다. 박치우가

어디에 있는가도 알아보아야겠는데…… 그건 다음 기회에나 하죠."

박치우는 태열의 아버지다. 그는 독립운동을 하는 사람이었다. 서장의 그 말은 만일에 태열이 끝끝내 학도병에 지원하지 않으면 박치우의 거처를 태열의 조부에게 추궁하겠다는 노골적인 협박이었다.

경찰서장이 나가고 난 뒤 박태열은 마룻바닥에 무릎을 꿇고 할아버지에게 절을 드렸다.

절을 받고 물끄러미 손주를 바라보고 있더니 태열의 조부 박 진사는

"의자에 앉거라."

고 했다.

동요를 모르는 차분한 음성이었다.

태열이 의자에 돌아가 앉았다.

"어디 아픈 곳은 없니?"

"예."

"다행이로군."

하고 한참을 지내곤 중얼거렸다.

"집안에도 별고는 없다. 별고가 지금부터 생길 테지만…… 그럴수록 정신을 차려야지."

"할아버지 죄송합니다. 명을 거역했으니 오죽이나 화가 나셨겠습니까."

태열이 고개를 떨구고 말했다. 원형숙과의 결혼을 거절한 사실을 두고 한 사과였다.

"지나간 일 아니냐. 앞으로 닥칠 일이나 걱정하자."

박 진사는 손주에겐 언제나 인자했다. 더욱이 곤란한 처지를 당한 손주가 안타까워 견디지 못할 심정이었다.

침묵이 흘렀다. 그 침묵 속으로 비명을 닮은 소리가 아슴푸레 들렸다. 누군가가 심한 매를 맞고 있는 게 분명했다.

"태열아."

"예."

"너 지원서에 도장 안 찍었지?"

"예."

"어지간히 고통을 받았을 텐데."

"아무리 고통을 받기로서니……."

"이 원산 근처의 전문 대학생들은 거의 도장을 찍은 모양이더라."

"아마 그렇게 되었을 겁니다."

"그런데 넌 용하게 버텼구나."

"할아버지에게 의논드리지 않고 어떻게 제가 그런 짓을……."

그러자 박 진사의 눈에서 눈물이 주르르 흘러 내렸다. 그리고는 한숨을 섞으며

"네 애비 말을 들었으면 되었을 것을……."

하고 탄식했다.

태열의 부친 박치우는 태열이 일본식 교육을 받는 데 반대했다. 학령이 되었을 때 그는 태열을 중국으로 데리고 가려고 했다. 그랬던 것을 박 진사가 며느리 편을 들어 한국에서 학교를 보내게 된 것인데 이제 와서 박 진사는 그 일을 후회하고 있는 것이었다.

"제겐 후회가 없습니다."

태열이 시원스럽게 말했다.

"이런 꼴이 되었는데도 후회가 없어?"

박 진사의 눈이 번뜩했다.

"어떻게 했건 비슷한 꼴을 당해야 할 것 아닙니까."

"그건 그래. 그런데 넌 어떻게 할 테냐?"

"할아버지의 뜻에 따르겠습니다."

"내 뜻에?"

"예."

"그건 안 될 말이다. 나는 네 뜻을 알고 싶다."

"제가 지원하지 않으면 할아버지가 큰 곤욕을 치를 것 같습니다."

"네 뜻이 지원하는 데 있지 않다면 그로서 결정이 난 일이다. 내 걱정일랑 말아라."

"……."

"나는 칠십이다. 세상 살 만큼은 살았다. 나 때문에 네 인생을 망칠 수는 없다. 이 험한 세상에 좋은 아들, 손주 거느리고 난 호사스럽게 살았다. 나도 너희들을 위해 뭔가 해보자꾸나. 그러니 나의 일은 내게 맡기고 넌 너의 소신대로 살아라."

"그러나 할아버지가 당할 곤욕이 눈에 뻔한데……."

"네 이놈."

나직하나마 엄하게 박 진사는 꾸짖었다.

"할애비의 곤욕을 풀기 위해서 애비에게 총질을 할 셈이냐?"

태열이 아찔했다.

도의적 일반론적으로 일본의 병정이 될 수는 없다고 생각하고 있었지만 일본의 병정이 되는 것이 아버지에게 총질을 하는 행동으로 된다는 것을 미처 생각지 못했던 것이다.

그 순간 박태열은 결단을 내렸다.

"할아버지 감사합니다. 소신대로 살아갈 용기를 할아버지에게서 배웠습니다."

힘차게 태열이 말했다.

"일시적인 곤욕을 피하려고 평생을 망치는 일이 있어서 되겠냐. 네가 잘못 행동하면 너 망치고, 애비 망친다. 그럼 결국 나까지 망치는 게 아니냐."

하고 박 진사는 손자의 귀에다 대고 황급히 말했다.

"내가 볼모가 될 터이니 넌 이곳에서 나가거든 집으로 가지 말고 네 고모 집으로 가거라. 명년 1월 20일이 입영일이라니 그때까지만 버티어 보자꾸나. 틈을 봐서 국경을 넘어도 좋다. 내 걱정은 말구. 그럼 가서 형사를 불러 오너라."

반박을 용납하지 않는 박 진사의 어조였다. 태열은 일어서서 문 쪽으로 걸어갔다. 문에 손을 댈 것도 없었다. 저편에서 열리더니 아까의 형사가 들어왔다.

"조손간에 합의를 보았소?"

나름대로 애교를 부린다는 것이 빈정대는 투로 들렸다.

"합의를 보았소."

박 진사가 응대를 맡아 나섰다.

"반가운 일입니다. 그럼."

하고 형사는 비어 있는 의자에 앉으면서 지원서 서류를 꺼냈다.

"너무 성급하게 그러지 마시오."

박 진사는 점잖게 말을 이었다.

"조손간의 합의도 중요하지만 그보다도 더 중요한 것이 모자간의 합의요. 생명을 버릴지도 모르는 사지(死地)로 떠나야 할 처지에 어머니께 미리 여쭙는 게 자식된 자의 도리 아니겠소."

"누굴 놀리는 겁니까."

형사는 광포한 얼굴로 돌변했다.

"놀리다뇨? 당신도 어머니를 모시고 있을 것 아닌가? 어머니를 모시고 있으면서 이와 같은 중대사를 어머니께 상의를 들이지도 않고 결정할 텐가? 만일 그렇다면 아무리 지위가 높은 사람이라고 해도 인간 취급을 할 수 없소."

"국가의 중대사를 놓고 무슨 횡설수설이오."

233

형사는 벌겋게 달아오른 얼굴로 쏘았다.

"허, 당신도 조선 사람인데 어머니에 대해 자식된 도리를 다하자는 말을 횡설수설로 듣다니……."

"그럼 이 사람의 어머니도 이리로 데리고 와야 알겠소?"

"그건 안 되지. 자식 앞에 어버이의 곤욕을 보이면 반발심이 나서 될 것도 안 되는 거요. 명색이 지원이 아닌가. 지원은 어디까지나 자의로서 자유롭게 해야 할 것이 아닌가. 순리를 좇아 될 수 있는 일을 괜히 서둘러 일을 망치면 어떻게 하려고 이러우. 내가 여기에 남아 있을 테니 우리 태열이는 집으로 보내슈. 모자간에 할 말도 많을 테고, 그런 중대사를 결정하려면 외인(外人)이 없는 자리에서 충분히 흉금을 열어 놓고 정회를 다해야 할 것이 아닌가. 만일 우리 태열이가 어머니와 의논할 시간도 갖지 못하게 되고, 뿐만 아니라 강압에 못 이겨 지원을 하게 되는 꼴이 된다면 나는 죽음을 맹세코 태열의 지원을 막을 것이오. 모처럼 아까 조손간의 합의를 보았는데 그걸 나는 번복하겠소. 당장 태열이를 집으로 보내, 이 늙은 놈이 이런 어색한 곳에서 한 시간이라도 빠르게 벗어날 수 있도록 해주시오. 태열은 효심이 지극한 아이가 돼서 이 할애비의고초를 덜어줄 생각으로써도 어머니를 타일러 승낙을 받아올 거요."

노인의 태도가 요지부동임을 알자 형사는 바깥으로 나가더니 곧 돌아와 두 사람을 아까의 형사대기실로 옮겼다. 그리고는

"노인, 그럼 여기 있으소. 우리 함께 갔다 오리라."

하고 외투를 입었다.

그러자 박 진사가 버럭 고함을 질렀다.

"태열아, 가지 마라. 여기서 이 할애비와 같이 죽자. 고삐에 끌리는 소처럼 꼼짝달싹 못하게 강압을 받아 지원하는 것은 지원이 아니라 종놈이 되는 거다. 나는 그 꼴이 보기 싫다. 그런 꼴로 가서 네 어미 승락 받아 오는 건 거절이다. 네 발로 네 자의대로 가서 받아 오는 승락 아니면 아까 우리가 한 합의도 허사다. 가지 말라."

박태열이 할아버지 옆에 앉았다.

형사는 우두커니 서서 한참동안 박 진사와 박태열을 번갈아 보고 있더니

"좋소."

하고 외투를 벗어 옷걸이에 걸었다.

그리고는 태열이더러 되도록이면 빨리 갔다 오라고 했다.

"당신의 효행심이 어느 정도인지 한번 알아봅시다."

형사는 묘한 웃음을 띠우며 이렇게 덧붙였다.

등화관제(燈火管制) 하에 있는 지리. 희미한 가등과 가등의 사이엔 칠흑의 밤이었다.

박태열은 자기 집과도 고모 집과도 엉뚱한 방향을 향해 걷기 시작했다. 경찰관이 미행하는가, 안 하는가를 확인하기 위해서였다. 그런 점에 있어서 등화관제 하에 있는 거리가 도움이 되었다,

뒤도 돌아보지 않고 4, 5백 미터쯤 걸었다고 생각된 지점에 와서 어느 건물의 벽에 기대서서 자기가 걸어온 방향을 어둠 속으로 바라보았다. 어둠에 익숙해진 눈이고, 듬성듬성 희미하나마 가등이 있기도 해서 미행자가 있다면 그렇게 어렵지 않게 식별할 수 있을 것이었다. 헌데 미행자는 없었다. 직장에서 돌아가는 듯싶은 사람, 장사를 하다가 돌아가는 듯한 몇 사람들이 어깨를 움츠리고 태열의 눈앞을 지나갔을 뿐이었다.

태열은 크게 숨을 내쉬고 그때부터 고모집이 있는 방향을 향해 천천히 걸었다. 여전히 앞뒤를 조심하면서.

'죄없이 쫓기는 신세가 된다는 건 어떠한 의미일까!' 하는 생각도 들고

'빼앗긴 나라의 백성의 몰골이 바로 이거로구나' 하는 슬픔도 고였다.

그러나 할아버지의 단호한 결심을 알 수 있었던 것은 다행이었다. 한일합방의 그날부터 세상을 피하고만 살아온 그 늙은 육체에 어쩌면 그런 용기가 있었을까. 태열은 할아버지를 그저 무력한 사람 무사안일주의로만 살아온 유맹(流氓)의 전형으로만 알아왔던 것이다. 그러한 할아버지가 보여준 단호한 결의,

'네 애비에게 총질을 할 셈인가.' 했을 때의 그 기백은 무엇보다도 반가운 발견이었다.

'문제는 나의 의지에 있다.'

태열은 주먹을 꽉 쥐어보았다.

그 눈은 어둠 속에서 나란한 빛을 발했다.

박태열이 피신했다는 사실을 알자 원산경찰서는 발칵 뒤집혀졌다.

"늙은 놈과 젊은 놈이 짜고 우리를 농락했구나."

형사는 서슴없이 노인에게 '놈'자를 붙이며 으르렁댔다. 그때까진 따뜻한 난로 옆의 소파에 편하게 쉬라고 하기도 하고 차와 과자를 대접하기도 했던 것인데 당장 냉방으로 끌어내어 마룻바닥에 앉히곤 때때로 죽도(竹刀)로써 노인의 어깨를 집적거리기도 하면서 추궁이 시작되었다.

"대일본제국의 경찰을 그렇게 호락호락하게 봐선 안 될걸. 태열이를 어디로 보냈는지 숨어 있는 곳을 대라."

고 덤비기도 하고,

"명색이 가문이 있는 집이라 효성이 있을 것이라고 봤더니 늙은 할애비를 이 꼴로 두고 도망치는 걸 보니 쌍놈 중에도 개쌍놈이로구나."

하고 비웃기도 했다.

그러나 노인은 묵묵부답이었다. 한 대 때리기라도 하면 썩은 나뭇가지처럼 꺾여 버리고 말 것이어서 폭행을 할 수가 없는 것이 형사의 분격을 더욱 심하게 했다. 밤중까지 갖은 욕설로 노인을 들볶다가 드디어 유치장으로 끌고 갔다.

박태열을 도피시킨 행위는 괘씸했지만, 얽어맬 법률이 없었다. 하지만 아들 박치우와의 관계를 트집으로 잡으면 구속할 수 있는 충분한 이유를 만들 수가 없었던 것이다.

"이놈의 영감, 당신 아들 일만 갖고도 평생 콩밥을 먹일 수가 있었다. 그런데 관대하게 봐주었더니 간이 부풀대로 부풀어 가지고…… 이젠 박태열 같은 놈은 문제도 안 돼. 당신의 아들이 문제이고 당신이 문제야. 그리고 태열이 도망을 치면 제가 어디까지 가겠어. 대일본제국의 경찰이 얼마나 무서운 것인가를 알게 될 거다."

박 진사를 유치장에 끌어다 놓고 돌아서기 직전 형사가 내뱉은 말이다.

그로부터 박 진사의 수모(受侮)의 날이 거듭되었다. 아침부터 취조실 마룻바닥에 끌어다 놓고 태열의 행방을 대라며 갖은 야료를 부렸다. 그래도 묵묵 부답이었던 것이 어느 날 형사가 꿇어 앉으라는 바람에 드디어 울화통을 터뜨렸다.

"뭐라구? 나를 꿇어 앉으라구? 이놈들 나는 팔십 길에 있는 사람이다. 팔십 길에 있으면 모(耄)라고 한다. 고래(古來)로 도(悼)와 모(耄)는 수유죄(雖有罪)라도 불가형(不可刑)이라고 했는데 아무리 일본 경찰이기로서니 이처럼 몰도의(沒道義)한 짓이 어디 있느냐"
고 고함을 지르고,

"난 네놈들 앞에 무릎을 꿇지 않겠다. 빨리 죽여라."
며 버텼다.

"참말로 무릎을 꿇지 않는가 볼까?"

냉소를 띠고 형사는 몇 사람의 힘을 빌어 노인의 팔다리를 무릎을 꺾는 채로 묶어 남은 줄로써 좌우의 책상다리에 고정시켰다. 그리고는 너털웃음을 웃었다.

"양반이 상놈 앞에 무릎 꿇고 있는 꼴 볼만하구면."

하고.

한편 박태열은 고모 집 골방에서 숨어 살게 되었는데 걱정이 되는 것은 할아버지의 신상이었다.

1944년 1월 20일, 즉 학도지원병의 입영일은 아직도 석 달쯤 남았는데 그동안을 유치장에서 노체가 어떻게 견디어낼까 싶으니 실로 아찔한 심정이었다.

태열은 할아버지와 마지막 의논을 할 때 그 계산을 하지 못한 것이 한스러웠다. 만일 할아버지가 유치장에서 돌아가시기라도 한다면?

태열의 안전보장을 위해서 고모 집과 태열의 집과는 일체 연락을 끊어 버렸지만 함지장수를 하는 이웃집 노녀가 수시로 이집 저집에 드나들며 소식을 알리기로 되어 있었는데 스무 날이 지난 무렵에까지도 할아버지가 석방되었다는 소식을 듣지 못했던 것이다.

태열과 그 가족 못지않게 가슴을 태우고 있는 것은 백정선이었다. 정선의 오빠는 벌써 학도병에 지원하곤, 같이 지원한 친구들끼리 어울려 매일밤 술집을 돌아다니며 자포자기한 나날을 보내고 있었다. 그러한 환경이고 보니 지원을 기피한 박태열을 도와달라는 청을 오빠에게도 아버지에게도 할 수가 없었다. 윤미화와 최정원만이 통정할 수가 있는 상태였다.

박태열이 도피한 것과 박태열의 할아버지가 구금되어 있는 사실을 알게 된 것도 윤미화를 통해서였다.

'헌데 박태열 씨는 어딜 갔을까. 어딜 가도 내게 연락은 있을 텐데 도대체 어떻게 된 일일까'

백정선은 거의 식욕을 잃다시피 했다.

간혹 정선은 태열의 고모 집을 찾아가 보기도 하는 것이지만 초상난 집처럼 을씨년스러운 그 집의 공기, 한숨만 쉬고 있는 고모의 수척한 얼굴은 정선의 가슴을 무겁게 할 뿐이었다.

태열의 고모는 정선이 찾아와도 태열이 그 집에 있다는 사실을 밝히지 않았던 것이다. 태열의 고모집이 수사선상에 오르지 않았던 것은 태열 일가가 미리미리 그렇게 조처해 놓은 때문이기도 했다. 말하자면 어느 누구도 그 집이 박 진사의 딸의 집, 즉 박치우의 누님이 사는 집, 태열의 고모가 사는 집이라고는 알 수 없게 주도한 용의를 하고 있었던 것이다.

독립운동가의 가족들이 얼마나 세심한 신경을 써야 하는가의 증거 같은 것이 태열의 고모집이라고 할 수가 있었다.

1943년도 이윽고 저물었을 때 백정선이 성의껏 장만한 선물 보따리를 들고 태열의 고모 집을 찾아왔다.

태열의 고모는 정선을 반겼다. 그리고

"태열이 아가씨에게 전하라는 편지요."

하며 한 통의 편지를 건네주었다.

그때의 그 한량없는 반가움.

편지의 사연은 다음과 같았다.

정선 씨!

나는 편하게 지내고 있소. 조금도 걱정일랑 마시오. 다만 걱정되는 것은 할아버지 일이오. 눈치채지 못하게 아는 사람의 아는 사람을 통하는 신중한 방법으로 우리 할아버지를 도와주었으면 하오. 내가 있는 곳을 정선 씨에게 밝히지 못할 까닭이 없지만 나의 완전도피를 돕는 셈치고 당분간 챙기질 마십시오. 내가 국외로 나갔다는 사실이 경찰에 알려지면 할아버지의 구금이 무의미하다는 것을 알고 혹시 경찰이 태도를 바꾸지 않을까도 생각합니다. 정선 씨, 최선을 다해주기 바라오. 우리의 맹서 잊지 않으셨죠? 나는 항상 당신과 같이 있습니다. 언제이건 사정이 허락하기만 하면 당신 곁으로 갈 것이오. 어떤 운명도 우리를 갈라놓지 못하오. 내가 비록 북국의 외딴 섬에 감금되어 있다고 하더라도 나는 당신을 찾아가고야 말거요. 십 년, 이십 년의 시간이 걸려도 걸어서 고비사막을 넘는 고통이 있을지라도 나는 당신을 언젠가는 찾을 것이오. 우리 사이에 있어선 이미 시간과 공간이 없어진 것이니까요. 세상에서 제일 아름다운, 세상에서 제일 우아한, 그리고 신중하고 침착한 숙녀, 나의 정선 씨! 나의 사랑을 바칩니다. 부디 자중자애하소서.

　　이 편지 보신 즉시 불태워 주십시오.

　　환희는 다시 슬픔으로 변했다. 기도하는 마음으로 화로 위에 놓고 그 편지에 불을 붙이고 꺼진 재를 바라보는 정선의 눈에 눈물이 맺혔다.

　　"고모님, 태열 씬 지금 어디에 계실까요."

　　수월하게 정선의 입에서 고모님이란 말이 나왔다.

　　"나도 잘 몰라, 하지만 안전하게, 편하게 있는 모양이오. 이 편지를 전한 사람이 그렇게 말합디다."

　　이렇게 말하면서 태열의 고모도 눈시울을 눌렀다.

차라투스트라의 고향

바다를 건너선 시베리아의 한풍(寒風)이 불어오고 산을 넘어선 몽고의 사풍(砂風)이 엄습해 왔다.

건강한 사람에게도 원산의 엄동은 가혹하리만큼 차다. 하물며 칠순의 노인이 화기(火氣)라곤 없는 경찰서 유치장에서 어떻게 견디어 낼 수 있을까 말이다.

그걸 생각하면 박태열은 당장이라도 뛰쳐나가 자기가 대신 유치장 신세를 져야겠다는 충동에 사로잡히곤 했다. 그러나 그 충동에 굴(屈)할 수 없었던 것은 조손(祖孫)이 함께 이 시련을 극복해 보자는 의지와, 그 의지에 있어서의 할아버지의 각오가 이만저만한 것이 아니라는 사실을 박태열이 명심하고 있었기 때문이다.

'네 애비에게 총뿌리를 들이댈 수야 없지.'

박태열의 뇌리엔 할아버지의 이 말이 밤중에 듣는 종소리마냥 언제나 은은하게 울려 퍼지고 있는 것이다.

'어떻게 하건 내년 1월 20일까지 버티어야 한다!'

1944년 1월 20일이 학도병들의 입영일이었다.

"할아버지 그때까집니다. 아무쪼록 옥체 보존하옵소서."

태열은 그만이 믿고 있는 섭리의 신에 간절한 기도를 올렸다.

고모 집의 골방에 있으면서도 그는 신문이나 소문으로 세상 돌아가는 양대를 대강은 알고 있었다.

학도병에 지원한 사람의 수가 4,385명이란 것과 적격자 7,200명 중 6할에 해당한다는 사실도 알았다. 그리고 지원한 자들이 경성제대 교사(京城帝大校舍)에서 일주일 동안 이른바 연성훈련(鍊成訓練)을 받았으며 연성이 끝나는 날 서울 부민관(府民舘)에서 장행회(壯行會)가 있었는데 그 석상에서 학도병의 한 사람이 총독 코이소를 모욕적인 언사로써 힐난한 사건이 있었다는 것을 알고 있었다.

뿐만 아니라 박태열은 지원한 학생들이 멸사봉공의 정신으로 내선일체(內鮮一體)의 보람을 다하겠노라고 각오를 피력하고 있는 기사를 신문지상에서 읽기도 했다. 그럴 때마다 그는 자기 자신이 비굴하기 짝이 없는 짓을 저지른 것처럼 얼굴을 찌푸리기도 했었는데 참을 수 없는 것은 고명(高名)한 역사가가 엉뚱한 이론까지 내세워 내선일체를 부르짖으며 일본 천황을 위해 총을 드는 것이 조국과 민족을 위하는 유일한 길인 양 말하고 있는 태도였다.

철학을 공부해 온 박태열은 인생(人生)이란 정념에서 사물을 보며 역사(歷史)의 규모에서 사물을 평가하려는 습성을 가꾸어 왔다. 그런 까닭에 그는 오늘 거창하게 보이는 문제가 내일이면 아무

것도 아닌, 물거품과 같은 것으로 화할 수도 있다는 사실을 의식하고 있었다.

예컨대 서양의 중세에서 가톨릭의 문제는 경우에 따라 화형(火刑)도 서슴지 않은 대 사건이다. 그러나 지금에 있어선 어처구니없는 과거지사로 되어 그 때문에 서양의 중세에 암흑기(暗黑期)라고 하는 이름마저 붙였다. 아무튼 인류는 그런 문제를 이젠 말쑥이 졸업하고 있는 것이다.

우리나라에선 그런 경우가 허다했다. 천주교를 믿는 것은 죽음에 해당하는 모임이었다. 그런데 지금에 와선 어처구니없다는 느낌을 주는 옛얘기가 되어 버렸다. 공자(孔子)의 문제만 해도 그렇다. 공자를 욕한 것이 아니라 그가 말한 문의(文義) 하나도 정주(程朱)의 교설과 달리 해석했다간 사문난적(斯文亂賊)으로 몰려 독배(毒杯)를 마셔야 했던 것이 불과 백 년 전의 사례이다.

또 한때의 모화사상(慕華思想)은 어떠했던가. 그 모화사상이 이젠 방향을 바꾸어 친일사상이 되고 내선일체 사상이 된 것이 아닌가. 엄격하게 말하면 이러한 따위는 사상이랄 것도 없다. 아첨하지 않고는 배겨낼 수 없는 천민근성(賤民根性)인 것이다.

'줄잡아 10년, 아니 그건 너무나 멀다. 5년 앞, 아니 3년 앞, 2년 앞을 내다보는 마음이 있었던들!'

박태열은 진심으로 일본 학도병에 지원한 학생들을 안타깝게 생각했다

물론 그들의 본심엔 갖가지가 있을 것이었다. 입대한 후에 탈주를 꾀할 작정인 사람이 있을 것이고, 가족의 평안을 위해 일신을 희생할 결의를 한 사람도 있을 것이고, 마음이 약해서 굴복한 사람도 있을 것이다.

그러나 두세 달 동안의 고통을 참지 못해 죽음으로 이를지도 모르는 길로 들어선다는 건 신념의 문제이기에 앞서 최소한도의 조건, 즉 자기의 보존책(保存策)에 관계되는 일이 아닌가. 학문이 무엇 때문에 필요한 것이며 지성(知性)이 무엇 때문에 존중되어야 했던가.

박태열의 고독감은 심각했다.

그것은 고모 집의 골방에 숨어 있기 때문의 고독이 아니고 같은 나이또래의 청년들로부터 소외되어 있다는 고독감이었다.

유일한 위안이라고 할 수 있는 7천여 명의 적격자 가운데 3천여 명이 학병 지원을 거부한 사실이었다. 그 3천여 명 가운데 자기도 끼어 있는 셈인데 태열은 그들의 운명을 생각함으로써 스스로를 운명 공동체의 일원으로 자각했다. 서로 누가 누군지 모르고 자기의 사정이 다르긴 하지만 같은 시련을 겪고 있다는 하나의 사실만으로써 깊은 유대감을 느끼는 것이다.

빈번히 고모 집을 찾아오는 백정선의 음성을 벽 하나를 사이에 두고 듣고 있으면서도, 서로 손을 잡고 위로하며 위로를 받고 싶은 마음이 간절했는데도 그녀를 지금 만나서는 안 된다고 다짐하는 박태열의 마음은 그 운명 공동체에 대한 자각과 할아버지를 유치장에 두고 있는데 대한 마음의 가책과 참아야 할 것을 참지 못하고, 견디어야 할 것을 견디지 못해 일본의 용병(傭兵)으로 타락해 버린 친구들이 그 무의지(無意志)에 대한 처절한 분노로써 얼어붙어 있는 탓이라고 설명할 수도 있을 것이었다.

그해의 그믐날, 즉 1943년 12월 31일 태열의 조부 박 진사가 원산경찰서로부터 풀려나오게 되었다.

그 소식을 재빨리 전한 것은 백정선이었다. 정선은 비탈길을 뛰어오르느라고 숨이 가빠 얼른 말을 하지 못하고 울기조차 먼저 했다.

"아이구 고마워라, 아가씨가 힘써준 덕택이오."

하고 태열의 고모도 울었다.

"친구의 아는 사람이 경찰서에 있어 저도 힘을 쓰지 않은 것은 아니었지만 그 때문에 나오시게 된 건 아녜요. 학병지원의 날짜도 지났으니 붙들어 두어도 별 볼일이 없기도 하고 워낙 노체여서 무슨 위험이 있을지 모르고 하니 석방한 거예요."

그리고 백정선은 아는 사람을 통해 들었다며 경찰을 떠날 때의 박 진사의 언동을 다음과 같이 전했다.

"영감, 나가시오."

하고 유치장에서 모셔다 내 놓으니 박 진사는 한숨을 섞어 이렇게 말했다.

"나갈 때도 있는 거로군."

그러자 형사가

"그거 무슨 소리냐."

고 따졌다.

박 진사는 조용히 말했다.

"나는 죽어서 나갈 작정을 했지."

벽 사이를 두고 정선이 하는 얘기를 들으며 박태열은 울었다. 울면서도 마음속으로 되뇌었다.

'할아버지 장하시다. 우리 할아버지 장하시다'

태열은 골방문을 열고 정선의 곁으로 갈까 했지만 장한 할아버지의 손주가 센티멘털리즘에 사로잡힐 순 없다고 이를 악물었다.

"아주머니, 태열 씨가 있는 곳을 알려줘요. 전 그분 곁으로 가야 합니다. 전 그분 곁에 있어야 하고 그분은 제 곁에 있어야 합니다. 언제 어느 곳에라도 뛰어갈 수 있는 준비는 다 해놓고 있어요. 아주머니, 태열 씨 계시는 곳을 아시게 되면 제게도 알려주세요."

하는 간절한 말을 남기고 백정선은 떠났다.

정선을 보내고 난 뒤 고모는

"네 할아버지헌테 가보고 와야겠다."

면서 총총히 집을 나섰다.

태열도 같이 가보고 싶었지만 그럴 수는 없었다. 입영일이 1월 20일로 되어 있으니 지원기일(志願期日)은 지났다고 하나 붙들리면 무슨 변이 있을지 몰랐기 때문이다.

밤중에 돌아온 태열의 고모는 박 진사가 집으로 돌아오자마자 병석에 누웠다고 전했다. 그리고 덧붙이는 말이 너무나 슬펐다.

"느그 할아버진 다신 일어나지 못하실 것 같더라."

드디어 1월 20일.

학병에 지원한 학생들이 입영하는 날이다. 땅거미가 질 무렵 박태열이 집을 향해 걸으면서 나직이 마음속으로 속삭였다.

"모두들 일본의 병영(兵營)으로 가는 날, 나는 집으로 돌아간다."

약간의 자부(自負)가 섞인 감정이었다. 고고(孤高)한 자부라고도 할 수 있는 다소곳한 감정. 웬일인지 잘다노 브루노의 이름이 뇌리를 스치기도 하고, 스피노자가 망막에 걸리기도 했다.

어둠의 바닥에 깔린 눈을 사박사박 밟으며 그 언젠가 햇빛 속에서 그 눈길을 같이 걸은 백정선을 생각하기도 했다. 백정선을 생각하면 용기가 난다. 이 세상에 사랑이 있다는 것을 깨닫게 해준 유일한 여인. 태열은 이 세상에 백정선이 존재하고 있다는 그 사실만으로서 행복할 수 있는 스스로를 새삼스럽게 발견하는 느낌으로 되었다.

'10년 후쯤 이 지구는 어떻게 되었을까?'

10년은커녕 1년 앞도 겨냥할 수가 없다. 그러나 보다 착하게, 보다 고귀하게 살려고 하는 정신엔 패배가 없겠지. 설혹 승리는 못했다고 해도 패배할 순 없는 것이 고귀한 정신이다.

'설혹 그때 나는 죽어 있을지 모르지만 나는 개처럼, 돼지처럼 죽지는 않을 것이다. 내가 이 지상에 존재한 것으로 한 줄기의 가냘픈 향기를 더했을망정 오점은 남기지 않을 것이다. 다이아몬드는 땅 속에 있어도 다이아몬드이다. 이름을 남기지 않은 그 무수한 소크라테스, 그 한 사람으로서 나는 다시 흙이 될 것이다. 아아. 10년 후 이날 밤 눈길을 걸으며 한 명상을 백정선에게 추억담으로 들려 줄 수 있을까?'

박 진사는 보료 위에 비스듬히 누운 채 방문을 열고 들어오는 손주를 보았다. 수척한 얼굴에 일시 화기가 도는 듯했다. 태열이 절을 마치자 가까이 오라고 손짓을 하곤 그 손으로 손주의 손을 잡았다.

"장하다, 장했어."

박 진사의 첫말이었다.

태열은 박 진사가 석방되던 날 고모 집 골방에서 되뇌어 보던 말을 상기했다.

'할아버지 장하시다, 우리 할아버지 장하시다…….'

그러니까 손주는 할아버지를 장하다고 하고 할아버지는 손주를 장하다며 서로 칭찬한 것이다.

"저 때문에 할아버지가 고생하신 것을 생각하면…….'

태열이 울먹거리자 박 진사는 주름잡힌 얼굴에 미소를 띠었다.

"할애비가 손주녀석 때문에 고생을 좀 했기로서니 그게 뭐 대단한가."

"그 추운 감방에서…….'

태열이 말을 잇지 못했다.

박 진사는 스르르 눈을 감으며 중얼거리듯 .

"칠십 평생에 널 위해 한 일이 한 가지라도 있었던가. 앉은뱅이 용을 쓴 격이었지. 헌데 이번에 처음으로 널 위해 뭔가 했다는 기분이 드는구먼. 네 애비에게 대해서는 떳떳할 수가 있겠구나. 네 애비는 한사코 널 일본 학교에 넣지 않고 중국으로 데리고 가려고 했는데 널 내 옆에 두고 싶어서 내가 우겨 일본 학교에 다니게 했던 것 아닌가. 그 결과 네가 일본의 병정이 되었다고 하면 내가 어떻게 네 애비 앞에 얼굴을 들 수가 있었겠는가. 참으로 아찔한 일이었다. 네가 내 마음을 잘 알고, 네가 널 보신할 줄 알았으니 이런 다행이 다시 있을 수 있겠는가. 태열아, 장했다, 장했어."

태열은 비로소 할아버지의 마음을 안 것 같았다. 동시에 이러한 할아버지를 갖게 된 것을 영광으로 생각했다. 너무나 퇴영적(退嬰的)이고 도해적(蹈海的)인 할아버지에게 그렇게 강한 핵심이 있었을 줄이야 미처 몰랐던 터였다.

박 진사는 한동안 묵묵히 있더니 눈을 뜨며 물었다.

"오늘이 입영일이라지?"

"예."

"놈들의 병정이 되는 건 모면하게 되었지만 앞일이 편하지 않겠지?"

"각오하고 있습니다."

"학병에 응하지 않는 사람은 징용으로 끌고 갈 거라며?"

"그렇게 말하고 있습니다."

"징용에도 응하지 않으면 어떻게 될꼬?"

"징역살이를 시킬 겁니다."

"징역살이?"

박 진사는 무겁게 한숨을 쉬었다.

"예. 학병에 지원하지 않은 것은 벌칙(罰則)을 만들어 놓지 않았으니까, 행정적으로는 보복을 할까. 징역살이 시킬 순 없을 겁니다만 징용령(徵用令)엔 벌칙이 있습니다. 응하지 않으면 징역살이를 시킬 겁니다."

"흠."

하고 박 진사는 눈을 감았다. 움푹 함몰할 듯한 안과(眼窠)의 언저리에 죽음의 그림자가 있었다. 태열은 목이 메는 듯했다. 다시 눈을 뜨고 박 진사가 물었다.

"징용엘 갈 텐가, 징역살이를 할 텐가."

"……."

"각오는 되어 있겠지?"

"예."

"그럼 한번 말해보게나."

태열이 조금 생각한 후에 물었다.

"할아버진 제가 어떻게 하는 게 좋겠습니까?"

박 진사는 다시 눈을 감으면서 말했다.

"징역살이가 더 고통스럽겠지?"

"……."

"징용엘 가면 다소의 자유는 있을 테구."

"그러나 할아버지. 남방이나 태평양으로 끌려가면 결국 군속(軍屬)으로서 부려먹힐 염려가 있는 겁니다."

"남방으로 가면 생명의 위험이 더하겠지?"

"그런 게 문제될 건 없습니다만."

"왜 문제될 게 없어."

박 진사는 발끈 소리를 높였다.

"넌 사대독자다. 사대독자인 네 생명이 문제가 안 되면 무엇이 문제가 된단 말인가."

노기를 띤 말과 기침이 시작되었다. 기침이 가라앉기를 기다리며 태열이 아뢰었다.

"말씀은 있다가 하시도록 하고 진정하시는 게……."

"아니다. 우리 조손간이 얘기를 나눌 수 있는 마지막이 아닌가 한다, 지금이. 그러니 우리 얘기 좀 더 하자."

박 진사는 얼마 전 놓았던 손주의 손을 더듬었다.

이번에는 태열이 할아버지의 손을 두 손으로 꼭 쥐었다. 마른 나뭇가지와 같은 촉감이었다.

"태열아."

"예."

"내 의견 같아선……."

"예."

"징용이고 징역이고 다 피하는 것이 좋겠다."

"그렇게만 할 수 있다면 더 이상 바랄 게 있겠습니까."

"삼수(三水)로 가든, 갑산(甲山)으로 가든 피하는 게 좋겠다."

"학병을 피하는 건 2, 3개월로 되었지만 징용과 징역을 피하는 건 1, 2년은 더 걸려야 하지 않겠습니까."

"그럼 징용엘 가겠다는 말인가?"

"아닙니다."

"그렇지. 징용에 가서도 안 된다. 군인이나 군속이나 매양 한가지다. 총을 쏘는 놈이나 총알을 만드는 놈이나 한가지다. 징용엘 갈 바에야 징역살이를 해야지. 징역살이는 종이 되는 건 아니다. 적으로 남는 것이긴 해도. 그러니까 넌 피해야 한다."

"……."

"징용을 피했다가 징역살이를 할망정 피할 수 있는 데까진 피해야 한다."

"……."

"장부가 뜻을 세우면 안 되는 게 없느니라. 삼수나 갑산에 숨어 있다가 네 애비 있는 곳을 알아내어 그리로 가면 될 게 아닌가. 네 애비가 할 수 있었던 일을 네가 못할 까닭이 있겠나, 알았지?"

"예."

했지만 태열은 아버지의 행방을 찾기란 어렵다고 생각했다. 만주 전체가 일본의 완전 지배하에 들어 있고 보니 아버지는 만주를 벗어났을지도 모를 일이었다.

"알았으면 당장 거동을 해야지."

하고 박 진사는 머리맡의 문갑을 가리켰다.

"문갑의 바닥에 얼만가 금을 유름해두었다. 한 댓냥 될지 모르겠다. 급할 때 네 애비에게 주려고 준비해 두었던 것인데……."

기침이 시작되었다. 그 기침 사이로 박 진사는 말을 이었다.

"경찰서에서 돌아와 김 생원을 시켜 한 돈쭝씩 토막을 내놨다. 얼마간은 가방에 넣고 나머지는 네 어미한테 부탁해서 입고갈 옷 이곳저곳에 끼워 넣어라. 그리고 또 네 어미가 돈을 좀 마련해 놓았을 거다. 그것도 받고 해서 빨리 떠나라."

"전 할아버지 옆에 있고 싶습니다. 최악의 경우 징역살이를 각오하면 얼마 동안은 모시고 있을 수 있지 않겠습니까?"

"안 돼."

박 진사는 힘없는 팔을 들어 저었다. 담이 묻은 소리는 걸걸했다.

"내가 이놈아, 널 징역살이 시키려고 그 고생을 했단 말이냐. 안 돼, 당장 떠나라. 오늘은 입영일이니까 놈들의 눈이 딴 데 쏠리고 있을지 모르지만 내일부턴 이 근처를 파고들 거다. 그러니 서둘러야 한다."

바태열은 할아버지 곁에서 마지막의 효두를 다할 각오를 하고 있었다. 아버지의 몫까지 합친 그야말로 마지막의 효도를 하고 싶었던 것이다. 게다가 박태열은 몇 년이 걸릴지도 모르는 도피행에 성공할 자신이 없었다. 그렇다면 체포당할 각오를 하고 단 한 시간이라도 더 할아버지의 곁에 머물러 있는 것이 상책이 아닐까 하는 생각이기도 했다.

태열이 대답이 없자 박 진사는 몸을 일으켜 앉으려고 몸부림을 했다. 속이 답답해서 견딜 수 없다는 그런 몸짓이었다.

"할아버지, 누워 계시지 왜 그러십니까."

태열이 가만가만 말했다.

"이놈아, 나를 편안히 누워 있게 하려거든 빨리 거동을 해라. 이놈아, 내가 안심하고 죽도록 해달라. 네가 곁에 있으면 안심하고 죽을 수도 없을 것 같다."

"할아버지!"

태열은 통곡을 억지로 참았다.

"안심하고 내가 죽게 해달래두."

박 진사의 얼굴은 짜증스럽게 이즈러지고 말은 애원하는 투로 바뀌었다.

태열이 일어서지 않을 수 없었다.

방을 떠날 때 박 진사의 말이 있었다.

"이젠 내 의사에 구애 말고, 네 애비의 의견을 기다릴 것 없이 기회가 있거든 장가를 들어라……"

박태열은 그 이튿날 새벽 영흥으로 떠났다. 그곳의 이모님 댁에서 얼만가를 머물다가 갑산으로 들어갈 작정이었다. 갑산으로 가는 이유는 소련을 경계하기 위해 일본의 경비주력이 소만국경(蘇滿國境)으로 옮겼기 때문에 갑산의 오지(奧地)엔 일본의 경찰력이 미치지 못하는 지역이 있다고 들었던 까닭이다.

영흥을 향해 길을 떠나며 태열은 백정선을 만나볼까, 어쩔까 하고 한동안 망설였다. 그러다가 끝내 단념하게 된 것은 원산 주변에서 맴돌다가 경찰관의 눈에 띌 위험이 있었다는 것과 육친에 있기 쉬운 미련을 끊고까지 떠나라고 한 할아버지의 굳은 의지를 모독하는 것 같아서였다. 태열은 정선을 만나지 않는 대신 한통의 편지를 고모님에게 위탁했다. 그 사연은.

지금 만나지 않는 나의 마음은 다음의 만남을 보다 기쁘게 하기 위해서입니다. 지금 만나지 않는 나의 마음은 다신 이별 없는 만남을 바라기 때문입니다. 지금 만나지 않는 나의 마음은 앞으로 있을 우리의 만남에 전 세계의 축복이 있도록 하기 위해서입니다. 여기에 한 가지 기쁜 소식을 전하겠습니다. 할아버지는 나에게 내 자유의사에 의한 결혼을 승락하셨습니다. 이것은 곧 정선 씨와의 결합을 허락하신 거나 다름이 없습니다. 이 허락이 또한 기쁜 것은 아버지의 허락까지를 겸하고 있다는 사실 때문입니다. 이 얼마나 반가운 일입니까. 물론 나는 어떠한 반대가 있어도 굴한 사람은 아니지만 그분들의 승락과 축복을 받을 수 있었다는 것은 손주로서, 아들로서 이 이상 떳떳할 수 없다는 기분으로 흐뭇합니다. 정선 씨, 지금 나는 몸과 마음이 아울러 건전합니다. 비굴하지 않게 당당하게 살아간 자신이 있습니다. 남의 아들로서 어긋남이 없고, 민족의 일원으로서 부끄럼이 없고, 인간으로서 뉘우침이 없는 당당한 길을 걸어갈 작정입니다. 소크라테스의 제자, 플라톤의 제자, 임마누엘 칸트의 제자, 마하트마 간디의 제자로서 나는 스스로를 단련시킬 작정입니다. 이러한 노력이 정선 씨의 영광을 더하는 결과, 정선 씨에게 바치는 순수하기 한량이 없는 사랑의 보람이 되리라고 생각하니 나는 더욱 행복합니다. 다시 되풀이하겠습니다. 지금 만나지 않는 나의 마음은 다신 이별 없는 만남을 바라기 때문입니다. 보다 정확하게 나의 심정을 쏟는다면 나는 당신과 헤어져 있는 것이 아닙니다. 나는 언제나 당신 곁에 있고 당신은 내 곁에 있으니까요. 잘 있으시란 말은 쓰지 않겠습니다. 우리 잘 있습시다라고 하지요. 형편이 되면 자주자주 편지하리라. 기다릴 수 있는 행복이 있다는 건 얼마나 기쁜 일입니까……

만일 그때 박태열이 이 편지를 쓰는 대신 백정선을 만나기만 했더라면 백정선은 어떠한 수단을 써서라도 박태열을 따라갔을 것이었다. 백정선은 언제이건, 어디에서건 태열이 있는 곳을 알리는 소식을 듣기만 하면 부모형제 몰래 빠져나가기 위해서 만반의 준비를 다 해놓고 있었던 것이다.

그렇게만 되었던들 박태열과 백정선은 전연 다른 운명의 길을 걷게 되었을지도 모를 일이다. 그러나 이런 말은 하나마나한 소릴 뿐이다.

백정선이 태열의 편지를 받고 느낀 충격이 얼마나 컸던 것인가는 그 편지를 친구들에게 보이며 다음과 같이 말했던 것으로 짐작할 수가 있다.

"다신 이별이 없는 만남을 바라기 때문에 지금 만나지 않겠다고 하셨는데 세상에 이럴 수가 있을까. 다신 이별이 없도록 우리는 다시 만날 수가 있을까. 왜 내 가슴이 이렇게 뛰지? 이런 걸 예감이라고 하는 걸까? 아아 난 견딜 수가 없어."

그때 윤미화는,

"박태열 씨는 너무나 순수한 것 같애. 그렇게 순수하게만 이 세상을 살아갈 수 있을까."

하며 탄식을 했고 최정원은,

"세상에 사랑은 갖가지야. 다이아몬드와 같은 사람이 있고 황금 같은 사랑이 있는가 하면 석탄 같은 사랑, 흙덩어리 같은 사랑도 있어. 나는 박태열 씨와 백정선의 사랑은 다이아몬드 같은 사랑이 아닐까 해."

하고 동경하는 표정을 지었다.

최정원은 문학소녀였던 것이다.

"다이아몬드면 뭔 하나? 손에 넣지 못하면, 손에 넣을 수 있는 흙

덩어리 같은 사랑이 손에 넣지 못하는 다이아몬드 같은 사랑보다 나을지 몰라."

윤미화는 이렇게 의견을 말했는데 최정원은,

"설혹 이루지 못할망정 사람은 아름다운 사랑에 순절(殉節)할 줄도 알아야 한다."

고 박태열을 칭찬하는 데 말을 아끼지 않았다.

백정선은 친구들의 이러한 말과는 어긋난 곳에 있는 스스로의 마음을 어떻게 할 수가 없었다. 어두운 예감의 그림자가 가슴을 억누르기만 했다. 그 어두운 예감을 지워버리기 위해선 결연한 태도를 취해야만 했다. 그러니 백정선의 다음과 같은 말은 친구들에게 들려주기 위한 것이 아니라 스스로의 마음을 다짐하기 위해서였다.

"세상에 그분처럼 고귀한 사람이 다시 있을 수 있을까. 그분처럼 청순한 사람이 다시 있을 수 있을까. 인간이 지닐 수 있는 성실의 극한(極限)을 그분은 지니고 있어. 그런 분의 사랑을 받을 수 있는 것만으로도 나는 행복해. 그분과 비교하면 우리 집은 너무나 추잡해. 나를 키워준 부모님을 모독해선 안 된다는 것을 알고 있지만 도리가 없어. 박태열 씨는 일편단심 보다 착하게, 보다 진실되게 살기 위해 애쓰고 있는데 우리 아버지와 오빠는 착한 것이 뭔지, 진실이 뭔지를 생각하지조차 않고 살고 있는 것 같애. 그러니 나는 아버지가 아무리 반대해도 그분을 따라갈 거야. 그 고귀함을 배울 거야. 그 청순함을 배울 거야. 어떤 희생을 감수하더라도 나는 그분과의 사랑을 성취하고 말거야."

"정선의 각오는 훌륭해. 그러나 그건 천상의 사랑이지 지상의 사랑은 아냐."

윤미화의 말이었다. 그 말이 또한 정선을 자극했다.

"미화의 말이 옳아. 난 너무도 잡스런 여잔가 봐. 박태열 씨의 고귀하고 청순한 사랑에 가끔 불만을 느끼거든. 소설 같은 걸 읽으면 보통 남자가 요구하고 여자는 사양하는데 우린 반대야. 난 몸과 마음을 박태열 씨에게 송두리째 내던지는 데 태열 씬 마음만 받아들이고 내 육체를 받아들이지 않아."

하고 정선은 와락 울음을 터뜨렸다.

한마디로 말해 백정선은 태열의 그 편지를 받고 제 정신을 잃은 것이다.

최정원이 조용하게 말했다.

"앞으로 어떻게 되건 그런 사랑을 경험하고 있다는 사실만으로도 정선은 이 세상에 난 보람이 있어. 정선아 두고두고 태열 씨의 사랑을 소중하게 해야 해. 우리는 끝까지 정선의 힘이 되어 줄 테야. 정선의 사랑을 성취하는 데 노력을 아끼지 않겠어. 너가 태열 씨를 찾아 나설 경우가 있으면 나는 동행까지 해줄 용의를 가졌어. 그러니 슬퍼하지 마. 안전지대에 가서서 꼭 통지하실 거다. 그때 우리 같이 가자. 몽고의 사막까지라도 흥안령의 밀림까지라도. 아니 시베리아의 광야까지라도……."

"나도 같이 가겠어."

하고 윤미화도 말을 보탰다.

"천상에만 있을 수 있는 사랑을 지상에 꽃피게 하기 위해서 나도 최선을 다하겠다."

세 젊은 숙녀들은 서로 부둥켜안고 울었다. 청순한 처녀들의 본능이 이때 벌써 커다란 비극을 감지했는지 모른다. 폭풍 전야의 새들처럼 그들의 가슴은 떨고 있었던 것이니…….

빙설(氷雪)로써 갑옷으로 삼은 것 같은 겨울의 갑산에서 연명할 장소를 찾자면 그곳 지리에 밝은 안내자를 필요로 했다.

그 안내자를 찾아내는 데 열흘이 걸렸다. 박태열이 한진갑(韓進甲)이란 초로의 안내자를 얻어 갑산을 향해 떠난 것은 2월 초순이었다.

2월은 삭풍(朔風)이 유별나게 광포를 더하고 엄한이 세위를 부릴 때이다. 그런만큼 일본의 관헌(官憲)을 겁낼 필요는 없었지만 자연이 대적(大敵)이었다. 다행히 박태열은 고등학교 시절부터 산악부원(山岳部員)으로서 난산(難山)을 등반한 적이 있었기 때문에 그 경험이 퍽이나 유리했다.

박태열은 안내자와 더불어 동산(冬山) 등반의 준비를 완전히 했다. 우선 2개월간의 식량과 필요한 약품, 방한장비 등을 세밀하게 챙길 수 있었던 것도 산악부원시대의 경험에 의한 것이었다. 그러기 위해서 조부가 만들어준 금과 돈이 얼마나 유용하게 쓰였는지 몰랐다.

1주일쯤 걸려 갑산에서도 가장 오지에 있는 용봉의 겹친 골짜기의 개울 가까운 곳에 도착하여 거기다 동굴을 파기 시작했다. 처음엔 움막을 지을까 했지만 눈사태를 견디고도 편안하려면 힘이 들더라도 동굴을 파는 편이 나았다. 짐승을 피하기 위해서도 그렇게 하는 것이 편리했다.

그렇게 해서 박태열의 둔세생활(遁世生活)이 시작되었다. 그는 날씨가 좋은 날이면 근처의 산을 오르내리며 사냥을 하기도 하고 날씨가 나쁜 날엔 동굴에서 책을 읽었다.

그는 수십 권의 책을 준비해 갔는데 특히 감동을 새롭게 한 책은 니체의 『차라투스트라』였다.

산 속에서 읽는 다음과 같은 귀절은 절박한 공감을 일으키기도 했다.

차라투스트라는 나이 30세가 되었을 때 고향과 고향의 호수를 떠나 산 속으로 들어갔다. 거기서 그는 그의 정신과 고독을 즐겨 10년 동안 움직이질 않았다. 드디어 그의 마음은 변했다. 그래 어느 아침 서광(曙光)과 더불어 일어나서 태양 앞에 나가 태양을 향해 외쳤다. '너, 위대한 천체여! 만일 네가 비출 자를 가리지 않았더라면 너의 행복은 어떻게 되었겠는가.'

낭랑하게 소리를 높여 낭송하고도 싶은 이 귀절은 무내용한 그만큼 투명한 감동을 태열에게 주었다.

태열은 고독 속에서 정신의 앙양을 느끼고 고고(孤高)한 마음을 배우려고 했다. 칸트 학도로서의 그에겐 니체의 격렬한 말투에 지나친 논리의 비약을 느끼기도 하며 니체의 사상에 몰입할 수가 없었으나 환경의 탓으로 어느덧 친화감을 느끼기 시작했다.

사냥과 독서 말고도 기쁨은 있었다. 같이 생활하게 된 한진갑이란 초로의 사나이는 태열에게 있어서 생활에 있어서의 필요 인물이었을 뿐만이 아니라 정신에 있어서도 커다란 의미를 가지게 되었다.

한진갑은 산에서 약초를 캐어 마을에 내려가 그것을 팔아서 생계를 유지하고 있던 노인이었다. 그는 갑산이 지니고 있는 모든 성질에 통달하고 있었다. 동굴 속에 앉아서도 바람의 방향을 알아차릴 수 있고, 짐승이 우는 소리만을 듣고도 덫을 어디다 놓으면 짐승을 잡을 수 있을까를 알기도 했다. 평생을 혼자서 살고 있다는 그는 가족과 친척에 관해선 한마디의 말도 하는 법이 없었으나 태열의 가족에 관한 소식은 열심히 알아두려고 애썼다.

갑산의 봄은 4월에서야 겨우 찾아든다. 한진갑이 영흥까지 나갔다가 사흘만에야 돌아왔는데 박태열에게 슬픈 소식을 전했다. 태열의 할아버지 박 진사가 지난달에 죽었다는 소식이다.

"헌데 무슨 일이 있어도 집에 돌아갈 생각은 말라고 합디다."
며 한진갑이 무겁게 말했다.

"손주가 할아버지의 부고를 듣고도 돌아갈 수가 없다는 것은⋯⋯."

하고 태열은 눈물을 흘리다가 한진갑에게 의논을 했다.

"낮엔 숨고 밤에 걷고 해서 집엘 한번 다녀오고 싶은데 어떨까요."

한진갑은 잠시 생각에 잠기더니,

"남의 자식된 도리로 그런 마음을 가지는 것은 당연하다고 하겠지만 조부님이 돌아가시고 난 뒤론 댁 부근에서 경찰관이 떠나질 않는답니다."

하고 한숨을 쉬었다.

"혹시 아버지의 소식은 없다고 합디까."

"그런 말은 듣지를 못했소."

박태열이 너무나 낙심하고 있는 것을 보자 한진갑이

"댁의 생각이 그처럼 간절하다면 내가 무슨 수를 써 보겠지만 그만두는 게 좋지 않을까 합니다. 할아버지께서 갑산에까지 보낼 때 그 마음이 어떠하셨겠소. 모처럼 마음을 썼다가 댁이 붙들리기라도 하면 지하에 계시는 조부님께서 얼마나 탈기하시겠소. 이왕 종신을 못하신 바에야 좀 더 시기를 두고 보는 것이 어떻겠소."

하고 위로했다.

결국 박태열은 집으로 돌아가는 것을 단념하고 산중생활을 계속하기로 했다. 외로움과 슬픔과 괴로움이 없기야 했을까만 박태열은 산 속의 생활에 익숙하고 고독 속에서 자기의 철학을 가꾸어 나갔다.

한진갑을 통해 백정선에게 소식을 전하고 싶은 마음이 간혹 간절했지만 그러한 충동도 일체 눌러 버리기로 했다.

'차라투스트라가 고향에 두고 온 애인에게 마음을 빼앗길까.'

박태열은 문자 그대로 니체의 초인을 배우려고 했다.

어느 때, 전쟁이 끝나고 나라가 제대로의 체면을 찾는 날에 박태열은 유연히 산을 내려가 자기의 철학을 설(說)할 것이었다.

백정선은 기다림에 지쳐 있었다.

그러나 지친 기다림 속에서도 세월은 흘렀다.

박태열이 떠난 지 어느덧 1년이 지났다. 일본의 패색이 짙어만 갔다. 백정선은 일본이 패망하는 날이 태열과 재회하는 날일 것이라고 기대할 수 있었다. 백정선은 아버지와 한 지붕 밑에 살면서도 아버지와 반대되는 기원을 갖기에 이르른 것이다.

딸을 키운다는 건 여우를 키우는 것이란 말이 있는데 백정선은 아버지에게 대해선 한 마리의 여우나 다름이 없었다.

갈매기와 심포니

박태열은 산 속에서의 고독한 생활에 익숙했다. 익숙했다는 것은 산에서의 생활을 즐길 수 있게 되었다는 뜻이기도 하다.

산은 음악으로 치면 거대한 심포니(交響樂)라고 할 수 있었다. 첩첩이 겹친 산괴(山塊) 자체가 묵직한 음향의 퇴적이다. 이를테면 무성(無聲)의 음의 거창한 양(量)이 압도하고 있는 가운데 개울소리는 쉬지 않고 연결되어 라이트 모티브를 이룬다.

바람이 일면 화음(和音), 그 바람의 세(勢)에 따라 안단테, 아다지오, 스켈츠오로 변하기도 하는데 새소리, 벌레소리, 때론 짐승들이 우는 소리가 불협화음(不協和音)으로서 오묘한 해화(諧和)를 이룬다.

이른 봄엔 얼음이 녹는 소리가 섞이고 좀 더 지나면 만산 이곳저곳에서 꽃들이 일제히 환성을 울린다. 돋아나는 새싹, 무럭무럭 자라는 수목과 초목들이 제각기 음향을 지니고 있다는 사실은 신비로운 발견이다.

박태열은 그 모든 소리를 들을 수가 있었다. 계절이 지나가는데 따라 뉘앙스를 달리하는 소리, 소리, 소리. 뇌성이 울리고 번갯불이 번득이면 천지가 음향의 바다로 된다. 산의 높이만한 체구의 콘덕터가 머리칼을 흐트리고 전신을 경련하며 지휘봉을 휘두르고 있는 모습을 환각(幻覺)으로서가 아니라 육안으로 볼 수 있게끔도 되었다.

산은 이들 그림에 비하면 눈앞에 펼쳐진 규모의 크기로 화려한 예술이다. 조화(造化)의 신비라고밖엔 할 수 없는 갖가지 색채와 무늬의 배합, 유연하고 우아하고 변화무쌍한 선(線)과 선의 교차. 박태열은 어떠한 인식보다도 감상(鑑賞)과 형수(享受)가 최대의 지혜라는 것을 배웠다.

이 산 속의 생활에 비하면 바깥의 세계, 즉 사람과 사람이, 나라와 나라가 아귀다툼을 하고 있는 사회에서의 생활은 지옥이랄 수밖에 없다고 느꼈다. 진실로 지옥은 사람이 만들어 내는 것이다. 자연엔 지옥이 없다. 역사란 결국 자연의 바탕 위에 지옥을 만들어내는 인공(人工)의 결과라는 것을 태열이 알았다.

한 노인이 가지고 온 나락씨를 뿌렸더니 좁다란 개간지에 벼이삭이 자랐다. 감자도 심고 배추도 심고 무도 심었다. 개울엔 물고기가 있었다. 가재와 게도 있었다. 산나물은 풍부했다. 미리 미리 준비해 두기만 하면 또 한 번의 겨울을 지내는 것도 고통이 아닐 것이었다.

태열은 최저한의 생활을 유지하기 위한 노동의 틈틈이 책을 읽기도 하고 스스로의 사색을 노트에 적어 놓기도 했다. 그가 산 속으로 가지고 들어온 책은 칸트의 『삼비판서(三批判書)』와 도스토옙스키의

『카라마조프가의 형제들』, 톨스토이의『전쟁과 평화』, 그리고 니체의 『차라투스트라』였다. 태열은 이상의 책을 되풀이 해 읽으면서 이밖의 책은 필요없다고 생각하기에 이르렀다. 칸트의『삼비판서』는 그것이 가르치는 결론보다, 그 사고가 직조(織造)해 나가는 치밀한 밀도로 해서 정신의 체조적 의미(體操的意味)로서 기막힌 보람이었다. 모든 철학은 그『삼비판서』를 읽음으로써 다듬어진 바탕 위에 그래프로 좌표화(座標化)할 수가 있는 것이다.

『카라마조프가의 형제들』는 인간 내부에 전개되는 세계를 관조하는데 도움이 되는 작품이며『전쟁과 평화』는 역사의 규모 속에 인간을 관찰해 보는데 큰 도움이 되었다.『차라투스트라』는 정신의 앙양을 위해서 좋았고.

이래저래 박태열은 갑산의 산골에서 세계를 방관하는 관찰자로서의 수련을 닦게 되었다.

백정선의 모습이 떠오르면 그녀와의 대화를 수첩에 적어 넣었다. 태열의 심상내부(心象內部)에 백정선은 뚜렷한 자리를 차지하고 있었다.

다음은 어느 날의 대화이다.

태열: 이 산 속에 살고 있어도 조금도 심심하질 않소.

정선: 그럴 밖에요. 내가 항상 당신 곁에 있는 걸요.

태열: 정신이 능력이란 무한하죠. 수배 리의 거리를 두고 있으면

서도 이렇게 우리들은 대화할 수가 있으니까요.

정선: 그건 정신이 아니고 사랑이란 거예요. 정신만으론 안 돼요. 사랑이 향기처럼 서려 있는 정신이 아니고서는.

태열: 길경화(桔梗花)가 이렇게 아름다운 것인 줄 미처 몰랐소.

정선: 당신의 시선을 받으니까 더욱 아름다워진 거죠.

태열: 나는 이 꽃으로 화환을 만들까 합니다.

정선: 내 목에 걸어주실 작정인 게죠?

태열: 당신은 신통해. 어떻게 그걸 알았지?

정선: 난 당신의 마음속에 살고 있으니까요.

태열: 꽃은 뭣이건 아름답지만 심심산속의 길경은 정말 아름다워. 마찬가지로 모든 사랑은 빠짐없이 아름답겠지만 우리들의 사랑이야말로 가장 청순하고, 가장 향기롭고, 가장 고귀하다고 생각하니 흐뭇해요.

정선: 그런 고귀한 사랑을 이룩했다는 사실만으로도 우리는 인생에 있어서의 승리자예요.

태열: 승리자란 말은 썩 잘된 말이오. 나나 정선 씨는 인생의 승리잡니다.

정선: 우리 승리를 축하해요.

태열: 축하합시다. 오늘밤 갑산의 달은 기막히게 밝습니다. 그 밝은 달빛 아래서 승리의 축하연을 베풉시다.

정선: 헌데 이 지긋지긋한 전쟁은 언제 끝이 날까요?

태열: 언젠가는 끝이 나겠죠. 그러니 너무 조바심을 내지 마십
　　　시오.

정선: 사람들이 모두 제 정신을 잃은 것 같아요. 왜 그럴까요?

태열: 그런 문제에 관해선 우리 신경을 쓰지 맙시다. 니체는, 사람
　　　은 원래 탁한 강물이라고 했소. 탁한 강물을 스스로를 더럽
　　　히지 않고 받아들이려면 바다가 되어야 한다고도 했구요.

이런 기록을 쓰고 있으면 정말 정선과 같이 있는 기분으로 된다.
그런 까닭으로도 박태열은 산 속에서의 고독한 생활을 즐길 수가 있
었던 것이다.

어느덧 한 해가 갔다.

두 번째로 봄을 맞이하고 이어 여름을 맞이했다. 가끔 한 노인이
영흥을 다녀오기도 하고 3, 40리 떨어진 마을에 갔다 오기도 하는 바
람에 세상 소식을 들을 수가 있었다.

최근 한 노인의 말에 의하면 젊은 사람은 거의 징병이나 징용으
로 나가고 늙은 사람들만 남아 농사를 짓게 되었는데 농부들은 농사
를 짓고도 식량난에 허덕이고 있다고 했다. 농산물을 죄다 공출해야
하기 때문이란 것이다.

박태열이 갑산으로 들어와 두 번째의 여름이 거의 지나갈 무렵이
었다. 한 노인이 영흥엘 다녀오겠다고 하고 산에서 내려가선 열흘이

넘었는데도 돌아오지 않았다. 종전엔 사흘만이면 꼭 돌아오곤 했던 한 노인이 오랫동안 돌아오지 않는 것은 이상한 일이었다.

아무리 산 속에서의 생활에 익숙했다고는 하지만 열흘 동안이나 혼자 있어야 한다는 건 견디기 어려운 형편이었다.

한 노인이 떠난 지 열 하루가 되던 날, 박태열은 삼십 리쯤 상거에 있는 마을까지 내려와 보았다. 사람의 눈을 피하려고 멀찌감치 숲 사이에서 그 마을을 바라보고 있다가 용기를 내었다. 마을 안으로 들어가 볼 결심을 한 것이다.

마을이래야 화전(火田)을 일구어 근근이 끼니를 이어가는 사람들이 열 집 가량 모여 살고 있는 형편인데 집이라기보다는 움막이었다.

박태열은 어느 움막 앞에 섰다.

"주인 계십니까?"

하고 불러도 대답이 없었다.

좀 더 소리를 높여 불렀더니 이웃 움막에서 어떤 노파가 얼굴을 내밀고,

"그 집에 사람이 없소."

하고 박태열을 이상스런 눈초리로 쳐다보았다. 그때야 태열은 자기가 이상스런 몰골을 하고 있다는 사실을 깨달았다. 옷은 언제나 깨끗하게 빨아 입고 있었지만 거의 2년 동안 머리를 깎지 않았고, 수염도 깎질 않았었다. 자주 머리를 감고 얼굴을 씻기도 했지만 머리칼은 어깨까지 늘어져 있었고 얼굴 전체가 구레나룻과 수염 속에

파묻혀 있는 것이니 노파가 이상스런 눈으로 보게 된 것도 무리가
아니었다.

"남자들은 없습니까."

태열이 물었다.

"남자들은 없소."

하고 노파가 물었다.

"당신은 어디서 왔소."

"나는 저 산 속에 살고 있소."

태열이 대답하자 노파는,

"혼자서 저 산 속에서 살았단 말이오?"

하고 놀라는 얼굴이 되었다.

"혼자서 산 것은 아니오. 한 노인하고 같이 살았소."

"한 노인? 약초 캐는 노인 말이오?"

"그렇소."

"그 한 노인이 죽었다고 하던데.…… 아이구 가엾어라."

하고 노파가 혀를 끌끌 찼다.

"한 노인이 죽다뇨?"

태열이 놀라며 물었다.

"같이 살았다고 하면서 한 노인이 죽은 줄 몰랐소?"

"영흥엘 다녀온다고 하고 열흘 전에 떠났는데 소식이 없어서 여
기까지 내려와 본겁니다."

하고 태열이 좀 더 상세하게 사정을 알려달라고 했다.

"아라사 사람들의 총에 맞아 죽었다오."

하는 노파의 말은 더욱이 해괴했다.

떠듬떠듬 요령도 없이 말하는 노파의 말을 정리하면 다음과 같
았다.

한 노인이 영흥에 들어가자 로서아 병정이 한 노인이 메고 있는
것이 뭐냐고 물었다. 한 노인은 로서아 말을 알아 듣지도 못했거니
와 로서아 사람을 보곤 겁을 먹고 도망을 치려고 했다. 그러자 로서
아 병정이 총을 쏘아 죽였다는 것이다.

"아라사 병정, 아라서 병정 하는데 아라사 병정이 영흥에 어떻게
들어왔다는 겁니까."

태열이 이렇게 물었다.

"아이구매. 그럼 당신은 아라사 병정이 들어와 있는 줄도 몰랐
소?"

하고 이어 이런 말을 했다.

"일본 놈이 전쟁에 졌다오. 그래 아라사 병정들이 밀려들어 왔
다오."

박태열은 감전이라도 한 것처럼 멍청해졌다. 정신을 차리기 위해
선 상당한 시간이 걸려야만 했다.

'아, 드디어 일본이 패망했구나.'

뭉클하게 감동이 솟아올랐다.

'그런데 로서아 병정이 들어왔다니……'

금시 느꼈던 감동이 얼음 덩어리처럼 차가운 느낌으로 바뀌었다.

수십 년 전부터 로서아가 이 반도를 노리고 있었다는 사실을 태열은 상기했다. 부동항(不凍港)을 확보하려고 덤빈 로서아가 아니었던가. 제정(帝政) 때의 그 야심을 소비에트가 되었대서 포기할 까닭이 없을 것이 아니겠는가. 박태열은 싸늘한 전율을 느꼈다.

'아아, 어디까지나 불행한 나의 조국인가!'

그토록 바랐던 일본의 패망이 로서아의 점령이란 결과를 낳았다면, 앞으로도 암흑이 계속될 것은 필지의 사실이었다.

태열은 겨우 정신을 차리고 물었다.

"이 마을엔 남자가 없는 겁니까?"

"왜 남자가 없겠소."

"그럼 모두들 어디로 갔습니까?"

"논밭을 나누어 준다는 얘기라서 면소(面所)에 갔소."

"논밭을 나누어 준다?"

"아라사 사람들이 정치를 하게 되어 논밭을 나누어 준다는 얘기였소."

벌써 소비에트식 통치가 시작되었구나, 하는 짐작이 들었다.

"그런데 한 노인이 죽었다는 소식은 어떻게 들었소."

"우리 영감이 한 노인을 잘 아오. 우리 영감이 영흥엘 갔다 와서 한 얘기였소."

"언제요."

"죽었다는 소문을 들은 건 한 댓새 되었소."

"아라사 병정이 들어온 것은 언제요."

"벌써 달 반쯤 전의 일이오."

"그렇다면 일본이 진 게 그쯤 된단 말 아닙니까?"

"그럴 거요."

박태열은 알고 싶은 게 많았지만 그 노파를 상대론 정확한 사실을 알 도리가 없다는 걸 깨달았다.

노파에겐 적당하게 인사를 하고 산으로 도로 돌아왔다.

복잡한 심정이었다.

일본의 패망은 예상하기도 했고, 환영할 만한 일이었지만 로서아 군의 점령은 달갑지가 않았다. 로서아는 그들의 방식대로 통치하려고 덤빌 것이니 민족이 당하는 수모가 이만저만하지 않을 것이란 사실을 쉽게 짐작할 수가 있었다.

'아아, 일본이 패망했다는 소식을 이처럼 무거운 마음으로 받아들이게 될 줄이야 상상이라도 할 수 있었을까'

두둥실 춤이라도 추고 싶은 그 감격을 로서아 놈들에게 빼앗겼다고 생각하니 통곡이라도 해야 할 심정이었다.

그러나 저러나 산에서 내려가야만 했다. 하룻밤을 그곳에서 쉬고, 책만을 챙겨 보따리에 싸곤 거의 2년 동안을 지낸 동굴을 나섰다.

어느덧 정이 들어버린 산 속의 정경을 무량한 감회로서 둘러보곤 박태열이 걷기 시작했는데 차라투스트라가 산을 내려오는 의기(意氣)를 닮아 볼 엄두도 나질 않았다.

영흥에 도착했을 땐 땅거미가 내리고 있었다. 태열은 곧바로 이모 집으로 갔다. 이모와 이모부는 태열을 붙들고 울었다. 그런데 그 울음소리마저 이웃을 의식하는 눈치라서 태열의 마음은 불안하기만 했다.

"앞으로 어떻게 살아야 할지 모르겠다."

태열의 이모부는 태열이 저녁식사를 끝내자 이렇게 한탄부터 시작했다.

태열이 잠자코 귀를 기울였다.

이모부의 얘기는 다음과 같았다.

"전답 합쳐 30두락 남짓 가지고 있는 나를 악덕 지주라고 낙인을 찍었다네. 이 집까지 비워내라고 하잖는가. 곧 엄동이 닥칠 텐데 어디로 가야 할지 막연하다. 내년 봄까지만 기다려 달라고 부탁을 해놓았지만 인민위원회니, 당이니, 민청이니 하는 데서 서슬이 시퍼렇게 덤벼들고 있어 가늠하기조차 어렵구나. 그러나 내 형편은 나은 편이다. 두들겨 맞진 않았으니까. 내 친구들은 민청에 붙들려가 병신이 되도록 얻어맞았다. 반동분자는 죽어야 한다는 거라……."

"인민위원회니 당이니 민청이니 하는 거 어떻게 조직된 겁니까"

라는 태열의 질문에 대한 이모부의 답은,

"소련군이 들어오자마자 환영위원회란 게 생기더니 곧 인민위원회의 간판이 나붙더만. 지금 이곳의 인민위원장은 대장장이다. 동인민위원장은 바로 이웃집에서 머슴살이 하던 놈이고. 말하자면 뒤죽박죽이지. 헌데 언제 모두 공산당이 되어 있었던지 너도나도 공산당의 충성분자들이야. 스탈린 대원수를 찬양하고 소련 해방군을 위해 만세를 부르고, 잔뜩 들떠 있는 판이라 뭐가 뭔지 알 수가 없어. 소련 놈들은 여자들만 보면 겁탈하고, 좋은 물건이라고 보면 강탈하고 못할 짓이 없이 설쳐대는데도 그놈들을 해방군이라고 해서 찬양하라고 하니 기가 막혀. 일본 놈이란 이리를 앞문에서 쫓고 보니 뒷문으로 소련 놈이란 호랑이가 들어닥친 꼴이라……."

"일본 놈들은 어찌하고 있습니까."

"모조리 수용소에다가 가둬버렸다. 놈들의 꼴이 말이 아니지. 경찰서장의 코를 꿰어 시내를 한 바퀴 돌린 사건도 있었다."

"소련군이 반도 전부를 점령한 겁니까?"

"아냐. 참 말하는 걸 잊었군. 38선이란 선이 그어졌어. 북위 38도선을 사이에 두고 남쪽은 미군이 점령하고 북쪽은 소련군이 점령하도록 약속이 되었다는구먼."

"미군이 점령한 곳은 어떤가요?"

"그걸 어떻게 알겠어. 그러나 풍문에 의하면 미군이 점령한 지역엔 북쪽과 같은 소동은 없는 모양이더라. 그곳에서도 역시 공산당이 날뛰고 있는 모양이지만 미군은 자유정책을 쓰고 있다는 얘기야. 미군들은 모두 신사적이구……."

38선이란 게 태열의 마음에 걸렸다. 국토분단의 화근으로 될 것이 아닌가 하는 예감이 불길했다.

태열의 이모부는

"앞으로 사태는 자꾸만 험악해질 것 같으니 이곳에선 살아갈 수가 없을 거다. 남쪽으로 가야 할 형편이 될지 모르겠는데 그곳에 간들 어떻게 살겠는가. 참으로 막막한 심경이다."

하고 울먹거렸다.

'아아, 나는 이날을 기다리기 위해 갑산에서 살았던가.'

태열은 북받쳐 오르는 분격을 억제하기가 힘들었다.

이튿날 박태열은 원산의 집으로 돌아왔다.

아직 3년 상이 나질 않아 할아버지의 빈소가 있었다. 태열은 그 빈소에서 엎드려 한참동안을 지냈다.

그리고 어머니에게 인사를 올렸는데 어머니는 몰라볼 정도로 수척해 있었다. 아버지의 소식이 없느냐고 물었더니 없다는 대답이었다.

"독립운동을 하시던 분이 속속 돌아오신다고 들었는데 느그 아버지는 소식조차 없구나."

하고 어머니는 암연한 표정이었다.

하룻밤을 쉬고 고모 집을 찾아갔다.

고모 집에서 백정선의 소식을 들었다.

소비에트군이 진격해 왔다는 소식이 있자 백정선의 가족은 서울로 옮겨갔다는 얘기였다.

"서울로 떠나기 직전 그 아가씨가 찾아왔더라. 가족이 다 떠나가니 남아 있고 싶어도 남아 있을 수가 없다며 네가 돌아오면 연락해 달라고 주소를 남겨놓고 갔다. 지금 생각하면 썩 잘한 일이지. 만일 그 사람들이 남아 있기라도 했더라면 무슨 변을 당할지, 큰일 날 뻔했다. 매일 매일 인민재판이란 게 있어 사람이 죽는 판인데 그 아가씨의 아버지가 살아남을 수가 있었겠나."

고모는 이런 말을 하며 백정선의 서울 주소를 내놓았다.

태열은 그것을 보고 서울을 생각했다.

'어머니를 모시고 서울로 갈까?' 하는 생각이 일었지만 벌써 38도선은 폐쇄되어 있어 특별한 사유가 없으면 넘어가지 못한다는 얘기를 태열은 듣고 있었다.

'그렇다면 나와 백정선은 영 이별이 되는 걸까? 그럴 수야 없지. 어떻게 해서라도 나는 백정선을 만나야 한다.'

태열은 마음속에 이렇게 다짐을 했다. 방도는 천천히 생각할 참이었다.

박태열은 집으로 돌아온 지 사흘 만에 내무서라고 하는 곳으로부

터 출두명령을 받았다. 보초의 안내를 받고 텅 빈 방에 앉아 있노라
니까 견대(肩帶)를 비스듬히 메고 혁대로 허리를 묶은 카키색 군복을
입은 27, 8세의 사나이가 나타나 대뜸

　"동무는 나를 모르겠소?"

하고 물었다.

　동무라는 말이 심히 귀에 거슬렸다.

　상대방의 얼굴은 눈에 익은 것 같기도 하고 생소한 것 같기도
했다.

　태열의 답이 없자 사나이가 말했다.

　"우리 보통학교를 같이 다녔는데 그렇게 사람을 몰라보기요?"

　"그렇습니까. 몰라봐서 미안하오."

　태열이 무뚝뚝하게 말했다.

　사나이는 정색을 했다.

　"동무는 지금까지 어디에 있었소."

　"갑산에 있었습니다."

　"갑산에?"

　"그렇소."

　"거겐 뭐하러 가 있었소."

　"일본의 학병을 피하기 위해 거게 가서 숨어 있었소."

　"동무는 친일파인데 어째 학병을 피하려고 했소."

　"나는 친일파가 아니오."

"친일파 아닌 사람이 동경제국대학엘 다녔겠소?"

"친일파라서 그런 학교에 다닌 건 아닙니다."

"그럼 무슨 이유로 그런 학교에 다녔소."

"그저 다닌 겁니다."

"그런 이유가 온당치 않은 말은 하지 말기요."

"사실이 그런 걸 어떻게 하겠소."

"동무는 자기가 부르주아 근성의 소유주라고 생각합니까."

"그렇게 생각하진 않소. 나는 부르주아가 아니니까."

"부르주아 아닌 사람이 대학에 다닐 수 있었을까요?"

"근근히 다닐 수 있었을 정돕니다."

"그럼 뿌띠 부르주아란 말이구먼."

"그런 것도 아닙니다."

"동무"

하고 사나이는 거칠게 나왔다.

　태열은 대답하지 않았다.

"동무는 솔직하지 않소."

"……."

"그러나 기왕은 자기비판을 엄격하게 하면 용서해 주겠소."

"……."

"자기비판은 정직한 비판이라야 하오. 동무는 참말로 갑산에 있었소?"

"예."

"그 증거가 있소?"

"내 자신이 증겁니다."

"갑산에 있었던 것이 아니라 남선에 있다가 온건 아니오?"

"아닙니다."

"기왕은 용서한다고 했으니 남선에 있다가 왔으면 그렇다고 하시오."

"갑산에 있었소."

"갑산에 있다가 왜 지금 나타났소."

"일본이 패망한 것을 몰라 며칠 전까지 거기 있었던 겁니다."

"소련 해방군의 진주로 천지가 진동하듯 했는데 그걸 몰랐단 말이오?"

"참으로 몰랐습니다."

"가만 보니 동무는 형편없는 사람이구만. 소련 해방군의 진주가 벌써 두 달이 넘었는데 그걸 몰랐다고 하면 소련 해방군을 무시했다는 얘기가 아니오?"

"몰랐으니까 몰랐다고 할 밖에요."

"동무는 해방군을 기다리지도 않았소?"

"기다리지 않았습니다."

"겨우 정직하게 말하느면."

"……"

"동무는 소련 해방군을 고맙다고 생각하지 않소?"

"……."

"왜 대답이 없소?"

"소련군이 고마운지 안 고마운지는 좀 더 두고 봐야 알겠습니다."

"뭐라구? 동무는 철저한 반동이구먼. 일본 놈을 몰아내고 우리를 해방시켜준 소련군을 고마워하지 않는다면 이건 결정적인 반동이오, 친일파요."

사나이는 신경질적으로 고함을 질렀다. 그리고 덧붙였다.

"우리는 당신을 반동이라고 규정하고 당장 처리할 수도 있소. 그러나 당분간 자기반성할 시간을 주겠소. 그리고 그 자기반성의 성과를 보아가며 당신을 용납할 것인지 안 할 것인지를 결정하겠소."

자기반성의 시간을 준다는 건 유치장에 감금하는 것을 뜻했다. 박태열은 그 길로 원산경찰서의 유치장 신세를 지게 되었다.

박태열은 유치장에서 한 달 동안을 지냈다. 그동안 매일 자기 반성문을 썼다. 그는 일제 시대에도 해보지 못한 자기 왜곡(歪曲)을 감행했다. 마음에도 없는 소리를 쓰지 않으면 다시 밝은 빛을 볼 수 없다는 것을 깨달았기 때문이었다.

스탈린은 인류의 은인일 뿐 아니라 조국 해방의 은인이란 사실을 확인했다고 하고 그것을 뒤늦게야 깨닫게 된 스스로를 비판하며 앞으로는 인민을 위해 복무할 것이란 서약서를 쓰고야 겨우 영어(囹圄)에서 풀려나왔다.

박태열은 기진맥진했다.

'나는 소크라테스처럼 죽어야 했는데……'

'나는 잘다노 브루노처럼 죽어야 했는데……'

후회를 한들 엎질러진 물을 도로 거둬 담을 순 없었다. 박태열은 그의 비굴한 행위를 결코 용서하지 않았으리라고 다짐했다.

고귀하게, 순수하게 살려고 했던 그가 조국이 해방되어 새 출발이 가능하게 된 바로 그 출발점에서 가장 비굴한 놈으로 전락했다는 사실을 스스로 용납할 수 없었던 것이다.

따라서 그는 철저한 염세주의자가 되었다. 술을 배우게 되었다. 성격에도 이상이 생겨났다. 한마디로 말해 그는 날로 타락의 시궁창으로 빠져 들어갔다.

박태열이 원산의 인민위원회로부터 원산고급중학교의 교원으로서 복무하라는 지령을 받은 것은 그 이듬해인 1946년의 3월이었다.

박태열은 수학을 담당하겠다고 했다. 철학과에 다니긴 했으나 중학교에서 수학을 가르칠 만한 실력은 있었다. 태열이 수학을 가르치겠다고 한 것은 당시 수학교사가 드물었기 때문도 있었지만 수학을 가르치고 있으면 잡스런 말을 하지 않고도 넘길 수가 있다고 생각한 때문이었다.

그러나 사정은 달랐다. 공산당에서 배포한 팸플릿을 주며 그것부터 먼저 학생들에게 가르치라는 지시가 있었다. 그 팸플릿의 내용은 공산주의가 세계 최고의 사상이며, 그 주의를 당시(黨是)로 한 공산당은 세계 최고의 조직이니 따라서 모든 인민은 공산당이 시키는 대로 한다는 것이고, 만일 이 가르침에 위배하면 인민을 배신하는 극악 반동분자로서 심판을 받아야 한다는 것이다.

마음에도 없는 자기 비판서를 쓴 것도 가슴이 아픈데, 이처럼 터무니없는 소리를 학생들 앞에 한다는 것은 정말 견디기 힘든 노릇이었다. 박태열은 수업에 들어가면 그 팸플릿을 학생들에게 시켜 읽게 해놓고 자신의 의견은 말하지 않는 그런 소극적인 저항으로 나날을 보냈다.

한데 그러한 태도가 용납될 까닭이 없었다. 어느 날 박태열은 학교에 배치되어 있는 정치위원에게 불려갔다.

정치위원은 박태열이 들어서자 책상을 꽝 쳤다.

"박 동무, 왜 내가 박 동무를 부른지 알겠지?"

"……."

"동무의 교육 태도가 뭐요?"

하고 정치위원은 박태열의 수업태도를 일일이 열거하며 힐난하고 나서 따졌다.

"박 동무는 우리 공산당을 어떻게 생각하오?"

"……."

"어떻게 생각하느냐 말야."

"좋게 생각합니다."

태열의 이 말이 정치위원의 분격에 기름을 쏟는 결과가 되었다.

"좋게 생각하다니 그게 무슨 말인가. 공산당이 한 장의 그림, 한 편의 노래, 한 막의 연극인 줄 아시오? 충성을 하겠다든지, 그 명령에 절대 복종하겠다든지 말이 그렇게 되어야 옳지 않겠소."

"……."

"동무는 공산당이 싫은 거지?"

"……."

"싫지 않고서야 그런 교육을 할 까닭이 만무하지 않소."

"앞으론 조심하겠습니다."

해놓고 태열은 그 말을 한 자기의 혓바닥을 물어 끊었으면 싶었다.

"앞으로 조심하겠다고?"

정치위원은 냉소를 띠고 차갑게 뱉었다.

"그게 동무의 진정한 반성이라고 하더라도 그 반성은 이미 늦었소. 동무는 앞으로 좀 더 수양을 해야 하겠소. 인민의 적이 어떠한 형벌을 받아야 하는가를 직접 경험을 해야 하겠소. 우리 인민들은 오랫동안 반동의 학대를 견디어 왔소. 너 같은 놈들에게 구박을 받고도 꿈쩍하지 않았단 말야. 넌 동경제대에 다닐 때 졸업만 하고 나면 인민을 종처럼 부려먹을 생각을 했었지. 그런데 그렇게 안 되니까 속에 잔뜩 불만이 쌓이게 됐지. 그래서 우리들에게 반대할 궁리만 하고 있는 거지. 그러나 그렇겐 안 돼. 인민은 너 같은 놈을 용납하지 못해. 세상이 달라졌어. 네게 약간의 학식이 있대서 되도록이면 그 학식을 살릴 겸, 관대하게 보아주려고 했는데 이제 끝장이 났어. 우리는 너를 어떻게 처리해야 할 것인가를 알 수가 있어!"

정치위원이 말하고 있는 동안에 정치보위부의 군인 세 사람이 이미 방안에 들어와 있었다.

정치위원은 박태열에게 대한 힐난을 끝내곤 정치보위부원에게 알렸다.

"이자를 데리고 가시오. 뼛속까지 반동이오. 구제불능한 부르주아 근성의 소유자요. 인민의 분격이 얼마나 겁나는 것인가를 이자에게 가르쳐 주시오. 동무들 수고했소."

어두컴컴한 감방에서의 생활이 얼마를 계속되었는지 박태열은 계산해보기조차 싫었다. 날마다, 밤마다 심문과 조사가 있었다. 지칠 대로 지쳤다. 이런 고통에 비하면 죽음이 얼마나 나을지 모르겠다는 마음과 함께 태열은 백정선을 생각했다.

'정선 씨, 나는 당신을 위해 온갖 비굴한 행동을 저질렀소. 당신과 만날 날을 바라는 마음으로 어떠한 고통도 참으려고 했소. 내가 자살하지 못한 것도 당신 때문이었소. 나는 추잡하고 더러운 놈이 되었소. 스탈린을 찬양하는 글을 썼소. 마음에도 없는 공산당 찬양을 했소. 마음에도 없이 나는 놈들의 지시를 따랐소. 이 모든 것이 당신을 만날 날이 있을까 해서 저지른 노릇이오. 그러나 그것도 끝장이 날 것 같소. 하지만 당신에게 대한 나의 사랑은 영원할 것이오……'

고통의 낮과 밤, 박태열은 정선을 생각함으로써 구원을 받았다. 정선은 항상 태열의 마음속에 있었다. 태열이 그 어려운 시간 속에 스스로를 지탱한 것은 정선의 속삭임이 언제나 그의 마음속에 있었기 때문이다.

'태열 씨, 우리는 하나예요. 당신이 없어지면 나도 없어지는 거예요. 우리는 이 세상에서 다시 찾아볼 수 없는 아름다운 사랑을 만들지 않았어요? 우리는 승리자가 아녜요? 승리란 사랑에만, 사랑을 통해서만 있는 거예요. 사랑을 위해선 비굴할 수도 있어요. 추잡할 수도 있어요. 아름답게 연꽃을 피우기 위해 연뿌리는 벌 속에 입을 처박고 탐람하게 자양분을 빨아올리고 있는 거예요. 그러니 태열 씨, 비굴했대서 자학하지 마세요. 연꽃을 위한 연뿌리의 행동 같은 것이니까요. 태열 씨, 사랑해요. 우리의 사랑을 위해서 용기를 내세요……'

몇 번이고 콘크리트 벽에 머리를 들이받고 죽어야겠다는 충동을 가까스로 견디어낸 것은 이와 같은 백정선의 속삭임을 역력히 들을 수 있었기 때문이다.

오랜 감방생활 끝에 태열의 재판이 있었다.

'극우, 반동, 인민의 적, 반혁명자, ……'

갖가지 죄목을 씌워

'육체의 노동을 통해, 노동계급의 신성함을 자각케 하기 위해 장기의 누역에 복무시키다'는 선고가 있었다.

이렇게 해서 박태열은 1946년 9월 시베리아의 어느 벽지의 광산으로 끌려갔다.

당시 북한에서는 일본인들이 시설해 놓은 공장 기재와 함께 인력(人力)을 차출까지 해서 전후 소련의 재건을 돕는 데 안간힘을 쓰고 있었다. 박태열도 그 인력동원의 한 분자로서 끌려가게 된 것이다.

시베리아에서의 박태열의 고난을 일일이 적을 수는 없을 것 같다. 몇 권의 책으로 써도 능히 다하지 못할 것이기 때문이다.

한편 백정선은 소련군이 들어오면 원산이 전쟁터가 된다는 통에 아버지를 따라 서울로 가긴 했지만 다시 원산으로 돌아올 수 없게 되리라곤 꿈에도 생각하지 않았다. 더군다나 38선으로 국토가 분단되어 왕래가 끊어지리라고 누가 상상할 수나 있었을까.

그러나 정선은 자기의 사랑을 믿고 박태열의 사랑을 믿었던 만큼 언젠가는 상봉할 날이 있을 것이라고 생각했다. 태열의 소식을 알기만 하면 어떤 위험을 무릅쓰고라도 38선을 넘을 각오까지 했다.

그러는 동안 혼담이 있었다. 상대방은 정선의 오빠가 고등상업학교에 다닐 적의 동기동창이었다. 국책은행의 좋은 자리에 취직하고 있는 전도가 유망한 청년이라고 했다.

정선은 한사코 그 혼담을 거절했다. 부모들의 강한 권고는 정선의 나날을 바늘방석에 앉은 것처럼 만들었다. 그래도 정선은 거절하는 의사를 굽히지 않았다.

심지어는 어느 날 백정선이 몰래 38선을 넘어가려다가 국방경비

대에 붙들려 일시 유치장 신세를 지기까지 했다. 정선이 거절하는 이유를 알아차린 그의 아버지는,

"박태열인가 하는 사람은 북쪽에 있고 너는 지금의 서울에 있다. 그리고 그 사이 38선이 가로막고 있다. 다시 만날 날이 있을 것 같지 않다. 만에 하나 네가 38선을 넘어 갈 수가 있어도 공산당에게 붙들리고 말 것이다. 공산당이 너를 붙들어 네가 백모의 딸인 것이 탄로라도 나 봐라. 넌 살아 남지 못할 것이다. 이런 상황인데 어째서 이 혼담을 거절하느냐. 사람은 운명에 따라 살아야 한다. 억지로 되는 일이란 없다. 그리고 그만한 신랑감이 흔한 줄 아느냐. 우리가 덕을 볼 생각은 아예 없다만 고향을 등지고 온 우리의 사정이 딱하구나. 우리 가족 전부를 위해서라도 그 청혼을 받아들이기로 하자. 지난 일을 잊고 새사람이 되어 살아야지. 나도 이렇게 옛날 일을 잊고 남대문시장에서 장사를 하고 있지 않느냐?"

하고 딸 앞에 머리를 숙이기까지 했다. 그 옆에서 어머니는 눈물을 흘리며

"정선아, 아버지의 청을 들어다오. 마음먹기에 달린 것이 아니냐. 생사조차 모르고, 설혹 살아 있다고 해봤자 다신 만날 수 없는 사람 때문에 팔자를 망칠 필요가 없지 않느냐."

고 애원했다.

그래도 정선은,

"아버지, 어머니, 다른 어떤 명령이라두 달게 받겠습니다만 이 일

만은 안 돼요."

하고 통곡을 터뜨렸다.

그러나 하고한 날 정선이 버티고만 있을 수 없었다. 그래서 어느 날

"꼭 1년만 기다려 주세요. 1년이 지나면 부모님의 영에 딸겠습
니다."

하고 간청을 했다.

워낙 정선에게 반해 있던 상대방은 상세한 이유는 몰랐지만 1년
을 기다리겠노라고 한다.

쓰라린 생활의 내용으로선 1년은 너무나 지루한 시간이다. 그러
나 뭔가를 애절하게 찾고 기다리는 사람에겐 1년이란 수유의 시간
이다.

정선은 부처님을 찾기도 하고 천주님을 찾기도 하고 옥황상제를
찾기도 하고 그밖에 천지의 모든 신에게 비는 마음으로 1년을 보냈
다. 비는 마음은 곧 신앙으로 고인다. 정선은 자기의 신앙의 힘 때문
에라도 박태열을 다시 만날 수 있을 것으로 믿었다.

그런 까닭에 부모님과 약속한 1년의 기한이 다가왔을 때 정선은
부모님이 알 수 없는 곳으로 행적을 감추려고 했다. 강원도 어느 두
메에 가서 국민학교 교사노릇을 하며 지내볼까 하는 생각으로 아는
사람을 통해 주선을 의뢰한 결과 삼척 어느 곳, 여중교에 취직할 수
있는 기회가 생겼다.

정선은 부모님께 들키지 않도록 신경을 써서 몇 벌의 옷만을 싼 보따리를 들고 성동역으로 나갔다.

계절은 어느덧 시월 중순, 서울을 둘러싼 산들의 윤곽은 한결 선명하게 추색(秋色)을 띠고 있었다. 황혼을 향해 부는 바람에 벌써 겨울이 가까움을 알리는 차가움이 있었다.

정선은 역 구내에 들어서려는 곳에서 추억 속의 얼굴을 발견했다. 그것은 윤미화였다. 원산고녀 시절, 가장 다정했던 친구 윤미화!

두 사람은 서로 부둥켜안고 한동안 넋을 잃었다. 가까스로 정선이

"난 널 평생 만날 수 없으리라고 생각했는데……."

하고 울먹거렸다.

"나두."

하며 윤미화도 눈시울에 맺힌 눈물을 닦았다.

겨우 정신을 차리고 나서야 정선이 물었다.

"니가 월남해 있는 줄은 정말 몰랐다. 언제 월남했니?"

"1주일도 채 안 됐어."

"뭐라구?"

정선이 놀라며 다시 물었다.

"38선을 어떻게 넘어왔지?"

"북한에 더 있다간 죽게 됐어. 이왕 죽을 바에야 38선을 넘는 도중에라도 죽어야겠다고 결심을 한 거지."

"잘 왔어 미화 그런데 북한에서 그처럼 살기가 어렵니?"

293

"말도 말아. 그곳은 지옥이야. 공산당이 되거나 공산당에 복종하지 않으면 죄다 죽는 거야. 아니면 강제 노동이구!"

하다가 윤미화는 돌연 말을 끊었다.

정선은 금시 바뀐 윤미화의 얼굴을 보며 불안한 예감으로 가슴을 떨었다. 그러나 입을 다물어 버린 윤미화를 그냥 둘 수가 없었다.

"어떻게 된 거니? 미화."

하고 정선이 미화의 어깨를 잡아 흔들었다.

대답 대신 미화가 물었다.

"정선아, 박태열 씨의 소식 들었어?"

정선은 숨이 막힐 것 같았다.

"여기서 내가 그 소식을 어떻게 듣니?"

하고 되묻기가 겨우였다.

"그럴 테지."

윤미화는 정선의 얼굴을 응시했다.

"태열 씬 어떻게 됐지? 무슨 소식을 들었어?"

정선이 숨가쁘게 물었다.

"정선아, 놀라지 마."

윤미화는 다시 말을 중간에서 끊었다.

"어떻게 된 거냐, 미화야."

"내가 무슨 말을 해도 놀라지 말아야 해, 정선아."

정선은 미화의 표정만을 살폈다. 목구멍이 꽉 차서 말이 되질 않왔다.

"태열 씬 시베리아로 갔어."

미화가 뚜벅 한 말이었다.

정선은 주위가 핑 도는 것 같았다. 그냥 정신을 잃어버릴 것 같았다. 정선은 기를 쓰고 마음을 가다듬었다.

"시베리아로 가다니, 어떻게?"

신음하듯 정선이 물었다.

미화는 떠듬떠듬 사이를 두어가며 들은 대로의 얘기를 했다.

절망의 구름이 정선을 에워쌌다. 그러나 그런 가운데서도 '죽었다'는 소식보다도 몇 백 배 몇 천 배 나을는지 모르겠다는 마음이 고였다.

"시베리아로 가면 돌아올 수 없는가?"

"어떻게 그걸 내가 알겠어. 공산당이 하는 짓은 전연 이해할 수가 없어 뚜렷한 법률이 있는 것도 아니고, 무슨 경우가 있는 것도 아니고. 내 오빠는 죽었어. 무슨 영문인지도 모르게 오빠는 죽었어."

오빠를 잃었다는 윤미화를 위로할 겨를도 없었다. 실오라기만한 희망이라도 미화로부터 근거를 얻고 싶었다. 그러나 미화는

"사람들이 말하기를 시베리아로 간 것은 죽은 거나 다름없다고 하더라."

고 정선의 희망에 종지부를 찍었다.

정선은 얼마간 남은 기력마저 잃고 말았다 강원두 삼척으루 갈

295

힘이 남았을 까닭도 없었다.

강원도 삼척에 가서 중학교 교사노릇을 하려는 것은 부모의 강권이 없는 곳으로 가서 피해 앉아 박태열과의 재회를 기다리기 위해 시간을 벌려는 데 있었던 것이다.

"헌데 정선인 어딜 가지?"

하고 미화가 정선의 보퉁이를 보고 물은 것은 놀람이 사라지고 어둑어둑해진 주위를 의식하게 되었을 때였다.

"강원도에 가려고 한 건데."

"강원도엔 왜?"

정선은 간단한 설명을 하고 덧붙였다.

"그러나 강원도엘 갈 필요가 없어졌어."

두 여자는 성동역에서 빠져나와 근처의 중국집을 찾아 들어갔다.

짜장면을 시켜 놓고 젓가락을 들며 윤미화가 불쑥 말했다.

"사람이란 모질고 독한 것인가 봐."

"······."

"엄청난 슬픔 속에 있는데도 배고픈 고통을 이겨내지 못하니 말야."

그 말엔 정선도 공감이었다. 배가 고프면 고통이 앞서 버리고 다른 고통은 퇴색한다는 것을 경험을 통해 알고 있었기 때문이다. 하지만 그땐 입맛이 없었다. 짜장면을 맛있게 먹고 있는 윤미화의 동작에 맞춰주려는 마음으로 젓가락을 움직이고 있을 뿐 정선은 두 오라기

쯤의 우동을 삼켰을까 말까 했다.

"서울에 와서 어디서 살고 있지?"

미화에게 정선이 건성으로 물었다.

"여기서 얼마 되지 않아. 신설동 경마장 근처야. 안변에서 넘어온 사람 집의 아랫방에 들어 있어."

"누구 누구 넘어왔지?"

"어머니와 나랑, 동생, 셋이야."

"아버지는?"

"작년에 병으로 돌아가셨어. 화병이 난 거야."

윤미화의 아버지는 서너 척의 어선을 가지고 있는 어장주였다. 일제 때엔 꽤 풍족하게 살던 집안이었다.

"좋은 아버지였는데."

하고 정선은 언제나 그녀를 반겨주던 미화의 아버지를 기억 속에 더듬었다.

"아버지는 어선과 어장을 모조리 몰수당했는데도 원산에서 사실 작정을 했어. 동포 전부가 겪는 수난인데 우린들 그 수난을 견디지 못할까 하시구서……."

미화는 슬픔에 떨리는 목소리로 말을 계속했다.

"그러나 아버지의 수모는 엄청난 것이었던가 봐. 우리가 걱정할까봐 말씀은 안 하셨지만 매일 매일을 견디기가 힘드셨던 모양야. 어느 날 돌연 자리에 누우시더니 며칠도 안 되어 숨은 거두셨어. 인존

때 하신 말씀이 너무나 절박해서……."

미화는 드디어 울먹거리기 시작했다.

"운명하시기 직전에 하시는 말씀이, 나는 이렇게 너희들이 지켜보는 가운데 편안히 죽을 수가 있어 다행이지만 남은 너희들이 걱정이구나. 오빠가 죽은 원인은 아버지에게 있어. 아버지의 죽음에 충격을 받은 오빠가 어민조합에 나가서 한바탕 그 간부들을 힐난한 모양이었어. 정치보위부에 반혁명분자로서 붙들려 가선 인민재판을 받았어. 사람 하나의 목숨쯤은 파리 목숨처럼 처리하더라. 어머닌 남은 아들과 딸만은 살려야겠다고 그때 월남하실 결심을 하셨지만 반동가족으로 지목을 받고 있는 터에 어떻게 빠져나올 수가 있어야지. 일년 넘어 벼르고 있다가 어부 가족과 짜고 어선을 타고 동해로 해서 월남한 거야. 그동안 몇 번이나 죽을 고비를 넘겼는지 몰라."

정선도 그 얘기를 들으며 울고 있었다. 박태열을 그리는 마음에 윤미화의 처지를 동정하는 마음이 겹친 것이다.

"그러나 지나간 일을 서러워 해 보았자 소용없는 일, 앞으로 살아갈 일이 난감해. 하지만 살아야지 별 수 있나? 다행히도 남한엔 다소나마 자유가 있으니 어떤 일이고 해 볼 참이야. 38선이 터지기까지 악착같이 일해 볼 참야."

하며 윤미화는 표정을 당당하게 바꿨다.

"38선이 터질 날이 있을까?"

"있어야지 않겠어? 이대로 우리가 어떻게 참을 수가 있어?"

"그렇다면 나도 용기를 내어야 하겠구나."

하고 백정선은 마음속으로 주먹을 쥐었다. 발성하진 않았지만.

'박태열 씨를 만나기 위해서, 우리의 사랑을 완수하기 위해서'라

고 속으로 외치고 있었다.

"박태열 씬 참으로 안 됐어."

윤미화가 화제를 박태열에게로 옮겼다.

"살아만 계시면 만날 날이 있겠지."

정선이 힘 있게 말했다.

"희망을 잃지 마."

했지만 미화의 말엔 힘이 없었다.

1948년의 봄에 백정선의 아버지는 병상에 눕게 되었다.

그해의 8월 15일 대한민국이 수립되고 이북엔 괴뢰정권이 들어

섰다.

국토의 분단은 이로써 항구화된 것이라고 보아야 옳았다. 그러

니 38선이 터진다는 것은 도저히 바라볼 수 없는 꿈이 되고 말았다.

병상의 아버지는 딸에게 애원했다.

"정선아, 내 소원을 풀어다오. 내가 죽기 전에 네 결혼식을 보도록

해다오. 이대로 죽었다간 나는 눈을 감을 수가 없겠다."

가족, 특히 아버지를 위해선 공양미 3백 석에 몸을 팔아 임당수

에 몸을 던진 심청의 예도 있는 것이다. 정선은 도저히 이 이상은 버

티어 낼 수 없는 한계에까지 이르렀다.

"두 달을 더 넘기지 못할 것이오."

아버지의 병환(病患)에 대한 의사의 선고가 이렇게 내려지자 정선은 결심했다.

사람은 꿈만 먹고 살아갈 수가 없었다. 아무리 사랑이 순수하고 지고(至高)하기로서니 그 사랑을 위해 고집한다는 것은 어버이의 딸로서의 도리가 안 되는 것이다.

1948년 9월에 들어서 백정선은 드디어 결혼했다. 상대방은 양치호(梁致鎬)란 은행원, 그녀와의 결혼을 바라고 거의 2년 동안이나 기다렸던 청년이다. 백정선의 아버지는 결혼식이 있은 지 한 달 후에 죽었다. 그 죽음으로 해서 정선의 체관(諦觀)이 굳어졌다. 양치호와의 결혼을 마음의 일부에서 승인하기에 이르렀다는 얘기다.

그로부터 백정선은 박태열의 모습을 가슴 속에서 지워버리려고 했다. 그런데도 그가 무사하길 빌고 있는 스스로를 발견하곤 통곡을 억지로 참는 일이 빈번히 있었다.

한 사람에게 대한 지극한 사랑을 간직하고 딴 사람과 결혼한 사실이 여자에게 어떤 의미를 가지는 것일까. 그 관찰을 소상하게 적으면 여성심리의 이해를 위해서 보람 있는 기여가 될지도 모르는 일이다.

정선은 남편에게 대한 죄의식으로 인해 이중의 고통을 느꼈다. 그러나 표면상으로 정숙한 주부로서의 나날이 흘러갔다. 알뜰하게 살림을 하기도 했다. 남편은 이러한 여자에게 감사는 하면서도 뭔가 형용할 수 없는 불만을 느꼈다. 그러니까 가끔 다음과 같은 대화가 있게 마련이었다.

"당신은 간혹 넋을 잃고 있는 사람 같애. 왜 그러죠?"

"성격인걸요. 성격을 어떻게 할 수 없잖아요?"

"아냐, 중대한 그 무엇을 잃은 사람 같애. 그것이 무엇인 줄만 알면 당장 찾아줄 텐데."

"빼앗긴 고향을 잃은 사람의 비애는 아마 납득하실 수 없을 거예요."

"정들면 고향이란 말이 있잖소. 언제까지나 두고 온 고향에 연연할 것이오? 이곳에 정을 붙이도록 하시오."

"……."

"원하는 게 있거든 뭣이건 말하시오. 최선을 다해 구해드릴 테니."

"원하는 것 없습니다."

하고 '다만' 하고 덧붙이려는 말을 정선이 얼른 삼켰다.

"나는 당신의 웃는 얼굴을 단 한 번이라도 보고 싶어."

"……."

"즐겁게 얘기하는 소리도 듣고 싶구요."

"……."

"좀 더 쾌활하게 살 수 없나요?"

"성격이 걸요."

"또 성격? 그 성격을 고치도록 해보시란 말입니다."

이런 대화가 시작되기만 하면 정선은 머리가 아팠다.

남편 양치호는 이윽고 모든 것을 아내의 성격 탓으로 알고 그런 환경에 익숙해져갔다.

한마디로 말해 양치호는 백정선에게 있어서 다시없는 남편이었다.

결혼한 이듬해 정선은 아들을 낳았다. 난산이었다. 마음속의 굴절(屈折)이 난산의 원인이라고 할밖에 없었으나 결과적으로 모자가 다같이 건강을 회복한 것은 다행이었다.

그러나 아이를 낳아도 박태열의 모습은 의연히 가슴 속에서 지워지지 않았다. 여자는 수월하게 운명에 순종하게 되어 있다지만 정선은 달랐다.

투르게니에프의 작품에

'아무리 깊은 정이 들어 있어도 여자란 석 달 만 서로 떨어져 있으면 정이 얇아진다'는 구절이 있다.

한데 이건 정선에게 있어선 얼토당토 않는 말이었다.

정선은 한 해를 건너 이번엔 딸을 얻었다. 기쁨이 있을 수 없었다. 자꾸만 깊게 늪 속으로 빠져 들어가는 적막감과 답답함을 느꼈을 뿐이다.

그녀의 마음 속 한구석엔 언제든지 박태열이 나타나기만 하면 모든 것을 뿌리치고 그에게로 달려갈 충동이 도사리고 있었던 것인데, 아이를 하나 더 낳으면 그만큼 버릴 것이 많아진다는 부담감 때문이었다.

세상에 어디 이런 여자, 이런 어머니가 있을까. 언제이건 버릴 것을 전제하고 아이를 기르고 있는 여자가, 그런 죄스런 여자가 있을 수 있을까. 정선은 잠자는 어린애의 얼굴을 바라보면서 마음속으로 몇 번을 울었는지 모른다. 그러면서도 정선은 절대로 모유를 먹이지 않았다.

'세상에 나처럼 죄많은 여자가 있을까. 박태열에게 죄를 짓고 남편에게 죄를 짓고 아이들에게 죄를 지어야 하는 여자······.'

그래 가끔 죽음을 생각해 보는 것이지만 그 충동에 제동을 거는 것도 언제나 박태열이었다.

'시베리아의 하늘 밑에 지금 어떻게 지내고 계실까. 부처님, 그분을 살아 있게만 해주소서.'

정선의 가슴엔 항상 이러한 기도가 맴돌고 있었다.

그렇다고 해서 정선이 남편이나 아이들에게 등한시하는 것은 아니었다. 어디까지나 정성스런 아내였고 자상한 어머니였다. 마음속에 지옥을 가지고 있는 그만큼 행동으로써 할 수 있는 일엔 최선을 다했다. 누가 보아도 빈틈없는 아내였고 어머니였다.

이상한 것은 이러한 고민으로 인해 백정선의 얼굴과 몸매가 조금도 타격을 받지 않을 뿐 아니라 도리어 백정선이 아름다워지기만 하는 사실이다. 그 무렵엔 최정원도 월남해 있어서 윤미화와 더불어 가끔 자리를 같이 하곤 했었는데 옛 친구들은 한결같이 탄성을 울렸다.

"우리는 요 모양 요 꼴로 시들어만 가는데 정선이 넌 어떻게 더욱 아름답게만 되지?"

이럴 때 정선은

"나는 홍시와 같단다. 속은 녹고 있어도 겉은 반들반들한 홍시 말이다."

하고 한숨을 지었다.

"아냐, 넌 홍시가 아니야. 마음속에 불이 타고 있어. 그 불이 네게 아름다움을 주고 있는 거야."

한 것은 최정원이었다.

정선은 그럴지도 모른다고 생각했다.

'그분을 만나기 전에 어찌 내가 늙을 수 있는가. 그분을 만나기 전에 어찌 내가 추하게 될 수 있을까. 꽃처럼 아름답게 그분을 맞이해야 한다. 몰골만이라도 옛날의 정선 그대로 그분을 만나야 한다.'

이런 다짐으로 정선은 항상 몸을 가꾸었고, 아이들이 아플 때 모유가 제일이라는 의사의 충고가 있어도 매정스럽게 그녀는 가슴을 열지 않았던 것이다.

헤어지는 비극이 있으면 만나는 비극도 있는 것이다. 아니 이처럼 서둘지 말아야 하겠다.

1950년 6월 25일.

38선 전역에 걸쳐 괴뢰군의 남침이 시작되었다. 경천동지할 사건이었다.

이 무슨 만행!

천인공노할 놈들의 소행!

서울은, 아니 한반도는 순식간에 수라장이 되고 하늘은 비참의 빛으로 물들고 사람들은 생색을 잃었다.

남편의 직장인 은행이 부산으로 피난하게 되었다. 백정선도 가족과 함께 부산으로 옮겨 갔다.

도보로 수백 리 길을 걸어야 했던 사람, 한강 다리가 끊기는 바람에 피난을 못해 적 치하에서 고생한 사람에 비하면 백정선의 경우는 다행이었다고 할 수는 있으나 그런데도 나름대로의 고생은 있었다.

그러나 백정선은 동족의 이러한 슬픔 속에서도 한 가닥 희망의 등불을 가슴에 켰다. 혹시 박태열을 만날 수 있는 기회가 있지 않을까, 하는 막연한 기대, 가냘픈 희망이었다.

'38선의 장벽은 무너졌다. 초장엔 아무리 기세를 올려도 북괴군은 패주하고 말 것이다. 미국이 우리 편이 됐으니까. 미국은 아직껏 전쟁에 져 본 일이란 없는 나라라고 한다. 그러니 불원한 장래 우리 국군은 북쪽으로 가게 될 것이다. 멀잖아 통일의 날은 오고야 말 것이다. 나는 박태열 씨를 찾을 것이며 그도 나를 찾을 것이다. 시베리아에서 강제노동을 하고 있다지만 지금쯤 박태열 씨는 북한에 돌아와 있을지도 모른다. 전쟁을 하노라면 북한에도 일손이 모자랄 테니까. 아무튼 38선이 터졌다는 것은 좋은 일이다…….'

어느덧 백정선의 가슴엔 이런 생각이 고이기 시작했다. 일단 고이기 시작하니 희망의 빛깔은 점점 더해갔다. 정선은 하나님이 무심하지 않을 것이라고 믿었다. 드디어 6·25동란은 자기와 박태열의 재회를 위해 발생한 섭리라는 생각까지 갖게 되었다. 자연 정선의 신경이 나날의 전황(戰況)에 쏠렸다.

꼭 같은 기사가 나 있는데도, 이 신문 저 신문을 걸머들여 전황 보도를 다 읽고 라디오에서 전황을 알리는 방송이 있기만 하면 일손은 물론 밥숟가락까지 멈추고 귀를 기울였다. 이러한 아내를 보고 남편은

"당신은 전쟁에 꽤나 관심이 있는 모양이군."
하고 웃었다.

그럴 때면 정선은 얼굴을 붉혔다. 속셈을 남편이 알 까닭이 없었지만 태연할 순 없었던 것이다.

"국민으로서 전쟁에 관심이 없는 사람이 있겠어요?"

변명삼아 이렇게도 말해 보는 것이지만 남편은

"그렇다고 치더라도 당신은 좀 심한 것 같애."
하며 가끔 얼굴을 찌푸릴 때도 있었다.

9월의 어느날, 미군이 인천에 상륙했다는 소식을 듣고 백정선은

종일 안절부절했다. 본능적으로 전세에 일대 변화가 있을 것으로 예상되었기 때문이다.

아니나 다를까 괴뢰군은 전전선(全戰線)에 걸쳐 후퇴하기 시작했다. 국군의 추격은 맹렬하고도 신속했다.

이윽고 38선을 넘었다는 보도가 있었다. 정선은 하루 종일 웃다가 울다가 하며 지냈다. 흡사 미친 여자였다.

드디어 원산을 점령했다는 소식이 들려왔다. 그날 밤 잠을 이룰수가 없었다. 원산으로 가보고 싶은 맹렬한 욕망이 갖가지의 공상을 낳았다.

'종군 간호부란 건 없을까? 간호부의 자격으로 원산에 들어갈 수없을까, 미리 이런 경우를 상상이라도 했더라면 간호부 자격을 얻어놓는 건데…… . 아니아니 국군이 원산을 점령했다면 그곳으로 갈 수있는 뭔가 수단이 있을 거야…… .'

한숨도 자지 못하고 뜬 눈으로 세운 이튿날의 아침 정선은 남편에게 물었다.

"원산에 가 볼 수 없을까요?"

"통일이 되면 갈 수가 있겠지."

"지금 우리 국군이 원산을 점령했다고 하잖아요. 그렇다면 가 볼수 있을 것 아녜요?"

"아직은 안 될 거야. 점령했다고는 하나 지금은 전쟁 중이니까."

"그렇더라도 어떻게 가 볼 수 있는 방법이 없을까요?"

"성미도 급하구만."

"당장에라도 가보고 싶어요."

"그렇게 원산엘 가고 싶어?"

"미칠 것만 같애요."

"원산에 가보았자 어쩌다 아는 사람이나 만날까, 별수 없을 텐데두?"

"그래도 가고 싶어요."

"고향이니까 그립겠지. 그러나 서둘 필요 없어요. 전쟁이 끝나거든 가도록 해요."

남편은 정선의 마음을 단순한 호기심으로만 알았다. 그러나 정선은 필사적이었다. 군대 상층부에 있는 아는 사람을 찾아다니며 원산으로 갈 수 있도록 해달라는 공작을 벌이기도 했다. 그 사실을 안 남편은,

"젖먹이 아이를 가진 당신이, 설사 방법이 있다고 해도 어떻게 아직은 전장터인 원산으로 가겠다는 거요. 조금만 기다려요. 우리 모두 당신의 고향에 같이 갈 수 있는 날이 있을 것이니."

하고 부드러운 말로 타일렀다.

그런데 그 희망이 산산이 부서졌다. 중공군의 개입으로 연합군은 다시 38선 이남으로 철수하지 않으면 안 되게 된 것이다.

백정선은 허탈한 사람처럼 되었다.

그리고 얼마 후 정선은 원산과 흥남으로부터 피난 온 사람들이 수없이 부산에 들이닥쳤다는 소문을 들었다. 정선은 병상에서 벌떡 일어나 앉았다. 혹시 박태열 씨가 그 피난민 속에 섞여 있지나 않을까 해서였다. 그러다가 얼른 그 생각을 지워버렸다.

　'그분은 재빠르게 그런 기회를 포착할 수 있는 그런 분이 아니다' 하는 마음이 들었기 때문이다.

　그러나 가만있을 순 없었다.

　정선은 가까스로 정신을 차리고 북에서 온 피난민들이 수용되어 있다는 이곳저곳을 찾아보기로 했다.

　1951년 2월은 무척이나 추웠다. 자갈치시장 어느 창고에 수용되어 있는 피난민만 해도 수백 명이었는데 모두들 불기라곤 없는 곳에서 지친 얼굴을 하고 넝마뭉치처럼 앉아서 오들오들 떨고 있었다. 정부나 미군은 최대한의 성의를 다하고 있는 것 같았지만 준비가 없는데 급격하게 당한 일이고 보니 그 배려가 충분할 순 없었다.

　정선은 그들이 겪은 비참한 얘기를 건성으로 들었을 뿐이다. 정선이 찾고 있는 것은 오로지 박태열이었다. 원산에서 온 사람이라면 누구든 붙들고 물었다.

　"혹시 박태열 씨란 사람 아세요?"

　그러나 모두들 모른다고 했다.

　피난민 속에서 박태열을 찾는다는 건 무방할 뿐 아니라 그 소식을 아는 사람마저도 찾을 수가 없었다.

정선은 실망했다. 실망이라기보다 절망이었다.

그런데 어느 날 영도다리 근처에서 발을 절고 있는 중년 사나이가 길가 노점에서 호떡을 사먹고 있는 것을 보았다. 정선을 발을 멈춰 유심히 그를 보게 되었는데 사나이는 호떡 하나를 집으려다가 말고 구겨진 돈을 주인에게 건네곤 절뚝절뚝 걷기 시작했다. 그 사나이의 말투가 함경도 사투리라서 정선이 다가가서 물었다.

"이번에 피난 오신 분이세요."

"그렇습니다만."

"원산에서 오셨수?"

"아닙니다. 나는 흥남에서 왔습니다."

"흥남에서도 많이 오셨어요?"

"많이 왔습니다. 그러나 오고 싶은 사람의 반도 되질 않습니다."

"여긴 추운데 어디 따뜻한 곳으로 갑시다."

하고 정선은 그 사나이를 근처의 식당으로 데리고 갔다.

그리고 우선 설렁탕을 시켜 먹였다. 지금은 보잘것없으나 이목구비에 귀태가 있었다. 바로 그 점에 정선의 마음이 끌리기도 한 것이었다.

"다리를 어떻게 했수?"

"놈들에게 맞아 이렇게 됐수다."

"놈들?"

"공산당 새끼들 말이오."

"공산당에 반대한 분이군요."

"놈들은 나를 반동으로 몰아 시베리아까지 보내지 않았겠소."

시베리아라는 말에 정선의 귀가 번쩍했다.

"시베리아에서 뭘 하셨수?"

"로서아 놈들의 공장을 지었수다. 개놈의 새끼들로서야 놈들에게 아첨하려구 우리 동포 가운데 그들의 말을 잘 듣지 않을 성 싶은 사람을 골라 그리로 보냈수다."

"그럼 그런 사람이 많았겠네요."

"많았지요."

"시베리아에서 언제쯤 돌아왔습니까?"

"재작년이었소."

"잘 돌아오셨네요."

"알고 보니 놈들이 전쟁을 할리니께니 노력이 필요했데겠지요."

"어디서 일하셨나요?"

"흥남의 철공장에서 일했수다."

정선은 약간을 망설이다가 다시 물었다.

"혹시 박태열이란 분 아세요?"

"박태열?"

"예."

"같은 이름인가 아닌가는 몰라도 알고 있소."

"지금 어디에."

"그건 모르겠는데요. 어쩌면 피난선을 탔을지도 모르지만…… 어쩌면 못 탔을지도 모르겠소."

"지금 당신이 있는 수용소는 어디예요."

"영도 남항동이란 데 있어요."

"흥남에서 온 사람들은 모두 거기 있나요?"

"다른 데 가 있는 사람도 있습니다."

정선은 어쩔 줄을 몰랐다. 박태열을 알고 있는 사람을 드디어 만난 것이다.

"박태열 씨를 언제쯤까지 만나고 있었지요?"

"작년 여름까지 같이 일하고 있었소."

"흥남에서요?"

"같은 철공장에서."

"그 후는?"

"나나 그 사람의 부서가 바뀌었어요."

"그래도 그분이 최근까지 흥남에 있었던 건 확실하지요?"

"그건 확실합니다."

"당신과 같이 있을 무렵 그분은 어땠어요?"

"얌전한 사람이었습니다. 말이 없는. 일본 어디 높은 학교를 나왔다고 들었습니다만. 세상이 세상 같으면 잘 살 수 있을 그런 분인데 놈들에게 반동으로 몰려 고생 많이 했습니다."

"건강은?"

"나쁠 것 없어요. 성질은 온순했지만 의지력이 강한 분이었으니까요."

"대강 어떤 일을 했습니까?"

"철재를 운반하는 일입니다. 우리에겐 기술적인 일을 가르쳐 주지도 않고 시키지도 않았으니께요."

"책 읽을 여가는 있었어요?"

"책이 다 뭡네까. 일이 끝나면 지쳐 눕기가 바쁜데. 설사 시간이 있다고 해도 놈들의 개수작 같은 책이나 있을까 책 같은 책이 있을 리도 없구요."

"가족들과의 면회는 되었어요?"

"면회가 다 뭡네까. 우리들은 죄인 취급을 받고 있었는데."

정선은 참으려고 애쓰던 눈물을 이윽고 쏟고 말았다.

사나이가 물었다.

"아주머니하고 그 박태열 씨 사이는 어떻게 됩니까?"

"그저, 그저 아는 사람이에요."

정선이 겨우 이렇게 말했다.

"아주머니도 고향이 이북입네까?"

"원산이에요."

"오오라, 박태열 씨도 고향이 원산이라고 합디다."

"그분이 피난을 왔는지 못 왔는지 알아볼 수가 없을까요?"

"그런 것쯤이야 쉽게 알 수 있을 거우다."

313

"그럼 선생님 한번 알아봐 주십시오."

정선은 메모지에 집주소와 전화번호를 써서 그 사람에게 주었다. 그 사람은 이름을 한차수라고 한다며 뒤늦게 자기소개를 했다.

그로부터 1주일쯤 지났을까 일요일이었다. 정선이 부엌에 있을 때 전화벨이 울렸다. 남편이 받더니

"여보 당신 전화요."

하고 정선을 불렀다.

정선이 황급히 마루로 나가 수화기를 들었다. 말이 없었다.

"뉘시지요?"

하고 물었다. 그래도 대꾸가 없었다. 마음의 탓인지 숨소리 같은 느낌이 귀언저리에 있었다.

"저 백정선이에요."

그래도 한참을 대꾸없이 있더니 가만히 수화기를 놓는 소리가 느껴졌다. 돌연 정선의 가슴 안에서 동계가 일었다. 전율이 등골을 스쳤다.

수화기를 채 걸지도 못하고 얼빠진 몰골로 서 있는데 방에서 나온 남편이 말을 걸었다.

"누구헌테서 온 전화였소?"

"아무말 없이 전화를 끊어 버렸어요."

하고 수화기를 걸었는데 손이 떨렸다.

"그것 이상한데."

하고 남편은 고개를 갸웃하며 덧붙였다.

"분명히 남자의 소리로 백정선 씨 댁이냐고 묻고 그렇다고 하니까 그럼 좀 바꿔달라고 했는데."

어떤 예감에 정선의 얼굴이 창백하게 질렸다. 그 안색의 변화를 남편은 놓치지 않았다.

"왜 그래요, 당신."

"아니요, 아뇨."

정선이 당황했다.

"무슨 겁을 먹어야 할 일이라도 있수?"

남편이 조심스럽게 물었다.

"그런 것 없어요."

하고 정선이 부엌으로 돌아왔다.

그리고 이마를 기둥에다 대고 잠시 가슴을 진정시켰다.

'틀림없이 박태열 씨다.'

왠지 이런 단정적인 생각이 들었다. 환호와 통곡이 동시에 터질 것 같은 순간이었다.

그러나 손발을 기계처럼 움직여 남편의 식사 시중을 들었다. 자기는 술을 뜨는 둥 마는 둥 했다.

식사 후 대강을 설거지하고, 젖먹이에겐 분유를 타서 고무 젖꼭지를 물려놓고,

"당신 오늘 집을 좀 봐주셔야겠어요."

하고 단정적인 부탁을 했다.

"어딜 가려구?"

남편이 어물어물 물었다.

"미화집엘 가봐야겠어요. 아무래도 아까의 그 전화가 수상해요. 미화에게 무슨 일이 나지 않았나 하는 예감이 들어요."

"그럼 전화라도 해보지 그래."

"미화집에 어디 전화가 있나요?"

정선이 이처럼 결연한 태도로 나오면 남편은 꼼짝을 못한다. 마음이 약한 남편은 아내의 비위를 거스릴까 봐 신경을 썼다. 그만큼 그는 백정선을 사랑하고 있는 것이다.

집에서 나오는 길로 정선은 택시를 탔다. 영도 남항동에 있는 피난민 수용소로 달렸다. 한차수를 만나기 위해서였다.

한차수는 다행히 수용소에 있었다. 백정선을 보자 단번에 반가운 얼굴로 되며 말했다.

"박태열 씨로부터 연락이 갔죠? 용하게 그를 찾았었쇠다. 그리고 그 메모지를 그냥 건네 주었었지요."

정선은 스스로의 예감이 적중한 데 대해 한편 놀랐다. 그래 그런 복잡한 감정을 억누르고 말했다.

"그런데 그분으로부터 연락이 없어요, 제가 집에 없을 때 전화가 왔는진 몰라두요."

"그래요? 그것 이상한데. 박태열 씬 그 메모지를 받아들자 땅바닥에 무릎을 꿇고 한참을 고개를 숙이고 있었습니다. 그러더니 일어서서 덥석 내 손을 잡으며 한 형, 고맙소. 나는 내가 고생 고생 살아온 보람을 한 형 덕택으로 찾았소, 하고 울었답니다. 나는 그 얌전하고 침착한 박 씨가 그처럼 흥분하고 감격할 줄은 미처 상상도 못했수다. 그런데 어찌 지금까지……"

정선의 뇌리에 주마등처럼 상상의 장면이 펼쳐졌다. 박태열은 그 쪽지를 받아들자 부용동에 있는 주소를 찾아왔으리라. 문간에 붙어 있는 남편의 문패를 보았으리라. 근처의 가게에서 우리 집 동정을 물었으리라. 그리고는 내가 남의 아내이며 어미가 돼 있다는 사실에 충격을 느꼈으리라. 그리고 그리고…… 용기를 내어 전화를 했다가 남편의 목소리, 남편이 나를 부르는 소리를 듣고 수화기를 놓아 버린 것이리라…….

정선은 박태열을 찾기에 바빠 자기의 처지를 깜박 잊고 있었던 것이다. 그러니 그 청순하고 순일하여 외길밖에 모르는 박태열이 정선의 오늘의 처지를 알았으면 어떤 충격을 받을 것이란 상상을 못했던 것이다.

돌연 눈앞이 캄캄해졌다. 그러나 정선은 마음을 가다듬었다.

"지금 그분은 어디에 계십니까?"

"충무동의 수용소에 있어요. 그 수용소는 찾기가 쉽습니다. 바로 공원 앞, 길 건너에 있는 이층 창고가 수용소이니까요."

"지금 거기 있을까요?"

"있을 겁니다. 아는 사람도 없는 곳에 와서 달리 방도도 없을 테
니까요."

"고맙습니다."

하고 정선이 돌아왔다. 한차수가 등 뒤에서 말했다.

"같이 가드릴까요?"

"아녜요, 혼자서 가겠어요."

정선은 몽유병자처럼 걸어 행길로 나섰다.

박태열은 창고 한구석에 누워 있었다. 들창이 가까와 얼굴을 알
아볼 수 있을 만큼의 광선은 있었으나 소상하게 표정을 읽을 수 있
을 정도로 밝지는 않았다.

"어젯밤 과음을 한 모양입니다."

안내자가 가까이에 가서 이런 말을 했을 때 박태열은 눈을 떴다.
그리곤 얼른 몸을 일으켜 앉았다.

"정선 씨."

하는 말이 낮게 입술에서 새어나왔다.

"선생님."

하고 정선은 짚이 깔린 바닥에 주저앉았다.

주위의 사람들이 모두들 그들을 지켜보고 있었다.

박태열은 덮고 있던 담요를 제치고 비틀비틀 일어섰다. 그는 옷을 죄다 입은 채 누워 있었던 모양으로 그냥 걸어 나왔다. 구겨진 검은 점퍼, 누르무리한 빛깔의 허술한 바지, 수세미처럼 헝클어진 머리칼…… 그 뒤를 묵묵히 걸어 정선이 창고 바깥으로 나갔다.

"이 근처 식당에라두."

하고 정선이 말했으나 태열은 바다쪽으로 걸어나갔다. 다행히 그날의 날씨는 포근한 편이어서 바닷바람이 고통스럽지가 않았다.

두 사람은 방파제 복판쯤에 섰다.

주위엔 아무도 없었다.

허허한 바다가 한편으로 트이고 이곳 저곳 밀집한 집들이 산등선까지 차지한 항구의 풍경이 거기에 있었다.

'드디어 만났군요'

하고 매달리고 싶은 충동이 어느 데에선가 제동을 받았다.

"많은 고생이 있으셨죠?"

"내 고생이야 뭐."

하고 박태열이 먼빛으로 눈을 뜨며 뚜벅 말을 보냈다.

"오디세우스의 방황은 13년이었소. 거기에 비하면 나의 방황은 7년?"

정선은 오디세우스란 말에 비수(匕首)의 칼날을 느꼈다. 오디세우스의 아내 페넬로페는 남편과의 13년 동안의 별리(別離) 속에서도 야무지게 정절을 지켰던 것이다.

정선이 할 말을 잊었다.

조금 있다가 태열의 말이 있었다.

"나는 끝장을 보기 위해 이곳에 온 것 같소."

"왜 그런 말씀을 하세요. 지금부터 시작이에요."

하며 정선이 몸을 떨었다.

"시작의 뜻도 있겠죠. 내 인생에 있어서의 몰락의 시작……."

"선생님, 그런 말씀 마세요."

그리고 잠깐 사이를 둔 뒤 박태열은 누구에게 말한다기보다 자기 자신에게 타이르듯 말했다.

"삼수갑산에 있을 땐 행복했소. 시베리아에 있어서도 나는 희망을 잃지 않았소. 흥남 제철공장에서도 나는 별과 더불어 얘기할 수 있는 끈기와 용기를 가졌었소. 나에겐 바랄 것이 있었으니까. 기다릴 것이 있었으니까. 언제나 나와 같이 사랑이 있었으니까. 이젠 아무것도 없소. 지금부턴 목숨이 있으니까 숨을 쉰다는 그 의미로서 살아갈 밖에 없소. 그러나 나는 아무것도, 누구도 탓하지 않겠소. 운명이니까요. 운명은 얼마든지 가혹할 수 있는 거니까요. 사람은 스스로의 운명에 충실해야 하는 겁니다. 그러니 정선 씨, 앞으론 나에게 관심을 두지 마시오. 나도 당신에게 관심을 두지 않으리라. 우리는 최소한 비굴하진 맙시다. 나는 파멸을 택할망정 비굴을 택하진 않겠소. 엄청난 것을 의도하다가 실패한 자에겐 그런대로 몰락의 미(美)는 있는 거요. 우리 깨끗합시다. 실패한 것 위에 또 뺄칠을 하는 따위의 짓은 하지 맙시다……."

"선생님, 그 엄청난 공산치하에서 벗어나 지금 자유를 찾으시지 않았어요? 앞으론 선생님 뜻대로 될 것입니다. 새로운 인생을 시작하셔야죠. 전 변명하지 않겠어요. 추잡한 여자, 의지가 약한 여자, 보잘것없는 여자로 여기세요. 저더러 상관 말라고 하신다면 상관치 않겠어요. 나 같은 것, 무시해 버리고 선생님 자신의 행복을 찾으세요."

"행복?"

박태열이 씁쓸하게 웃고 말을 이었다.

"좋은 말씀 하셨소. 나는 앞으로 당신에겐 일체 상관하지 않을 테니 당신도 내게 상관하지 마시오. 앞으론, 아니 벌써부터 우리들의 길은 따로따로로 되었소. 나는 최선을 다해 내 길을 걷겠소. 그러나 저러나 당신을 다시 만날 수 있었던 것은 다행한 일이었소. 그럼 당신의 가정을 소중히 하시오."

그 말과 함께 박태열은 등을 돌리고 수용소가 있는 방향으로 걸어가 버렸다. 태열의 등은 너무나 차가웠다. 마음이나 발을 붙일 만한 자리란 전연 없는 빙벽(氷壁)이었다. 다리의 힘이 빠져 그 자리에 퍼져 앉고 싶은 충동을 겨우겨우 참고 정선은 방파제를 걸어나왔다. 차갑게 소리지르며 갈매기가 날고 있었다.

배신의 빛

백정선은 스스로의 배신이 박태열에게 얼마나 무서운 충격이었던가를 비로소 깨닫는 마음이 되었다.

사실 박태열에게 있어선 인생이 끝난 것이나 다름이 없었다. 흥남에서 부산으로 온 지 열흘 만에 백정선의 주소와 전화번호가 적힌 쪽지를 받아들었을 때, 그는 하늘을 날 것만 같았다. 기다린 보람이 있었다는 기쁨으로 가슴이 설렜다. 김일성이 전쟁을 일으켜 드디어는 자기를 부산에 피난하게 한 일련의 사실을 신의 섭리로서 감사하는 마음으로 황홀해 했다.

박태열은 백정선이 결혼했으리라고는 생각해 보지도 않았다. 자기의 굳은 의지와 같은 의지로서, 어떠한 난관이 있어도 순결한 채 버티고 있을 줄 알았다.

박태열의 생각으로는 백정선과의 인연은 신성불가침한 것이었다. 게다가 그 인연으로 인해 하나의 생명이 희생되기도 했던 것인 만큼 설혹 생명과 맞바꾸는 일이 있더라도 피차의 사랑은 결실시켜

야만 할 것이었다.

쪽지를 손에 쥐고 전화통으로 달려갔으나 피난 수도 부산의 그 당시 전화 사정은 지극히 나빴다. 스무 번쯤 돌려 겨우 걸리는 그런 실정이었다. 박태열은 직접 그 주소로 찾아나섰다.

쪽지에 적힌 그 집엔 남자의 문패가 달려 있었다. 근처의 구멍가게에서 여러 가지를 물어본 결과 그 문패의 사나이가 백정선의 남편이란 것을 확인햇다. 갑자기 하늘이 캄캄했다. 기력이 한꺼번에 빠져나가는 듯했다.

박태열은 수용소로 돌아가 자리에 눕기가 겨우였다. 주변의 사람들이 놀랐다. 좀전까지 말짱했던 사람이 갑자기 중병환자의 몰골을 하고 돌아왔기 때문이다.

"박 형 어떻게 된 거유?"

"박 선생 어디가 아프오?"

"병원에 가야 할 것 아뇨?"

하고 모두들 걱정이었지만 박태열은 입을 다문 채 말하지 않았다.

주변의 사람들도 남의 걱정을 끝까지 하기엔 자기들의 사정이 너무나 다급했다. 박태열은 돌보는 사람도 없이 그냥 수용소의 한 구석에 누워 있었다.

그때부터 태열은 죽음을 생각했다.

갑산의 외로운 생활 속에서도 생각하지 않았던 죽음이었다. 원사의 내무서 감방에서두 생각하지 않았던 죽음이었다. 그 가혹한 고문과 학대 속에서도 그는 죽음을 생각하지 않았다. 고향으로 돌아와 흥남의 철공장에 감금된 몸으로 막노동을 하고 있을 때도 죽음을 생각하지 않은 그였다.

그는 살아남은 것이 곧 인간으로서의 승리란 것을 알았고, 그 승리는 다름 아닌 백정선의 행복을 위한 것이었다. 백정선과의 사랑 때문에 그는 모든 불의와 타협하려 하지 않았다. 어떤 비굴한 행동도 하지 않았다. 백정선의 애인이 불의를 행할 수가 없고 비굴할 수가 없었던 것이다.

그는 고귀하게 착하게 어떤 고난도 이를 무릅쓰고 살아야 하는 것이었다. 오로지 백정선을 위해서. 오로지 백정선을 위해 살아가는 것이 고귀하게 착하게 살아야겠다는 스스로의 목적과 일치하기도 하는 것이니 그런 감정이 복합된 에너지가 되어 백정선에의 사랑을 보다 강하게, 보다 깊게, 보다 넓게, 보다 크게 가꾸어 나갔다. 그러니 그에게 있어선 어떠한 고통도 고통이 아니었다고 말할 수가 있다.

그러한 박태열이 죽음을 생각하게 되었다. 이를테면 인생으로서의 목적이 없어져버린 것이다. 따라서 인간에 대한, 세상에 대한 신뢰를 상실한 것이다.

어떤 정치사상, 어떤 정치제도는 믿지 않아도 좋았다. 그러나 인생에 대한 신뢰를 잃고는 살아갈 수가 없었다. 박태열에게 있어서의 인생이란 백정선을 중심으로 하고 있는 태양계를 방불케 하는 하나의 체계였다. 그 체계의 중심이 파괴된 것이다. 그는 살아갈 의욕을 완전히 잃었다.

만일 자살을 결행하지 못하면 운명에 번롱(飜弄)당하는 가련한 생명만 남는 것이라고 태열은 생각했다.

오디세우스에게 영광 있거라! 오디세우스는 13년 동안 생사가 불명한 채 방황하고 있었건만 그의 애인 페넬로페는 순결을 무구하게 지키고 있었다.

오디세우스에게 행복 있거라! 그 무수한 사내들이 유혹하고 위협하고 못살게 굴었지만 그의 아내 페넬로페는 벌레 하나 범접을 못하게 한 장미처럼 아름답게 스스로를 지니고 있었다..

오디세우스에게 축복 있거라! 노도와 같이 억센 운명의 장난도 페넬로페의 금강석 같은 마음에 금을 그을 순 없었다.

오디세우스와 페넬로페! 그대들은 운명에 승리한 빛나는 남자요, 빛나는 여자다. 그러기에 살아볼 만한 인생이며 노래 부를 수 있는 인생이 아니었던가.

패잔한 자는 죽어야 한다. 승리를 확보 못한 자는 스스로 멸해야 한다. 그리고는 생명에 연연하는 것은 패잔의 누추를 외기(外氣)에 바래어 남의 모욕과 경멸을 살 뿐이다. 타락시킬 뿐이다.

이렇게 박태열은 죽음을 결심했다. 남은 것은 방법뿐이었다. 그러나 그전에 백정선의 목소리를 한 번 들어보고 싶었다. 가능하다면 먼빛으로나마 얼굴도 한 번 보고 싶었다. 그래서 그는 용기를 내어 전화를 걸었다. 그 결과 백정선의 결혼을 재확인 했고, 요행스럽게도 그 얼굴을 볼 수가 있었다.

'모든 할 일은 다했다. 남은 것은 죽음뿐이다.'

박태열은 수용소 한구석에 누워 죽음의 방법을 생각하기 시작했다.

백정선은 친구 윤미화를 찾아가서 의논을 했다. 우선 박태열이 거처할 방을 구했다. 혼자 있는 윤미화가 박태열을 돌봐주도록 함의를 보았다. 어쩌다 윤미화의 사이에 사랑이 꽃필 수 있다면 다행이란 기대도 없지 않았다.

백정선이 표면에 나서지 않고 윤미화가 동향(同鄕)의 사람들을 동원하여 영주동의 셋방으로 박태열을 옮긴 것은 그로부터 열흘 후의 일이었다. 그런데 박태열이 자살을 결행하지 못한 것은 자살의 방법이 막연했기 때문이다. 독약을 먹으면 시체가 남는다. 물에 빠져도 시체가 떠오를지 모른다. 철도 자살은 너무나 비참한 흔적을 남긴다. 박태열은 흔적도 없이 시체와 더불어 증발, 또는 휘발해버리는 방법을 연구 중이었는데 윤미화를 비롯한 동향인의 권고가 있어 일단 영주동으로 옮겼다.

그리고 있는 사이, 박태열은 제2의 인생이 가능할지 모른다는 희망을 갖게 되었다. 건강이 회복되었을 즈음, 박태열은 아는 사람이 어느 고등학교의 교사로 추천한 것이다.

태열은 패잔한 인생을 교육에 헌신하는 것도 나쁘지 않다고 생각했다. 태열이 그 권고를 수락한 무렵엔 영주동에 거처를 정한 일로부터 모든 생활수단이 백정선에 의해 마련되었다는 사실을 알았다. 윤미화가 털어놓는 것이다. 그리고 윤미화의 알선으로 두 사람은 다시 만나게 되었다. 이때 백정선이

"용서만 해주신다면 전 현재의 남편과 이혼하겠어요."

하고 각오를 피력했다.

이 말에 박태열이 펄쩍 뛰었다.

"그런 짓은 안 됩니다. 그것은 이중의 배신이 됩니다. 나를 배신한 건 상식적으로 실수라고 칠 수 있지만, 당신 남편을 배신하는 것은 죄악으로 되는 겁니다. 정말 당신이 그런 짓을 하겠다면 그건 내가 이곳에 왔기 때문이니 나는 어디론가 행방을 감출 수밖에 없습니다."

박태열의 성격을 잘 아는 백정선은 그 이상 고집을 부리지 못하고 일주일에 한 번씩 친구로서 만나자는 박태열의 제안을 승락했다. 박태열이 이런 제안을 한 것은

"선생님이 다른 대로 몸을 숨기시거나 저와 만나주시길 거절하신다면 전 당장 부산 앞바다에 몸을 던져 죽어버리겠어요."

고 백정선이 선언하다시피 한 때문이었다.

그렇게 해서 그들의 재회는 이루어진 것이지만 그때부터가 백정선의 가시밭길의 생활이었다.

모처럼 고등학교 교사로 취직한 박태열은 반년 만에 그 직장을

그만두지 않으면 안 되게 되었다. 교장 이하 동료들과 전연 인화(人和)를 이룰 수가 없었기 때문이다.

예컨대 이런 일이 있었다.

어느 학생이 국제시장에서 절도행위를 했다. 학교당국은 그 학생을 즉각 퇴학 처분했다. 그런데 박태열이 완강하게 반대하고 나섰다.

"교육은 그런 학생을 교육시키는 데 목적이 있고 보람이 있다. 나쁜 짓을 했다고 퇴학시킨다면 학교가 교육을 포기하는 셈이다. 정학 처분쯤 하되 계속 교육의 기회를 주는 것이 교육적인 태도가 아니겠는가. 그 학생을 퇴학처분 하는 것은 교육에 목적이 있는 것이 아니라 학교의 위신을 고려한 때문이 아니냐. 교육을 위해서 위신을 희생시킬 순 있어도 학교의 위신을 위해 교육을 희생시킬 수는 없다."

고 주장하고 끝끝내 그의 주장이 통하지 않자

"이런 위선적인 학교에 있을 수가 없다."

며 사표를 내어버린 것이다.

그래서 다른 학교를 옮겨간 것까진 좋았는데 그 학교에서 교사들의 연구수업(研究修業)을 견학한 뒤 일일이 그 수업의 결점을 들추어선

"실력이 없으면 성실(誠實)만이라도 있어야 할 것인데 실력도 없고 성실성도 없는 교사들은 학생을 위해 해독이 될 뿐 아니냐?"

는 폭언을 하여 그곳에서도 있을 수 없게 되었다.

이러한 박태열의 태도는 원래 그의 성격이 강직했기 때문도 있

지만 인생의 목표를 잃어버린 사람의 광적(狂的)인 발작이기도 했다.

차츰 그의 주변에서

"박태열은 살큼 돈 것이 아냐?"

"살큼 돈 것이 아니라 완전히 돌았어."

"아까운 사람인데."

하는 따위의 말들이 일기 시작했다.

그러나 워낙 실력이 있는 사람이라고 해서 서울로 수도(首都)가 복귀했을 때는 어느 일류고등학교(一流高等學校)에 초빙되었다. 그 학교의 교장은 원래 배짱이 있는 사람으로서 실력이 있는 교사이면 어떠한 단점도 허용하는 그런 경영방침을 가지고 있었다.

새로운 교육법의 시행으로 고등학교 교사는 대학이나 전문학교의 졸업장을 가지고 있어야만 되게 되었다. 박태열의 경우는 일본의 최고명문 동경제대(東京帝大)를 다녔다고는 하나 1년 반쯤을 재학했을 뿐이므로 졸업장이 없었다. 그래도 그가 일본의 학도병에 지원이라도 했더라면 가졸업장(假卒業狀)이라도 받을 수 있었던 것인데 그는 학병 기피자였던 것이다. 그리고 그는 제일고등학교(第一高等學校)라고 하는 일본에선 제1류의 수재만이 입학할 수 있는 학교를 졸업하고 있었지만 고등학교는 완성교육기관(完成敎育機關)이 아니고 대학의 준비교육기관이란 이유로 새 교육법은 전문학교 출신에 준하는 자격을 인정하지 않았던 것이다.

이것은 결론적으로 말해 새 교육법의 실수였다. 이류, 삼류의 전문학교, 또는 대학 전문부를 나온 사람에겐 고등학교 교사의 자격을 인정하면서 일본의 구제고등학교(舊制高等學校) 졸업생에게 자격증을 주지 않는다는 것은 말도 안 되는 처사였다. 일본의 구제고등학교는 오늘의 고등학교와 다르다. 연한만을 계산하면 오늘의 대학의 교양부와 비슷하게 되는 것인데, 법적으론 중학교 4학년 수료로서 들어갈 수 있게 되어 있지만 중학교 5학년 과정을 졸업하고 몇 해를 재수하여도 입학할 수 없는 학생이 많을 만큼 그 정도가 높았다. 정도가 높을 뿐만 아니라 구제고등학교에 들어가기만 하면 일률적으로 수재로 불리울 정도였던 것이다. 그러니 지금 고등학교의 학생을 가르치는 학력에 있어선 그 당시 이류, 삼류의 전문학교 출신들보다 월등하다고 할 수 있었던 만큼 전문학교 졸업자에겐 고등학교 교사 자격을 주고 구제고등학교 졸업자에겐 자격을 안 준다는 것은 모순당착도 유만부득이라고 한탄할 일이었다.

또 한 가지 석연할 수 없는 것은 일제에 타협하여 학도병에 지원했더라면 자격을 인정받을 수 있었던 것을 일제와의 타협을 꺼리고 학병을 기피했기 때문에 자격을 못 받은 것에 대해선 교육법의 시행에 있어서 응당 배려가 있어야 했던 것인데 그러지 않았고 보니 친일파는 구제대상이 되는데 애국청년은 괄시를 받는 결과를 초래한 것이다.

이런 사실이 이미 병적으로 결벽증에 걸려 있는 박태열에게 불쾌하지 않을 까닭이 없었다.

어느 날 교장이 박태열을 불러 교육법의 조문을 설명하고

"그러니 박 선생, 지금 사방에 대학이 우후죽순처럼 만들어져 있지 않소, 무슨 대학이라도 좋으니 그 한군데에 적을 두시오. 내가 알선해 드려도 좋소. 어떤 대학은 등록금만 내면 졸업장을 주기도 한답니다. 돈이 없으면 내가 내어 드리리라. 만사는 방편이니 교육법의 요식에 맞추기 위해, 우리 그렇게 하기로 합시다. 박 선생의 실력이 아까 와서 하는 말이오."

하며 제안했다.

박태열은 일언지하에 거절했다.

"그런 방편을 써서까지 나는 교사자격증을 얻을 생각이 없습니다. 자격증이 없어서 교단에 설 수 없다면 전 오늘로 그만두겠습니다."

교장은 하는 수 없이 박태열을 강사로 임명하고 사친회비로서 동료들과 같은 봉급을 내기로 했다. 그런데 그 교장이 다른 데로 전근하게 되자, 또 고등학교에선 강사제를 없애란 문교부의 방침이 시달되기도 해서 박태열은 완전히 실직하고 말았다.

그때부터 박태열의 생활에 대한 부담을 백정선이 맡게 되었다. 그렇게 하자고 결정한 것이 아니라 어느덧 그렇게 되어 버린 것이다.

저축이 있을 까닭이 없고, 그렇다고 해서 사람과 사귀는 붙임성이 있는 것도 아닌 박태열은 있으면 먹고 없으면 굶는 소극적인 성격으로 화하고 있었다. 게다가 술을 마시는 버릇이 늘었다.

박태열은 생활뿐만이 아니라 정신적으로도 백정선에게 의지하게 되었다. 그의 결벽의 탓도 있고 해서 절대로 육체적인 관계로 발전하는 일은 없었지만, 그러기 때문에 안심하고 백정선에게 의지할 수 있는 마음의 근거가 잡히기도 해서 두 남녀는 정신적인 사랑으로 그들의 과거를 소생시킨 것이다.

백정선은 박태열의 생활비를 대어주기 위해 자수, 뜨개질 등의 부업에 힘썼다. 넉넉한 살림이라서 그만한 돈은 빼낼 수가 있었지만 남편의 돈으로 박태열을 돕기는 싫었던 것이다.

그 사이 백정선은 박태열을 결혼시키기 위해 갖은 애를 쓰기도 했으나 허사였다.

"일주일에 한 번 당신을 볼 수 있는 것만으로 나는 만족한다."
는 것이 그의 입버릇이었다.

그렇게 살아오는 동안 박태열이 가끔 대학강사로서 출강하기도 했으나 몇 해 전부터 일체의 의욕을 잃고 산송장이 되어버렸다.

긴 얘기를 듣고 난 후 장익진 검사가 물었다.

"그래서 그의 자살을 방조한 것이로구면요."

"맑고 깨끗하고 고상하기조차 했던 그분이 점점 추물로 변해가는 것을 볼 수가 없었습니다."

"도저히 갱생할 여지는 없었소?"

"제가 할 수 있는 노력은 다해 봤어요. 그러나……."

"이상한 사람이었군요."

"모든 것은 제 잘못이지요."

"사람이 살아가는 덴 그럴 수도 있는 것 아닙니까?"

"아녜요. 그분은 강직하고 순수했어요. 웬만한 사람 같으면 잊을 수도 있고 적당하게 타협할 수 있는 것을 그분은 그러지 못했어요. 제가 그 사람을 망친 겁니다."

"아무튼 부인께선 자살을 방조했다는 부분에 대해선 책임을 져야 하겠습니다."

"아닙니다. 전 그분의 죽음 전체에 책임을 져야 해요."

"그것은 부인의 양심의 문제이지 법률의 문제는 아니오."

"아무쪼록 엄벌을 내려 주세요."

장익진 검사는 백정선이 느끼고 있는 양심의 부담을 덜어주기 위해서는 기소를 해야겠다고 결심했다.

그런데 법정에서 이런 사정이 밝혀지면 가족들과의 관계가 어떻게 될까 하는 걱정을 안 해 볼 수가 없었다.

"부인께선 사건이 낙착되면 집으로 돌아가실 작정이십니까?"

"돌아가지 않을 겁니다."

"남편되시는 분이 모든 것을 양해하고 돌아오시라고 해도 그렇습니까?"

"모진 생명을 끊을 수가 없어 천명이 다하는 때까지 살아야 하겠습니다만 앞으로의 여생은 박태열 씨를 위해 바칠 각오입니다."

"어떻게요."

"어디 산 속의 절을 찾아 속죄의 나날을 보낼 겁니다."

장익진은 며칠 사이에 핼쑥해진 백정선의 얼굴과 몸매를 한참동안 지켜보고 있다가 교도관에게 눈짓을 하곤 말했다.

"그럼 돌아가서 기다리시오."

교도관에게 이끌려 문 저편으로 백정선이 사라지자 장익진 검사도 창밖을 보았다.

맑고 드높은 가을 하늘이 펼쳐져 있었다.

소설 이용구(小說 李容九)

그를 용서할 수 없는 것은

내가 나를 용서할 수 없기 때문이다.

그를 욕할 수 없는 것은

내가 나를 욕할 수 없기 때문이다.

무릇 악인(惡人)의 말 가운데도

들어둘 만한 것이 있다.

예컨대 '인생막불탄무상(人生莫不呑無常)'

하늘은 노(怒)하고 땅은 토라지고, 대기는 인간의 악의(惡意)로써 가득한 그런 곳, 그런 시대가 역사상에 더러 있었다.

이럴 경우 태양은 비참을 조명하기 위해서만 있고, 토양은 독초 (毒草)를 길러내기 위해서만 있고, 공기는 시취(屍臭)를 옮겨 나르기 위해서만 있고, 장미는 짐승 같은 사람들의 식탁을 장식하기 위해서 만 피게 되는 것인데, 사람은 순량충직(純良忠直)하다는 죄로 고문당 해야 하고, 남다른 이상을 지녔다는 죄로 학살당해야만 했다. 지옥 이 그 계절을 연 것이다.

인간의 악의가 하늘을 노하게 하고 땅을 토라지게 한 것인지, 하 늘이 노하고 땅이 토라졌기 때문에 악의가 대기를 채우게 된 것인 지, 영원한 수수께끼로 남을 수밖에 없지만, 걷잡을 수 없을 만큼 처 참한 악의가 한때 이 나라를 휩쓴 적이 있었다.

그러나 그 악의의 회오리 속에서도 사람들은 살았다. 가시덤불 에 떨어진 씨앗처럼. 이 사람도 가시덤불에 떨어진 씨앗이 하나이다.

이 사람의 이름은 우필(愚弼), 상옥(祥玉), 만식(萬植), 자는 대유(大有), 호는 해산(海山), 봉암(鳳庵)이란 도호(道號)까지 갖추었고 용구(容九)란 이름은 37세 때의 개명(改名)이다. 하나의 인간이 짧은 인생을 살면서 이처럼 많은 이름을 무슨 까닭으로 필요로 했는지 딱히 알 수는 없지만 가시덤불과 유관한 사정에서가 아니었을까.

1

"선생님, 하늘이 우리를 버리신 것이옵니까?"

이용구의 말엔 절박한 감정이 괴어 있었다.

선생님이라고 불린 사람은 동학의 제2대 교조 해월 최시형(海月崔時亨)이다.

해월의 대답은 없었다. 그는 소나무에 등을 기대고 허허하게 눈을 뜨고 있을 뿐이다. 그것은 목전의 사물을 바라보는 것이 아니라 운명을 바라보고 있는 시선이라고 할 수 있었다.

곳은 임실(任實)의 산 속. 때는 갑오년이 저물어가는 섣달의 어느날, 서기로서 기록하면 1894년 12월 7일.

공주전투에서 패전한 이용구가 살아남은 군졸을 거느리고 충주로 가는 도중에 임실의 산 속에서 스승을 만나게 된 것이었다.

아까의 말은 공주전투의 경위를 소상하게 보고 난 직후에 있는 질문이다.

바람이 일었다. 거칠고 차가운 바람이 나무를 휘고 나무 사이로 불어닥치면 비수처럼 살을 에인다. 산 전체가 비명을 올렸다. 그런데 그 추위 속에서도 군졸들은 이곳저곳의 솔밭에 웅크리고 더러는 코를 골기도 했다. 추위를 지각할 수 없을 만큼 패전에 지친 것이다.

바람이 멎자 해월의 말이 있었다.

"사람의 도를 다하지 못하고 어찌 하늘을 들먹이느냐."

이것은 용구에게 대한 답이 아니고 자기가 자신에게 타이르는 말투였다.

"황송합니다, 선생님."

용구의 뺨에 흘러내린 눈물이 금방 얼음이 되었다. 이때 용구의 나이는 27세. 상옥이란 이름으로 불리었던 시절이다.

"상옥이, 하늘을 탓하지 말라! 수심정기(守心正氣)를 전일(專一)로 하라. 상옥이 기상을 잃으면 저 군졸들이 어떻게 되겠나."

하고 해월은 숲속 이곳저곳에 웅크리고 있는 군졸들에게로 시선을 돌렸다.

해월의 모습은 폐의파립(敝衣破笠)이란 형용도 당치 않았다. 낡은 갓 위엔 먼지가 뽀얗게 앉아 있었고, 다듬지 않은 수염에 덮인, 짙은 주름살의 얼굴은 벌써 사람의 형상이 아니었다. 그러나 눈만은 맑았다. 칠십 고령인 노인의 눈이 아니라 티 없는 소년의 눈이었다. 그 눈빛에 쏘이면 누구나 소년처럼 된다.

용구는 해월의 맘에 용기를 얻었다.

부자유한 오른편 다리를 가까스로 끌어당겨 막대기에 의지하고
서서 군령을 내렸다.

"도중들, 거동이다. 진안을 향해서 출발!"

도중(道衆)이란 동학인이 대중을 향해 쓰는 호칭이다.

군졸들은 솔밭 사이를 기기 시작했다. 해는 서산을 향해 기울어
들고 있었다. 다시 바람이 일었다.

해월은 김연국(金演局)의 부축을 받으며 걸었다. 이용구는 자봉
대(自烽臺)에서 일본군이 쏜 총탄으로 오른쪽 허벅다리에 관통상을
입고 있었기 때문에 스승을 부축하기는커녕 스스로의 보행이 부자
유했던 것이다.

2

공주전투는 뒤에 생각하면 무모한 작전이었지만 동학으로선 불
가피한 전투였다. 공주전투는 동학에 있어선 '워털루'의 결전이었다.

고부읍의 관아를 점령하고 군수 조병갑을 내쫓음으로써 동학 농
민군이 혁명의 함성을 올린 것은 1894년 1월 10일.

순식간에 전라도의 전역을 석권하고 동학군이 전주를 점령한 것
은 그해 5월 31일.

이른바 전주화약(全州和約)이 동학군과 정부군 사이에 이루어진
것은 그해 6월 10일. 전주화약은 곧 동학군의 승리에 대한 증표와

같은 것이다.

전주화약에 의하여 전라도내 53주에 집강소(執綱所)가 설립되었다. 집강소란 종래의 관청과 병립하는 기관이다. 행정은 관청에서 하되, 집강소가 민중을 대표하여 관청을 감시하고 독려한다. 단, 지방의 도망간 상황에선 행정기관을 대행했다.

동학은 해마다 집강 1인과 의사원(議事員) 약간 명을 두고 폐정개혁에 착수했다. 관군측과 동학군 사이에 합의를 본 폐정개혁의 내용은 다음과 같다.

① 동학도인과 정부 사이에 있었던 다년에 걸친 유한을 씻고 서정 쇄신에 합심한다.

② 탐관오리는 그 죄상을 밝혀 엄벌에 처한다.

③ 횡포한 부호들을 엄벌에 처한다.

④ 불량한 유림과 양반들을 징치(懲治)한다.

⑤ 노비문서는 불태운다.

⑥ 칠천인(七賤人), 즉 백정, 장인(匠人), 기생, 노비, 승려, 무당, 점장이, 배우들의 대우를 개선하고 종래 백정이 꼭 써야 했던 평양립(平壤笠)을 벗긴다.

⑦ 청춘 과부의 재혼을 허락한다.

⑧ 명분 없는 잡세는 일체 부과하지 않는다.

⑨ 관리의 등용에 있어선 지방벌을 타파하고 인재를 등용한다.

⑩ 왜인과 관통하는 자는 엄벌에 처한다.

⑪ 공사의 채무는 일체 포기한다.

⑫ 토지는 평균해서 분작(分作)한다.

이런 조건으로 강화를 하곤 정부군은 서울로 돌아갔다.

동학인의 사기는 충천했다.

그러나 이것은 한때의 꿈일 뿐이었다.

정부는 동학군을 진압하기 위해 청국에 청병했다. 청나라 천명의 육상부대와 5척의 군함이 아산만에 도착했다.

일본은 1885년에 청국과 맺은 천진조약의 '만일 조선에 출병할 경우엔 양국이 서로 통지하여 양해를 구한 후에 해야 한다'는 조항을 내세워 군함 7척과 육군부대를 인천에 상륙시켰다.

이것이 청일 전쟁의 도화선이다. 이윽고 청나라와 일본의 군함이 수원부의 풍도에서 충돌한 사건이 있었고 성환에선 청국군이 일본 군에 의해 대패했다. 드디어 청일 양국은 선전은 포고하고 이어 평양 의 전투에서 궤멸했다.

동학인들은 일종의 구경거리로서 이 사태를 보고 있었는데 정부 군과 일본군이 합세하여 삼남지방으로 쳐내려온다는 정보를 확인한 것은 9월에 들어서였다.

동학의 재차 기병은 불가피하게 되었다. 각처에 사태의 위급이 전해지자 전라 53주는 일시에 봉기했다. 그 총수는 10여만, 총지휘

자는 전봉준이었다.

기왕의 거병을 두고 전라도의 동학, 즉 남접과 충청도의 동학, 즉 북접과의 사이엔 의견의 대립이 있었다. 남접은 보국안민을 위해선 무력의 사용도 불사한다는 것이고 북접은 교(敎)의 수도에 전념하지 않고 병사를 일삼는 자들은 사문의 난적이라고 했다. 이러한 의견대립이 일촉즉발의 위기에 있었다.

그런데 금번의 사태는 달랐다. 같은 도인으로서 좌시할 수 없다는 의견이 대두되었다. 교조 해월도 이에 동조하지 않을 수 없었다. 결국 동학강령의 하나인 '보국안민'의 기치 아래 북접도 남접의 북벌에 가담하기로 했다. 이 결정에 따라 북접 청주의 접주인 이용구는 청주에서 군졸 2천 명을 초모하여 공주전투에 참가한 것이다.

공주전투는 꼬박 한달 반 동안 계속되었다. 그 결과가 철저한 패배였다. 동학농민군의 투지만으론 압도적으로 우세한 일본의 무기를 당해낼 수 없었고, 그들의 현대적 전술을 이겨낼 수 없었다.

패주가 시작되었다.

일본군과 정부군의 추격은 치열했다.

이용구의 일본군에 대한 공포, 나아가 일본에 대한 공포로 번지게 된 감정은 이 패주의 시간에 심어진 것인지도 모른다.

3

이용구와 그의 군졸은 진안을 거쳐 무주로 나왔다. 거기서 다시 영동의 용산으로 방향을 돌렸다. 그랬는데 앞질러 와 있던 일본군에 의해 포위를 당했다. 구사일생의 탈출이었다.

보은군 속리산 북실리에 도착했을 때 또 일본군의 포위를 당했다. 가까스로 혈로를 찾아 충주의 별산당리(別山堂里)까지 왔다. 참으로 귀신이 곡할 일이었다. 이용구와 그의 군졸은 일본군과 정부군의 연합세에 의해 어느 사이 독 안에 든 쥐가 되어 있었다.

집단행동으로선 도저히 그 포위망을 뚫을 수 없다고 판단한 이용구는 최후의 단을 내렸다.

그는 군졸들에게 다음과 같이 타일렀다.

"세 불리하니 도리가 없다. 우리는 여기서 작별해야 하겠다. 각기 재주껏, 능력껏 이 포위망을 뚫고 나갈 수밖에 없다. 원컨대 살아서 집으로 돌아가라. 그리고 보신전일(保身專一)로 하라. 오늘 우리는 패했으나 의가 패한 것은 아니다. 우리가 오늘 물러서지만 지금 조정을 차지하고 있는 국적과 왜놈들에게 대한 미움을 포기했기 때문이 아니다. 와신상담이라고 하지 않았던가. 국적과 왜놈에게 대한 미움을 잊지 않는 한, 우리는 다시 일어설 때가 있을 것이다. 내 언젠가 여러분들을 다시 부르리라. 그때 광명을 약속할 것이니라. 복된 나라를 약속할 것이니라. 우리 도의 활로를 마련할 것이니라. 보국안민의 보람을 찾을 날이 있을 것이니라. 수심정기로 보신전일할지니라. 자, 작별이오. 그러나 이 작별은 다시 만나기 위한 작별이오. 시천주 조화정 영세불망 만사지(侍天主 造化定 永世不忘 萬事知)."

성루(聲淚) 아울러 떨어지는 언변이었다.

통곡을 참고 헤어지는 군사들의 가슴마다에 괸 감회는 과연 어떠했을까.

팔을 다친 사람, 다리를 저는 사람, 상처 난 얼굴을 싸매고 있는 사람, 누구 하나 성한 몸이 없는 군졸들을 한 끼의 밥도 배불리 먹이지 못하고 보내야 하는 이용구의 가슴엔 통곡이 피처럼 흐르고 있었다.

하물며 그들의 앞길엔 당장 죽음이 있을지 몰랐다. 아사(餓死)가 기다리고 있을지 몰랐다. 요행히 포위망을 벗어났다고 해도 체포와 고문과 학대, 그리고 형사는 매양 따라붙은 위험일 것이다.

이용구는 전선에 버리고 온 무수한 동지들의 시체를 상기하지 않을 수 없었다. 흡사 항우(項羽)와 같은 심정이었다. 장정 2천을 없애 놓고 혼자 남은 것 같은 적막감이 그를 에워쌌다.

오강(烏江)의 정장(亭長)이 배를 타라고 권했을 때 항우는

"기왕 강동의 자제 8천인과 이 강을 건너왔는데 지금 나 혼자만 남았다. 무슨 면목으로 돌아가 그들의 부형을 대할 수 있을 것인가."

하고 그 자리에서 장렬하게 죽었다.

'그런데 나에겐 그럴 용기두 없구나.'

이용구는 각기의 등에 '불행'이란 글자를 써 붙이고 있는 것 같은 군졸들의 뒷모습을 시아에서 사라질 때까지 바라보고 섰다가, 곁에 남아 있던 수삼인 동지들을 데리고 앞서 간 스승 해월의 뒤를 좇았다.

그때가 1894년 12월 12일.

4

용구는 스승 해월과 수행원을 일단 죽림동 은신처로 모셔놓고 충주군 외서면 횡산리에 있는 자기 집으로 돌아왔다.

노모는 살아 돌아온 아들의 얼굴을 물끄러미 쳐다볼 뿐 말이 없었고 아내 안동 권씨는 젖먹이 아이를 안은 채 소리 없이 흐느꼈다.

용구는 아내의 품에서 아이를 옮겨 안았다. '피골이 상접한 어린아이는 사람의 아이라기보다 아이의 형상을 한 거미를 닮아 있었다'

절량(絶糧)이 예사로 2, 3일씩 계속되었다고 하면 아이의 몰골은 이렇게밖에 될 수가 없었을 것이었다.

'아아, 이 아이는 오래 살 수 없겠구나.'

측은한 마음을 눈물과 함께 삼키고 어린아이를 아내에게 돌려 놓곤 어머니 앞에 꿇어앉았다.

"불효자를 용서하소서."

이것은 어머니에게 대한 사죄였고, 아내에게 대한 변명이었고,

어린아이에게 대한 뉘우침이었다.

"며늘아, 뭣 먹을 게 없겠나. 애비 배고프겠다."

어머니의 말이었다. 실어증에서 깨어난 사람의 말투처럼 혀가 굳은 말이었다.

아내는 그러한 어머니를 넋을 잃고 보는 듯하더니 아이를 웃목에 뉘어놓고 바깥으로 나가려고 했다.

"양식을 꾸러 갈 참이유?"

용구가 물었다.

"꿔줄 사람이 있을지 모르지만 가보기나 해야쥬."

아내의 힘없는 말에 용구는 울컥 분노를 느꼈다. 아내에게 느낀 분노가 아니라 세상에 대한 분노였다.

"한번 가보기나 하시오. 우선 어머님이 자셔야 하겠소. 그러나 내가 돌아왔다는 말은 마시오. 이 근처에도 나졸들이 와 있을지 모르오."

용구는 소리를 죽여 말했다.

거의 한 시간이 지났을까.

사립문을 닫는 소리에 이어 부엌에 들어가 불을 지피는 동정이 있었다.

조금 있으니 아내가 그릇에 무언가를 담아 들어왔다.

"윗동네에 가서 감자 다섯 개 얻어왔시유."

아내의 말이었다.

"어머니 자세요."

그 가운데 제일 큰놈을 골라 어머니에게 권했다.

"아니다, 너나 먹어라."

어머니는 그 감자를 용구 쪽으로 밀어 놓았다.

이러기를 서너 번을 한 뒤 용구는 감자 한쪽을 입에 넣었다.

용구가 먹지 않으면 어머니가 먹으려 하지 않았기 때문이다. 어머니도 감자를 입에 넣었다. 그리고는 며느리에게 권했다.

"너도 먹어라. 먹어야 살지."

그러자 아내는 손을 내밀지 않았다.

그러자 어머니의 꾸지람이 있었다.

"저 어린 게 불쌍해서라도 먹어라."

그때사 아내는 제일 작은놈을 골라 이빨을 세웠다.

물 한 대접과 감자 한 개를 먹고 나니 요기가 되는 것 같았다. 졸음이 왔다.

"어머니 전 좀 자야겠습니다."

"오냐 그래라."

아랫목을 비우려 하는 어머니를 만류하고 용구는

"아닙니다. 방에서 잘 순 없습니다. 어떤 놈이 들이닥칠지 모르니까요. 전 헛간에 가서 자겠습니다. 여보 짚이나 깔아주슈."

하고 일어섰다.

용구가 일어서서 나가려고 할 때 어머니는 아들의 다리가 이상하다는 것을 느낀 모양이었다.

"얘야, 다리가 어떻게 되었노?"

"먼길을 걸어오고 보니까 조금 삐긋한 것뿐입니다."

"아니다. 너 다리를 다친 게로구나."

어머니의 목소리가 떨렸다.

"걱정할 것까진 없습니다."

하고 용구는 바깥으로 나왔다.

밤은 깊어 있었다.

하늘에 별들이 차갑게 빛나고 있었다.

칙간을 둘러 헛간으로 갔다. 아내가 마련해준 짚 속에 몸을 묻었다. 외풍이 심했지만 견딜 만했다. 짚이란 건 여러모로 고마운 물질이다. 차츰 체온이 짚 속에 스며들어 포근한 기분으로 되었다. 상처 입은 다리는 욱신거릴 뿐 그다지 고통은 없었다.

내일 어떻게 될지 모른다는 위험은 있었지만 살아남았다는 실감은 고마운 것이었다. 그 고마운 실감에 이어 눈물이 쏟아지기 시작했다. 굶주리고 있는 어머니와 아내와 어린 것을 어떻게 배불리 먹일 수 있을까 하는 궁리가 시작되었다. 가능하다면 장사라도 하고 싶었다. 어머니와 아내와 어린 것을 배불리 먹일 수만 있다면 스스로를 종으로 팔아도 여한이 없겠다는 생각마저 들었다. 용구는 비로소 수 많은 사람들이 몇 푼의 돈에 팔려 노비의 신세로 빠져든 사정을 안 기분으로 되었다.

그러나 그는 동학을 떠나서는 살 보람이 없다는 것도 느끼고 있었다. 장사도 할 수 없고, 종으로 팔자니 그럴 수도 없는 지금에 와선 동학과 스승에 매달려 ㄱ 길을 통해 어떤 광명에 이르려고 서둔 밖에 없었다. 하지만 그 광명이 언제 어떤 형태로 나타날 것인가. 죽음의 바다에 과연 광명을 얻을 수 있을까.

이런 생각의 굴절 속에 돌연 공격해 오는 일본군의 정연하고도 박력 있는 일련의 광경이 뇌리에 떠올랐다. 그 일본군에 비교하면 정부군은 오합지졸이나 다를 바가 없었다. 정부군만을 상대로 했다면 승리는 벌써 우리의 수중에 있었을 것이란 사실에 마음이 미치자, 일본군에 대한 증오가 끓어올랐다. 일본군을 끌어들인 정부의 처사를 용서할 수 없었다.

'놈들은 어쩌자고 왜놈을 끌어들였단 말인가. 놈들의 영화를 지탱하기 위해서가 아닌가. 나라와 백성은 어떤 꼴이 되건 자기들만 잘 살면 그만이란 배짱이 아닌가. 오냐 두고 보자, 나는 네놈들을 끝까지 원수로 돌려 네놈들의 살을 찢고, 뼈까지 부숴놓고야 말 것이다. 그러자면 왜놈까지 적으로 돌려야 하는데 과연 왜놈을 적으로 돌려 승산이 있을까. 왜놈에게 대항할 수 있을까. 그건 불가능한 일이 아닐까. 그 강대한 청국군을 불과 몇 달 동안에 쳐부쉈다고 하지 않는가. 그런 왜놈에게 무슨 수단으로, 무슨 방법으로, 무슨 요술로 반항할 수 있단 말인가. 왜놈은 무섭다. 일본은 두렵다. 일본에 반항하는 것은 무망한 노릇이 아닐까, 무망한 노릇이 아닐까, 무망한 노릇이

아닐까……'

어디선가 개가 짖고 있는 소리가 들렸다. 혹시 나졸들이? 하면서도, 일본에 반항하는 것은 무망한 노릇이 아닐까 하고 되뇌이는 사이 용구는 깊은 잠에 빠져들었다.

5

어느덧 몸에 배어 있는 경각의 신경이 용구를 일으켜 앉혔다. 아직도 어둠은 짙고 차가운 별은 총총했으나 새벽이 가깝다는 사실은 알 수 있었다.

'닭도 울지 않는군' 하는 생각이 얼핏 들었다.

그러나 닭이 남아 있을 까닭이 없었다. 정부군, 동학군, 갖가지 이름의 의병, 거기다 화적들이 횡행하고 있는 험난한 상황에 닭이 남아 있을 까닭이 없는 것이다.

"애비 깨었느냐"

하는 어머니의 조심스러운 말이 바깥에 있었다.

"네."

용구는 나직이 대답했다.

무언가를 손에 든 어머니와 대야 같은 것을 든 아내의 모습이 별빛 속에 윤곽을 드러냈다.

"애비야 다친 데를 끌러봐라 애미와 내가 밤새두룩 만든 약을 가지고 왔다. 칡뿌리 말린 걸 가루로 만들어서 생지황과 된장에 이긴 것을 바르면 도창(刀瘡)에 좋다는 말을 들었다."

어머니의 말과 동시에 아내는 용구의 바지를 벗겨 어림짐작으로 대야에 담아온 뜨뜻한 물로 환부를 씻었다. 잊었던 아픔이 전신을 경련케 했지만 참아야만 했다. 용구가 입을 악물고 있는 동안 환부를 씻어낸 후 어머니는 거기다 조약을 부벼넣고 헝겊으로 쌌다.

"추운 날씨라서 다행이지."

치료를 끝내고 난 후 어머니가 중얼거렸다.

"어머니."

용구는 어머니의 손을 잡았다. 여윌 대로 여위어 마른 나뭇가지처럼 되어 있는 촉감에 그는 다시 한 번 울었다.

'어머니를 편안히 모실 수만 있다면 내 무슨 일을 못할소냐.'

먼동이 틀 기미가 보였다.

용구는 혼신의 힘을 다해 일어섰다.

"왜 그러느냐."

어머니가 물었다.

"선생님이 계시는 곳으로 가봐야겠습니다."

"선생님이 어디 계시는디."

"가까이에 계십니다."

"하루쯤 쉬었다가 가면 안 될까?"

"죽림동이니까 얼마 안 되는 곳입니다. 밤에 또 오겠습니다."

"멀리 떠나는 건 아니지?"

"아닙니다. 며칠 동안은 이곳에 있을 작정입니다. 떠나면 떠난다고 말씀드리겠습니다."

헛간에서 나오며 용구가 일렀다.

"밖으로 나오시질 마십시오. 아무도 눈치채지 못하게요."

용구는 부자유한 다리를 끌고 뒷산으로 올라가서 솔밭 사이로 하여 죽림동으로 갔다. 한 시간의 거리였다.

죽림동에 도착했을 땐 동이 트여 있었다. 해월과 수행원은 벌써 일어나 앉아 의논을 하고 있었다. 그때 해월을 수행하고 있었던 사람은 김연국, 손천민(孫天民), 손병희, 그리고 젊은 도인 셋이었다.

"가족들은 무사하던가."

해월이 물었다.

"예."

하고 대답했다.

"다행이군."

해월의 짤막한 말이 있고 의논이 다시 시작되었다. 의논의 요점은, 어디로 가야 하느냐에 있었다.

당분간 충청도에 있어야 한다고 주장한 것은 김연국이었는데 그 이유로

"충청도엔 뭐니뭐니 해도 충직한 도인이 많은 곳이니 숨어 사는 데도 도움을 받을 수가 있습니다."

하는 점을 들었다.

강원도로 가야 한다고 손병희는 주장했다. 그 요지는

"발각될 염려가 없는 깊은 곳에 미리 가 있어야 합니다. 지금 지나면 이 근처도 아주 위험하게 될 겁니다. 충직한 도인이 많다는 바로 그 점이 위험의 원인으로도 됩니다."

손천민의 의견은 다음과 같았다.

"저는 강원도로 가는 것이 좋다고 생각합니다. 그러나 당분간은 충청도를 떠나선 안 될 겁니다. 각처 도인들의 소식도 대강은 파악해야 할 것이기 때문입니다. 이대로 강원도로 떠나면 연락이 두절될 염려가 있습니다. 연락이 두절되면 앞으로의 대책을 세울 수가 없습니다."

세 사람은 각기 말을 해놓고 스승 해월의 얼굴을 바라보고 있는데 해월은 한동안 묵묵히 있다가

"자네 생각은 어떤가."

하고 용구에게 물었다.

"저는 송암의 의견과 같습니다."

송암은 손천민의 도호이다.

"그럼 그렇게 정하자."

해월이 이렇게 결정해 놓고 다시 용구에게 물었다.

"충직한 도인으로서 노출될 염려가 전연 없는 그런 사람이 없는가."

"왜 없겠습니까."

"그런 사람을 둘만 불러오게. 논산 방면으로 보내 그곳의 뒷사정을 알아봐야 하겠다. 빠를수록 좋다."

"예." 하고 대답했을 때 용구의 의중엔 두 사람이 있었다. 하나는 배도생(裵道生)이라고 하는 애꾸눈이고, 하나는 왼쪽팔이 없는 신길동(辛吉童)이었다. 이 두 사람은 열성 있는 도인이었지만 신체적 조건 때문에 군졸로서의 초모에 탈락한 것이다.

결국 그 두 사람이 거지 행장을 하고 논산으로 가게 되었는데 그들이 돌아올 때까진 죽림동에 머물러 있기로 했다. 논산은 공주전투에 있어서 농민군이 대본영을 설치한 곳이다.

6

닷새 만에 논산에서 배도생, 신길동이 전후하여 돌아왔다.

애꾸눈 배도생은 성한 두 눈을 가진 사람보다도 정확하게 사태를 보았고, 외팔이 신길동도 배에 못지않게 많은 정보를 수집해왔다.

그런데 그들의 보고는 한결같이 절망적인 내용이었다. 동학의 도인을 이 잡듯 척결하는데, 그 수단과 방법이 여간 가혹하지 않다는 것은 이미 짐작하고 있었던 바이지만 전봉준이 체포되었다는 소식에 모두들 아연했다.

미동도 않고 그 수식을 듣고 있던 해월은 눈을 감고, 득립까 말까

한 소리로 주문을 외더니 입을 열었다.

"어떻게 그런 일이 생겼다더냐. 소상하게 얘기해 보아라."

애꾸눈 배도생이 더듬더듬 한 말을 간추리면 전봉준은 금구(金溝)와 태인(泰仁)의 전투에서 패배하자, 살아남은 군졸들을 해산시키고 서울로 갈 작정을 했다. 서울의 사정을 몰랐다는 데 금번의 실패가 있었다고 생각한 그는 후일을 기하기 위해선 서울을 중심으로 한 내외정세를 몸소 알아야 하겠다고 판단한 것이다.

전봉준은 가장 밀접한 사이인 참모 손화중(孫華仲)과 도인 이기택(李起澤)을 동반하고 11월 28일 정읍 입암산성을 벗어났다. 갈재(蘆嶺)를 넘어 순창으로 갔다. 흥복산중에 있는 김경천(金景天)을 찾기 위해서였다. 김경천은 고부거사 이래 전봉준의 심복이었다. 전봉준은 그에게 긴밀하게 부탁할 일을 가지고 있었던 것이다.

한데 그 김경천이 전봉준을 배신했다. 김경천이 반갑게 전봉준과 그 일행을 맞이하여 주막으로 안내해 놓곤 그 발로 한신현(韓信賢)이란 자에게 밀고했다. 한신현은 전에 전주감영 포교로 있었던 자이다.

김경천은 동학도인으로서의 추궁을 피하기 위해, 전봉준을 잡아주겠다고 한신현을 통해 관에 약속한 바가 있었던 모양이었다. 정부에선 전봉준을 잡은 자에겐 천 냥의 상금과 일등지 군수자리를 주겠다는 포고를 내리고 있었다.

한신현은 김영철, 정창욱 등 민정(民丁)들의 힘을 빌어 전봉준이 들어있는 주막을 포위했다. 이 기미를 알아차린 전봉준이 들창으로 뛰어나와 나무더미를 밟아올라 높은 담에서 뛰어내렸다. 땅에 내려서 어리둥절할 순간 민정이 달려들어 총 개머리판으로 전봉준의 발을 후려쳤다. 전봉준이 그 자리에서 쓰러졌다. 12월 2일 밤의 일이다.

신길동의 보고는 이에 덧붙인 것인데

"김개남 장군도 붙들렸다고 합니다."

김개남은 동학농민군 가운데서도 그 용맹과 지모로서 특히 빛나는 농민장군이었다. 녹두장군 전봉준과 김개남 장군이 힘을 합치면 보천하무소불능(普天下無所不能)이란 신화가 한때 널리 호남지방에 유포되어 있기도 했다.

두 사람의 얘기가 끝나자 해월은 깊은 한숨을 쉬며

"다시 얻을 수 없는 인재들이었는데."

하고 신음하듯 말했다.

"이렇게 앉아 있을 때가 아닙니다."

손천민이 주먹으로 눈물을 닦으며 울부짖었다.

"어떻게 하잔 말인가."

"다시 기병해야죠."

그러나 손천민의 이 말엔 아무런 대응도 없었다.

"앉아서 죽음을 기다리느니보다 일어서 싸워 원수놈들을 한 놈이라도 더 죽이고 죽어야죠."

손천민의 애절한 뜻을 누가 모를까만 가당치도 않은 말이었다.

침묵 속으로 무거운 시각이 흘렀다

이용구는 그 무서운 일본군을 상대로 싸워 이길 승산이 있겠느냐고 문제를 제기하고 싶은 충동을 가까스로 참았다.

실로 견디기 힘든 침묵이었다.

"선생님 어떻게 하면 좋겠습니까. 이대로 가다간 도인은 전부 붙들려 죽고 우리의 도는 씨조차 말라버릴 텐데 선생님 어떻게 하면 좋겠습니까."

손천민이 다시 이렇게 울부짖었다. 해월의 입은 굳게 닫혀져 있었다.

"선생님을 괴롭히지 말게, 송암."

손병희의 은근한 말이 있었다.

해월의 말이 있은 것은 거의 사경(四更)이 지났을 무렵이었다.

"우리의 할 일은."

하고 장중하게 말을 이었다.

"수운 선생님의 가르침을 널리 깊게 백성들의 마음에 심는 일이다. 도인 하나가 죽으면 도인 둘이 생기고, 도인 둘을 죽이면 도인 넷이 생겨나도록 포교 할 것이 우리의 일이다. 선생님의 가르침이 천하를 가득 채울 때 원수는 없어지고 태평이 온다. 원수는 도로써 없어지는 것이지 칼과 총으로 없어지는 것이 아니다. 하나도 포교요, 둘도 포교요, 셋도 포교이다. 죽음을 겁내지 말라. 우린 이미 수운 선생을 제단에 바쳤다. 선생님이 당한 일을 우리가 겁내어 피한다면 우린 선생님의 뜻을 저버리는 것으로 된다. 우린 죽어서 살 도리를 찾아야 한다. 인내천이란 사람이 하늘과 동화한다는 뜻이다. 우리는 옳게 죽으면 하늘이 된다. 천도가 패배할 까닭이 없지 않느냐. 언젠간 이 지상에 천도가 행해질 것이다. 우리는 지금 죽어 천도와 땅과의 다리가 되고, 천도가 이 지상에 행해질 때 다시 살아나는 것이다. 그러니 도를 행하고 도를 포교하다가 죽을 때 영생을 얻는 것으로 된다. 죽음을 두려워하는 것은 영생을 기피하는 노릇이나 다를 바가 없다. 포교다 포교. 우리의 할 일은 다만 그것이다······."

7

발로 도망치고 입으로 포교하는 생활이 시작되었다

해월은 손병희, 김연국, 손천민과 더불어 홍천으로 가고, 이용구는 풍기로 가서 숨었다. 그 사이 몇 사람의 도인을 얻을 수 있었던 것은 다행이었다.

그러나 풍기도 위험한 곳으로 되었다. 보다 깊숙한 곳으로 피해야만 했다. 이듬해, 즉 1895년 해동을 기다려 황해도 구월산으로 들어갔다. 용구가 구월산으로 들어간 것은 관헌의 추적을 피할 목적도 있었지만 문득문득 솟아오르는 잡념을 씻어버리기 위한 때문도 있었다.

동학의 당면 강령은 척사왜양(斥邪倭洋)에 있었던 것인데 이용구의 마음 한 구석에 척사, 척양까진 수긍하면서두 척왜(斥倭)의 가능성에 대한 의혹이 돋아나고 있었던 것이다.

이미 이 땅에 지보(地步)를 굳혀가고 있는 막강한 일본 세력을 과연 구축할 수가 있을까. 조정도 일본과 결탁해 있지 않은가. 속셈까진 알 수 없으나 영의정 김홍집은 일본의 세력을 업고 정사를 개혁하려고 하는 것이 아닌가. 그렇다면 일본을 배척하려는 노력은 결국 도로가 아닌가.

이런 사상은 당연히 배교의 사상인 것이다. 이용구는 죄를 느끼고 몰래 고민했다. 구월산으로 들어온 것은 세상에 행해지고 있는 사건들을 보지도 듣지도 못하는 환경 속에서 스스로의 신앙을 순화시킬 작정이었는데 그것이 여의치 않았다.

이용구가 을미사변의 소식을 승려 혜석(慧石)으로부터 들은 것은 구월산에서였다. 그때 그는 산 속 깊은 데 자리잡은 무명의 암자에 있었는데 뜻밖에 혜석이란 승려와 하룻밤을 같이 하게 된 것이다.

한성에서 돌아오는 길이라는 혜석에게 용구가 한성의 소식을 물었다. 몹시 말수가 적은 혜석이 뚜벅 한 마디 했다.

"민비가 죽었소."

"민비가 죽다뇨?"

"왜놈들이 죽였소."

그 이상 말하지 않으려는 혜석으로부터 다음과 같은 사실을 알아내기 위해 용구는 땀을 뺐다.

새로 도임한 일본공사 미우라 모로오(三浦梧樓)란 자가 일본낭인들과 군대와 더불어 대원군을 옹립하여 경복궁으로 쳐들어가서 민비를 시해했다는 얘기였다.

"그럼 어떻게 되겠소."

"뭣이 어떻게 된단 말이오."

혜석은 무뚝뚝했다.

"나라의 운명을 묻고 있는 겁니다."

"나라의 운명이 어떻게 되건 상관할 바 아니오."

"당신은 승려이기는 하나 조선의 국민인데 어떻게 상관이 없다는 거요."

"나는 그런 일에 마음을 쓰지 않기 위해서 출가한 사람이오."

혜석의 말엔 거침이 없었다.

"그런 꼴을 당하고 조정에선 가만있을까요?"

"가만있지 않으면 무엇을 어떻게 할 거요. 썩은 나무둥치 같은 놈들만 모여 있는데."

"참으로 애석한 일이군."

이용구는 본심을 숨기고 이렇게 중얼거려보았다.

그랬더니 혜석의 눈이 반짝했다.

"보아하니 당신은 동학당 같은데 민비가 죽었대서 애석할 게 뭐 있소. 호남에서 당신들이 난을 일으켰을 때 청병을 불러들인 건 민비요, 그 때문에 일본군도 따라 들어온 거요. 일본군 때문에 당신들은 망하지 않았소. 그렇다면 민비는 당신네 동학도의 칠천지 원수가 아니오. 원수가 원수를 죽였는데 고소할망정 애석할 건 뭐 있소."

용구는 어이가 없었다.

"내가 동학이란 것을 어떻게 알았소."

하고 묻자 혜석은 피식 웃었다.

"서서 만 리 보고 앉아서 천 리를 본다고 뽐내고 싶소만, 당신이 동학당이란 걸 안 것은 간단하오. 무엇 한다고 젊은 사람이 산 속에 숨어 있겠소, 동학 아닌 담에야. 그러나 저러나 꽁꽁 숨으시오. 붙들 리면 그만이니까."

그 정도의 말이 오가고 나니 서로 허심(許心)하는 기분이 되었다.

"대사께선 나라 일에 정말 관심이 없습니까?"

"관심이 있으면 뭣하겠소. 이왕 망할 판이면 빨리 망해야지. 백성 들이 바라고 있는 것도 그거요. 망할 나라라면 빨리 망하라구."

"대사도 망하길 바라십니까."

"나는 바라지도 안 바라지도 않소."

"백성을 불쌍타고 생각하지도 않으세요?"

"원래 백성은 불쌍한 것이오. 그래 백성을 제도하려고 나는 중 이 되었소."

"나라를 구하는 것이 백성을 제도하는 방편이 아니겠소?"

"지금 나라를 구할 길은 없소. 당신들이 하려다가 실패하지 않았 소. 나는 국사에 무관심한 사람이지만 당신들 동학의 거사가 성사 하길 충심으로 빌었소. 결국 안 되고 말지 않았소. 나라가 살아날 길이 그때 꼭 한번 있었던 것인데…… 참으로 천추의 유감이오. 지금은 이미 늦었소. 이제 청국은 입을 달지 못할 거니 결국 일본에 먹히고 말 거요."

"그 일본을 물리칠 수 없을까요?"

"어림이나 있소."

"당장 일본에 먹힐까요?"

"아라사가 넘어보고 있으니 당분간은 그렇게 안 될 테지만."

"그럼 일본과 아라사가 조선을 서로 먹으려고 싸우겠네요."

"그렇게 될 테지."

"그럴 때 우리는 어떻게 해야 할까요."

"일본과 아라사를 백중지세로 만들어 놓고, 어느 한편도 지나친 짓을 못하도록 조종하며 우리의 실리를 굳혀 나가면 혹시 활로가 있을지 모르지만, 어디 그런 영민한 정치가가 조정에 있을라구. 친일파 친아라사파로 갈려갖고 난장판이 될 테니까 희망이 없다고 하는 거요."

용구는 혜석을 홑으로 볼 사람이 아니라고 느꼈다. 다음과 같이 물었다.

"일본과 아라사가 다투면 어느 편이 이기겠소."

"그걸 내가 어떻게 알겠소만 조선을 차지하는 것은 일본일 거요. 아라사는 워낙 머니까. 그런데다 아라사는 넓어서 팔방에 구멍이 뚫려 있는 것 같으니 조선에만 힘을 집중시키지 못할 거요. 그런데 일본은 조선에 대해서만 독을 피울 수가 있소. 게다가 일본 놈들은 깡치가 세고 단결력이 강하오."

"그러니까 결국 우리는 일본 놈에게 먹히고 말 거다, 그 말씀 아닙니까."

"대강 그렇소."

"그럼 일본에 항거할 것이 아니라 일본에 동조하면 어떻게 될까요?"

"고연 소리."

하고 혜석은 돌연 소리를 높여 말했다.

"설혹 먹힌다고 치고, 그렇다고 해서 지레 먹히려고 서둔다는 소린가? 호랑이가 잡아먹으려니까 먹기 쉽게 웃통을 벗어주겠단 말인가? 안 될 말이다. 안 될 말."

"대사 내가 한 말은 그런 게 아니고 항거하다가 먹히게 되면 놈들이 우리에게 대한 태도가 가혹할 것 아니오. 우리가 도와주면 태도가 훨씬 부드러울 것 아니오. 나는 그 말을 하고 있는 겁니다."

"몹쓸 사람이군. 그게 바로 지금 조정에 우글거리고 있는 친일파들의 생각이오. 항거하다가 세 부족 역부족으로 먹히긴 할망정 어떻게 강도와 야합하겠다는 말인가. 만일 그런 생각을 하다간 당신 망치고 동학 망치는 꼴이 될 거요. 젊은이, 살아도 깨끗하게, 죽어도 깨끗하게 살아야 할 거요. 친일도 아니고 친로도 아닌, 오직 조선 사람이 걸어야 할 길이 있을 것이오. 아니면 우리 불도의 길이 있듯이 당신

네들 동학의 길이 있을 것 아닌가. 아니면 두메에 묻혀 농사를 지을 일이오. 아무려나 죄짓지 말고 살도록 하시오."

혜석은 바랑을 끌어다가 베더니 이내 코를 골기 시작했다.

구월산의 밤은 깊어만 가는데 이용구의 의식은 잠을 이룰 수가 없었다. 누가 죄짓고 살기를 원하겠는가. 깨끗하게 살 의욕을 가지지 않는 자가 있겠는가. 그러나…….

<u>8</u>

구월산에서 나온 이용구는 강원도 원주로 가서 스승 해월을 뵙고 그 길로 가족을 찾아나섰다.

수원 독포에 잠적해 있을 때 부인 권씨는 정비군에 체포되어 수개월동안 옥고를 치렀다. 남편 이용구의 행적을 추궁하기 위해서 정부군은 아내를 볼모로 잡은 것이다.

가까스로 석방되기는 했으나 감옥에서 병을 얻어 눕게 되었는데 어머니가 인근의 마을에서 걸식을 해서 근근히 연명을 하고 있었다.

그런 정황을 보고 떠났기 때문에 용구의 마음은 불안하기 짝이 없었던 것인데 집이라고 찾아와 보니 아내와 아이는 죽은 지 달포가량 되었다는 얘기였고 노모만이 처량하게 움막 같은 집에 앉아 있었다.

모자는 부둥켜안고 통곡을 터뜨렸다

"이게 어디 사람이 사는 꼴입니까."

하고 용구가 흐느끼자 노모는

"사람이 사는 꼴은 아니라도 도인이 사는 꼴은 된다."

며 되레 아들을 위로했다.

이 어머니의 말은 용구의 가슴에 충격적인 메아리를 남겼다. 어머니를 위해서라면 무슨 굴욕을 참지 못하리, 하는 마음을 새삼스럽게 다졌다.

이듬해 어머니를 충주 두의촌(豆衣村)에 모셔놓고 도인들의 권에 따라 전주사람 이찬요(李贊堯)의 딸과 재혼했다. 홀로 계시는 어머니를 보살피기도 해야 하거니와 손을 끊을 수도 없었기 때문이다.

결혼하자마자 아내의 얼굴을 익힐 사이도 없이 용구는 평안도와 함경도로 포교의 길을 떠났다. 도인 하나가 죽으면 도인 둘이 생겨야 하고, 도인 둘이 죽으면 도인 넷이 생겨야 한다는 해월의 방침에 따라 모두 포교에 열중하고 있었던 것이다.

평안도와 함경도에 동학인을 추궁하는 당국의 노력은 집요했다. 그 추궁을 피해 포교를 하려니 언제나 마음이 바빴고 불안했다. 그러나 그의 설교는 연조가 쌓임에 따라 차츰 세련되어 설득력을 더해갔다.

그는 상대가 지식인일 경우엔 동학이 삼교일치의 교리임을 먼저 내세웠다. 삼교란 즉 유교·불교·선도를 말한다.

"일찍이 수운 선생께선 '유는 인륜을 밝혔긴 하되 현리(玄理)에 도달하지 못했고, 불은 묘법에 통했으되 궁극에 있어선 적멸에 들 뿐이고, 선은 청허(淸虛)를 지키되 세간엔 무용이라'고 갈파하셨습니다."

이렇게 전제하고 용구는 유교의 원리, 불교의 원리, 선도의 원리를 차례대로 설명하곤 수운의 지적이 옳다는 것을 증명했다.

그리고는

"천도를 밝히고, 천도를 수(修)하며 항상 시천주(侍天主)함이 근본이며, 성(誠), 경(敬), 신(信)으로서의 도의 체로 삼으며, 수심정기로서 수도의 요체로 하고 포덕천하(布德天下), 광제창생(廣濟蒼生)으로서 도를 활용한다는 것이니, 즉 보국우민(輔國佑民) 사상으로 발전하는 것이다."

하고 동학의 교지를 천명했다.

그럴 때 당연히 '천도'란 무엇이냐 하는 질문이 있게 마련이다. 이용구는 수운 선생의 설명을 그대로 원용했다.

그 옛날 어떤 사람과 수운 선생 사이에 문답이 있었다.

문 : 선생님이 행하시는 도는 어떤 것입니까.

답 : 천도이다.

문 : 천도란 말은 원래부터 있었던 고인이 말하는 천도와 선생님이 말하는 천도는 같은 것입니까, 다른 것입니까.

문 : 도라고 하는 점은 같지만 그 이치는 다르다. 고인이 말하는 천도는 인간 이외의 곳에 벽두로 최고무상(最高無上)의 유일

367

신을 설정하고 이것을 상제라고 모셨다. 그러니까 인간은 그보다 하위하는 것으로 된다. 자기의 생사와 화복이 모두 상제의 뜻에 의해 정해지는 것이라 믿는다. 그런데 내가 말하는 천도는 다르다. 사람이 곧 천이며 천이 곧 사람이란 것이다.

문 : 사람이 곧 천이라고 함은 어떤 이치입니까.

답 : 형상이 있는 것을 사람이라고 하고 형상이 없는 것을 천이라고 한다. 유형과 무형에 따라 이름은 다르지만 원리는 하나이다. 어떤 사람은 물에도 근원이 있고 나무에도 뿌리가 있는데 사람 위에서 사람을 주재하는 천이 없다고 하는 것은 이해할 수 없다고 반대하지만, 만일 물의 흐름에 근원이 있다고 치면 그 근원의 근원은 어디에 있는 것인가. 만일 나무에 뿌리가 있다면 그 뿌리의 뿌리는 어디에 있는 것일까. 사람도 마찬가지다. 처음에 신이 사람을 만들었다고 할 때 그 신은 누가 낳은 것일까. 부모 없이 사람이 이 세상에 있을 리 없다. 부모의 부모로 거슬러 천 대 만 대까지 올라가도 한량이 없다. 세간엔 천황씨까지 거슬러오른다고 하지만 그 천황씨 이전을 어떻게 설명할 것인가. 사람의 근본을 따질 경우엔 최초부터 최후까지 사람이라고 할 수밖엔 없는 것이다.

문 : 선생님이 말하는 시천주는 무슨 뜻입니까.

답 : 세상엔 흔히 천주가 별도로 있는 것처럼 생각하는데 나는 이 말로서 천주는 우리 자신 속에 있다고 가르친 것이다. 우

리 자신 속에 있는 천주를 소중히 하라는 것이 곧 시천주이
다…….

용구는 수운 선생의 가르침을 포교할 때 주문과 시, 잠(箴), 문(文)
을 종횡으로 구사하여 회중을 매혹시켰다.

그런 역량이 있었기 때문에 후일 시천교의 교주가 되기도 했던
것이지만, 동학과 형사(刑死)가 동일어처럼 되어 있었던 그 무렵인데
그가 얻는 도인만으로도 수만을 넘었다고 한다.

2

전국 각지에서 의병이 봉기했다. 특히 강원도가 심했다. 춘천부
의 관찰사 조인승, 충청도 관찰사 김규식을 비롯하여 군수 등 수십
명이 맞아죽었다.

고종의 아관파천이 있었고 총리대신 김홍집, 농상공부대신 정병
하가 폭도들에 의해 타살되었다. 어윤중도 난민에 의해 살해되었다.

조정엔 친로내각이 들어섰다. 러시아 황제 대관식이 있다고 하여
민영환이 전권공사로 러시아에 파견되는가 하면, 경원 경성의 채굴
권을 러시아인에게 넘겼다는 소문이 돌았다. 그런데 그것은 소문만
이 아니고 사실이었다. 이어 압록강 유역과 울릉도의 산림벌채권이
러시아로 넘어갔다. 러시아의 사관 십수 명을 초빙하여 군대를 러시

아식으로 훈련하게 되었다.

청국의 세력이 물러나자 일본의 세력이 판을 치더니 이번엔 러시아의 세력이 물밀듯 들어온 것이다.

서재필이 미국에서 돌아와 독립협회를 만들고 그 독립협회가 발의하여 서대문에 독립문을 세우게 되었는데 그 설계를 담당한 사람이 러시아인 사바진이라고 해서 물의가 비등했다.

세상이 이렇게 바뀌었는데도 동학도를 추궁하는 세위는 조금도 줄어들지 않았다.

이용구는 포교할 때 회중으로부터 가끔 질문을 받았다.

"나라가 러시아에 먹히면 동학은 어떻게 되는 것입니까."

그럴 때 용구는 다음과 같이 대답할 수밖에 없었다.

"러시아에 먹히지 않기 위해서 우리는 동학의 수도를 열심히 해야 한다."

그러나 회중들이 그런 말에 납득할 까닭이 없었다.

"지금 먹히고 있는데 어떻게 합니까."

아닌 게 아니라 함경도 사람들은 나라가 이미 러시아에 먹힌 것으로 단념하고 있었다. 러시아와의 접경지대인 만큼 사태의 변화에 민감했던 것이다.

친로파의 책동이 있으면 친일파의 책동도 있기 마련이다. 서울의 정가는 친로파와 친일파와의 권모술수의 도가니가 되었다. 곳곳에서 토론이 벌어졌다.

"친로파가 옳으냐, 친일파가 옳으냐."

이것은 각기의 심리에 다음과 같이 반영되었다.

"친로파가 되는 것이 유리한가. 친일파가 되는 것이 유리한가."

"친로도 친일도 다 같이 부당하다. 자주 독립이라야 한다."는 외침도 있었다. 한데 그 외침은 허허한 메아리만 남겼을 뿐 아무런 보람도 없었다. 친청, 친일, 친로든 바람 부는 대로 쓰러지는 조정을 두곤 자주 독립이란 허망한 꿈에 지나지 않았다.

그런데도 1897년 고종은 황제로서의 즉위식을 거행하고 국호를 대한으로 고쳤다. 그래놓고 한 짓이란 죽은 민비를 명성황후로 추봉하고 국장을 거행한 일이었다.

이때 이용구는 함경도 경성에 있었다. 경성의 도인 중에 더러 쾌남아가 있었는데 그 가운데 하나인 배덕한이 이용구의 은신처를 찾아왔다.

정해년의 섣달 그믐이 가까운 어느 밤이었다. 배덕한은 수연한 얼굴로

"대한이란 뜻을 아십니까."

"큰 나라라는 뜻 아니겠소."

이용구는 덤덤하게 대답했다.

"큰 나라라구요? 대한은 큰 한(恨)이오. 그래서 대한(大恨)이란 말이오."

"배두인 소리가 높으오."

용구가 손을 저었다.

"억장이 무너져서 어디 살겠소. 좆 떼이고 부랄 떼이고 그래 갖고 제국하면 뭣할거요. 로서아 놈들의 연장이나 빨라지. 청국놈 미자발 빨다가 청국 놈 가고나니 이제 제국이라. 배짱이나 만들어 갖고 제국을 하든지, 떼국을 하든지."

용구는 자꾸만 바깥에 신경이 가는데 배덕한은 아랑곳없었다.

"난 내 목숨이 붙어 있을 때까지 친로파 놈들을 죽일 작정이오."

"도인이 그런 말을 쓰겠소."

용구가 타이르듯 말했다.

"도인이구 뭐구 나는 집어치울랍니다. 나라가 이 꼴인데 천도를 믿을 수가 있소? 로서아 놈들이 내 동생을 죽였소. 그런 놈들 허구 붙어요? 그 놈들 음흉합니다. 시기가 오기만 하면 이 나라쯤 한입에 삼킬걸요. 고래 앞에 새우다, 이겁니다."

"그런 배도한은 일본을 어떻게 생각하오."

"그건 말도 마이소."

"왜요?"

"놈들이 우리 동학도인을 얼마나 죽였소. 일본은 철천지 원수요. 절대로 용납할 수 없소. 아무튼 친로파건 친일파이건 나는 닥치는 대로 죽일 참이니까."

배덕한은 한바탕 열을 올리고 돌아갔다. 그리곤 그날밤 이후 그를 볼 수가 없었다. 그와 친한 사람으로부터 배덕한이 의병의 무리에 섞였다고 용구가 들은 것은 보름쯤 지난 후의 일이다.

10

1898년 이용구는 체포되었다.

정월 2일의 새벽이었다. 돌연 이천의 은신처를 덮친 경찰은 이용구를 결박하여 눈이 얼어붙은 길로 개 끌고 가듯 끌고 갔다.

이천군옥으로 끌고 간 후 곧 고문이 시작되었다.

"네 이름이 뭐냐?"

"이우필이다."

이우필이란 이용구의 아명(兒名)이다.

공주전투에 있어선 이상옥(李相玉)이란 이름을 사용했다. 그 이름이 발각되면 틀림없이 교수형이 될 것이었다. 뿐만 아니라 접주(接主)라는 사실이 알려지고 그의 활동상이 폭로되기만 하면 살아남지 못할 것이었다. 그는 이우필이란 이름으로 일관하기로 했다.

"본적이 어디냐?"

"경상도 상주군 낙동면 진두리다."

이것은 바른대로 댄 말이다. 본적지를 살펴도 대단한 것이 없었다. 여덟 살 때 그의 집은 경기도 안성군 진현리로 이사했기 때문이다.

"네가 사 공을 저부 들먹여 보아라"

이용구는 경기도 안성의 주소를 말하고 다음엔 충청도 직산군 이 북면 이동을 들먹였다. 그후의 주소는 천안군으로 되는 것이지만 발설할 순 없었다. 동학도로서의 활약상이 드러날 염려가 있었기 때문이다. 용구는 자기가 체포당한 이천의 주소를 끝으로

"주소에 관해선 더 이상 할말이 없다."

고 했다.

"이천으로 이사한 건 어느 때냐?"

"작년 8월이다."

"그동안 어디에 있었느냐? 동리 사람들의 말론 넌 최근에 왔다고 하던데."

"사방으로 돌아다니며 장사를 했다."

"무슨 장사를 했느냐?"

"잡화장사다."

"넌 꽤 유식해 보이는데 어떻게 그런 장사를 했나?"

"유식이 밥 먹여준다더냐?"

"나이는 몇 살이냐?"

"30살이다."

"넌 동학당이지?"

"동학을 믿기는 하지만 동학당은 아니다."

"동학당에서 무슨 소임을 맡았나?"

"나는 다만 동학을 믿었을 뿐이고 소임은 없다."

이때부터 몽둥이 찜질이 시작되었다.

"네 이놈, 이실직고하렷다."

몽둥이가 사정없이 어깨를 쳤다.

"소임이 없다는 것이 이실직고다."

"이놈이 아직 몽둥이 맛을 모르는구나."

다시 후려친 몽둥이가 용구의 등을 강타했다.

"바른대로 말하지 않으면 넌 이 몽둥이 아래 죽는 줄 알아라."

"죽어도 없다는 것은 없다고 할밖에 없다."

"이놈 봐라."

하고 난타가 시작되었다. 용구는 이윽고 정신을 잃었다.

고문은 이튿날 다시 시작했다.

이날은 동학을 누구한테서 배웠는가를 밝히라는 것이었다. 이용구는 적당하게 이름을 만들어 들먹였다. 그럴 때마다 주소를 대라고 매질을 했다. 하는 수 없이 용구는 공주전투에서 죽은 동지들의 주소와 이름을 밝혔다.

이날도 용구가 실신 상태가 될 때까지 고문이 계속되었다.

사흘째의 고문은 더욱 무시무시했다. 한쪽에서 쇠를 달구고 있었고, 한쪽에서 사람을 거꾸로 매달 차비를 차리고 있었다.

'아아, 오늘이 죽는 날이로구나' 하고 눈을 감았다.

"네 이놈, 묻는 말에 순순히 대답을 할 텐가, 벌겋게 달군 쇠붙이 맛을 볼 작정인가?"

한 것은 어제까진 보지 못한 경찰관이었다. 복장과 틀로 보아 경찰로서도 지위가 높은 사람인 것 같았다.

"서울서 너 때문에 오신 어른이다. 네놈들의 괴수 전봉준도 이 어른의 손에서 녹아났다. 순순히 모든 것을 자백하고 관대한 처분을 받는 게 너를 위해 백 번 유리할 거다."

이천군옥의 옥사(獄司)가 한마디 거들었다.

'네놈들이 아무리 겁을 주려고 해도 나는 까딱도 안 할 테다. 사람이 한번 죽지 두 번 죽겠나.'

이용구는 남효온(南孝溫)의 '육신전(六臣傳)' 속에 있던 성삼문(成三問)의 고문 광경을 뇌리에 떠올렸다.

'내 어찌 성삼문에게 질 수 있으랴.'

이때 호령이 있었다.

"이놈을 거기 앉혀라."

보니 끝이 날카로운 못으로 만든 방석이었다.

"옷을 벗기고 앉혀라."

활씬 벗은 몸으로 못방석에 앉았다. 궁둥이와 허벅다리가 못에 찔려 요동을 할 수 없었다. 게다가 추위까지 엄습해 와서 턱이 달달 떨렸다.

"그 자리가 싫거든 내가 묻는 대로 대답하라. 너 최시형을 알겠다?"

서울에서 온 자의 심문이었다.

"안다."

"넌 최시형의 수제자지?"

"말단의 제자일 뿐이다."

"최시형을 만난 지가 언제냐?"

"꽤 오래 전에 한 번 만난 일이 있다."

"저놈을 쳐라."

하는 소리와 동시에 몽둥이가 어깨를 후려쳤다. 반사적으로 몸을 꿈
틀했을 때 못이 살을 찔러댔다.

"네놈이 이천에 온 지가 언제냐?"

"그믐날 밤에 왔다."

"네놈이 이천에 오기 직전에 최시형을 만났다는 것을 알고 있다.
최시형이 지금 어디에 있는질 말해라."

"나는 모른다."

"이놈을 족쳐라."

하는 소리가 떨어지기가 바쁘게 벌겋게 달구어진 쇠붙이가 용구의
오른편 발등을 지글지글 태웠다.

"최시형의 거처를 바른대로 대지 못할까?"

"나는 모른다."

다시 달구어 온 쇠붙이가 용구의 왼편 발등을 지글지글 태웠다.

"바른대로 대라."

"말단인 내가 어떻게 대신사(大神師)의 거처를 알 수 있겠니. 니

는 모른다."

"저놈을 거꾸로 매달아라."

못방석을 벗어난 것은 다행이었다. 궁둥이에서, 허벅다리에서 흐른 피가 이곳저곳에 아교처럼 얼어붙어 있었다.

거꾸로 매달린 용구에게 사정없이 몽둥이의 타격이 가해지는가 하면 벌겋게 달구어진 쇠붙이가 등, 배, 어깨 할 것 없이 지글지글 태웠다.

"바로 불기까지 계속해라."

는 명령에 따라 몽둥이질과 쇠붙이질이 교대로 진행되었다.

고문이란 어느 순간을 넘기면 사람의 지각을 마비시킨다. 이용구는 실신하고 말았다.

그런데도 차가운 감방으로 돌아오면 의식이 회복되었다. 사람이란 모질고도 독한 동물이다.

최시형의 거처를 알리라는 고문이 사흘 밤 사흘 낮 계속되었다. 그래도 불지 않자 이천군옥의 옥사가 어느 날 밤 이용구를 자기 방으로 불렀다.

"사람은 살고 봐야 할 게 아닌가."

옥사는 이렇게 서두를 꺼내더니

"내일은 네가 죽는 날이다. 이때까지의 형벌은 장난과 같은 것이다. 내일 엄청난 형벌이 널 기다리고 있다. 순순히 최시형의 거처를 알려주기만 하면 너는 산다. 아마 얼만가의 상금도 나올 것이다. 여기 필묵이 있다. 최시형의 거처를 그 종이에 써라. 그것을 증거로 내가 너를 살리도록 주선을 하겠다."

"내가 알지 못하는 주소를 어떻게 쓰겠나."

하고 이용구는 붓을 들어 다음과 같이 썼다.

銅鐵雖好 非鍛鍊莫成利器 松柏雖勁 非霜雪莫知高節

'동과 철이 좋다고 하나 단련하지 않으면 편리한 그릇을 만들지 못하고 송백이 강하다고 하나 서리와 눈을 만나지 않곤 그놈은 절개를 알지 못한다.'

이천옥사는 그 글을 들여다보고 있더니

"죽으려고 작정한 자를 나도 어떻게 할 수 없다. 내일 죽여주지."

하고 나졸에게 이용구를 끌고 가라고 했다.

바로 그 이튿날 처참한 고문이 있었다. 왼편 허벅다리의 뼈가 부러졌다. 그런데도 이용구는 그 악형을 견디어 냈다.

며칠 후 그는 서울로 압송되었다가 수원재판소에서 재판을 받고 체포된 지 4개월 만에 석방되었다. 아무리 살펴보아도 이우필이란 존재의 동학에서의 위치는 대단하지 않았던 것이다. 그의 인내와 극기가 그를 살린 셈이다.

11

이용구는 풀려나왔는데 얼마 후 교조 최시형이 체포되었다. 생명을 걸고 비호한 용구의 입장으로 보면 너무나 애통한 일이었다.

문제의 발단은 권성좌(權聖佐)에게 있었다. 그는 이용구와 같은 무렵 체포되었는데 혹독한 고문을 이겨내지 못해 최시형의 거처를 알렸다.

그때 최시형은 원주의 전거언리(轉居言里)에 있었다. 경찰은 여주의 병력을 동원하고 권성좌를 앞세워 최시형의 거처를 급습했다. 그러나 그땐 손병희와 김연국의 기전(機轉)으로 위기를 모면할 수가 있었다.

경기도 지평으로 일단 옮겼다가 홍천군 서면으로 갔다. 그곳 오창섭의 집에서 한 달을 머문 후 원성군 호저면 고산리 송동으로 옮겼다. 이곳은 첩첩산중이라서 마음 놓고 피신할 수가 있었다. 그런데 그게 아니었다. 동학의 접주 송경인(宋敬仁)이란 자가 최시형을 잡아주겠다고 경찰에 자원하고 나섰다. 그는 순검들과 함께 최시형을 추적했다. 송경인은 송일회(宋一會)와 박윤대(朴允大)를 통해 최시형이 송골, 즉 송동에 있다는 것을 알아내도 4월 5일 최시형을 체포할 계획을 세웠다.

4월 5일은 동학 창교의 기념일이었다. 이날을 기해 각 처에서 동학의 두령들이 많이 모여들 것이니 그 기회에 동학의 간부들을 일망

타진할 셈이었던 것이다.

각지에서 교도들이 모여들자 최시형은 손병희와 김연국을 불러 "내 깊이 생각하는 바 있어, 이번 기념일은 내 혼자서 지내기로 했다. 자네들도 집으로 돌아가서 조용히 지내라. 각처에서 모인 도인들도 빨리 집으로 돌아가도록 일러. 만사는 신속히 해야 한다."는 엄명이 내렸다.

최시형은 어떤 영감이 있지 않으면 이런 명령을 내리지 않는 어른이었다. 손병희와 김연국은 순순히 복종할 수밖에 없었다.

드디어 4월 5일 경찰대는 포위망을 좁혀 최시형의 거처를 습격했다. 그러나 아무리 뒤져도 70고령의 최시형 외는 한 사람도 발견할 수가 없었다.

최시형은 이런 일이 있을 것을 미리 예견하고 스스로를, 선대(先代) 최제우에 이어 동학의 제단에 바칠 각오를 굳히고 있었던 것이다. 기념식을 폐한 것은 죽음의 길에 들러리가 필요없다는 결심과 단한 사람이라도 희생자를 줄여야겠다고 마음먹은 탓이었다.

서울에 압송된 최시형은 감옥에서 재판을 기다리게 되었는데 병세가 위중하여 거의 운신할 수 없는 상태가 되었다. 그럼에도 불구하고 당국은 이 산송장이나 다름없는 노인을 교수대에 걸었다. 1898년 음력 6월 2일. 향년 72세였다.

3일이 지난 후 광희문 밖에 버려진 최시형의 시체를 도인 이종훈과 우리 김준식(金俊植)이 손병희·김연국·손천민·바인효·이용구

등이 기다리고 있는 광주로 옮겼다.

최시형의 장사를 지내고 난 후 김연국은 강원도로 피신하고 손병희·손천민은 충청도로 잠적했다. 이용구는 일단 황해도로 가서 황해도를 비롯해 평안도와 함경도에서 포교활동을 시작했다.

이 무렵 나라를 둘러싼 러시아와 일본의 움직임은 수상하기 짝이 없었다. 조선 국민이 전연 모르는 자리에서 조선의 운명을 지배할 중대한 모의가 진행되고 있었던 것이다.

니콜라이 황제의 대관식에 참석한 일본의 야마가따(山縣有朋)는 러시아 정부를 상대로 협상을 벌였다. 한반도에 이미 보유하고 있는 기득권의 일부나마 보장을 받아야겠다는 속셈으로서였다. 일본은 국왕의 아관파천(俄館播遷) 이래 초조해 있었다. 한반도의 기득권을 보유하려면 러시아 정부의 승인을 받아야만 했다.

이때 일본 정부의 외상대리 사이온지(外相代理 西園寺)가 전권대사 야마가따에게 보낸 훈령엔 다음과 같은 것이 있다.

"각하는 장래 한국에 관해 긴절한 관계를 가진 일·로 양국이 제휴하여 한국이 독립을 부지하든지, 혹은 양국 이외에 다른 관계국까지도 권유하여 그 독립을 보장하든지, 방책은 여하간에 러시아 정부와 더불어 건고 확실한 방도를 강구하도록 노력하라."

이것은 어떠한 일이 있더라도 한국을 러시아가 독점지배하지 못하도록 하자는 지령이다.

사이온지는 다시 내훈안(內訓案)이란 것을 야마가따에게 전달했

다. 그 중요 내용은

방금의 형세를 살펴보면 조선국과 가장 밀접한 관계를 가진 나라는 일·로 양국이다. 그런 까닭에 다음과 같은 협약을 해둘 필요가 있다.

1) 조선국 정부는 일본당이니 노국당이니 하는 인물의 여하를 논하지 말고 재한(在韓) 일·로 양국 대표자간에서 협의하여 이를 조직할 것.

2), 3), 4)는 생략.

5) 조선국내의 질서와 안녕을 유지하기 위해서 일·로 양국이 군대를 파견하게 될 경우에는 그 국내를 구획하여 주둔토록 하고 양군 주둔소에는 상당한 거리 간격을 설치할 것

요컨대 정치, 경제, 군사에 있어서 한국의 권익을 일본과 러시아 사이에 공동으로 분할하자는 것이다.

이러한 제의를 러시아의 외상, 로바노프에게 일본의 야마가따가 꺼낸 것은 1896년 5월 24일이었다.

이때 야마가따가 제의한 것은 5개 조항이다. 1)·2)·3)·4)는 먼저 인용한 훈령, 또는 내훈안과 비슷한데 주목할 만한 것은 제5항이다.

"…… 이미 한국에 주둔한 군대 이외에 다시금 군대를 파견하여

야 할 필요가 있다고 인정될 때엔 일·로 양국은 양국 군대의 충돌을 피하기 위하여 각기 그 군대의 파견지를 분할하되 일방은 그 군대를 남부지역에 파견하고, 일방은 북부지역에 파견하는 동시, 양국 군대 간에 상당한 거리를 둔다."

바로 이 제의 직후에 야마가따는 한국을 북위 38도선으로 분할하여, 남엔 일본이 북엔 러시아가 주둔하도록 하자고 제안한 것이다. 이때 러시아는 대체적으로 합의하면서도 분할엔 반대했다. 러시아의 속셈은 다음과 같았다.

"조선국의 운명은 대로서아제국(大露西亞帝國) 장래의 조성지역(組成地域)으로 지리적·정치적 조건에 기초하여 우리들이 예정해 놓은 판도이다. 그런데도 불구하고 이제 한반도의 남쪽을 조약에 의하여 일본에 양도한다고 하면 러시아는 정식으로 또 영구히 전략 및 해군 군사관계로 보아 조선국의 가장 중요한 지방을 포기하게 되어 장래에 있어서의 자기 행동을 스스로 속박하는 것이다."

요컨대 러시아는 장차 한반도 전부를 독점할 요량이었다. 그래서 남반부를 일본에 할양하지 못하겠다고 한 것이다.

일·로의 비밀협약은 복잡한 것이지만 여기서 그 전모를 설명할 순 없다.

우리도 모르는 사이에 우리의 운명을 지배할 모의가 진행되고 있었다는 것만 알면 그만이다.

물론 이용구가 이런 사실을 알았을 까닭은 없지만 평안도 함경도에서 잠적 포교하는 동안에 러시아의 침략적인 입김을 피부로 느끼게 된 것은 사실이다.

이 당시 이용구의 태도와 의견은 다음의 말로써 그 윤곽을 알 수 있다.

"나는 일본당도 아니고 노국당도 아니다. 오직 동학당일 뿐이다. 보국안민할 수 있는 길은 동학도 이외에 있을 수가 없다. 2천만 동포가 모두 동학에 입교할 때 진정한 나라는 선다."

이용구는 어느덧 동학 포교를 곁들어 정치계몽운동을 하게 된 스스로를 발견하게 된다.

1899년 10월 이용구는 함경도에서 서울을 거쳐, 어머니를 풍기에 모셔놓고 포교활동을 계속했다. 정부의 동학에 대한 추적과 탄압은 조금도 누그러들지 않았다.

1900년 8월 손천민이 체포되어 교수형을 당했고 김연국 역시 그 이듬해 체포되어 무기징역을 받았다.

예천군수 이소영이 풍기의 이용구 집을 급습했다. 공교롭게도 그때 와 있던 도인 박영구·홍기조·이동성 등이 체포되었다. 이용구는 위기일발 난을 면했다.

12

이용구는 서울에 잠입했다. 시골에선 깊은 산수이면 모르되 슬을 곳이 없었다. '동학'의 두 글자는 백성을 억압하기 위해 남용되는 부호처럼 되었다. 탐관오리, 지방의 토호, 병정들은 그들이 미워하는 자들을 동학으로 몰아 괴롭히고 재산을 소유하고 있는 자로서 만만하면 동학으로 몰아 그 재산을 뺏는 일도 부지기수였다. 그런 까닭에 동학도인이 발붙일 곳이란 거의 없게 되었다. 도리없이 동학도인들은 피신처를 서울에 구하지 않을 수 없게 되었다.

이용구는 수표교 근처에 있는 임택생의 집에 기거하게 되었다. 임택생은 이용구와 같은 나이 또래여서, 2년 전 창간된 《황성신문(皇城新聞)》의 식자공이었다. 대대로 역관(譯官)의 집안이었는데 청일전쟁에 패배하고 청국의 세력이 물러난 즉시 몰락하여 빈민굴에 굴러든 것이다. 그런데 임택생은 역관의 아들답게 견식이 넓었다. 이용구와의 인연은 이용구의 후처와 내외 종간이 된다는, 그런 관계였다. 하나 그보다 더한 인연은 이용구는 임택생을 존경하고 임택생은 이용구를 존경하게 된 피차의 마음의 교류에 있었다.

그 무렵 서울은 날로 달라졌다.

서대문과 청량리 사이를 전차가 달리게 되었다. 진고개의 일본인 상가에 전등이 켜졌다.

사람들은 그 신기한 문명의 이기에 눈을 둥그렇게 떴으나 식자들은 그것이 모두 외국인이 차지한 이권의 하나임을 알고 분개하는 마음을 감추질 않았다.

이용구는 임택생을 통해 나라의 중요한 이권이 일본을 비롯한 서

구열강에게 분배 장악되었다는 것을 알았다.

예컨대 러시아는 압록강 유역과 울릉도의 산림발채권과 광대한 지역의 광산 채굴권을 차지했고, 미국은 운산금광(雲山金鑛)을 차지했고, 경인철도의 부설권을 획득했다. 영국 또한 개항장의 상권과 중요한 광산을 입수했고, 프랑스는 경의선의 부설권을 얻었고 독일은 당현금광(堂峴金鑛)의 채굴권을 획득했다.

이와 같이 열거하고 임택생은,

"썩은 개값이란 말이 있지 않소. 이 모두를 썩은 개값으로 팔아넘겼단 말입니다. 우리나라의 재원은 광산인데 이처럼 외국인에게 다 빼앗기고 나면 뭣이 남겠소. 내 나라이면서 내 나라일 수 없는 그런 꼴이 될 거요. 아니 지금 바로 이 나라는 우리나라가 아니오. 알맹이는 외국놈이 다 차지하고 썩은 껍질만 뒤집어쓰고 있는 거지."

하고 헛허하며 웃었다.

"임 공 그게 웃을 얘긴가."

이용구는 정색을 했다. 참으로 어처구니없었기 때문이다. 보국안민을 내세워 열심히 포교하고 있는 동안 나라가 이런 꼴로 되어간다고, 싶으니 암담한 심경이었던 것이다.

"그럼 울기라도 해야 한단 말요?"

임택생은 또 웃었다.

"도대체 나라가 어떻게 되겠소."

이용구가 수여히 막했다.

"될 대로 되겠지. 그러나 나는 오불관언이오."

고 임택생은 '취생봉사'가 자기의 소원이라고 덧붙였다.

"그러나 국민의 한사람으로서."

이용구가 이렇게 중얼거리자 임택생이

"당신들 동학인은 걸핏하면 목에 핏대를 세우는 게 탈이오. 그만큼 당해 보았으면 정신을 차릴 일이지 어쩌겠다고 그 고생들 하시오. 적당히 살도록 하시오."

하고 술잔을 내밀었다.

"나는 그렇겐 할 수 없어. 어떻게 하든 이 나라가 잘되고 백성들이 잘 살 수 있도록 하고 싶소."

이용구의 말은 슬펐다.

그러자 임택생은 빈정대는 투가 되었다.

"생각해 보시오 이 공, 뭔가를 하려고 한다면 세 갈래 길이 있을 뿐이오. 하나는 노국당이 되는 것이오. 아라사의 힘을 업고 아라사의 비위를 맞춰 아라사의 앞잡이가 되는 것이오. 그러는 가운데도 양심이 있으면 되도록이면 우리에게 유리하도록 힘을 쓰는 것이오. 아, 나라가 몽땅 아라사에게 먹힐 때 다소간의 도움이 되겠죠. 또 하나의 길은 일본당이 되는 것이오. 일본인에게 아첨하는 일본인의 앞잡이가 되는 거죠.

이 나라가 몽땅 놈들의 것이 되었을 때 일신상 이익이 될 뿐 아니라, 만일 양심이 있다면 다소 우리 백성을 위할 수도 있을 거요. 그러나 생각해 보시오. 사람의 가죽을 뒤집어쓰고 파란눈, 노랑머리를 한 놈들 졸개가 될 수 있겠소. 설사 백만 가지 좋은 일을 한다고 해도 동포는 그런 놈을 용서하지 않을 것이오. 같은 놈끼리면 또 몰라도. 우선 세력 앞에 굽히는 일은 있겠지만 제 정신 바로 가진 사람으로선 노국당하는 놈을 좋게 여기진 않을 것이오. 그럼 일본당은 어떠한가. 우리는 임진란 후로 일본인에게 철천지 원한을 품고 있소. 그런데다 최근만 해도 일본인은 민비를 시해했고. 국민들 가운덴 좋게 여기지 않는 사람이 많지만 어떠했건 민비는 국모가 아니오? 그 국모를 일본인이 죽였다 이거요. 단순한 감정문제만으로도 국민들은 일본당을 용납할 수 없게 되어 있소. 그런데 굶어 죽을망정 일본인의 앞잡이가 될 수 있겠소? 일본인의 앞잡이를 사람 취급하겠소? 오늘의 현실이 아라사에 붙지 않으면 일본에 붙어야 하고 불원 아라사의 것이 되거나 일본의 것이 될망정, 노국당과 일본당은 매국노로 될 것은 필지의 사실이오. 그렇다면 한 가지 길밖에 없소. 오직 국민의 총의를 모아 나라를 바로잡는 일이오."

"나는 그것을 해 보고 싶소."

이용구는 자기도 모르게 소리를 높였다. 임택생의 표정에 냉소가 일었다.

"천만의 말씀, 동학을 하고 있는 사람이 어찌 그런 말을 할까. 나는 물론 동학이 아니지만 동학에 동정은 하고 있는 사람이오. 동학이 우리에게 가르친 게 두 가지가 있소. 하나는 옳은 일을 하는 사람

은 이 나라에선 맞아죽게 되어 있다는 것은 확실히 묘혈(墓穴)을 파
는 일이 될 밖엔 아무 것도 아니라는 사실이오. 공, 생각해 보시오. 동
학만큼 백성들의 뜻과 힘을 모을 단체나 세력이 앞으로 있을 것 같
소? 그런 기회가 있기라도 하겠소? 동학은 천도를 모시겠다고 했소.
그 이상의 거룩한 가르침이 있을 것 같소? 동학은 보국안민하겠다고
했소. 그 이상의 목적이 달리 있을 것 같소? 동학은 탐욕스러운 관을
물리치고 옳은 정치가 이루어지도록 하겠다고 했소. 그 이상 백성들
의 지지를 받을 행동이 다시 있겠소? 그런데다 한때 동학은 요원의
불과 같지 않았소. 상황이 이와 같았는데도 실패하지 않았소? 동학
의 실패는 우리 백성이, 아니 이 나라가 자주적으로 해 나갈 순 도저
히 없다는 막말과 같은 것이오. 그때도 이 공은 자주적인 길을 택하
겠다는 거요? 제2의 동학전쟁을 해보겠다는 거요? 지금 이 공이 당
하고 있는 사태가 어떻소. 동학의 탄압은 앞으로 심했으면 심했지 누
그러들지 않을 거요. 그러니 이 공, 노국당, 일본당해서 천추에 매국
노가 될 짓은 아예 말고, 동시에 스스로 묘혈을 짓는 것도 하지 말아
야 할 거요. 가만있으면 죄인은 안 될 것 아뇨. 어쩌다 고종명(考終命)
을 할 수도 있지 않겠소. 이 공은 노모 모시고 처자 거느리고 그저 편
안히 살아갈 궁리나 하시오.”

　이용구는 임택생의 말에 적잖은 충격을 받았다. 그러나 승복할
순 없었다. 수없이 죽어간 동지들의 억울한 영혼을 위해서도 그랬
고, 어찌하건 나는 한세상 보아야겠다는 야심으로서도 그랬다. 진고

개의 휘황한 전등불을 보고, 새로 된 전차를 타보고, 고관들이 마차를 타고 호화스럽게 행세하고 있는 것을 구경하는 동안 어느덧 이용구의 가슴 속에 권력과 영화에 대한 환상이 돋아나 있었던 것이다.

13

최시형은 재세시 자기의 후계자로서 의암 손병희(義庵 孫秉熙), 구암 김연국(龜庵 金演局), 송암 손천민(松庵 孫天民)을 지목해 두고 있었다.

손천민은 교수형을 받았고 김연국은 무기징역을 받아 옥중에 있었다. 당연히 손병희가 동학의 교조로서 등장했다. 이용구는 손병희의 지시를 받아야 할 처지에 있었다.

1901년 3월 초의 어느 날 손병희가 이용구를 불렀다. 이용구가 달려가니 손병희의 은신처엔 중진 교도들이 많이 모여 있었다. 그 자리에서 손병희는 다음과 같이 말을 꺼냈다.

"기왕 내가 손천민, 김연국과 상의하여 미국으로 가려고 하였으나 김연국이 만류하므로 그만두었다. 이제 다시 생각해 보니 우리의 도를 널리 세계에 펴려면 세계 문명의 대세를 알아야 하겠다. 포덕천하(布德天下), 광제창생, 보국안민을 하겠다면서 남의 집 안방이나 산속 바위틈으로 쫓겨다니는 꼴이 뭐냐. 선사의 유지를 후손 만대에 전하고 대도(大道)를 세계 만방에 펴려면 마땅히 외유의 길에 떠나야 하겠다. 지금부터 10년을 기한하고 떠나고자 하는데 여러분은 어떤가."

모두들 좋다고 했다.

손병희는 자기의 동생인 병흠과 이용구를 수행원으로 선발했다.

그들은 관헌의 눈을 피해 원산항에서 배를 탔다. 부산으로 해서 나가사끼로 갔다. 미국으로 가는 선편을 알아보았으나 여의치 않아 며칠 후 오사까로 갔다.

손병희는 이름을 이상헌(李祥憲)이라고 바꾸고 행세했다.

이용구와의 사이에 가끔 다음과 같은 대화가 있었다.

"일본의 진보는 참으로 대단하다. 우리와 비슷한 처지에 있던 일본이 어찌하여 이처럼 되었을꼬."

"좋건 나쁘건 일본의 정세와 그 발달의 비밀을 자세히 살펴보아야겠다."

"일본을 외면하곤 아무것도 안 되겠다."

"필요에 따라 위장친일파 노릇이라도 해야겠다."

이렇게 해서 이용구의 위장친일이 손병희의 명령에 의해 시작되었다. 그런데 일본에 머무는 날이 길어질수록 이용구의 일본에 대한 경탄은 존숭(尊崇)의 염으로 바뀌어갔다.

그때 일본은 한반도에 있어서의 러시아와의 각축으로, 한국인에게 친일의식을 심으려고 안간힘을 썼다. 손병희는 물론이고 이용구에 대한 대접은 극진했다. 이용구가 한시(漢詩) 한마디를 읊으면 무릎을 치고 칭찬했다.

"가히 천재라고 할 만하다."

"당신 같은 사람이 한국의 지도자가 되어야 한다."

처음에는 이런 정도의 얘기였던 것이

"당신이 우리와 뜻이 통하게 되면 우리가 당신을 한국의 지도자로 만들어 주겠다."라는 말로 바뀌고 심지어는

"우리와 합세하자. 그렇게만 되면 한국의 정권을 당신의 손아귀에 넣을 수가 있다."고까지 이용구를 추켜올렸다.

뿐만 아니라 세계대세를 설명하고, '동양인을 위한 동양'이란 사상을 고취하길 잊지 않았다.

어제까지만 해도 혹은 산속에 혹은 누항에 숨어 살면서 풍전등화 같은 생명을 안타깝게 지켜오던 자가, 오늘은 일본 동경의 화려한 요정에 빈객으로 초대되어 이런 말을 듣고 보니, 갑자기 대정치가가 된 것 같은 착각으로 우화등선(羽化登仙)하는 기분이 되었다는 것도 무리가 아니다.

그러나 국내에서 친일파가 받고 있는 처우를 생각하고, 배덕한 임택생의 말이 뇌리에 새겨져 있는 그로선 당분간 위장 친일을 할밖에 없다고 마음을 다졌다.

한편 손병희도 일본의 경이적인 발달에 자극 받은 바 적지 않았다.

"동양은 장차 일본의 장중에 낙찰될 것 같다."는 한탄을 종종 측근들에게 말하기도 했다.

일본에 앉아 대세를 관망한 결과 손병희와 이용구는 일본과 러시아 사이에 전쟁이 일어날 것은 필지의 사실이라고 보았다.

"차제에 일본의 호감을 사두는 게 어떨까."

하는 말을 꺼낸 것은 손병희였다.

그리고 일·로전쟁이 일어나면 어느 편이 이길까 하는 것이 토론의 주제가 되기도 했다.

만일 그들이 모스크바나 프랑스의 파리에 있었더라면 러시아가 이길 것이라고 판단했을지 모른다. 그런데 그들이 앉아 있는 곳이 일본 동경이었다. 거리에선 '러시아를 쳐야 한다'고 외치는 가두정객들이 매일처럼 곳곳에서 많은 청중을 모아놓고 있었고 그들로부터 박수 갈채를 받는 상황이었다.

어느덧 그들은 일본이 반드시 이길 것이란 판단에 도달했다. 대국인 청국을 불과 몇 달 만에 일패도지(一敗塗地)케 한 일본이 아니었던가. 일본이 이길 것이란 판단은 또한 친일적인 기분으로 기울어지기 시작한 그들 심리가 갖게 된 희망적인 관측이기도 했다.

이용구는 일본의 환심을 사두는 것이 좋겠다는 손병희의 의견에 찬성했다. 그리하여 다무라(田村 전촌)라는 일본인을 통해 군자금 만원을 일본군에게 기증하기까지 했다.

그때문에 손병희는 자객의 손에 죽을 뻔한 위기에 몰린 일이 있었다.

이용구는 일본에 수 개월 머문 후 한국으로 돌아와 얼마간의 자금을 마련해 갖고 그해 10월 다시 일본으로 건너갔다.

그 무렵 필립핀 독립당의 폰세가 수령 아기날드의 명령을 받아 일본에 와서 일본의 원조를 요청하고 있었고, 중국의 손문(孫文) 또한 일본의 명치유신을 본받아 자기나라에서 혁명을 일으키려고 획책하여 일본의 원조를 받으려고 와 있었다. 안남의 독립운동자들도 일본에 망명하여 후일을 기하고 있었다. 이처럼 동양 각국의 눈이 일본에 쏠려 있었던 것이다.

이용구의 사상에 결정적인 변화가 일어난 것도 이 무렵의 일이다. 그가 일본인 다루이또기찌(樽井藤吉)란 자가 쓴 『대동합방론(大東合邦論)』이란 책을 입수한 것이다.

그 전에도 이용구의 사상은 친일의 방향으로 기울어져 있었지만 동학인으로서 일본인으로부터 받은 박해, 그밖의 여러 가지 사정에 의해서 결단을 내리지 못했는데 이 다루이의 저서를 읽고 결정적인 전환을 하게 되었다.

다루이의 책은 그 소론(所論)이 어떠했건 동양 전체의 운명에 빙자하여 일본의 국익을 위하려는 의도적인 것이며 당시의 일본 지도층의 의견을 반영한 것에 불과한 것인데, 전환의 구실과 그 사상적 근거를 찾고 있던 이용구에겐 그 이상 없는 성서적 저작이었던 것이다.

14

다루이의 『대동합방론』을 간추리면 다음과 같이 된다.

　지구는 동서 양면으로 되어 있다. 서반구는 남북 아메리카 이대 주로 되어 있고, 동반구는 아세아, 아프리카, 유럽 삼대주로 되어 있다. 일본과 조선은 그 최동(最東)에 있다. 그런 까닭에 목덕인애지성 (木德仁愛之性)을 받고, 청명 신선지기로서 빛난다. 서북 즉 유럽의 숙살지풍(肅殺之風)과 다른 것은 자연의 이치이다.

　일본은 화(和)를 귀하게 여기고 조선은 인(仁)을 중하게 여긴다. 양국이 친밀한 것은 천연에 유래한다.

　우리 일한양국은 그 국토가 순치(脣齒)의 관계에 있고, 그 세는 양 윤(兩論)과 같고, 정은 형제와 같고, 의는 붕우와 같다. 양국의 형제는 날로 개명해 가는데 무슨 까닭으로 서로를 의심하는가. 아직도 미몽 에서 깨어나지 못하고 의연히 옛날의 방식을 고집하는 것은 시대의 사명을 모르는 자라고 할밖에 없다.

　제국(齊國)은 공(功)을 중히 여긴 까닭에 관자(管子)가 나고, 노국 (魯國)은 인(仁)을 중히 했기 때문에 공자가 나고, 인도이서(印度以 西)에선 귀도(鬼道)를 믿기 때문에 석가, 예수, 마호메트가 출현했다. 콜럼버스는 서반구를 발견하고, 와트는 증기력을 발명했는데 이는 당시의 기운, 당시의 경우가 사상을 충동해서 보람을 다하게 한 것이다. 내가 오늘 주장하는 합방설(合邦說)도 역시 기운(氣運)이 나로 하여금 말하게 한 것이다.

일한 양국의 합방이 되었을 때의 국호는 대동이라고 함이 좋다. 인생에 있어서 중요한 것은 처세지도를 강구하는 데 있을 뿐이다. 희망을 달성하려면 세계의 대세를 알고, 변 천지 맥락을 밝히고 만국의 정황을 살피고 시운의 행방을 알아야 한다. 이럴 때 일한합방의 타당성을 알 수가 있다.

5백 년 전에 이 지구에 8백 개의 나라가 있었는데 지금은 70개의 나라에 불과하다. 시운의 변화가 이처럼 빠르다. 하물며 지금은 전기와 증기의 힘으로 지구는 대단히 좁아졌다. 앞으로 5백 년 미만에 만국통일이 될 것이다. 그렇게 볼 때 일한의 통합이 벌써 만시지탄(晚時之歎)이 있다는 것을 우리 대동지인사(大東之人士)는 깨달아야만 한다.

백인은 재물을 가장 중하게 여긴다. 영국의 인구는 3천 5만인데 수출금액은 14억 9천만 원, 국민 평균 42원 60전이고 프랑스는 인구 3천 8백만인데 수출액 14억 9천만 원으로 국민평균 37원 50전, 지나 인구 4억인데 수출액은 1억 원, 국민평균 30전에 미달이다. 일본 인구는 4천만, 수출액 7만 원, 1인당 1원 75전, 일본은 세계 제18등이고 한국은 세계 60여 나라 가운데 국민 평균 수입이 47등이다.

세계 인구는 약 15억인데 황인이 8억이고 백인은 4억 5천만, 적흑잡인(赤黑雜人)이 2억 5천만이다 황인이 인구의 과반을 점했는데 백인의 노예로 되어 있는 자가 3억에 달한다. 백인이 차지한 토지는 황인이 차지하고 있는 것의 7배나 된다. 그들과 경쟁하여 승산이 있겠는가. 한심하기 짝이 없다.

부자이며 지자(智者)인 자와 가난하며 우자(愚者)인 자가 병립할 순 없다. 지금 세계에서 체력이 강한 자도 백인이며 지력이 강한 자도 백인이며 재력이 강한 자도 백인이다. 우리가 서로 단결하지 않으면 백인에 의해 멸망될 것은 필연지 사실이다. 최근 미국인은 중국인을 추방했고, 아라사는 유태인을 축출했고, 호주인은 중국인을 꺼려, 항구에 들어오면 인두세를 받는다. 이런 대세로 나가면 열국이 서로 싸우는 상황은 옛날의 비(比)가 아닐 것이다.

옛날 우리 황인은 지능에 있어서 백인에게 지지 않았다. 그런데 금일 백인을 능가하는 자가 있는가. 이에 이르러 생각건대 동종끼리 서로 화(和)하여 일대세력을 만들지 않으면 생존경쟁의 마당에 설 수가 없다. 우리 동아인은 바로 이점을 통절하게 깨달아야만 한다.

영국은 자기 본토의 7배나 되는 면적의 속국을 가지고, 프랑스는 본토 6배가 되는 속국을 가지고 있다. 아라사의 속지는 그 본토의 4배 반이고, 독일의 속국 면적은 그 본토의 5배이다. 백이의(白耳義)의 속국은 본토의 9배이며 화란(和蘭)의 속국은 본토의 6배이다. 포르투갈의 속국은 본토의 10배이며, 스페인의 속국 면적은 본토의 2배이고, 덴마크의 속국 면적은 본토의 6배이다.

그런데 우리 동아의 황인은 본토 이외의 땅을 점령한 사례가 없다. 유럽인은 속국이라고도 부르고 식민지라고도 부르는데 그렇게 해서 그들은 토인(土人)을 멸종시킬 의도를 은연중에 나타내고 있는 것이다. 후꾸자와(福澤氏)는 백권의 만국공법(萬國公法)이 대포 일문만 못하다고 했다. 유럽인의 심정을 뚫어본 말이다. 영국이 거문도(巨文島)를 점령한 것 같은 따위의 행동은 그 증거의 하나라고 할 수 있겠다. 거문도와 대마도는 그 우열을 비할 바가 아니다. 그런데 영국인은 대마도를 취하지 않고 거문도를 점령했다. 이것은 일본은 강하고 조선은 약하기 때문에 취한 행동이다.

러시아는 호시탐탐 조선을 노리고 있다. 조선은 작고 가난하다. 그 위기는 지금 박두했다. 조선이 흥륭(興隆)할 방도가 있는가 없는가. 기왕과 현재로 장래를 미루어 보건대 도저히 독행(獨行)하여 흥륭을 이룰 순 없다.

일본과 조선은 고대부터 밀접한 관계에 있었다. 일본과 조선이 합해야 하는 것은 당연한 결론이다. 그런데 일본에 그 합동을 불가하다는 소리가 있다. 그 이유의 1)은 조선은 빈약한 나라이니 이와 합하면 우리의 재산을 그들과 공유하는 것으로 된다는 데 있고, 이유의 2)는 조선의 문화는 뒤떨어져 있으니 이와 합하면 우인(愚人)과 사귀길 바라는 꼴이 된다는 것이고, 3)은 조선은 청국과 아라사와 접해 있으니 그들과 합친다면 방어하는 비용을 우리가 부담하지 않을 수 없다는 데 있고, 4)는 조선과 합치면 그 개명(開明)을 위해서 우리의 국력을 소비하지 않으면 안 된다는 데 있고, 5)는 조선의 기후는 불문하고 한재와 흉변이 없는 해가 없으니 그들과 합한다면 부득이 구호를 해야 한다는 데 있고, 6)은 조선의 정치가 문란하니 그들과 합하면 그 화를 입을 염려가 있다는 데 있고, 7)은 조선인은 자주의 기상이 결핍되어 있어 만일 그들과 합하면 그 나약한 정신이 흘러들어올 염려가 있다는 데 있다.

그러나 이러한 의견은 불리한 것만 보고 유리한 것을 보지 못한 데 연유한다. 조선과 합치면 허다한 이점이 있을 뿐만 아니라 동종동문(同種同文)의 나라로서 우리는 조선을 보호하고 개명으로 이끌 도의적인 의무를 가지고 있는 것이다.

독일, 영국, 미국 등은 모두 합방, 또는 연방의 나라이다. 그러나 우리는 이들을 본딸 것이 아니라 신기축(新機軸)을 만들어야 한다. 양국이 약속을 하여 수년 동안 해보다가 정세에 따라 바꿀 수도 있고 정 안 되면 본래로 돌아가도 된다. 만일 후일에 화가 있을 것을 염려한다면 명백한 장정(章程)을 만들어 둘 필요가 있다. 자주 자립의 나라가 서로 합하여 상의상보(相依相補)하는데 어떤 나라가 이를 간섭할 것인가······.

대강 이상과 같은 내용으로 1885년에 발간된 이 책은, 친일적 심정의 경사(傾斜)에 있었던 사람에겐 대단한 감동을 주었던 모양이다. 세계 정세에 어두운 사람에겐 계몽적인 의미도 있었고 박인방증(博引傍證), 그 한문이 일견 유려하기도 해서 김옥균도 이 책을 읽고 느끼는 바가 있었다고 했다.

이용구는 이 책을 읽고 비로소 그의 방향을 결정했다.

친로파가 되기엔 이미 때가 늦었을 뿐 아니라, 그럴 방도가 없었고, 독립 자주의 노선을 걷자니 동학도가 당하고 있는 처지로 보아 불가능했다. 게다가 일신의 영화를 꿈꾸었을 경우, 한국의 조정에 부비고 들어갈 수 없는 현실에 비춰, 일본을 위해 일함으로써 영달을 꾀할 방도는 전연 없다는 것을 깨달았다.

이용구의 심정은 일본을 위해 일하고 일본을 이용하기도 해서 영화와 권세를 누려 볼 수도 있으리란 꿈으로 부풀었다. 그 꿈을 위해선 모험도 해볼 만했다.

15

1904년 일·로 간에 전쟁이 터졌다.

손병희는 동학의 두목 40여 명을 동경으로 불렀다. 이 가운데 이용구도 있었다.

이 모임에서 세 가지가 의제에 올랐다.

첫째는 대거 혁명을 하여 폐혼입명(廢昏立明)하라는 것이고,

둘째는 악정부(惡政府)를 소탕하고 새 정부를 조직하자는 것이고

셋째는 노일 전쟁에 관여하여 그 전쟁 결과를 이용하여 우리 뜻이 통하도록 하자는 것이었다

첫째 둘째는 보류하기로 하고 셋째를 택하되 일본이 승리할 기량이 크니 일본을 돕자는 데 의견의 일치를 보았다.

이 결정은 이용구의 친일행동에 좋은 계기를 주었다.

손병희는 외부의 이목을 감안하여 대동회를 만들게 했다. 그 후 곧 이름을 진보회(進步會)로 고치고 이용구로 하여금 주관케 했다. 진보회의 강령은 다음과 같은 것이었다.

  1) 황실을 존중하고 독립기초를 공고히 한다.

  2) 정부를 개선한다.

  3) 군정과 재정을 정리한다.

  4) 인민의 생명 재산을 보호한다.

진보회란 곧 동학이 정치운동을 하기 위한 간판이었다.

당시의 회원 총수는 16만. 이들에게 단발령이 내린 것은 1904년 6월.

단발령을 내린 이유를 손병희는 이렇게 말하고 있다.

"첫째는 도인들로 하여금 세계문명에 참여케 한다는 뜻이요. 둘째는 도인들의 일치단결한 심지(心志)를 나타내기 때문이다."

하여간, 목을 끊길망정 상투는 자르지 못하겠다는 애국자가 속출한 풍조 속에 단발을 단행했다는 것은 보통의 용기가 아니다.

손병희는 이에 앞서 중립회(中立會)를 만들려고 했다. 즉 동학교도는 일·로 양국에 대해 중립적인 태도를 취한다는 것인데 이것을 중단시킨 것은 이용구였다. 이용구는 손이 모르는 사이에 깊이 친일적 방향으로 몰려 들어가 있었던 것이다.

그 무렵 이용구는 송병준(宋秉畯)을 처음으로 만났다. 송은 1885년에 탄생한 사람으로서 자칭 송우암(宋尤庵)의 후손이라고 했지만 그 출생은 아직도 수수께끼이다. 이용구가 만났을 당시의 송은 일본명으로 노다헤이지로(野田平治郎)라고 하는 친일파로서 일·로 전쟁 발발 당시엔 일군병참감 오오따니 소장(日軍兵站監大谷小將)의 통역으로서 일군 경성사령부(京城司令部)에 근무하고 있었다. 그해 8월 송병준은 일진회라고 하는 것을 조직하고 있었다. 구 독립협회회원을 근간으로 하는 유신회(維新會)가 그 모체였다.

일진회의 배후엔 일본인 가미무찌토모쓰네(神鞭常知)라고 하는 일본인이 있었다. 이 자는 송병준에게 일진회를 '일한합방(日韓合邦)의 추진체로 하라'고 권했다.

이용구가 송병준을 만난 것은 손병희의 지령에 의한 것이다. 손병희는 후일에 대한 포석으로 이를테면 위장친일을 위해 두 사람을 만나게 한 것인데 송과 이의 의도는 그것과는 달랐다. 송병준과 이용구는 일한합방의 방책을 강구하고 있었던 것이다.

이와 송은 서로의 사상을 확인하고 일진회와 진보회를 '합동일진회'란 간판 아래 통합했다. 그 해 12월 25일이었다.

이용구는 이 무렵 거침없이 친일노선을 내세워 일본군에 대한 회생적인 원조활동을 하기 시작했다. 경의군사철도 부설에 있어선 황해도 평안도의 교도를 동원하여 매일 3천 명이 자비로서 노역에 종사하도록 했고, 일본군의 군수품 수송을 위해서도 미요시 사단장(三好師團長)과 오오바 참모장(大庭參謀長)에게 자진 협력할 것을 신청했다. 함경도에서 연일 3천 명의 수송대를 차출하고 50명의 정찰원(偵察員)을 제공했다.

1905년, 이른바 한일간에 을사보호조약이 체결되자 이용구는 일진회의 명의로 찬성선언을 발표했다.

이것은 세상을 아연케 한 사건이었다. 나라의 상하가 이 조약을 국치(國恥)라고 하여 반일감정으로 들끓고 있을 때 이런 찬성선언이 나왔으니 당연한 일이다. 누구보다도 놀란 것은 손병희였다. 손병희는 그 자신 천도교를 창립함과 동시에 이용구와 그 추종자들을 추방했다. 일진회의 노골적인 친일행동이 국내에 광범하게 퍼져 있는 반일운동, 의병운동과 충돌했기 때문이었다.

이렇게 되면 이용구의 행동은 절벽을 굴러떨어지는 돌멩이와 같은 꼴이 될밖에 없었다. 일본 관헌의 보호가 있었다고 하나 이용구는 항상 자객의 위협 속에 전전긍긍해야만 했다.

그럴수록 그는 일한합방에 모든 희망을 걸었다. 합방이 되면 거기 영화가 있고 권세가 있고, 재물 또한 생길 것이며, 합방이 이루어지지 않으면 죽음이 있을 뿐이었다.

이용구에게 있어서 일한합방은 대의와 명분의 문제를 넘어 생과

사의 문제로 되어버렸다.

일진회원에 대한 압박은 날로 심해가고 탈퇴자가 속출했다. 이용구는 그 회세를 유지하기 위해 안간힘을 썼다.

"일본과 합방하지 않곤 우리의 살길은 없다. 그날이 오면 우리 세상이 오는 거나 다를 바가 없다. 군수와 경찰서장은 모두 우리가 차지한다. 지방의 감사도 중앙의 장관직도 우리가 차지한다. 일본인은 옆에서 우리를 보호할 뿐이다. 그런데 그런 천지는 곧 우리의 눈앞에 있다. 모두들 참고 견디어 나를 따르라."

이용구는 직접 자기의 입으로 또는 부하들을 통해 이렇게 공언하기도 했는데 이는 대중을 속이기 위한 술책이었다고 하기보다 자기 스스로 그렇게 믿고 있었다. 일한의 합방에 그는 갖가지 화려한 꿈을 위탁하고 있었다. 그리고 그 꿈으로 하여 위험한 나날을 견디어 내는 지렛대로 하고 있었다.

1906년 11월 28일 이용구는 교조 최제우를 신체(神體)로 모시고 시천교(侍天敎)의 교법을 만들어 창립하고 스스로 그 교장이 되었다.

이때 그는 다음과 같이 선언했다.

"우리 시천교가 일진회를 조직하는 것은 선사(先師)의 유훈, 보국안민을 실현하기 위해서다. 양사(兩師)의 신원(伸冤) 아직 이루어지지 않았고 정치의 개혁도 멀었다. 차제에 사회사업을 폐하고 종교에만 전념하면 정부의 압제가 당장 닥칠 것이다. 일진회는 그 목적을 달성할 때까진 겸규 폐지될 수가 없다."

이어 1907년 시천교의 교종, 종지(宗旨), 수도요지(修道要旨) 등이 간행되고 지도요령도 반포되었다. 이 무렵 이용구의 주변엔 일본 흑룡회(黑龍會)의 주요인물 다께다한시(武田範之), 우찌다료오헤이(內田良平) 등 괴물들이 있었다.

이를 전후하여 양사의 신원운동을 전개했다. 시천교의 대주교로 있던 송병준이 농상공부대신으로 입각한 덕택으로 그해 7월 11일, 최제우, 최시형의 원죄(冤罪)를 씻는 칙지(勅旨)가 내렸다. 무기징역에서 특사를 받은 김연국이 천도교를 버리고 시천교의 대예사(大禮師)가 되었다.

16

그 이후의 이용구의 행동에 관해선 소설가가 개재할 필요가 없다. 역사가 그 기록을 소상하게 남기고 있다.

일진회가 어떤 의도로 만들어졌는가를 알기 위해 송병준이 일본 제일군 참모장 마쓰이시 대좌(日本第一軍參謀長 松石大佐)에게 보낸 서한을 초록한다.

일진회가 분연히 일어선 까닭은

제1. 어떻게 하면 이조 5백 년의 폭정에서 벗어날 수 있을까

제2. 어떻게 우리의 생명 재산을 보전할 수 있을까.

제3. 어떻게 하면 타국의 군사행동, 또는 압박에 의한 병탄(倂呑)을 모면하고 2천만 민중으로 하여금 영원히 노예상태를 벗어날 수 있게 할 수 있을까.

제4. 어떻게 하면 2천만 민중으로 하여금 문명의 혜택을 입게하여 영원무궁 자자손손에 이르기까지 복지를 형수할 수 있을까.

이 사대 난관은 한국 국민에게 있어선 절실한 것으로서 만일 길을 잘못 잡으면 그 결과가 어떻게 되리라는 것은 식자를 기다리지 않고라도 명백한 일이다. 그런데 현재에 있어서 한황(韓皇)과 그를 둘러싼 고관들은 이런 문제엔 전연 등한하다. 그런 까닭에 우리 일진회원이 일어선 것이다. (중략)

우리 일진회가 주장하는 목적은, 한국의 내치외교를 일본 정부에게 일임하고, 한국민으로 하여금 일본 신민과 같은 대우를 받게 하고 한국민의 자제들을 교육하여 문명의 학술과 더불어 일본어의 보급을 도모하여 한국민으로 하여금 자립케 하자는 데 있다. 이 주장과 목적을 자진 일본 정부에 요청하라는 게 일진회의 진수이다.

최근 2, 30년 동안 정권쟁탈 외엔 아무 짓도 하지 않은 한국 잡배와 교제한 일본인은 한국인의 이러한 거사는 불가능하다고 생각할 것이지만 그것은 정(正) 몇 품(品)이니 하는 인간들을 보아온 데서 생긴 생각인 뿐이다. 한국인 가운데 기개가 있는 자도 있다. 그 증거는

1) 단발을 한국정부가 참수형으로써 금하고 있는 바이지만 우리 일진회원은 단연 단발하여 죽음을 기약하고 목적 수행할 것을 서약했다. 이 서약으로 결당(結黨)한 자 11만을 넘는다.

2) 경의철도 연변의 일진회원은 일본을 신뢰한다는 의사표시로 철도에 필요한 각종 노역에 자진 복부했다. (략)

이와 같은 사실을 보고 종래 조선통이라고 하던 일본인은 깜짝 놀라고 있다.

차제에 우리 한국인의 눈에 일본인이 어떻게 비쳤는가를 솔직히 말해 둔다.

1) 일본인은 반복 무상 신의가 없다.

2) 일본인은 정부의 금전으로 좌우되는 인간들이다.

3) 일본인은 관(官)이건 상(商)이건 주먹을 휘두르면 권력을 과시하는 것으로 아는 야만인이다.

따라서 일본인과 교제하려는 사람은 정권 쟁탈에 광분하여 자기들의 세력을 유지하기 위해 급급한 잡배들이 아니면, 부정한 방법으로 돈을 탐하는 하등민(下等民)일 것이고 중등 이상의 한국민은 일본인과 교제하는 것을 큰 치욕으로 알고 있다.

(중략)

일·로 전쟁의 결과 일본이 한국을 현상대로 두지 않을 것은 자명한 일인즉, 만일 한국의 정권을 이씨와 이에 부대하는 한관 잡배들에게 맡겨놓고 일본 정부가 여전히 회유수단은 농할진댄 그 결과는 명백하다.

(중략)

전문하는 바에 의하면 일본 외무성은 겉으론 일본과 통하는 척하고 내부에선 노국과 통하고 있는 한정(韓廷)에 농락되어 일진회를 폭도로 몰아 철퇴를 가하려고 한다는데 만일 일본 정부와 일본 국민이 일진회의 주장 목적에 찬동하지 않고, 되레 폭락한 한국의 조정을 도운다고 하면 이조에 이반한 한국민은 부득이 일본에도 이반하여 혹은 영국, 독일, 프랑스 등 우리를 도우는 자들을 찾아 끝끝내 저항할 것이다.

(중략)

일진회의 주장과 목적은 이미 말한 바와 같으니 일본 정부는 한국 민정을 오해한 데서 있게 되는 의리의 불통으로 불가측의 회한을 남기지 않도록 부탁하는 바이다. 이와 같은 주장을 배반할 시는 불초 송병준이 효수를 당해도 감수하겠다. 혈루(血淚) 있는 각하(閣下), 우리 2천만 동포의 충정을 살피소서.

명치 37년 12월 2일 송병준 재배

마쓰이시 대좌전각하(松石大佐殿閣下)

이 편지가 이용구와의 상의 끝에 씌어진 것인지 어쩐지는 알아볼 길이 없으나 일진회의 주장과 목적을 밝힌 문서인 이상 이용구도 공동책인은 져야 하지 않을까.

이것은 분명히 매국적인 서한이다. 이 편지 하나만으로도 그들의 매국적 행위는 증명되는 것이다.

그런데 이 편지에 들먹이고 있듯이 일본 정부는 일진회를 신용하지 않았다. 이 무렵 10월 24일에 일본외상 고무라(小村)가 하야시공사(林公使)에게 보낸 훈령엔 다음과 같은 내용이 있다.

귀전(貴電) 713호에 의하면 일진회는 그 선언서로 보건대 일본인도 개재 되어 있는 것 같다. 그러나 목하 한국 내에서 무슨 동요가 생기면 아군 행동에 방해가 되므로 엄밀하게 관계자를 취조하여 진무의 수단을 취하라.

대체로 일본 정부는 일진회를, 기회만 있으면 엽관운동(獵官運動)이나 하려는 자들의 집단으로 보고, 일본과 일본군에 대해 협조한 사실은 인정하지만 조금이라도 치안에 지장이 있으면 지체와 가차없이 탄압할 작정으로 있었다.

1906년 초대 통감으로 내한한 이토는 일진회를 신용하지 않았을 뿐 아니라, 일진회를 일본어 어용단체라고 하는 사실조차 인정하려 하지 않았다.

일진회는 초조하지 않을 수 없었다. 이토와 적대관계에 있는 군부의 거물 야마가따(山樂)에게 접근하게 되었다. 이러한 경위를 이해하기 위해선 당시의 사정을 좀 더 소상하게 알아둘 필요가 있다.

일본 정부는 분명히 한국을 병합할 의도를 가지고 있었지만, 이토, 소네아라스께(曾禰芝助 曾禰荒助) 등의 의견과 야마가따(山樂有朋), 가쓰라타로오(桂太郞)등과의 의견엔 차이점이 있었다.

이토는 언젠가는 한국을 병합하더라도 점진적으로 하라는 것이 그의 주장이었다. 이토는 온건한 척하면서도 위압적으로 한국의 손한 개, 발 하나를 차례대로 끊는 방식이었다. 이토로선 외교관으로서 국제적 배려가 있었다. 게다가 일본 정부가 연래 내세운 명분이 '한국의 독립유지'였기 때문에 일시에 해치울 수 없는 심정이었다.

그런데 야마가따는 가능하다면 빨리 해치우자는 의견의 소유자였다. 수상 가쓰라는 야마가따의 직속부하였던 관계로 그와같은 의견을 가졌었다. 그런 까닭에 합방을 서두르는 이용구와 송병준은 야마가따의 손을 잡으려고 했던 것이다.

17

1907년 5월 4일.

송병준의 집에 이용구와 일인 우찌다가 모였다. 박제순 내각(朴齊純 內閣)을 타도하고 이완용 내각을 조직하기 위해서다. 이완용은 진로파로부터 어느덧 친일파로 돌아서 있었다. 송병준과는 은밀히 서로 뜻을 통하고 있었던 것이다.

그로부터 2일 전, 일진회장 이용구의 이름으로 박제순 내각 탄핵문과 총사직 권고가 제출되어 있었다. 일진회가 이완용 내각에 바라는 바는 두 가지였다. 하나는 내각을 일진회의 기반 위에 세워 각료의 자리를 일진회가 차지할 것, 둘째는 일진회원을 지방관으로 채용하는 일이었다.

일진회의 박 내각 탄핵문 집필자는 염중모(廉仲模)이다. 전문 11장으로 된 탄핵문으로 제1장에선 각료의 무능과 실정을 들먹이고, 제2장엔 민론의 억압으로 국세가 쇠약해졌다고 말하고 제3장엔 일진회를 탄압하려 했다고 비난하고, 제4장에선 매관과 권세의 쟁탈을 지적하고, 제5장에선 보호조약을 부인한 고종의 조칙사건에 대한 책임을 묻고 제6장에선 국채보상에 의한 보호조약 해소운동을 비난하고, 제7장에선 '연방조약의고'의 살포 문제를 따지고, 제8장에선 반일행동의 선동과 친일행위 탄압을 책망하고 제9장에선 이근택 일족의 복직사건을 따지고 제10장에선 민심이 박 내각에서 떠난 사실을 강조하고, 제11장에선 여론에 따라 총사직하라고 권고했다.

요컨대 일본 정부나 이토 통감이 할 얘기를 대변한 것이었다.

5월 4일, 이토는 대신회의를 열고 내각이 일진회와 제휴할 것을 설명했다. 박제순이 이에 반대하고 10일 사의를 발표, 23일 이완용 내각이 성립되었다. 일진회에서의 입각은 송병준 하나로서 그쳤다.

이토가 이완용에게 수상을 지명한 것은 송병준의 추천에 의한 것이었다. 한황폐립(韓皇廢立)을 감행하기 위해선, 이완용과 같은 악당이 아니면 안 된다는 책략에 의한 것이다.

7월 2일 이른바 헤이그밀사 사건이 터졌다. 헤이그에서 개최된 만국평화회의에 한국왕의 신임장을 가진 이상설, 이준이 한국대표의 자격으로 러시아의 위원 네프류도프에게, 한일보호조약의 무효를 호소한 것이다.

이 사건은 지난 2월에 있었던 '조칙사건'의 재판이었다. 그런데 그 배후에 《대한매일신보》의 발행자인 영국인 베델과 《코리안리뷰》의 발행인 미국인 할버트가 있었다. 2월의 조칙사건이란 고종이 각국 원수에게 친서를 보냈다. 특히 미국 대통령에겐

"일한협약은 나의 본의가 아니고 일본이 병력으로써 압박하는 때문에 부득이한 처사였다."고 했는데 이번엔 만국회의에 제소하는 한편 러시아 황제에게 보내는 친서가 있었다. '만국의 물의에 의해 우리나라가 국권을 회복하게 되면 폐하의 은혜를 잊지 않겠다'는 문면이었다.

조칙사건이 있었을 때 그것을 계기로 국왕을 폐립하고자 서둔 자는 송병준이었고 만류한 자는 이토였다. 그러나 이번의 일은 간과할 수가 없었던지 7월 3일 이토는 고종을 만나고 퇴출하는 자리에서 예식과장 고의경에게

"일본에 저항할 작정이면 공공연하게 하라, 내가 상대를 해 주마."고 했다.

이러한 이토의 심정을 알아차린 이용구, 송병준, 우찌다는 이토와 전연 관계없이 송병준 단독으로 일을 견행하긴 작정했다. 이용구

는 일진회원을 동원하여 이를 원호할 책임을 졌다.

6일 조정에서 어전회의가 열렸다. 그 석상에서 송병준이 국왕에게

"일·로 전쟁 이후 국왕이 일본의 신의를 저버린 것이 15회나 된다."며 책임을 추궁했다.

이토는 본국 정부의 승인을 얻어, 이완용 내각의 결정사항으로써 고종의 양위를 결정했다.

18일, 양위의 조칙이 내린 전후, 궁전에서 일진회와 반대판의 동우회, 청년회, 자강회원 사이에 난투극이 벌어지고, 양위식 거행의 전날엔 폭우 가운데 "아버지가 없다"고 통곡하는 시민들이 가로를 메웠다. 궁내대신 박영효는 각료들을 몰살하겠다고 날뛰었다. 7월 20일 양위식이 거행된 직후엔 이완용의 집이 불에 타고, 일진회 본부는 군중의 습격을 받았다. 시내는 소연하고 점포는 문을 닫았다.

이어 7월 31일에 있었던 한국 군대 해산령은 반일 폭동을 전국적으로 확대한 단서가 되었다. 일본인과 일진회원 가운데는 폭도의 습격을 받고 죽는 자가 많았다.

이용구, 송병준, 우찌다는 일진회원으로서 의용병을 만들 계획을 세워 당국의 허락을 받았다. 그래서 이용구가 전국을 순시 중에 있는데 소네 부통감의 소환명령이 있었다.

"일진회가 당세확장에 급급한 나머지 폭행, 협박, 단발 강요 등으로 지방 양민을 자극하여 불안을 양성하고 있다고 하는데 그럴 경

우엔 용서하지 않을 것이라."며, 일진회의 지방순시를 중지시켰다.

소네로선 일진회의 세력이 커지는 것도 문제였거니와 일진회 회원들이 덤비면 그만큼 소란이 커질 것이라고 걱정한 것이다.

<u>18</u>

이용구는 우울했다.

친일파로서 낙인이 찍혀버렸는데 상대방인 일본으로부터 불신임을 당했으니 우울하지 않을 까닭이 없었다.

이용구가 우울한 이유는 또 있었다. 이완용 내각의 일진회에 대한 무시였다. 유일한 일진회 출신인 각료 송병준은 고종을 양위시켰다는 공로에 취해 일진회 문제엔 그다지 신경을 쓰려고도 안 했다. 그런데다 이용구는 송병준과 자기의 다른 점을 발견하기 시작했다. 이용구의 소지(素地)는 어디까지나 양국의 합방이었고 민생의 보장이었는데 송병준은 그렇지 않은 것 같았다. 일본에 의한 일방적인 병합도 좋다는 태도였다.

하기야 이용구 자신도 정세의 변화에 따라 소지대로의 합방은 불가능하다는 것을 깨닫게 되었다. 그는 한일의 합방이 이루어진 후엔 일진회원을 이끌고 만주로 이민 갈 구상을 세우고, 일진회 자치재산을 준비하기로 했다.

그런데 이토가 약속한 당초 50만 원의 주성금을 26만 원으로 깎아 놓고도 지급하지 않는 현상에 있어서 만주 개간을 위한 방대한 자금을 일본 정부로부터 받아낼 수 있을까 하는 의혹이 일기도 했다.

게다가 일진회 내부에 불평분자가 생겨 거의 수습 못할 상황이 되어 있었다. 열심히 일본을 위해 노력을 하곤, 매국노라는 딱지만 붙었을 뿐 반대급부가 없고 보니 당연한 일이다.

또 하나 이용구를 우울하게 하는 것은 일인 우찌다의 태도였다. 우찌다의 할대로 해보다가 안 되면 그만이란 속셈을 이용구는 눈치 챘다. 우찌다는 한국, 또는 이용구를 위하기보다, 일본을 위하고 자기의 처지를 위하는 사람이었다. 당연한 일이라고 해버리면 그만이지만, 목적을 관철하기 위해선 죽음도 불사하겠다던 혈맹을 생각하면 섭섭한 마음을 금할 수 없었다.

1908년 이용구는 일본 동경으로 가서 이듬해 6월까지 일본에 체류했다. 우찌다는 이용구와 회담하고 그 회담내용을 이토에게 보고 했다. 그 보고를 다음에 초록한다.

이토 통감에게 보내는 서

약 10일 전 돌연 이용구로부터 '동경으로 간다. 여관의 수배를 바람.'이란 전보가 왔다. 이어 신문지상에 그의 경성 출발의 보도가 있었다.

13일 이용구는 입경하자마자 신문기자들의 포위를 받았다. 신문기자들은 여관까지 따라와 법석을 떨어 그날은 그와 얘기할 기회를 얻지 못했다.

14, 15 양일에 걸쳐 하루 한 시간씩 담화교환의 기회를 얻어 그의 말을 들었기 때문에 그 기록을 직사(直寫)하여 보내고자 한다. 참고로 하소서.

서로 인사를 나누고 한국의 근황을 물었다.

李 : 거의 절망의 늪에 빠질 상태이다. 그래서 당신 나라로 도망쳐 왔다. 제공들의 진력 없으면 나는 귀국을 기약할 수 없을지 모른다.

良 : 통감이 돌아간 지 얼마 안 되는데 그동안에 그런 정세로 되었단 말인가.

李 : 일이 이렇게 되었다는 사정을 여러 정보를 통해서 알 터인데 군이 모르고 있다니, 군은 나를 돌보지 않았던 게 아닌가.

良 : 그렇지 않다. 확실한 걸 모르니까 묻는 것뿐이다.

李 : 통감부의 방침은 완고당(頑固黨)이건 문명당이건, 적이건 동지이건 혼동하여 평등한 취급을 하기 때문에 진정한 동지를 잃고, 면종복배하는 놈들만이 증가하여 완고당의 음모만 늘어나고 있다…… 만일 일진회를 도와 전시 중에서처럼 자유로운 행동을 할 수 있게 했더라면 결코 이런 일은 없었을 것이다. 일진회원 가운데 물론 불미한 자들이 있다. 그렇다고 해서 그런 자 하나를 가지고 일진회 전원을 나쁘다고 한다면 지나치지 않는가…… 완고당들은 일시 폭도를 선도하는 동

하여 반행했지만 오늘에 이르러 일본에 대한 공격이 무모하다는 것을 알고 방법을 교육방면으로 돌려 배일정신을 고취하는 데 열중하고 있다. 외국인들도 가세하고 있다. 이대로 가다간 멀잖아 일진회는 멸망할밖에 없다. 일진회엔 목하 세가지의 장애물이 있다. 제1은 현 내각원들이 일진회를 기피하고 그 멸망을 바라고 있다는 것이고, 제2는 완고당, 제3은 일본 관리의 다수가 일진회의 존재 이유를 모른다는 사실이다. 현 내각과 완고당은 합세해서 일진회에게 박해를 가하고 있다. 완고당도 내각을 싫어하지만 일진회 파괴를 급선무라고 생각하고 목하 야합하고 있는 것이다. 지난 몇 해 동안 그들은 일진회를 파괴하려다가 안 되니까 드디어 우리의 내부를 교란하는 작전으로 나왔다. 지난 7월에 우리 내부에 있었던 소란도 그 원인 가운데 그들의 조종이 있다. 그 소요는 회원 가운데의 다수가 폭도에 의해 살육을 당하고 있는데 정부대신들이 사복을 채우고 있는 사실을 보고 회원의 대불평을 일으켜 그것을 위무하려는 수뇌부에게 분통을 터뜨린 것인데 완고당이 부채질을 했다…… 나의 힘으로썬 어떻게 할수 없는 상황이 되었다. 만일 이대로 나간다면 나 자신 동지회원들에 의해서 생명을 잃을 위험 속에 있게 될 것이다. 나는 죽음을 두려워하지 않지만 지금과 같은 시기에 죽는 것은 개죽음이 될 뿐이다. 이럴 바에야 지난 7월에 죽었어야 했다.

아무튼 제공의 협력을 빈다…….

이때 이용구가 얼마나 절박한 사정에 있었던가를 알 수가 있다.

그달 21일 동경으로 온 이토를 만나 이용구는, 이완용 내각의 경질, 일진회 후원금의 지급을 요구했으나 이토는 두 가지 요구를 거절해 버렸다.

이용구는 동경에 머물고 있다가 삼파 제휴의 문제가 생긴 것을 계기로 한국으로 돌아왔다.

삼파제휴란 일진회, 서북학회, 대한협회 등 삼대민당이 서로 제휴하여 난국을 타개하자는 것이다. 서북학회와 대한협회는 원래 반일단체였던 것이 반일과 배일만으론 국명 타개가 어렵다고 생각하고 친일파 집단인 일진회에 접근한 것이었다.

한편 가쓰라 수상(桂首相)의 내의를 얻어 일진회의 고문이 된 스기야마시게마루(杉山茂丸)라는 자는 이용구의 고민을 통찰하고 고무라와상에게

"일본 정부는 일한합방을 할 의도가 있느냐."

고 물었다.

고무라는 이미 각의에서 한국의 병합을 결정했으면서도 불구하고 국제관계상 보호조약에 의한 제약을 남녀관계에 비유하고

"여자가 남자에게 특히 결혼을 신청하는 것 같은 경우 이외엔 합방할 수 없지 않는가."

하는 대답을 했다.

"그럼 조선이 구체적으로 신청하면 합방하겠는가."

"그렇다."

그런데 가쓰라는 고무라보다도 신중했다. 스기야마가 조선이 합방청원서를 내면 어떻게 할 거냐고 묻자 가쓰라는,

"바보 같은 소리 하지도 말게, 대만의 만인들도 자기들의 만사를 잃지 않으려고 목숨을 걸고 저항하지 않더냐. 그보다는 지능이 발달한 조선인이 무슨 까닭으로 자기들 나라를 받아달라고 신청하겠느냐. 있을 수 없는 일이다."

고 일축했다.

그러자 스기야마는 청원서를 내면 어떻게 할 것이냐고 다시 물었다.

"과연 그렇게 된다면 양책(良策)이 아닌가. 다른 나라들이 이의를 달 여지가 없을 테니까."

이 대답을 듣고 스기야마는 이용구, 송병준에게 합방건의서를 내도록 종용했다는 것이 스기야마의 회상록인 『건백(建白)』에 기록되어 있다.

이때 스기야마가 이, 송에게 설득한 내용은

1) 일본 정부는 보호조약에 제약되어 있지만 조만간 이것을 넘어서서 한국을 합칠 용의가 있다.

2) 이럴 경우 일본 정부가 일방적으로 할 땐 '조선 민족은 목장의
동물처럼' 식민지 백성의 취급을 받는다.

3) 이와는 달리 '조선인의 자각으로써 합방을 신청할 땐, 이를테
면 합자회사처럼, 다른 식민지와는 달리 동등의 자격으로 일
본인이 된다.'는 것이었다.

이 말을 듣고 이용구와 송병준은 침통한 표정으로 되며
"어차피 우린 매국노의 신세를 면하지 못하겠군." 하고 한탄했다.

<u>19</u>

즉시 합방건의 초안이 작성되었다. 우찌다와 송병준이 그 대강
을 만들고 가와시끼(三崎三郎), 쓰다우(葛生修亮), 우다찌 3명이 〈상황
제서(上皇帝書)〉, 〈상한국통감서(上韓國統監書)〉, 〈상한국수상서(上韓
國首相書)〉 세 가지의 안문을 만들어 스기야마의 양승을 얻은 후, 이
토를 비롯한 일본 정계 원로들의 양해를 받았다.

문제는 합방의 형식이었다. 이용구와 송병준의 의견은 용이하게
일치되지 않아 서한의 왕래가 전후 수십 회에 이르렀다고 되어 있
다. 그 왕복문서가 있었더라면 그들의 의견차를 알 수 있을 터인데
산일되고 말았다.

그러나 뚜렷이 말할 수 있는 차이는 이용구에 있어선 한국과 일

본의 하나의 모범적인 연방을 이루어 장차 동양제국의 연방으로 확대된 성질의 것을 꿈꾸고 있었는데 반해 송병준의 의견은 '합방은 한국 황제가 총람하고 있는 통치권의 전부를 일본의 천황에게 양부하는 것을 뜻한다'는 간단한 것이었다.

최종적으로 이용구도 송병준의 의견에 합류하지 않을 수가 없었다.

드디어 1909년 12월 4일 드디어 합방청원서는 제출되었다. 이토가 하얼빈 역두에서 안중근 의사에 의해 사살당한 두 달 후의 일이다.

세 통의 진정서는 모두

'대한국 일진회장 이용구 등 1백만 회원, 대한국 2천만 민중을 대표하여…'라고 되어 있지만 그 내용이 이용구의 사상과 일치하는 것은 아니었다.

그러나 그 신청서를 제출한 후의 국내의 소란은 이루 형언할 수가 없었다. 초조하게 결과를 기다리고 있던 차 1910년 2월 2일 일본의 가쓰라 수상은 '합방에 관한 각서'를 이용구에게 수교했다. 이로써 7년 동안 송병준과 더불어 합방에 애써오던 이용구의 일은 끝났다. 일은 나라에 관한 일이고, 그 최종결정은 일본과 한국의 원수의 합의에 의할 수밖에 없고 그 정치적 수속은 일본의 가쓰라와 한국의 이완용 사이에서 이루어질 것이었다. 이제 이용구가 간여할 여지가 없어졌다.

사태는 일본이 짠 각본대로 진행되었다.

1910년 5월 30일 데라우찌(寺公正毅)가 한국 통감에 임명되었다. 6월 3일 일본 정부는 '병합후 한국에 대한 시정방침'을 결정했다.

'조선엔 헌법을 시행하지 않고 대권에 의해 통치한다'는 방침을 포함한 전문 13항으로 된 이 결정엔 이용구 등의 의견을 참작한 흔적도 없었고 그럴 여지를 남기지도 않았다.

데라우찌는 7월 23일 한국에 부임했다.

8월 16일 데라우찌는 〈일한병합〉의 조약안 및 각서를 이완용에게 수교했다.

이것을 이완용이 각의에 상정한 것이 18일. 21일 밤, 한국 황제와 태황제의 윤허가 있었다.

22일 어전회의에서 〈일한병합조약〉을 승인 그날 안으로 조인도 끝냈다.

그 조약이 관보와 신문에 일제히 발표된 것은 29일.

그리고 일진회에 대한 해산명령이 내려졌다. 일본의 처사에 묵묵히 추종할 수밖에 없었던 이용구는 이 문제만은 승복할 수가 없어 맹렬한 저항을 했지만 보람이 없었다. 이미 토끼를 잡아버린 이상, 개는 가마솥으로 가야만 했다.

이어 9월 1일 창덕궁에서 이왕전하의 책봉식이 있었고 이른바 공신들에게 대한 수작(授爵)의 발표가 있었다.

조선귀족령(朝鮮貴族令)에 따라 76명이 귀족이 탄생했다. 후자은 이재완 이하 6명, 그 가운데 박영효가 끼었다. 백작은 이지용 이하 3명, 이 가운데 이완용이 끼었다. 자작은 박제순 등 22명, 이 가운데 송병준이 끼었다. 남작은 민영기 등 45명이었다.

이용구에 대해서는 수작의 내의가 있었지만 거절했다. 그의 사퇴의 변은

"지금 합방이 되었다고는 하나 장래에 있어서 한국 황실의 안태, 2천만 동포의 행복이 어찌될까를 지켜보는 것이 나의 일대 책임이다……. 지금 내가 영작을 받으면 이 영작을 바라고 나라를 팔았다고 비난해서 변명할 도리가 없지 않겠는가. 하물며 사태를 여기까지 끌고 오는 덴 허다한 희생과 노력이 있었다. 동지들에게 대한 정의로서도 나만이 영작을 차지할 수 없다."

9월 12일 일진회에 해산명령이 내렸을 때 통감부가 해산비라고 해서 준 돈은 15만 원이었다. 회원 일 인당 15전씩 돌아가는 액수라고 했다.

일진회 해산명령이 내린 그 이튿날 이용구는 다량의 각혈을 하고 입원했다. 1911년 5월 5일엔 제자 지석환을 데리고 일본 스마(須磨 수마)에 전지요양을 하게 되었다. 그와 더불어 부인과 아들 현규, 석규, 장녀 봉자와 사위 최원기 등이 스마에 와서 살았다.

이용구가 숨을 거둔 것은 5월 22일.

그의 최후의 심경이 어떠했는가를 대강이나마 짐작할 수 있는 자료가 있다. 그가 죽은 해의 3월 20일에 일인 다께다(武田範之)에 써보

낸 편지이다. 그 가운데서 몇 줄을 인용한다.

"…… 인간이 세상에 있는 한 일생일사(一生一死)는 당연합니다. 그런데 소생의 일생을 회고하면 가소로운 일이 한두 가지가 아닙니다. 젊을 때부터 일신상의 사리(私利)를 돌보지 않고 국가의 이익과 인민의 구제만을 바라고 왔습니다. 그런데 지금 와서 생각하니 다만 가소로울 뿐입니다. 2천만의 인민을 일본 최하등의 국민으로 만들어버린 것도 소생의 죄입니다. 공적으로나 사적으로나 갈 곳이 없게 된 상황이 또한 가소롭습니다. 문을 나서면 주위의 사람으로부터 모멸을 받고 문에 들어서면 문인(人間 인간)들로부터, 국사가 이루어졌다는 게 이건가, 일진회의 목적성취란 이 꼴인가, 회원들의 생활성취란 이것인가, 국민을 위한 성공이란 이 꼴인가 하고 중구난방의 질문으로써 견딜 수가 없을 정도입니다. 주위를 둘러보아도 친한 사람은 없고 언제나 나 혼자입니다. 당국의 처지는 나를 보기를 원수처럼, 거지처럼, 사냥 후의 개처럼 합니다. 이것도 가소로운 일입니다. 전 한국 정부 관계자를 보면 뜻밖인 부귀를 얻어 오만하기가 배전하여 안하무인입니다. 우리들을 보길 버러지 보듯 합니다. 일한합방에 불만인 사람은 소생을 매국노라고 하고 소생의 생명을 뺏으려고 합니다. 망국의 백성으로서 외국에 갈 수도 없고, 다만 황천길만이 남아 있는데 지하에 선인들의 영혼이 있으면 부끄러워 만날 수가 없습니다. 실로 이것도 가소로운 일입니다. 생각건대 스기야메,

우쩨다, 다께다가 속은 것인지, 나와 송병준이 속은 것인지 알 수가 없습니다……."

과연 이용구는 누구에게 속은 것일까. 나로 하여금 말하게 한다면, "이용구는 이용구 자신에게 속은 것이다. 이용구에게 있어서 결정적인 적은 바로 용구 자신이었다"고 말할 수밖에 없다. 그러나 이렇겐 덧붙이고 싶다.

"그의 시체에 더 이상 매질은 하지 말자."고.

인간이란 지고지순(至高至純)한

이데아의 세계에서 현세로 타락한 존재이다.

그러니까 인간에겐 지고지순한 것에 대한 동경을

향수(鄕愁)처럼 지니고 있다.

이 향수를 잃을 때 인간은 완전히 타락하는 것이다.

반면 그러한 동경으로 스스로를 지고지순한 상태로

끌어 올리는 데 인간의 승리가 있다.

승리를 바라지 않고 인간이 존재할 수 있을까?

-플 라 톤-

시대와의 불화로 좌절한 사랑

김주성 소설가

1.

『꽃의 이름을 물었더니』는 1985년 2월 도서출판 심지에서 초판이 발간되었다. 이 시기는 이병주가 「소설·알렉산드리아」(1965)를 발표하고 본격적으로 소설을 쓰기 시작한 이래 가장 왕성한 작품활동을 벌이던 시기였다. 오늘날 그의 대표작으로 평가받는 『바람과 구름과 비』, 『행복어 사전』, 『그해 5월』 등을 비롯한 다수의 작품들을 이미 내놓은 위에 『지리산』(전7권, 기린원), 『산하』(전4권, 동아일보사) 등의 대작 완결판을 보태면서 1985년에만 이들 완결판 외에도 『강물이 내 가슴을 쳐도』(심지), 『무지개 사냥』(전2권, 심지), 『생각을 가다듬고』(정암), 『지오콘다의 미소』(신기원사), 『청사에 얽힌 홍사』(원음사), 『악녀를 위하여』(창작예술사), 『꽃의 이름을 물었더니』 등 8권의 장편소설을 발표하였다.

이병주는 등단작 「소설·알렉산드리아」를 비롯하여 「망명의 늪」, 「예낭 풍물지」, 「철부채」 등 다수의 뛰어난 중·단편들을 발표했지만 역시 그의 소설가로서의 역량은 장편소설에서 발휘되었다. 그리고 그 장편소설들은 오늘날 그의 문학적 성과에 대한 재평가 작업이 활발하게 진행되도록 한 역사 또는 역사 인물 소재의 작품군과 생전에 당대 최고의 대중소설가라는 명성을 안겨준 현대사회의 남녀 애정 문제를 다룬 소설로 크게 나눠볼 수 있다. 『꽃의 이름을 물었더니』는 이 두 큰 줄기 중 후자에 속하는 작품이라고 할 수 있으며, 대중소설가로서의 명성이 절정에 달하던 바로 이 무렵에 쓰인 것이다.

『꽃의 이름을 물었더니』는 스토리 도입 부분부터 전형적인 대중소설의 색깔을 띠고 있다. 남편과 자식이 있는 여인 백정신이 혼외 남자인 박태열의 죽음을 놓고 수사관 앞에서 자살 방조냐 아니냐를 따지는 장면이 독자의 호기심을 끌기에 충분하다. 심문 과정에서 장익진 검사는 백정선이 박태열과의 관계를 굳이 감추려 하지 않을 뿐만 아니라 박태열이 자살을 기도한 것을 알고 자신도 따라 죽으려 했다는 진술을 듣는다. 백정선은 자신의 돈으로 박태열이 기거할 아파트를 마련하고 용돈까지 줘가며 20여 년간 은밀한 관계를 이어왔지만 박태열과의 사이에 흔히 상상할 수 있는 육체적 관계나 질투에 의한 다툼 같은 것은 일절 없었다고 한다. 주위 사람들에게 세상 물정 모르는 애어른 같고 늘 얼이 빠져 있는 사람으로 비친 박태열은 동경제국대학 무학부 철학과를 중퇴한 인물이며 백정선은 원산고등어

학교 출신이다. 장검사는 슬퍼보이면서도 '단풍이 들기 전의 나무를 연상케 하는 청춘의 황혼과 쇠락 직전의 우아함, 청아한 국화향기 같은' 백정선의 자태와 솔직한 진술 태도를 보면서 이 사건을 단순한 불륜관계가 빚은 사건이 아니란 심증을 굳히고 백정선에 대한 불기소 결정을 내리고자 한다.

스토리는 장익진 검사의 '도대체 백정선은 어떤 역정을 걸어온 여자일까'라는 궁금증을 풀어가는 회상구조로 전개된다. 구성은 복잡하지 않고 스토리는 일제 강점기로부터 해방정국을 지나 6·25 전쟁을 거치는 불운한 시대 상황에서 안팎의 온갖 시련을 견디며 두 남녀가 그야말로 지고지순한 사랑을 가꾸어나가지만 결국 파탄에 이르는 과정을 줄거리로 하고 있다. 자신의 신념을 지키기 위해 여러 불합리한 상황에 맞서 고군분투하는 박태열은 현실과 적당히 타협하며 상식적인 사랑을 이루려는 백정선과 자주 부딪치는데 이런 갈등의 대목마다 박태열의 입을 통해 작가가 설파하는 레토릭을 제외하면 이야기 또한 쉽게 읽힌다.

2.

일제 강점기와 같이 자아 상실을 강요받는 시대나 해방정국의 이념적 혼란기, 전쟁과 같은 비극적 상황에서는 자기 신념이 강한 사람일수록 그가 짊어질 시련의 무게도 무거운 법이다. 시대적 불운 속에서 박태열과 백정선의 사랑은 순탄치 않은 여정을 걷는데 그 원인은 대부분 타협을 모르는 박태열의 강한 자기 신념에서 비롯되고 있다. 신념을 넘어 결벽증에 가까운 박태열의 성격은 백정선에게 무지개 빛으로 다가온 박태열과의 사랑이 곧 시련의 먹구름에 휩싸일 것을 예견케 한다.

여름방학을 맞아 금강산 여행 도중 우연히 만난 두 사람은 벼랑에 핀 눈부신 황금색 꽃의 이름을 묻고 답하는 것으로 인연을 맺는다. 백정선이 박태열에게 꽃의 이름을 묻고 박태열은 기린초라고 답한다. 박태열의 준수한 용모와 맑고 총명한 눈빛, 부드러운 음성은 영원히 잊히지 않으리라는 예감과 함께 선명한 빛깔의 무지개로 백정선의 가슴에 각인된다. 방학이 끝나고 2학기가 시작되던 날 시업식(始業式)에서 교장은 동경제국대학 문학부 철학과 재학생 박태열이 보낸 편지를 공개한다. 내용은 방학 중 금강산에서 만난 여학생이 복색으로 보아 원산고녀 학생으로 판단되는데 그때 자신이 말해 준 꽃에 대해 뭔가 미심쩍어서 확인해보니 '기린초'가 아니라 '꿩의 비름'으로 밝혀졌으니 잘못을 바로잡고자 한다는 것이었다. 박태열은 이를 확인하기 위해 금강산을 다시 찾았고 그 꽃이 피어 있던 벼랑에까지 올라 같은 돌나무과에 속한 두 꽃의 차이까지 살폈으며, 자신의 착각에 대한 부끄러운 심정을 토로하며 사실이 올바로 알려지기를 바란다고 적고 있었다. 이 편지를 게시판에서 다시 읽은 백정선에게 외모로나 정신적으로나 완전무결한 것처럼 보이는 박태열에 대한 연모의 정은 더욱 깊어진다.

그러나 이미 콩깎지가 쓰인 백정선의 눈에는 박태열의 편지 행간에 숨어 있는 함정, 한 치의 실수도 용납하지 않는 숨 막히는 자기 엄격성과 조그만 잘못도 기어이 바로잡으려는 결벽증적인 신념의 벽은 미처 볼 수 없었다. 누가 지적하지 않았는데도 스스로 의문을 제기하고 현장을 다시 찾아 확인한 뒤 이를 바로잡기 위해 관련된 사람에게 적극적으로 알리는 행위는 그가 철학도라는 점을 감안하더라도 상식을 뛰어넘는 태도로 보인다.

백정선이 처음에 간파하지 못한 박태열의 이러한 결벽증과 신념의 벽은 그들의 애정 행로에, 더 정확히 말하자면 박태열을 향한 백정선의 마음에 크나큰 시련을 안기는 원인으로 작용한다. 해가 지나야 18세가 되는 백정선은 박태열을 향한 현실의 감정에 충실하고자 하나 박태열은 합리적 이성에 따라 행동한다. 함께 여관에 들어 사흘씩이나 한 방에서 지내면서도 모든 것을 바쳐 사랑을 확인하려는 백정선의 열정은 초인적인 정신력으로 욕망을 제어하는 박태열의 신념 앞에서 혼란을 겪는다.

백정선의 아버지는 내선일체를 신봉하며 일본이 전쟁에서 승리할 것을 철석같이 믿는 골수 친일파로 원산상공회의소 부회두(副會頭)라는 지역 유지이고, 박태열의 아버지는 자기 자신과 가족 전체의 생활을 불구적 상황으로 몰아넣고 있는 독립운동가이다. 이런 그들의 현실은 두 원수 집안의 아들 딸인 로미오와 줄리엣의 상황을 방불케 하는 것으로 이미 그들의 사랑이 순탄할 수 없는 일차적 조건이 되고 있다. 이 난제를 뛰어넘으려는 방법을 놓고 백정선과 박태열의 태도가 충돌을 빚는 것이다.

백정선은 부모를 속이고 박태열의 서울행을 따라와 한 여관에 투숙하기를 고집한다. 박태열이 동경으로 떠나기 전에 몸과 마음으로 하나가 되기를 갈망하지만 사랑을 굳게 맹세하면서도 박태열의 자세는 요지부동이다. 플라톤의 이데아적인 사랑을 꿈꾸는 박태열은 자신들의 사랑을 지고지순한 최고의 사랑으로 가꾸어야 한다며 부모의 허락을 받지 않은 사랑은 미완성이니 때를 기다리자고 설득한다. 사랑에도 질서가 있어야 하고 주위의 사람들로부터 존경받는 사랑이어야 한다는 것인데, 현실적으로 그 길이 불가능하다는 것을 예감한 백정선은 당사자끼리의 의지가 우선이므로 자기는 부모의 반대를 무릅쓰고 박태열을 따르겠다며 정면돌파를 주장한다. 이에 더하여 물질보다 정신의 가치가 더 높다는 박태열의 말에, 그렇다면 질서니 부모의 허락이니 주위의 존경이니 하는 것들은 물질적인 것, 형식적인 것이 아니냐고 따진다. 박태열은 이렇게 대답한다.

"정신은 정신으로서 증명되지 않습니다. 시간을 시간으로서 나타내지 못하듯이, 시간은 공간을 척도로서 이용하고 공간은 시간을 척도로 해서 표현합니다. 이와 마찬가지로 물질적인 시련을 이겨냄으

로써 정신력은 발현되는 겁니다. 형식적인 절차를 고집하는 것은 정
신이 요구하는 위신 때문입니다. 정신은 시련을 요구합니다. 그 시
련은 물질에 있습니다. 정신은 위신을 요구합니다. 그 위신은 형식
에 있는 겁니다."(본문 p.131)

정신과 물질 그들은 각기 떨어져서 제 의미를 갖지 못하고 서로
대면함으로써 그 의미를 드러낸다. 정신의 가치가 더 높다는 것은 이
렇게 뗄 수 없는 물질과의 관계를 통해 입증된다는 박태열의 설명을
백정선은 어려워한다. 박태열이 가려는 이 어려운 길을 백정선은 온
전히 이해하지 못하지만 강철 같은 의지가 담긴 그의 성실한 태도
에서 육신을 포함한 모든 물질적 조건 너머의 절대적 사랑의 무게를
느낀다. 하지만 자신의 신념에 반하는 어떠한 현실과의 타협도 허용
하지 않는 박태열의 태도는 그가 언표한 대로 그들의 사랑의 행로에
시련을 몰고 온다.

3.

때는 태평양전쟁이 한창이던 1943년 무렵. 일본 국내에서는 산
업경제 전반에 걸쳐 동원이 더욱 가혹해짐에 따라 민간의 삶은 날로
피폐해지고 있었다. 징용이 확대되고 지원병제가 징병제로 바뀌면

서 일할 체력을 지닌 사나이나 20세 안팎의 청년들은 태평양 일대와 만주, 북해도 등지의 여러 전쟁터로 내몰린다. 식민지 반도에서도 일제의 일시동인(一視同仁)의 혜택이라는 미명 하에 수많은 인력이 징용으로 차출되고 젊은 여성들까지 정신대란 이름으로 끌려나간다. 여학교에서조차 미영 연합군을 막는다며 창을 만들어 훈련시키는 상황은 미구에 닥칠 전쟁의 공포를 실감케 한다.

이렇게 불안하고 혼란한 와중에도 백정선과 박태열은 현해탄을 사이에 두고 편지를 통해 사랑의 탑을 쌓아간다. 전쟁이 닥치더라도 그 전쟁의 노예로 타락하지 말 것이며 끝까지 살아남아 서로가 맹세한 지고지순한 사랑의 꽃을 피우자고 다짐한다. 박태열은 자신이 속한 역사강습 그룹의 멤버 9명 중 일본인 친구 8명이 전쟁터로 나간 상황에서도 지도교수에게 자기는 끝까지 남겠다고 말하지만 마음 한구석에서 돋아나는 '운명'이란 단어, 자신의 의지로서 제어할 수 없는 불가항력의 상황을 예감한다. 이 예감은 모든 것을 빼앗아 갈 수 있는 전쟁이 자신을 '죽음'으로 인도할 수 있다는 가정으로 이어진다. 백정선 역시 문득문득 엄습해 오는 공포로부터 자유로울 수 없다. 그녀의 공포는 전쟁으로 겪을 수난에 대한 것이 아니라 박태열이 그 수난의 와중에 휩쓸리지 않을까 하는 불안에서 비롯된다. 만약 박태열이 죽기라도 한다면 자기도 따라 죽을 수밖에 없다고 각오한다. 그녀는 박태열이 죽음을 언급하자 '우리에게 절대로 죽음이란 없다'고 반박하지만 죽음이란 불길한 그림자는 이미 두 연인의 마음속으로 스며들어와 있다.

백정선에게 현실적으로 죽음을 생각하게 한 사건은 뜻밖에도 박태열의 결혼 문제다. 백정선은 자신의 일본 유학을 의논하기 위해 박태열의 봄방학 귀국을 학수고대한다. 하지만 박태열은 역사강습에 몰두하고자 귀국을 포기했다는 편지를 띄운다. 이게 쉬 믿기지 않았었는데 백정선은 친구로부터 박태열과 원형숙이 결혼한다는 얘기를 듣는다. 급기야 그동안 두 사람의 메신저 역할을 해온 박태열의 이모가 결혼할 양가의 특별한 관계를 들어 백정선의 양보를 호소하고 나선다.

박태열의 아버지와 원형숙의 아버지는 독립운동 동지로서 두 자녀가 성장하기도 전에 사돈을 맺기로 약속했으며 원형숙의 아버지는 박태열의 아버지를 위해 목숨을 던진 생명의 은인이기도 했다. 백정선이 나서서 이미 지역사회에 알려진 이 혼사를 깬다는 것은 곧 두 집안을 풍비박산낼 뿐만 아니라 은밀히 이어온 자신과 박태열의 관계를 만천하에 드러내 자기 집안의 위신마저 짓밟는 행위를 의미했다. 고민 끝에 백정선은 박태열 이모의 간곡한 부탁을 들어 자신이 물러날 테니 원형숙과 결혼하라는 편지를 띄우고 몸져눕는다.

혼수상태에 이르러 죽음의 문턱을 넘나들던 백정선에게 박태열의 편지는 생명수가 된다. '이미 수없이 맹세한 것처럼 내가 당신의 남자란 사실은 변할 수 없다. 어릴 때 어른들끼리 한 약속대로 마음에도 없는 사람과 결혼한다는 것은 진실한 자세가 아닐뿐더러 무고

한 한 여성을 불행하게 만드는 짓이다. 설령 집안의 위신을 생각해 어른들의 뜻을 따른다는 것도 정의가 아니다. 당신이 나를 의심하고 작별을 고하는 것은 우리의 맹세를 깨는 배신행위다. 내 뜻과 상관없이 어른들이 벌이는 혼사 계획에 휘말리지 않기 위해, 저간의 사연을 모르는 당신에게 굳이 알릴 필요를 느끼지 못해 귀국하지 않으려는 것이었다.' 박태열의 이런 해명으로 백정선은 자신이 마음에도 없는 작별 편지를 쓴 것에 대해 후회한다. 이를 계기로 박태열을 향한 백정선의 마음은 더욱 확고해진다. 그래서 원형숙의 모친이 찾아와 거듭 양보를 애원했을 때도 냉정하게 외면할 수 있었다. 하지만 시련은 여기서 끝나지 않는다.

어렵게 아버지를 설득해 유학을 허락받고 박태열의 곁에 있게 돼 희망의 꽃길을 걷는가 싶던 백정선에게 더 큰 시련의 회오리가 덮친다. 고향 친구로부터 원형숙이 자살했다는 소식을 들은 것이다. '이것은 나의 잘못이 아니야. 결혼을 거부한 그이의 책임도 아니야. 이건 운명이야.' 그러면서도 백정선은 불안을 떨칠 수 없다. 백정선으로부터 원형숙의 자살 소식을 들은 박태열의 반응은 백정선을 절망의 나락으로 내몬다. 자신은 존재하는 것만으로 남을 불행에 빠뜨리는 불행한 운명을 타고난 인간이라고 규정한다. 그게 아니라는 백정선의 절규에도 불구하고 '운명은 이에 순종하는 사람은 태우고 가고 거역하는 사람은 끌고 간다'는 세네카의 말을 인용하며 자신은 이 피할 수 없는 운명에 따라 스스로 형벌을 과해 자기 때문에 죽은 이에 대한 보상의 길을 찾고자 한다고 말한다. 그리고 사랑하는 백정선마저 자신의 불행한 운명의 덫에 걸려들게 할 수 없다며 결별을 선언한다. 백정선은 그게 운명이라 하더라도 끝까지 함께 가겠다며 결혼을 제안한다. 박태열은 양가의 허락 없이 몰래 하는 결혼은 떳떳지 않지만 끝내 허락받지 못할 경우에 한해 칸트가 말한 자유의지를 따르자고 말한다. 그들은 다시 맹세한다. 평생 헤어지지 말 것이고 만일 헤어지더라도 지구 끝까지 찾아가자는 금강불괴(金剛不壞)의 맹세를 거듭 다진다.

4.

여기까지는 두 사람의 사랑에 장애가 되는 요소들을 박태열의 합리적인 판단과 그가 신봉하는 칸트의 자유의지로 극복해 낼 수 있었다. 그러나 시시각각 패망의 길로 나가고 있는 일제의 현실은 박태열이 불안 속에서 예감한 대로 한 개인의 신념이나 철학적 명제로는 대응할 수도 거역할 수도 없는 운명적 상황이 되고 있었다. 그래서 이제까지 그들이 겪었던 시련은 그들 자신의 태도와 가족 또는 몇몇 주위 사람들의 명분과 관련된 비교적 내적 요인에 의한 것이었다면 이제부터 닥쳐올 시련은 외부의 거대한 변전으로부터 비롯된다. 즉 박태열이 말한 운명, 급격한 역사의 소용돌이에 휩쓸리면서 그들이 가꾸어온 사랑도 쉬 극복할 수 없는 위기에 직면한다.

모든 전선에서 패색이 짙어지자 일제는 전문학교 이상의 전 대학생에게 동원령을 내린다. 일시동인을 내세워 조선인 학생들에게도 천황의 특전이라며 학도지원병 제도를 실시한다. 하지만 말이 지원이지 학부형까지 인질로 잡고 협박하는 등 실제는 강제동원이나 다름없었다. 박태열은 죽는 한이 있어도 일제의 노예로서 그들의 용병은 결코 되지 않겠다고 다짐한다. 일본 경찰에 자신이 4대 독자라는 사실을 내세워 고향으로 돌아가 조부와 의논해 결정하겠다는 기지를 발휘한다. 자신의 소신대로 지원을 거부하자니 조부의 안위가 위태롭고 지원하자니 자신의 뜻에 반하는 진퇴양난의 상황 앞에 갈피를 잡지 못하자 조부는 '할애비의 곤욕을 풀기 위해 애비에게 총질을 할 참이냐?'며 호통친다. 일제의 용병이 되는 것은 만주 땅 어딘가에서 독립투쟁을 벌이고 있을 아버지를 향해 총을 드는 행위임을 일깨운 것이다. 박태열은 눈물을 머금고 조부의 뜻에 따라 일제의 행정력이 닿지 않는 갑산의 산속으로 피신한다. 태열이 떠나기 전 조부는 '이젠 내 의사에 구애말고, 애비의 의견을 기다릴 것 없이 기회가 되거든 장가를 들어라.'며 그의 자유의사에 따라 결혼할 것을 승낙한다. 일제의 삼엄한 눈길을 피하기 위해 백정선을 만나지 못하는 태열은 이런 조부의 뜻과 함께 어떻게든 살아남아 사랑의 결실을 이루자는 편지를 남긴다. 이제는 세상 끝 어디라도 따라가 함께하겠다고 각오했던 정선은 기약 없는 이별에 절망하면서도 재회할 희망을 싹틔

우며 그의 안전을 기원한다.

갑산의 산속에서 1년 반 가량 숨어지낸 뒤 귀향길에 오른 박태열은 일제가 패망하고 38선을 경계로 북에 소련군이 진주한 사실을 뒤늦게 알게 된다. 일제의 패망을 지켜보며 박태열과의 재회를 고대했던 백정선은 북에 불어닥친 공산혁명의 물결을 피해 가족과 함께 미군이 진주한 남으로 내려간 후였다. 이로써 두 남녀의 연락은 38선을 경계로 끊어지고 만다. 원산에 남게 된 박태열은 자신의 집안이 악덕 지주로 낙인찍혀 재산을 몰수당하는 상황에서 '아아, 나는 이날을 기다리기 위해 갑산에서 살았던가'라고 한탄하며 '일본놈이란 이리를 앞문에서 쫓고 보니 뒷문으로 소련놈이란 호랑이가 들이닥친 꼴'에 울분을 참지 못한다. 급기야 인민위원회로부터 일본 유학은 친일에다 부르주아의 증거라며 자아비판까지 강요받는다. 유치장에 갇혀 수없이 반복되는 반성문 작성을 강요받은 태열은 자포자기 상태가 되어 '스탈린은 인류의 은인이요 조국 해방의 은인임을 뒤늦게 깨닫고 앞으로 인민을 위해 복무하겠다.'는 서약서를 쓰고 풀려난다.

이후 박태열은 심한 염세주의자가 되어 술을 배우고 성격에도 이상이 생겨 타락의 길을 걷는다. 인민위원회로부터 원산고급중학교 교원의 임무를 부여받지만 자신의 의지에 반하는 잡스런 말을 하지 않아도 되리라는 기대에 자신의 전공이 아닌 수학교사를 지원한다. 하지만 현실은 과목에 상관없이 교사는 누구나 공산혁명 선전을 우선해야만 했다. 이에 소극적으로 임한 태열은 결국 혁명활동에 소홀했다는 죄로 장기노역형을 선고받고 시베리아 오지의 광산으로 끌려간다.

한편 백정선의 집안은 서울에서 빈손으로 힘겹게 새 삶을 꾸려간다. 정선은 집안의 살길을 찾자며 모처럼 나선 좋은 신랑감과 결혼하기를 재촉하는 아버지의 뜻을 거부하고 박태열을 만나고자 백방으로 노력한다. 하지만 가로막힌 38선 때문에 만남은커녕 소식조차 듣지 못한다. 그러다가 목숨을 걸고 38선을 넘어온 친구로부터 태열이 살아서는 돌아올 수 없다는 시베리아로 끌려갔다는 소식을 듣는다. 절망에 빠진 백정선은 결국 강원도 오지로 떠나 태열을 기다리겠다는 각오를 포기하고 결혼을 받아들인다.

6·25 전쟁이 터지고 부산으로 피난을 떠나는 혼란 속에서 정선의 결혼생활은 순탄하지 않다. 남편의 안정된 직장으로 생활에는 문제가 없지만 그녀의 가슴속에서 떨쳐지지 않는 태열의 존재 때문이다. 어떤 운명이 가로막더라도 절대 굴복하지 말자던 맹세를 스스로 깬 자괴감에 삶은 우울하고, 그러면서도 언젠가는 그가 돌아올지 모른다는 희망의 끈을 놓을 수 없어 아이를 둘이나 낳았음에도 남편에 대한 죄의식에서 벗어나지 못한다.

피난지 부산에서 박태열과 재회한 정선은 가혹하기 짝이 없는 운명의 장난 앞에서 절규한다. 오디세우스의 아내 페넬로페는 온갖 유혹과 위협을 이겨내고 13년이나 되는 무소식의 이별 상태에서 정절을 지켰는데 자신의 방황 기간은 7년에 불과했다는 박태열이 맡은 비수가 되어 백정선의 마음을 찌른다. 그러나 이미 엎질러진 물. 태열은 '실패한 것 위에 또 뻘짓을 하지 말고 당신의 가정이나 소중히 지키라'는 말을 남기고 돌아선다.

이후 박태열은 '패잔한 자는 죽어야 한다. 승리를 확보 못한 자는 스스로 멸해야 한다'며 여러 자살방법을 떠올려보지만 사람들 앞에 추하게 남을 시체가 두려워 결행하지 못한다. 굳건한 의지의 인간 박태열의 이런 결벽증은 결국 이도 저도 아닌 무기력하고 누추한 삶을 이어가게 한다. 백정선은 자신이 저지른 배신의 값을 치르고자 박태열의 남은 생을 돌보며 지낸다.

5.

이 소설에서 백정선과 박태열의 사랑이 실패로 끝나고 마는 원인은 크게 두 가지로 읽힌다. 앞서 언급했듯이 의지나 신념으로 제어가 가능한 범주 즉 내적 원인이 하나요 또 하나는 국가 동원령, 정치 체제와 이념, 전쟁 상황 등 개인의 의지나 신념으로 제어하기 어려운 역사적 변전 같은 외적 원인이다.

먼저 내적 원인을 살펴보면 두 사람의 성격이 달라도 너무 다르다는 것이다. 박태열은 지상에서 실현하기 어려운 플라톤의 이데아적인 사랑을 추구하는 반면 백정선은 당장 지상의 행복을 가져다줄

실현 가능한 사랑을 추구한다. 박태열에게 있어 내용과 형식 모두 완전무결한 사랑이 되어야 하기에 이를 방해하는 양가의 대립적 성향이나 자신들의 처지, 그리고 백정선의 감성에 지배받는 태도 등은 극복하고 계몽해야 할 대상이 된다. 그러나 백정선은 지금 서로가 사랑한다는 사실이 중요하므로 몸과 마음을 합쳐 이를 증명하는 것이 우선이다. 이런 차이에서 발생하는 갈등을 해소해 내는 조건은 두 사람의 굳건한 사랑의 맹세이고 그 맹세를 지탱하는 힘은 오로지 박태열의 백정선에 대한 견고한 믿음과 언젠가는 결실을 이루겠다는 신념이다. 백정선은 박태열의 이런 신념, 비록 철학 선생님의 난해한 강의를 듣는 것 같아 다 이해하지는 못해도 숭고한 무엇을 느끼게 하는 그의 지고지순한 태도에 감동하며 희망의 끈을 놓지 못한다. 그토록 사랑한다면서도 제대로 된 포옹 한 번 나누지 못한 채 기약 없는 이별에 처한 이 두 연인의 처지는 암담하기 그지없다. 절망 속에서 결혼을 선택했지만 지금이라도 진정한 사랑이 없는 남편과 이혼하고 새출발을 하겠다는 백정선의 모습은 끝까지 현실적인 사랑을 선택하는 여인이다. 그리고 결벽증 환자요 허황한 이상주의자인 박태열, 이데아의 세계에서 타락한 천사, 배신한 페넬로페를 남기고 돌아서는 그의 뒷모습은 쓸쓸하기만 하다.

이런 결말을 두고 백정선의 선택에 대해 일견 고개를 끄덕이며 '그럼 어쩌란 말이냐?' 하고 항변하고 싶은 것은 왜일까. 박태열에 대해서도 그의 결벽증과 이상주의가 병적으로만 보이지 않고 깊은 연민을 품게 하는 이유는 무엇일까. 그들이 사랑을 가꿔나가는 토양이 애초에 너무나 척박했던 건 아닐까. 아무리 정성을 들이고 퇴비를 뿌려도 싹이 자랄 수 없는 불모의 땅, 의지와 실천만으로는 결실을 이루어낼 수 없도록 운명지어진 조건에 그들은 무모하게 도전한 것은 아닐까. 이제 열여덟, 스무살 청춘에 불과한 그들의 순수한 영혼은 일제 강점기라는 현실 앞에서 여지없이 위축되고 훼손된다. 이념이 점령한 땅은 그들의 자유의지를 짓밟고 나약한 도망자로 비겁한 변절자로 전락시킨다. 공포와 파괴를 거느린 전쟁은 그들에게 남은 최후의 희망마저 설거지하듯 거두어가고 만다. 이것이 그들의 사랑을 실패로 몰아넣은 두 번째 외적 원인이다.

여기서 잠깐 그들이 이런 척박한 환경이 아닌 평화로운 세상에서 사랑을 가꿨다면 어땠을까 하고 생각해 볼 수도 있지만 그건 작가의 서사 전략과는 무관하므로 무의미한 가정이다. 그들의 사랑은 그들만의 것이 아니다. 그들의 사랑은 그들과 함께 불운한 이 땅에서 살았던 우리 민족 한 사람 한 사람의 사랑이요 삶 자체다. 그래서 백정선과 박태열의 실패한 사랑 앞에 안타깝고 허무한 감회에 이어 가슴이 찡해지는 것이다. 박태열의 자살을 방조했는지 여부를 따지는 수사관 장익진 검사가 끝내 백정선에 대해 불기소 처분을 결심하는 이유가 여기에 있지 않나 싶으며 그것은 바로 작가 이병주의 숨은 주문일 것이다.

이 소설에서는 다른 여러 작품 속에서 절실한 화두로 등장하는 작가의 학병 체험을 읽을 수 있다. 자신은 그렇게 하지 못한 회한 또는 성찰의 일단을 박태열의 갑산행을 통해 뒤늦게 드러낸 것인지도 모른다. 또한 이 소설은 그리스 신화, 플라톤의 이데아론, 칸트의 비판철학을 비롯해 니체, 톨스토이, 도스토옙스키의 문학 등 꽤 깊은 인문학 소양을 독자에게 요구하고 있어 가벼운 통속소설로만 읽기에는 무거운 감이 없지 않다. 한편으로는 주인공들이 여러 차례 '죽겠다', '헤어지자'고 선언하고도 실행하지 않고 유야무야 다음 사건으로 넘어가는 등 사건과 사건 사이의 개연성 확보에 미흡한 부분이 눈에 띄는데 이런 아쉬움은 작가가 퇴고 과정에서 걸렀을 수도 있겠다 싶은 옥의 티로 보인다.

백정선과 박태열의 사랑은 시대와의 불화(不和)로 좌절한 사랑이다. 그러나 미약한 개인인 그들이 거대한 시대를 상대한다는 것은 애당초 어불성설이다. 비록 무너지고 말았지만 시대의 일방적 횡포(橫暴)를 견디며 사랑의 탑을 완성하려고 부단히 애쓰던 그들의 모습은 너무나 가엽고도 아름다운 기억으로 남는다.

장편소설 말미에 실린 단편 「소설 이용구」는 작가가 작가의 말에서 밝힌 대로 한말(韓末)의 역사 자료를 토대로 쓴 역사 인물 소설이다. 친일단체인 일진회 회장을 지냈으며 한일합방을 적극 지지했던 이용구는 나중에 일제로부터 토사구팽 당하는데 『꽃의 이름을 물었더니』와는 소재나 배경이 전혀 다르지만 우리 민족이 겪어야 했던 운명의 역정에서 공통점이 있어 함께 묶었다고 한다. 이야기 자체로 작가가 전하려는 의미가 충분하여 해설을 덧붙이는 것은 사족이 될 듯하다. 그 의미가 함축된 서두를 음미하는 것으로 해설을 갈음한다.

그를 용서할 수 없는 것은 내가 나를 용서할 수 없기 때문이다.

그를 욕할 수 없는 것은 내가 나를 욕할 수 없기 때문이다.

무릇 악인(惡人)의 말 가운데도 들어둘 만한 것이 있다.

예컨대 '인생막불탄무상(人生莫不吞無常)'(본문, p.336)

꽃의 이름을 물었더니

초판 1쇄 인쇄 _ 2021년 9월 25일
초판 1쇄 발행 _ 2021년 9월 30일

지은이 _ 이병주
펴낸곳 _ 바이북스
펴낸이 _ 윤옥초
책임 편집 _ 김태윤
책임 디자인 _ 이민영

ISBN _ 979-11-5877-263-5 03810

등록 _ 2005. 7. 12 | 제 313-2005-000148호

서울시 영등포구 선유로49길 23 아이에스비즈타워2차 1005호
편집 02)333-0812 | 마케팅 02)333-9918 | 팩스 02)333-9960
이메일 postmaster@bybooks.co.kr
홈페이지 www.bybooks.co.kr

책값은 뒤표지에 있습니다.
책으로 아름다운 세상을 만듭니다. — 바이북스

미래를 함께 꿈꿀 작가님의 참신한 아이디어나 원고를 기다립니다.
이메일로 접수한 원고는 검토 후 연락드리겠습니다.